魅丽文化 花火工作室

空降热门

上

颜凉雨——著

江苏凤凰文艺出版社
JIANGSU PHOENIX LITERATURE AND ART PUBLISHING, LTD

图书在版编目（CIP）数据

空降热门．上 / 颜凉雨著．— 南京：江苏凤凰文艺出版社，2020.5
ISBN 978-7-5594-4637-4

Ⅰ．①空… Ⅱ．①颜… Ⅲ．①言情小说 - 中国 - 当代
Ⅳ．①I247.5

中国版本图书馆 CIP 数据核字 (2020) 第 036203 号

空降热门．上

颜凉雨 著

出版统筹 邹立勋
责任编辑 王 青 张 倩
选题策划 吴小波
文字编辑 高 丽
装帧设计 泪 呆 刘芳英
封面插图 槿 木
出版发行 江苏凤凰文艺出版社
南京市中央路 165 号，邮编：210009
网 址 http://www.jswenyi.com
印 刷 湖南天闻新华印务有限公司
开 本 880mm × 1230mm 1/32
印 张 10.5
字 数 357 千字
版 次 2020 年 5 月第 1 版，2020 年 10 月第 2 次印刷
书 号 ISBN 978-7-5594-4637-4
定 价 39.80 元

目录

CONTENTS

第1章

冉霖躺在精致小巧的双人欧式沙发里，局促的空间只能委屈大长腿搭在扶手上。不过冉霖不以为意，甚至搭得还挺舒服，随着手指不间断地滑屏幕，悬空在外的一截小腿随着脚丫也不知跟着来自哪个空间的节奏晃。

两年前，大学快毕业的他突然因为几张照片在微博走红。其实说是走红也不恰当，就是被轮了一波热度。起初是最帅校草、明媚少年，后来不知被哪个营销号大V带的节奏，愣是刷出了一轮热门话题——如果有初恋，一定就是你的样子。

照片的源头已不可考，像是校友偷拍的。

傍晚操场，夕阳西下，一个穿着白衬衫的少年，坐在双杠上眺望远方。少年的五官清朗俊秀，身材匀称颀长，尤其一双眼睛很亮。明明光线昏黄，可这眼神让他整个人都明媚起来，就像晴朗清晨的第一缕风。

之于当时的冉霖，那只是一个大四学生再寻常不过的求职未果，丧气归来，否则谁会没事穿着白衬衫在操场双杠上思考人生。

之于现在的冉霖，那却是人生的一个拐点。

不知从哪打听到他手机号的经纪公司联系过来问他有没有兴趣进娱乐圈时，他还以为自己遇见了骗子。后来公司报销机票住宿请他去北京当面聊，他抱着十二万分警惕甚至跟宿舍弟兄们制定了紧急联络的方式和暗号，这才启程。

幸而首都的天是晴朗的天……精神文明层面上的。这家叫作梦无涯的影视文化有限公司没有挂羊头卖狗肉，实实在在是娱乐圈的，也签着几个脸熟的小明星，但可能成立时间尚短，还没有什么太耀眼的成绩。

冉霖性格谨慎细心，通常不会冲动做决定，不过一旦想清楚，也不会拖拉。

他大学学的语言，就业面窄，大学也一般，所以都大四了工作还没着落，加上他得承认，跟他接洽的那位梦无涯的员工把娱乐圈描绘得色彩斑斓，满地镶钻，恨不得为他的未来画一张黄金饼，撩得他这样从来没想过会和娱乐圈扯上关系的吃瓜群众心里一阵阵痒。

于是他做了人生第一个带点赌博味道的决定。成了，他万众瞩目，衣食无忧；败了，大不了捡起大学专业，回社会上从头再来。

他喜欢把事情往最坏处想，如果这个最坏的结果自己也能接受，那么这件事就可以做。合同一签就是六年，那一年他二十一岁。

如今两年多过去了，万众瞩目不用想，衣食无忧嘛，隔三岔五跑跑剧组男六七八九号，坚持用脸经营微博，只要不大手大脚，总还是成的。而且在一片祖国心脏最繁华的地界，能提供这样一间整洁的单身公寓给员工住宿，你不能对公司再要求更多了。

只是娱乐圈人太多了，能够成为明星的永远是露出海面的那一角冰山。大部分人永远泡在咸涩的水下，要么融化汇入大海，要么蒸发彻底离开，冉霖感觉自己就快要蒸发了。

合约还有三年零九个月，但他已经快半年没接到任何通告了。

公司的策略是集体栽培，评优选拔，重点培养，就看一口气签下的这拨小嫩肉谁先冒头。

最终冒出来的是韩泽。一部非常中二的偶像剧，愣是让他演得红遍了去年的整个暑假。再之后，公司的资源就明显向他倾斜，冉霖和其他几个人，基本就处于放养状态了。

这个圈子里，有人像袁鹤那样，在五光十色里迷失了自己，也有人像冉霖这样，摸爬滚打两年，连这个圈子真正光芒的地方，都没进入过。

恍惚间，手上一滑，电话脱落。冉霖正想打个哈欠，就被电话砸了门牙，瞬间不困了。挺拔的鼻尖有刷新功能，接触到屏幕的瞬间，就非常贴心地帮冉霖更新了热门。

捏着手机坐起来，冉霖本意是想摸一摸受难的门牙，一来安抚，二来检查是否松动，可在看见最新热门的一刹那，便什么都顾不上了。

老戏骨诠释什么叫“投胎式演技”！

微博标题起得短平快，冲击力强，内容其实就是一段近期热播的正剧片段。

冉霖最近有点打不起精神，好听点叫低落期，说白了就是丧，所以连带着也不怎么磨炼演员的自我修养了，一天大部分时间都在啃西语，准备未雨绸缪地把曾经的专业捡起来。

可当点开播放，老戏骨那铿锵有力的台词一出来，冉霖的血就热了。

冉霖这辈子没真正喜欢过什么事情，就连高考填志愿选专业，也是听说小语种好找工作。结果入行两年，他发现自己竟然爱上了演戏。

甭管男六七八九号，哪怕只有几场戏，几句台词，只要一拿到剧本，他都会翻来覆去地琢磨，神经病似的对着镜子自己排练，碰见一些没被编剧赋予太多背景的，他干脆自己给角色编人物小传，开心而忘我。

演戏不是一件高人一等的事，与金融、IT、建筑、广告、烹饪等一样，只是三百六十行中的一个。但他喜欢它。喜欢到预感可能再没机会继续这件事时，一贯想得开的他，都很没出息地颓了。

“阳光下少年，梦想可曾实现？冰冷的世界，有没有把你改变？”

手机铃突兀响起，跳动着的来电人信息挤走了原本的微博视频。

“康哥。”冉霖没敢耽搁，以最快速度接起。

别的经纪人跟艺人怎么相处的他不清楚，反正康回只要联系他，一定就是有工作要交代。或许是两个人之间没有合同关系，都是给公司打工的缘故，从公司把康回分配给他当经纪人之后，他俩就一直客客气气公事公办，完全不存在联络感情培养私交的互动。

“现在来公司。”一如既往，简明扼要。

通常冉霖不会矫情，哪怕语焉不详，也会应了再说。但眼下都夜里11点了，“现在？”

“有问题？”

“不，我的意思是需要我准备什么吗？”

“不用，来公司之后直接去化妆间。”

“行。”

以最快速度打车到公司，冉霖才发现不只他，贺嘉一和陈翎也被叫来了。

这两位在公司的地位和他差不多，都是韩泽红了之后被放养的，靠一些综艺通告和自拍维持着微博上的粉丝热度。

相比他们这三位艺人急匆匆只身赶来的寒酸，被召过来的造型和摄影团队可谓准备充足。化妆镜前一落定，造型师先上，弄完了妆和发型，再挑衣服。

摄影师暂时无事，抱着自己的相机坐在那里打盹。

人靠衣装马靠鞍，尤其冉霖他们这样底子本就出众的，一番精心造型，妥妥潮流帅哥。而且三个人还按照公司一贯设定的方向分了类。冉霖穿的是潮牌棒球服，图案有点花，但特别显年纪小，要的就是张扬少年，尽管已经二十三岁，可整个人与当初照片里那个双杠上的少年，几无变化；贺嘉一挺拔俊朗，一身简单休闲，走的是清新男友风；陈翎则是一身朋克，要的就是摇滚青年。

再迟钝也知道这是要街拍了。不过冉霖还是没猜得完全准确——街拍不假，但不是拍夜景，是拍机场。

机场尬拍是娱乐圈这几年掀起的风潮，甭管艺人们是不是真要坐飞机，也甭管踩着恨天高上飞机累不累，反正隔三岔五就要收拾得美美的来几张机场摆拍。当然艺人们不会承认是摆拍的，都是赶飞机途中，“随意地”拍两张，有的甚至会说这是路透照，是偷拍。

也不知道谁先发现的这条“神路”，圈内好几位已经通过“机场街拍”晋升时尚 icon（偶像），极个别号召力强粉丝基础好的带货能力更是恐怖，几乎上午机场照出来，下午网上同款就热销。

作为男艺人，冉霖对拍照其实不太热衷，尤其每每看见一些女明星在机场里凹造型，周围打光、摄影一应俱全，然后照片出来还要说是“路拍”，他都觉得尴尬。但没办法，想在这个圈子里混，就得使尽浑身解数。

替别人尴尬完了，自己也要闪亮登场。

但其实，从仓促的电话召唤就看得出来，这一次“街拍”并非为他们准备。一问康回，果然是韩泽行程有变，提前从时装周回来了。

韩泽现在是公司重点捧的对象，必然要派团队去拍第一手的机场美照，要不然到时候全网都是粉丝尖叫的饭拍或者角度诡异的丑照，宣传总监就不用继续干了。估计公司觉得拍一个也是拍，拍四个也是拍，索性团队共享，让他们蹭一回宣传资源，免得永远在微博发自拍，再真爱的粉丝也会看腻。

深夜两点半的机场，比白天冷清许多，三三两两的旅客在座位上或昏沉打盹，或刷手机、Pad（平板电脑），一切都很安静。不过这冷清只持续到国际航班出口。

人山人海，灯牌招展，若不是机场管制，估计这些少男少女们还会锣鼓喧天，鞭炮齐鸣。意外的是灯牌里不光有韩泽，确切地说，只有少部分是韩泽，大部分都是另外三个字——陆以尧。

“你们先在这里等，拍完韩泽再拍你们。”康回简单交代完，便带着团队一头扎进了青春的海洋。

大屏幕上显示，航班已经抵达。因为是临时改签的航班，留给公司的准备时间有限，加上他们三个还要化妆造型，所以紧赶慢赶，还是踩着点到了。原定先拍他们的，现在也只能先顾韩泽的时间。

康回是他们三个共同的经纪人，但不是韩泽的经纪人。在看出韩泽有红的苗头之后，公司就重金挖来了刚从奔腾时代传媒集团离职的金牌经纪人王希，而她也顺理成章成为梦无涯经纪人部的老大。

奔腾时代算是国内现有最具影响力的几家传媒集团之一了，平台好，资源强，经纪人同样是业内翘楚。只是不知道什么原因，当然对外宣称的是理念不合，王希就这样净身出户，没带走一个艺人，之后就有了韩泽的爆红。

贺嘉一总喜欢在背后腹诽是韩泽运气好，陈翎一愤青无所谓，爱谁谁。

但冉霖觉得，同样的资源，有人红了，有人没红，差的可能是时运，也可能是实力，与其嫉妒别人，不如做好自己。当然这是他去年劝对方的鸡汤了，今年他是个负能量 boy（男孩），没办法再斗志昂扬。

王希应该是认识陆以尧的，因为后者虽然名义上是自组工作室，仿佛自己给自己当老板，但陆以尧工作室其实是挂靠在奔腾时代传媒下面的，严格意义上讲，依然是奔腾时代的艺人。而前者离职时，后者已经小有名气。尽管王希并不是陆以尧的经纪人，但同属一家公司，哪怕一年只在年会上见一面，也该是认识的。而王希跟陆以尧的经纪人，怕更是相熟。

带着新东家的艺人跟老东家的同事、艺人同台（国际抵达出口）PK（打擂台），不知道希姐会是个什么心情。毕竟，陆以尧现下风头正盛，韩泽和他一比，很难再显出什么光芒。

冉霖不认识陆以尧，但他总能见到陆以尧——电视上，还有微博里。

尤其今年，是陆以尧的大爆年。

虽然那人前两年也有过几个让人印象深刻的电影、电视剧角色，但大多不是一番。直到今年上半年，担当绝对男一号的电视剧《夜雨十年灯》《云章》和电影《北海树》撞到了一起。

两部电视一个 3 月，一个 4 月，前后脚上星播出。现在的电视剧都是双星联动，就是最多可以在两家上星卫视上同步播出，但这两部电视剧绝的是，播放平台是同样两家。也就是说观众 3 月份才在 XX 卫视和 YY 卫视看完《夜雨十年灯》，紧接着继续在这两个卫视上，同一时间，同一剧场，看接档的《云章》。

弄得那段时间网友调侃，打开电视就是陆以尧。

两部电视剧都是 IP（项目）改编，收视群体也都是年轻人，《夜雨十年灯》的口碑很一般，《云章》的口碑非常好，于是先抑后扬，两部电视剧播完的后续效应，便一直持续在正面。更让业内看到陆以尧价值的是两部电视剧收视率都破了表，完爆同期甚至去年的大部分 IP（项目）剧。

对于粉丝，粉的是偶像这个人。对于投资人，看的是明星能带来的投资回报。陆以尧两边都占全了，再不红可真就天理难容了。

俗话说好事成双，到了被老天爷偏爱的陆以尧这里，好事就成了三。

6 月，就在两个电视剧播完陆以尧人气正井喷的时候，电影《北海树》上映。虽然片子走文艺路线，票房十分疲软，但口碑绝赞，并且在 8 月入围了国外某 A 类电影节的主竞赛单元。

如今国庆刚过，电影节落幕，才跟着剧组走完红毯镀了一层厚金的陆以尧终于载誉归来。尽管影片最终只得了三项提名中的最佳摄影奖，但一个受国际认可的最佳男主角的提名，足以让陆以尧在同期新星中脱颖而出，率先甩掉偶像的帽子，晋级演技派，并且彻底华丽转身，成为电影咖。

论赚钱，电影不如电视剧；但若论格调，大银幕永远都是明星们的追求。

君不见多少电视剧里人气爆棚的偶像明星，到了大屏幕上都成了票房毒药。能在大银幕站稳脚跟，陆以尧已经将同时代的小生们，甩开一大截。

他今年才二十四岁，只比冉霖大一岁。

“啊啊啊啊——韩泽！韩泽！”

粉丝仿佛积蓄了一夜力量的尖叫险些掀开 T3 航站楼的屋顶。

正望着陆以尧灯牌艳羡地胡思乱想的冉霖被吓了一个激灵。

国际航班抵达出口已被堵得水泄不通，所有为了韩泽而来以及部分为了陆以尧但觉得对韩泽也是路人粉的少男少女们都开始尖叫。冉霖他们远远躲在最外围，任凭三人帅出天际，这时候也没人会回头看他们一眼。

韩泽已经走出来了，没戴帽子、墨镜或者口罩等任何遮挡的东西。这说明他的状态非常好，有足够的自信敢于直面真爱的饭拍。

事实也确实如此。一袭干净利落的风衣，大步流星走起来似乎都能带起风。

发型随意自然，却又不失味道，而那张一路带着笑的俊脸，丝毫不见旅途劳顿，满满的元气和温暖。

韩泽能红是有原因的。古装俊朗，现代装潇洒，单凭造型就能让观众毫不串戏，这是老天爷赏的饭。

随着韩泽往外走，一部分人群也呼啦啦跟着动，一时间尖叫声，脚步声，推搡声，乱成一团。康回早被人海淹没，倒是一直跟在韩泽旁边的希姐，和同车一起来的这会儿正端着相机的摄影师，还很醒目。

不过大部分的粉丝和娱记仍然留在原地，等着陆以尧。

韩泽的背影在粉丝的簇拥下越来越远，眼看就要出航站楼。

贺嘉一有点担心地嘀咕道："我们真的就在这里傻等？看这架势，那小子肯定一出航站楼，坐着公司车就跑，摄影师还能折回来拍我们？拍完了怎么回，一起大半夜打车？"

陈翎懒得理他，正因为机场不能抽烟，而憋得直打哈欠。

冉霖其实也不想理他，因为这位同门的脑回路永远都是直线段，拐个弯都是难为他。但眼见着贺嘉一蠢蠢欲动，大有随风奔跑自由是方向趋势，冉霖只得揽住他脖子，以哥俩好的亲昵姿态解释："放心吧，韩泽他们回来那么多人，就是我们全腾地儿，那辆小破车也挤不下。公司肯定已经提前派车过来等着了。"

贺嘉一愣住，好半晌，才恍然大悟地点头："有道理！"说完还不过瘾，又直勾勾看了冉霖良久，补一句，"你小子脑袋是好使。"

冉霖哭笑不得，总觉得完全没有被表扬的喜悦呢。

"啊啊啊我爱你——"

不知谁先喊了第一句，之后声浪就再下不去了。

如果说韩泽的粉丝们只是差点掀翻航站楼，那尧粉真就彻底掀翻了。

幸好大厅里不让停车，否则现在应该全是被震响的报警器。

相比韩泽，陆以尧可谓全副武装，帽子口罩墨镜戴了个全套，一路低头，只管在周围工作人员的开路下，大踏步往外走，连个笑脸都吝啬于给接机的粉丝们留，速度之快堪比移形换影，不知道的还以为在逃命。

冉霖有些失望——原本他还想看看真人的。

电视剧里的陆以尧特别合他眼缘，剑眉，桃花眼，不笑的时候有些冷，但多半的时间都带着淡淡的笑。古装剧里是翩翩世家公子，刘海撩起来全部拢进发髻，禁欲深情；现代剧里是顽皮男友，刘海放下来，清新阳光。

可惜了。冉霖暗搓搓地在心底叹息一声，从他胳膊下挣扎出去的贺嘉一，正神情复杂地看着少男少女大部队随“男神”而去。同在娱乐圈，这种差别待遇的冲击力太大了，大到除非你有钢铁般的意志，否则终是意难平。

大厅重归安静，国际抵达出口已经空空荡荡，地上躺着一块灯牌，只一个“尧”字，仍在尽职地闪烁，估计是刚才拥挤着落下的。

冉霖想了想，还是走过去把灯牌捡了起来——毕竟是人来人往的出口通道，这种东西横在地上怎么看都有些不安全。

可是捡起来之后，冉霖就有点后悔了。捡的时候他并没有多想，只当举手之劳，爱护环境，人人有责。然而当真正把灯牌拿到手里，他就觉出烫手了。

灯牌和荧光棒等应援物不一样，不是用完就丢，像他手里这个灯牌，做工精美，质量上乘，保存好了用上一两年都可以。

冉霖在最初进入娱乐圈的那一年，也会偶尔遇见粉丝举着灯牌为他接机。数量自然和陆以尧没法比，但不管是10个粉丝也好，10万个粉丝也好，每一个粉丝的心情都是一样的，怕是没人喜欢看到自己为偶像应援的灯牌被人丢进垃圾桶。

慢着——不知是不是闪烁的灯牌照亮了冉霖的大脑，他忽然觉出哪里不对。下意识抬头看出口上方的大屏幕，果然，虽然来自韩泽时装周的航班和陆以尧电影节城市的航班都显示已经抵达，但两个航班的抵达时间前后相差15分钟，就算陆以尧的速度再快，行李传送总是按照航班顺序来的，他怎么可能紧跟在韩泽的后面就出来了？

斜后方传来骚动，冉霖回头去看，发现之前跟着粉丝们一起簇拥“陆以尧”走出去的八卦记者们又都跑回来了！

冉霖瞪大眼睛，不可置信地收回目光，重新看向眼前的国际抵达出口，虽然心中已隐约明了，还是觉得陆以尧这招玩得邪。

骨碌碌——是拖动行李箱的声音了。

冉霖抬起头，目不转睛地盯着出口，也不知道哪来的执着，更不清楚自己究竟是想验证猜测，还是想看看能想出这么损招数的陆以尧真身。

黑色休闲裤，暗灰色套头针织衫，内搭白衬衫，露出领子边缘，和随性的衬衫下摆。不同于韩泽的精心准备，陆以尧应该也注意穿搭了，但终究还是随性了些，头发也因长途跋涉，睡得有些乱翘，好在本就走闲适风，倒平添几分慵懒。不过纯素颜，和走出来看见娱记们脸上一闪而过的错愕，还是出卖了他。

冉霖敢肯定，这人料定之前的“替身”会把所有人卷走。

嘴角不受控制地上扬，冉霖简直能在心里脑补陆以尧此刻的旁白，必定都是上了电视会被哔掉的词。不过这人应变能力很强，或者说自控力很好，很快便藏起懊恼，眼里带上温和的笑。

咔嚓咔嚓的拍照声不绝于耳，陆以尧也大方地由着他们拍。

冉霖想，他可能是觉着反正都这样了，与其狼狈，不如优雅。

有几个心急的开始提问题，开启录音的手机几乎要怼到他的嘴上，大部分是关于这次电影节的，也有极个别胆大的，直接问绯闻。

经纪人姚红从头到尾陪在他的身边，但又不会喧宾夺主，似乎对陆以尧很放心，即便被问到绯闻，也没有急于阻止，相比永远妆容精致的王希的干练犀利，这个同样四十岁左右的女人更温婉朴素，不像女强人，倒像姐姐。

她的放心是有理由的——陆以尧四两拨千斤，就把关于绯闻的问题解决了，还逗笑了一干记者。

冉霖站得近，故而听得很清楚，瞬间就明白过来，这是陆以尧早准备多时的答案，就等着谁撞上来，好让他抖这个机灵。

回答了五六个问题，姚红终于开口，温和地跟记者们表达艺人还需要尽快回去休息的意愿。记者们难得碰见跟他们商量的艺人团队，将心比心，也互相体谅，便慢慢把路让开。当然，拍照不能停，还是要尽量捕捉到多的素材。

冉霖也跟着记者闪到一边。

陆以尧的真人比电视上还有味道，他以纯欣赏的角度把这位优秀同行看了个够，这晚上就算没白来。

咦？陆以尧毫无预警地看过来，冉霖没来得及收回视线，四目就相对了。

原本在经纪人和助理陪同下准备快步离开的陆以尧，忽然往冉霖这边走过来。冉霖瞬间紧张，没等他反应过来发生了什么，陆以尧已经揽住他的肩膀，灿烂微笑：“谢谢你们来为我接机。”

不是你，是你们，这一刻的冉霖，代表着刚才山呼海啸般的所有粉丝迷妹。

冉霖看看陆以尧，再看看自己手里的灯牌，忽然生无可恋。

这厢陆以尧带着他一起面向记者镜头，那厢娱记们心领神会，立刻咔咔一顿拍。冉霖咽了下口水，只能配合着露出尴尬但不失礼貌的笑容。

灯牌上的“尧”字在镜头面前闪啊闪，替持牌人诉说着对偶像无尽的爱。

陆以尧可能是良心发现，觉得自己先前用歪招不太厚道，于是满腔歉意都回报给了举着灯牌的幸存粉丝；也可能是逢场作戏，卖个爱粉丝的好人设。但不管哪种，冉霖都觉得自己吃亏了。

“你是……冉霖？”

娱记中终于有见多识广的，认出了这位十八线男星。

“还真的是冉霖！”

“原来你也是陆以尧的粉啊哈哈！”

“别是为追星才进的娱乐圈吧！好励志！”

围攻的对象从陆以尧变成冉霖，娱记们明显放松随意许多。

但是冉霖不想说话，他现在只想对所有人砸灯牌。

第二章

“我不行了哈哈哈哈，冉霖你真有才，举灯牌这招怎么想的哈哈哈——”

回来路上，围观了全程的贺嘉一还是捂着肚子笑个没完。

连惯于沉默寡言的陈翎都忍不住跟着乐。

大家都以为他是临时起意突发奇想，故意去蹭陆以尧的热度。但这做法又真的特别招笑，尤其在被娱记认出来之后，场面一度很酸爽。所以反而不想嘲讽了，只想尽情地乐一乐。

冉霖被笑到没脾气。只觉得这件事特别像古代故事里的鬼打墙——鬼使神差地捡了灯牌，鬼使神差地原地没动，鬼使神差地跟陆以尧四目相对，鬼使神差地温馨合影。

可能那是块承载着太执着粉丝心的灯牌，于是谁捡起来，都会被粉丝恶灵附身，不然没办法解释这一场神一样的乌龙。

不过直到最后，他也没有对娱记们发声。因为从陆以尧揽住他拍照，到对方觉得可以了，松开他匆匆离去，前后不过半分钟。即便最后知道了他似乎可能八成同样是个明星，也只是眼底闪过诧异，然后不等他反应，温柔放下手，以“旅途疲惫实在需要休息，各位抱歉了”，把和蔼可亲好明星的人设完美收官。

娱记们虽然让开通道，却还是一路追着陆以尧拍到了门外。

康回打电话过来让他们去另外一层拍照，说是韩泽已经回去了，就绪的摄影师感觉那里取景更好。不是商量，只是知会，三个人都懂，故而片刻不耽搁地奔赴指定地点。

娱记们或许会在陆以尧上车之后回来，继续深挖这则十八线男星举灯牌迎接偶像的八卦，或许不会回来，直接继续跟车陆以尧。但这些跟冉霖都没关系了。

之后的拍摄很顺利，没多久，三个人便跟着经纪人上车返程。

康回终于在贺嘉一的嗤笑和只言片语里，拼凑出了事件原貌，当即就黑了脸。冉霖心里一沉，知道自己要挨批评教育了。

入圈两年，他虽煳到十八线，但对圈里的各种套路早已了然于心。

什么是红？红就是有热度。那怎么才能有热度？条件好关系硬有资源肯努力的，在靠一部部戏来攒好感刷脸之余，还要炒些话题；条件差没背景无资源的，那就更得无所不用其极地去博头条了。

像刚刚那样的机会，简直天赐良机。他最该做的就是抱住陆以尧大腿表达我已经粉你很久了虽然我是个明星但是我在你面前就是个小粉丝嗷嗷嗷的痴汉心情。顺利的话，不仅能蹭个新闻，还能借机和陆以尧攀上关系。

陆以尧的团队自然不会让他面对镜头打一个小粉丝的脸，于是他俩关系究竟好不好不重要，只要让粉丝以为他俩从今天开始一见如故惺惺相惜了就行。

最坏的结果，陆以尧的粉丝不买账，狂黑他。那又如何？黑也是一种热度。

结果他倒好，对着镜头一句话没说，眼睁睁把上头条的机会从眼前放过去了。就算明天全网放出他举牌等陆以尧的新闻又怎样。没互动没交流没金句，就几张照片，或者几十秒的尴尬视频，炒都没地方下手。

意外的是康回没说什么，只是阴郁地看了他半天，最终摘下眼镜，疲惫地揉了揉眉心，然后问陈翎："后天的歌友会没问题吧？"

陈翎不知道怎么话题就跑自己这边来了，呆愣半天，才回答："哦，没问题，排练好几遍了。"

康回点点头，然后闭目养神，再不发一言。

贺嘉一撇撇嘴，显然全程围观了康回的态度，嫌恶之情溢于言表。

倒不是为冉霖同仇敌忾，他只是单纯跟这个经纪人不对付。艺人如果跟经纪人不对付，那就别指望红了。不过贺嘉一不在乎，反正他早就看不见前途了，现在就等着约满转行，拿着积蓄去搞第二职业。

冉霖没有不喜欢这个经纪人，毕竟是一出道就跟着的。但他能理解贺嘉一的心情。因为他们两个一样，现在都处于被放弃的状态。

是的，其实都不是放养了。

康回一个人带三个艺人，但他的资历和资源都有限，所以只能挑一个来勉强维持。陈翎就是被选中的那一个。很简单，陈翎能唱，而且是词曲唱俱佳，除了能跑通告开歌友会，还能给影视剧甚至是电影写写歌。

娱乐圈不缺冉霖、贺嘉一这种好看的人，但是才华，哪个地方都喜欢。

所以面对冉霖的扶不起，康回连说都懒得说了。

冉霖回贺嘉一淡淡微笑，有释然，也有无奈。

其实就算他刚才抱了陆以尧的大腿又怎样。没作品，没口碑，没资源，没前景，再有热度也是昙花一现。微博上的热门话题一小时就能更新一次，再大的热搜事件，晃荡两天，也就被忘了。

公司司机开车的路数很像夺命狂奔，挨着车门的冉霖把头抵在玻璃上，看着街景迅速后退。

他今年二十三岁了，不知道还有多少青春能在这个圈子里挥霍。

机场插曲的另一主角，陆以尧先生，转头就把这件事情忘了。

等到坐着保姆车回到自己位于朝阳区的某大户型豪华公寓，洗个酣畅淋漓的热水澡，连电影节的美好瞬间都顾不上回味，便一头扎进柔软大床，踏实酣眠。

同一个夜晚，同一个朝阳，一个中心 CBD（商务区），一个快出东五环。

跟周公跳恰恰的两个人谁都未曾察觉，在另外一个空间，在那个永远都有成千上万睡不着的人的微博上，他们的“友爱视频”正在慢慢发酵。

“陆哥，咖啡。”

机灵的助理小弟早就摸清了陆以尧的习惯——早餐就是雷打不动的三明治，倘若前一日作息正常，就配拿铁，要是舟车劳顿，或者熬夜赶戏，那就配黑咖啡。

很少有人会同时喜欢几乎喝不到太多咖啡味的拿铁和纯粹到没任何修饰的黑咖啡。但自己这位老板是个例外。

不过如果所有同行交流时都会抱怨明星难伺候，而你却觉得自己老板人还不错，甚至很多时候你觉得他应该生气时他都不会发火，那么就算有点不合常理的癖好，也是美的。

“嗯。”陆以尧头都没抬，只是哼了一声，而且哼得还没什么好气。

助理小弟愣住，心说真不能夸人，这刚夸完，咖啡也不伸手接了，一直说的“谢谢”也没了。虽然他不求这个，但习惯了之后再收走，还是难免别扭。

腹诽归腹诽，助理还是麻利地把咖啡放到了化妆镜前的桌子上。

已经给陆以尧化好妆，正在弄头发的化妆师姐姐给了小弟一个眼神，后者心领神会，乖乖闪到后面去了。老板在生气，而且是那种不能靠修养化解，只能尽力压制，然后让五脏六腑都郁结得严重的生气。

手机被砰的一声扔到了桌子上，撞着了咖啡纸杯。幸而这家咖啡店的外带包装有厚度有硬度，只是杯底往旁边蹭了半厘米，很快重新稳住。

陆以尧刷了一早上微博，化妆师就跟着一心二用地看了一早上微博。虽然不厚道，但以她一个旁观者的角度来说，这件事真的可以拉上几个姐妹点个下午茶来专门开八乐一乐。

事情是这样的。早上 8 点，据说昨天根本没睡上几个小时的陆大明星被其经纪人红姐带着保姆车从家里直接运到了这个化妆间。因为中午有个通告，就在本市，给他最近代言的一款产品站台。

陆以尧虽然睡眼惺忪，但也敬业地让化妆师折腾。奈何一个哈欠接一个哈欠，委实无聊，出去买早餐的助理又不知道是不是也冲进了早高峰，迟迟不归，于是他只能在不影响脸部肌肉的前提下，刷刷微博，看看 @，聊胜于无。

哪知道点开一个圈内朋友 @ 他的信息，就看见了自己。刷微博看见自己这件事，在陆以尧这里不新鲜。但今天不同，今天微博里的自己旁边，还贴着另外一张脸。

话题还在酝酿热度阶段，陆以尧看过去的时候，留言还在持续地增加。标题是“这年头长得丑都没办法追星了好悲伤”，配的就是他跟冉霖的合影还有一段十几秒的视频。

视频拍得很仓促，杂音很大，但画面很清晰，而且最后娱记们调侃的几句听得真真切切。他和冉霖肩并肩，平心而论，确实是挺好看的风景。

陆以尧这才想起昨天晚上还有这么一出。

很快，最热的两三条同类微博下面已经有了过千回复，显然夜里的人们刷完去睡了，早起上班的人们接着刷。

热门留言大多是“啊啊啊这也太帅了”或者“嗷嗷嗷我陆神的魅力就是秒天秒地秒同行”。也有个别真爱粉吐槽冉霖蹭热度，但很快就会有理智粉在下面回复“多一个人喜欢也没什么不好，请不要给陆神招黑”。

被蹭热度这种事，陆以尧已经习惯了，况且冉霖也没对着镜头做什么让人困扰的事，或者说一些出格的话。

事实上那人根本一句话没说。弄得陆以尧回想起来，也不敢肯定这究竟是炒作还是真爱粉了。然而只过了半个小时，舆论导向忽然有了微妙的变化。

先是几个网友转发视频然后问“只有我一个人觉得冉霖笑得非常尴尬吗？”。接着就是越来越多的网友回复“你不是一个人！”。

然后神奇的事情发生了——机场监控视频泄露。

视频里，从他的“替身”把粉丝吸引走，到冉霖犹豫地上前捡起灯牌，再到那人看着垃圾桶的方向迟疑，最终，自己潇洒地出现在抵达出口，把人家单方面认成粉丝揽入怀中。

监控视频有影没声，只这么看，完全可以解释成“冉霖故意捡起灯牌假装粉丝”。可最终被带起节奏的，却是“被明星误认为是粉丝怎么办？我真的只是想爱护环境卫生啊。”。

这个话题可比之前的话题有戏剧性多了，并且是人民群众最喜闻乐见的那种反转。很快，两段视频就被某娱乐营销号拼接到了一起，而且还非常贴心地做了后期，尤其是那30秒的冉霖没说一句话的视频，愣是被从头到尾配了旁白字幕，而且神应景。

他揽住冉霖肩膀，冉霖呆愣——【这位明星，这可能是个误会。】

他拉着冉霖一起面对镜头，冉霖依然呆愣——【怎么办？我要不要现在跑！】

视频过半，冉霖不易察觉地叹一口气——【算了，打人不打脸，将错就错吧。】

后三分之一，冉霖露出尴尬微笑——【心好累……】

尾声娱记乱喊，冉霖继续微笑——【陆以尧，你欠我一座奥斯卡。】

视频结束，黑幕红字——【我不是你的粉丝，但我爱你爱得深沉。——冉霖】

该视频一出，众营销号立刻疯转，瞬间成了热门话题。围观群众跌掉下巴，但因为配的字幕太喜感了，于是底下清一色“哈哈哈哈哈”。

陆以尧这个时候要再嗅不出猫腻，那就白在娱乐圈混四年了。不管冉霖捡起灯牌是无意还是蓄谋，眼下这波节奏，必然是对方团队带起来的。

自己在娱乐圈的地位虽然还是小辈，可正值话题与热度齐飞，流量共人气一色的爆发阶段，弄好了，未来就是康庄大道。

现在这个时候往自己身上沾，倒是挺会打算盘。

好在冉霖完全不出名，所以这视频里“明星误解明星”的噱头，其实和“明星误解路人”没有太大分别，唯一的笑点就是“好尴尬呀”，但尴尬完了，也就完了，一个段子罢了，掀不起太大水花。从留言就能看出来，最热的营销号，下面也就两千来条。只要自己不回应，这事的热度转眼就会下去。

陆以尧在这样自我安慰的庆幸里，等来了助理的咖啡。其实也是助理运气太背，但凡他早回来两分钟，陆以尧都不会这么生气。

偏偏没早没晚，他出声的那一刻，陆以尧那颗有修养的心正好炸裂成一片片——冉霖和陆以尧两个名字绑在一起，空降热搜。

微博里从来都没有无缘无故的热搜。

就算吃瓜群众很闲，但几十万小伙伴们同时在搜索框里输入同一个关键词的概率有多高？多胞胎都没这么心有灵犀的！

所以不是群众刷出了热搜，是某种神秘力量先给你一个热搜，然后你顺着热搜过去，这才成为那几十万甚至上百万搜索量中的螺丝钉。

陆以尧的团队也干过这种事。尤其《夜雨十年灯》口碑不是特别顺的那段时间，他喝个黑咖啡都能上热搜，关于演技爆棚的通稿更是铺天盖地全网飞，团队恨不得把他弄成这部剧中唯一的清流，弄得他自己都有点心虚，问红姐这样会不会做得太过了。结果没等自己工作室的宣传团队停手，出品方也不想坐以待毙了，怒砸宣传费，誓要把热度炒起来，弥补口碑上的疲软。于是刚喝完黑咖啡的陆以尧，又开始在热搜里跟女主角花式秀恩爱。

天地良心，女主角背后是有个爱妻狂魔的隐形富豪男友的，故而电视剧杀青之后除了公开宣传，私底下他跟女主角连电话微信都没有交换过，更别提“陆以尧承认 ××× 就是自己的择偶标准”这种一看就假到不行的标题党。

但没办法。热搜里“陆以尧”三个字的所有权已经不属于自己了。它属于经纪团队，属于电视剧片方。于是这个名字就成了一个洋娃娃的换装游戏，今天穿热裤，明天穿洋装。唯一的区别只在于经纪团队打造的热搜，可能是陆以尧的现实生活，也可能是陆以尧的电视剧角色；电视剧片方打造的热搜，则要永远带着《云章》的 tag（标签）。

所以“冉霖 + 陆以尧”这样的组合空降热搜，让陆以尧很生气。自己的经纪团队再怎么宣传，永远不会在未经许可的情况下绑定他人，这是陆以尧给宣传团队定的红线。

姚红曾委婉地劝过他，说清高这种东西在娱乐圈，是致命的。吃瓜群众不会关心你的姿态，他们最直观看见的就是这个明星很活跃，总有新闻，而那个明星总没消息，八成 flop（失败）了。

陆以尧却觉得这不是清高。他要真清高，就不可能配合着天天吃喝拉撒都往热搜上跑，拍个哭戏不用滴眼药水就成了通告里的鲜肉身戏骨魂。

但花式炒自己是一回事，消费别人又是另外一回事。

这是陆以尧的做人原则，和当不当明星没关系。所以他愤怒，这愤怒不光来自被消费的郁闷，更多的来自对自己愚蠢的懊恼。

套路，彻头彻尾的套路。从冉霖选择那个时间穿着那件减龄十岁的棒球服出现在机场，套路就已经开始了。

别和他提什么巧合，误会。那么多接机粉丝怎么就偏巧掉下来一个灯牌？那么多机场地勤怎么就他一个十八线明星爱护环境？捡起来灯牌怎么就莫名恍惚了站在出口前面不动？机场监控流出的时机就那么巧？八卦营销号就那么闲自己动手做视频后期？

去你的吧！

化妆师看着自己老板胸膛起伏，五内俱焚，一张英俊的脸凝眉冷目，面部肌肉僵硬得就像打多了玻尿酸，特想心疼地劝一句，实在难受，就别总憋在心里，直接骂出来吧，但她知道自己劝了也没用。

十二岁被送到英国私立寄宿男校念中学，二十岁大学肄业才回国投身娱乐圈。人生中性格塑造最关键的 8 年都是在浓郁的英伦风里度过的。

虽然陆以尧自己从来没有说过。但工作室里的同仁包括红姐都看得出来，陆大明星一直致力于做一位有教养的绅士。

陆以尧的黑咖啡香没有飘到梦无涯。

这会儿的冉霖正坐在公司空荡荡的会议室里，啃包子，吸豆浆，刷微博。

从 10 点多被召唤到公司，他已经被晾在这里快一个小时了。除了康回的一句“不许在微博上出声也千万不能手滑点赞”，再没收到其他命令。

百无聊赖，只能在这临近中午的空虚时光里，啃早餐。要不是被打断，他能在自己的小窝里睡到日落西山。

不过现在，他是想睡也睡不着了。空降微博热搜，公司竟然会在他身上砸这种钱，简直不可思议，更不可思议的是，还真就把话题带起来了。

从最开始的“史上最尴尬接机”，到现在的“在一起”，节奏带得不要太好。

而且陆续的，开始有自己当年参演的电视剧视频被挖出来了。于是底下又一轮“啊啊啊鲜出水”“为什么出道是少年现在还是少年啊摔”的热评。

一步一步，循序渐进，堪称微博宣传教科书。

康回根本不可能有这种操作技术。

冉霖眯起眼睛，一边啃包子，一边头脑风暴。阳光从落地窗照进来，打在他少年般的侧脸上，睫毛在光影中延展出漂亮的弧度，像极了校园自习室里的男神校草。当然，男神是不会在自习室里啃包子的。

中午 12 点，会议室的大门终于被人打开。几乎要在秋日的阳光里昏睡过去的冉霖慌忙从桌上爬起来，待看清来人后，立刻起身站直："希姐。"

冉霖虽然瘦，总归是一米八的大小伙。可在一米六八的王希面前，气势顿时被秒得渣都不剩。

王希四十岁出头，但看起来就像三十五岁左右。她今天穿了一套亚麻灰的职业装，上身马甲内搭白色衬衫，下身九分裤配细跟高跟鞋。马甲腰线收得刚好，勾勒出曼妙腰肢，内搭的衬衫款式经典，细节处见小心思，裤子脚口微收，露出一点点脚踝，跟高跟鞋搭配出视觉整体感，衬得双腿笔直而修长。

"坐。"王希的态度很自然，自然得根本不像是第一次和冉霖正面对话，倒像是老板要找员工谈心。说完之后便绕到大会议桌的另一边，自己先坐下了。

冉霖忙往右侧走两步，待到跟王希的位置正好面对面，这才坐下来，不自觉挺直腰板。

"一上午就在这里睡觉了？"王希的声音有些冷，连带着玩笑听起来都是嘲讽多过调侃。

冉霖是个面上嘻嘻哈哈看起来特别喜欢开玩笑的人，但其实什么时候该正经，他比谁都门儿清。

"刷了两个小时微博，后来怕再刷下去万一手滑，把公司好不容易给我带的节奏破坏了，就没敢再动。"

王希微微歪头，第一次饶有兴味地认真打量起冉霖："你比我想象的聪明。"

冉霖尴尬地笑，接茬也不是，不接茬也不是，最后无辜地挠挠头，索性摊开直来直去："希姐，公司都有些什么安排，您就直说吧。"

王希淡淡抬起眼皮："之前是公司配合你，现在开始，需要你配合公司。"

冉霖愣住，小鹿般的眼睛眨了两下，确实听没懂。

什么叫公司配合他？他一上午除了去厕所，连会议室都没敢出好嘛！

王希也没指望他一点就通，进一步解释道："昨天晚上的事你干得不错，挑的时机好，运气也好。但在这个圈子里不能靠运气，得靠运作，懂？"

冉霖顿感狼狈，连忙说："不是，希姐，昨天晚上那事是个乌……"

"不用跟我解释，误会也好，蓄意也罢，没区别。"王希身体微微前倾，犀利的眼神紧紧锁定冉霖，"我在意的是怎么通过这个契机，让你咸鱼翻身。"

冉霖点点头，不再发言。咸鱼没有资格多话。

"没问题的话，等会儿公司会帮你发一条微博@陆以尧，你要觉得不放心，自己发也行，但内容必须按照我们设定的来。至于后续互动，先看看陆以尧的反应再说。"

冉霖没说话。

王希问："又不懂了？"

"我能先看看微博草稿吗？"

王希微微皱眉，不太欣赏冉霖的多思多虑。她更喜欢听话的艺人，让做什么做什么，因为她给对方做所的决定一定是最高效最有益的。

不过刚开始，以后慢慢调教就是了，起码冉霖理解能力不错，一点就透，反应也快，省了她不少工夫。

大部分明星微博都是艺人和公司共同打理，前者发生活发心情，跟认识的人或者明星互动留言，后者发修完图的街拍、自拍、剧照、活动照以及一切广告宣传。公司可以授意明星发些看似高情商的热点评论，买卖人设，以及用什么姿态卖萌，跟其他明星互动，但很少直接帮明星发这种有些私人的东西。毕竟明星也是人，也想要有自己的观点、看法和朋友圈。

故而虽然冉霖的微博账号密码公司都有，但涉及圈陆以尧，还是要跟他提前打招呼。

【我真的不是故意的。笑哭。@陆以尧】

冉霖看着王希掏出自己的手机在很短时间内编辑好的这条短信草稿，心里的草原上跑过八百匹骏马。他要是陆以尧，看见这条微博，能先把这个叫冉霖的拉黑，然后再从黑名单里拽出来上个清朝十大酷刑，然后再拖黑！

"视频已经那么热了，转发一下卖个萌，没什么大问题吧。"王希说得云淡风轻。

冉霖却只从这条草稿里看出来四个字——婊气冲天。他内心挣扎半天，还是提了这个一定会被喷的要求，"能不圈陆以尧吗？"

事实上他连微博都不想发，但要直接这么说，估计连谈的余地都没了。

果然，王希的脸色黑下来，声音也彻底冷了："不圈？敢情所有人忙活一上午都玩儿呢？还是说你觉得自己挺有热度，根本不用蹭人家流量小生。”

硬着头皮对上王希锐利的眼神，冉霖努力让自己的态度看起来不会过分抵触，但也不会过分退让：“我知道公司在我身上付出的精力，不然以我这种早就煳到地心的，就算搭上陆以尧，也不会有现在的讨论度。但是现在微博上已经有骂我蹭热度的了，要是这时候@陆以尧，会不会蹭得太明显？”

王希轻笑，语带嘲讽：“现在已经很明显了，所以你继不继续蹭，牌坊也立不起来。”

话刺耳，但冉霖没时间生气，他现在只希望能把未来被陆以尧真爱粉或者围观群众吐槽的猛烈程度控制在最低：“这样希姐，微博我发，陆以尧我也圈，但是内容我自己编辑行吗？编辑好了给您过目，您觉得行，我再发。”

王希定定看了他半晌，想找找有没有玩心眼或者动歪脑筋的迹象，但似乎没有，就是挺真诚的那种商量。

“行，不过，”既然对方痛快答应圈陆以尧，那她也让一步，她涂着裸色甲油的手指轻叩深色的实木桌面，一字一句道：“不翻身的机会就一次，你抓不住，神仙也捧不红你。”

冉霖笑笑，不置可否。可能是根本没红过的缘故，他对于大红大紫，早就没了那样强烈的渴求。但他想演戏，如果红才意味着有戏演，那就按照游戏规则来一次吧，只是，有点对不起陆以尧了。

5分钟后，接过冉霖手机看微博草稿的王希挑起秀得漂亮的柳叶眉。

她没看冉霖，但对着手机屏的眼里难得出现赞许，声音也多云转晴：“其实你就算按照我的草稿发，陆以尧也不会正面打你脸。一分钱没花就上了热搜，他的宣传团队高兴还来不及，况且，他还得继续卖好好先生人设呢！不过你现在这样一改，倒是更容易招好感了……”说到最后，王希终于抬头给了他一个纯粹的微笑，“你还不算笨。”

冉霖尴尬地笑，同时在心里又给陆以尧赔了一百遍不是。

北京时间下午1点，热搜漩涡中的主人公冉霖终于发声。他转发了那条最热门的配了字幕的视频，然后在微博里写道——【#遇见一个尊重爱护影迷的偶像你粉了吧#不管以前是不是，反正从这一刻开始，我就是你的铁粉了，请接收我爱的光束！ @陆以尧】

不用公司带节奏，冉霖的微博就先炸开了！先是一群也不知道是粉丝还是路人的妹子们啊啊啊地在粉红泡泡里晕倒，接着陆以尧的粉丝大军闻讯赶来，整齐划一地刷陆以尧是对粉丝最好的爱豆，感谢你喜欢他。

当然也有不和谐声音，比如个别玻璃心的真爱粉，上来就喷滚，别蹭陆神热度！但很快就会有粉丝组团制止，你没有权利帮陆以尧赶走任何一个粉丝，Po主对不起，请不要放在心上。

冉霖在心里舒口气，这已经是他能想到的最好的局面了。反正都蹭热度了，索性蹭得坦荡些，顺便再给陆以尧刷一波好感。这样就算陆以尧的粉丝们想吐槽，也会看在他夸了陆以尧的份上，嘴下留情。

冉霖，你这个心机婊！

骂完自己，冉霖又默默祈祷希望陆以尧是个没心没肺的人。因为生气是肯定的了，都是圈里人，都熟悉怎么玩，忽然被@，谁也别把谁当傻子。但一没心没肺呢，脾气便来得快去得也快，这样陆以尧舒服，他也少点负罪感。

同一时间，长安街旁边某商场。

山呼海啸的粉丝把大厅围得水泄不通，临时搭起的宣传发布会舞台上，主持人请前来站台的品牌代言人陆以尧最后给全场支持他的粉丝提供一些福利。

“这可难倒我了。”陆以尧露出困扰神色，眼睛却仍带着笑，弯弯的，电力十足，偶尔看台下，便能引起粉丝阵阵尖叫。

“这样吧，”眼看时间快到了，主持人机灵解围，“很多粉丝都是通过《云章》这部戏成为你的迷妹的，能不能演绎一句剧里的台词，让大家重温一下云章这个角色的魅力？”

陆以尧很喜欢这个提议，立刻点头，然后面向台下，几秒钟，便进入情绪。

台下粉丝屏住呼吸，偌大的商场瞬间安静。

再抬眼，笑意已经没有了，台上的男人明明是与剧中不相符的时尚造型，但看过剧的人都能感受到，此刻的他不再是陆以尧，而是被挚爱伤到最深恨到极致的云章——“你不要问我什么时候可以放下。因为我爱你，所以我永远都放不下，也、永、远、不、会、原、谅、你！”

鸦雀无声的三秒之后，忽然掌声雷动，尖叫爆棚。

北京时间晚上6点，发酵了一天的机场乌龙，终于等来了另一位当事人陆以尧的回应——

【真爱粉颜值太高，我也很绝望啊，扶额//@冉霖：#遇见一个尊重爱护影迷的偶像你粉了吧#不管以前是不是，反正从这一刻开始，我就是你的铁粉

了，请接收我爱的光束！@陆以尧】

经营一个良好的公众形象有多辛苦？陆以尧觉得这要看每个人对“辛苦”的定义。反正在他这里，明明心头滴血，还要微笑卖萌，已经是对自己下狠手的极限了。

第三章

道高一尺，魔高一丈。陆以尧四两拨千斤，就把冉霖这边下大力气刷出来的热度，全部收割。这就好比你费劲巴拉挥锹抡镐炒了一锅糖炒栗子，最后出炉，人家两毛钱包圆。

机场乌龙的魅力本来就在陆以尧，如果今天误会冉霖的是另外一个十八线，鬼才懒得看。于是当期待值被冉霖的主动@吊到最高点时，陆以尧的回应，便犹如这一事件最高潮处的绚烂华彩。

粉丝也好，路人也罢，终于可以踏实地长舒口气，然后或尖叫得声嘶力竭，或乐呵得兴致盎然，携手奔向陆以尧的微博下面刷自己酝酿了一天的观后感。

陆以尧发微博的时候，冉霖已经被打发回了宿舍公寓。其实这一整天他坐在公司会议室里就干了一件事——发那条圈了陆以尧的微博。

剩下的时间都在等待陆以尧的回应。奈何陆以尧实在太沉得住气，于是下午4点多，还有其他事情要做的王希便在叮嘱完之后，放他回了宿舍。

王希叮嘱的事情有三件，信息量其实挺大的，但似乎料定他能够听懂领会，对方只言简意赅说了一遍——

“第一，最近这段时间，一切与微博有关的操作，都要等待公司授意，绝对不可以自由发挥更不能放飞自我；第二，明天公司会安排你去韩泽的剧组探班，届时会有一个同样在探班的八卦娱乐资讯节目现场对你短采访，机场的事肯定会被问到，你最好提前有个准备，打打腹稿；第三，以后你的通告事宜由我接手，我可能没办法像康回那样天天围着你转，但我们本来也不需要成为一家人。你只要记住，我能让你红，就行了。”

艺人和经纪人是什么关系？如果这个艺人足够红，那么他的经纪人是为他服务的。如果这个经纪人比艺人还红，在这个靠资源靠人脉的圈子里刷脸比艺人还好使，那对不住，人家是来带领你奔小康的，让你种水稻，你就得弯腰插秧。

“看微博了吗？”6 点 02 分，陆以尧微博刚发出两分钟，王希的电话就进来了。

冉霖正在淋浴洗澡的攻坚阶段——洗头。幸而手机被放在洗手台边上，以至于顶着一脑袋泡沫的他尽管狼狈，还是第一时间拉开浴帘，伸胳膊触屏接通，顺带按了免提。

“还没有，希姐，怎么了？”

“陆以尧回复了。”

“真的？怎么回的？”

“你不会自己看？”

冉霖沉默了。

“你在卫生间？”

冉霖一惊，第一反应是拽过浴帘遮住下半身，然后抬头看黑白色块拼接的卫生间吊棚，仿佛在这片诡异方格的某个阴暗角落正藏着一枚犯罪的监控探头。

“你声音都带上混音了，一听就是封闭空间。”王希似乎在他手忙脚乱拉浴帘的声响中脑补出了一些东西，难得声音里带上笑意，“他转你微博跟你互动了，态度很聪明。你看看可以，不用回他，再回就显得多余了，但记得关注他。”

“嗯。”

挂了电话，冉霖伸手把氤氲着水汽的镜子擦出一条透亮。

有限的镜面空间里，映出头发被香波揉得乱七八糟的少年。明眸皓齿，青春元气，介于男孩与男人之间的满是胶原蛋白的一张脸，退去了婴儿肥，却还远没到成熟男人的棱角分明，好看，也耐看。

“你也就骗骗小姑娘吧。”冉霖伸出手指怼怼镜子里的无害脸，“陆以尧现在肯定想把你家族谱拿过来挨个问候。”

迅速冲净头发，草草用沐浴露收了尾，冉霖这才抱着手机滚回床上，带着阅读某种重要文献或者旷世巨著的敬畏心态，点进了陆以尧的微博。

陆以尧呈现给公众的态度在冉霖的预料之中，但做法远比冉霖预想的更妙。

不愧是人气和口碑能一起抓得住的明星。

不管这态度是陆以尧自己的，还是团员授意的，都是最漂亮的回应。

从陆以尧微博下的回复也能看出来，除了粉丝比心，就是一水的路转粉。

冉霖轻轻舒出一口气，有点自我催眠地想，陆以尧既然同意或者愿意发出这样一条微博，是不是意味着他也没那么讨厌被蹭热度……

【震惊，陆神商场秀演技，云章隔空怒回魂！！】

“……也、永、远、不、会、原、谅、你！”

为什么要手欠地点开这个饭拍视频？

为什么要让他看到这个视频的拍摄时间就是今天下午？

为什么电视剧杀青这么久了，陆以尧的演技还能说回就回如此真切？

一晚上做梦，冉霖都在想这些问题。

梦中的商场临时舞台上多出一个人，那人模样身材都像极了自己。陆以尧爆发的还是这段台词，不过不再是对着台下粉丝，而是对着台上的那个人。后来陆以尧好像还想动手，主持人见势不妙，立刻插科打诨，然后冉霖就被吓醒了，再没睡着——这个无风无雨的秋天夜里，十八线男星冉同学许下心愿，最好这辈子跟陆以尧山水永不逢。

去韩泽剧组的探班很顺利。虽然韩泽私底下对他不冷不热，但面对镜头，还是摆出了同公司艺人的团结友爱。果然，八卦娱乐记者一看见冉霖，就来了精神，恨不能把机场那件事的前因后果外带心路历程采访个底儿掉。

幸而王希及时打断，把他拉走，否则他准备的场面话八成就不够用了。

然而最终娱乐节目里呈现的，还是一个对乌龙事件有些害羞的青涩少年，不仅没有嘚瑟，还颇为真诚地对给陆以尧带来的困扰表达了歉意。

采访是在两天后播出的，那时候机场乌龙的热度已经下去了不少，但余韵仍在，故而冉霖又收获了大批路人缘，粉丝数量稳步攀升。

结果就在节目播出的这天，陆以尧回应了他的关注——跟他互关了。

互相关注本是公司最希望的发展，就像之前陆以尧的回应，公司也乐见其成。但不知道为什么，冉霖总觉得陆以尧做出这些动作的时机耐人寻味。

比如转发回应他的微博，是在事情发酵一整天，对方商场吼完台词之后。再比如这一次，采访播出，已经降下去的讨论度二次回升。

陆以尧选择的时机，就像是在用这些行动来表达他的态度。而且冉霖总觉得，陆以尧的回应越鲜明，越表示他的情绪在剧烈波动，虽然这样的推断没有任何依据。

采访播出 + 微博互关，还不算完。当天晚上，某知名二次元大触发了云章 X 令狐小刀的 CP（情侣）视频。

令狐小刀是冉霖演过的所有男 N 号里，扮相最俊美的一个古装角色。虽然这部剧从播出到结局，收视率一直惨不忍睹，连电视台都不愿意重播，但令狐小刀，还是成了一小撮二次元迷妹心头的白月光，云章不用说，根本已经成了无数迷妹的老公。

更致命的是该视频制作精良，把云章的 cut（部分）片段和令狐小刀的 cut（部分）片段剪辑到一起，生生凑出一幕虐心腐向 MV（视频），且从剪辑到配乐，一气呵成，行云流水，短短四分钟，却几乎比两部原作都要精彩。

圈内人一看就知道这是花钱请人做的。虽然很多大触们都会为自己的白月光剪视频，但时机卡得这么准，一互关就放出，并且一放出就被各大营销号转发，刷粉红色泡泡，那就耐人寻味了。当然吃瓜群众不会管这么多，尤其一大波迷妹，瞬间狼血沸腾，萌到出血而亡。

云章 X 令狐小刀一路冲上热搜。

两个当事人都没再回应，也再没有互动。但毕竟有爱迷妹们是一群能从简单的互相关注里就脑补出八十集偶像剧的战士，于是 CP（情侣）热搭着机场乌龙的风，吹得更猛、更远。一个月后，陆续上了一些小型通告的冉霖，收到了真人秀《国民初恋漂流记》的合同。

《国民初恋漂流记》是 XX 卫视斥巨资倾力打造的一档明星旅行 + 冒险 + 生存 + 闯关的真人秀节目。单从策划案上看，针对性不强，有点大杂烩的意思，不像别的节目，从名字就能看出要么亲子，要么益智，要么唱歌，要么劳动。甚至纯旅游的综艺也有，主打就是美景 + 明星。观众根据自己的喜好，一眼就能选择出感兴趣的。但从明星阵容上，这个节目的特色就出来了——陆以尧 + 张北辰 + 夏新然 + 顾杰 + ？

有名字的这四位，全是眼下娱乐圈最出彩的新生代。年纪最大的顾杰二十五岁，年纪最小的夏新然二十二岁。虽然娱乐圈不乏比他们还年轻的，但要么人气跟不上，要么形象气质不符合策划标签。更重要的是，这几位都算得上少年成名，都曾被公司在通稿里捧成“国民初恋”。

陆以尧不用说，出道就是一部小说改编的青春校园电影。虽然那个时候他还在英国读大二，只是趁假期回国演了个男三号。但影片一上映，就取得了不错的票房，加上男一男二的“演技衬托”，他这个才在曼彻斯特大学戏剧与表演专业读了不到两年的半吊子，倒是赢得了最多的人气，成功踏入演艺圈——当然后来因为大部分时间都在国内拍戏，最终肄业，于是很快，公司就不再给他卖学霸人设了，只是百度百科的学历栏里还低调地挂着这个没读完的大学。

张北辰和夏新然，一个二十三岁，一个二十二岁，都是四年前，一场名为“你还是少年”的选秀中出来的人气偶像。当时铺天盖地的妹子们想做他们的女朋友。

张北辰剑眉星目，英气逼人，夏新然唇红齿白，精致秀气。一俊朗一漂亮，都在后续的影视作品中有惊艳表现。时至今日，大家已经渐渐忘了他们的秀星身份，但仍记得他们留下的“青春男朋友”的人设形象。

顾杰是这些人里风格最鲜明的一个——荷尔蒙爆棚风。他的成名作是二十岁那年演的一部古装探案剧，他在里面扮演一个沉默寡言但武功奇绝的江湖少年。最初背负血海深仇，后经过男主的帮忙，家门沉冤得雪，大仇得报，便成了神探男主的忠犬。

那部戏捧红了男主，也捧红了他，尤其他在刚出场时并不获好评的情况下——他的颜值在偶像剧这种高标准严要求的环境里实在只能算一般，加之肤色略黑，扮相诡异，也不知道是不是得罪了化妆师——后期凭借与女二号的虐心感情线，触底反弹。

而在快结局的一场戏中，编剧又让他秀了一下身材。群众这才发现，哇，穿衣显瘦脱衣有肉啊，和外面那些孱弱的走花美男风的弟弟们完全不同，性感的直男荷尔蒙扑面而来！

人心就是这样。看你不顺眼的时候，你美也是丑的，看你顺眼的时候，你丑也是帅的。何况顾杰也不丑，后来电视剧结束之后，出席各种宣传，走的也是干净利落的潇洒风，于是渐渐的，再没人觉得他不帅，都感觉他迷人得不要不要的，一个眼神都能让人怀孕的那种。

五位嘉宾，四个名字，前期节目组宣传的时候一直都用柯南中的凶手黑影来代替第五位。冉霖偶尔刷微博看见，以为是节目组的卖关子手段。

直到王希把合同交到他面前，他才知道，原来是节目组心仪的那位明星一直还在考虑，迟迟没给准话，节目组只能等待。

如今明星以档期为由明确拒绝，当然个中的真实考量只有那位明星自己清楚，王希才终于帮冉霖争取到了这个馅饼。

除了王希的手腕，也有运气成分在内。论名气，冉霖和这四位一起上节目，绝对是高攀。但录制已迫在眉睫，而节目策划的定位又是“国民初恋”，初恋哪那么好找啊！高人气明星一抓一把，但能自诩国民初恋的，档期合得上拍的，更重要的是还不会狮子大开口的，筛来筛去，就剩下近期风头正盛的冉霖，好巧不巧地这风头里还纠缠着陆以尧。

虽然这风头有虚高的成分。但架不住冉霖便宜啊！王希帮他接这档真人秀开的价格，能让节目组乐三天。一个想趁热度上位，一个想用最高性价比让节目顺利开录，双方一接洽，完美。

“条款都帮你看过了，有点严格，但不算太过分。毕竟是咱们求着人家，总要妥协一些。”见冉霖认真审视合同，王希不咸不淡地开口。

冉霖闻言眨了下眼睛，回过神。其实王希误会他了，他虽然是对着合同沉思，但脑袋里翻来覆去只想着一个人。

放下合同，冉霖有点担心地看向王希：“你确定他能接受我参加？”

那个冉霖求神拜佛希望山水永不逢的人，不光可能要重逢，而且还要勾肩搭背来场摸爬滚打的旅行。

冉霖现在汗颜得连对方名字都不怎么想念出来了。

生怕满天神佛听见，再在无耻罪孽录上记他一笔。

王希以为他要问什么大事呢，闻言莞尔：“他上个月就签合同了，不可能为你毁约。再说……”妆容精致的脸上又出现了常见的淡淡嘲讽，“他的咖位还没大到一句话就能左右节目组的选择。”

冉霖再无话可说。其实他想问的是我能不能不参加，或者就算上综艺，能不能换个人蹭，不要总可着一个人薅羊毛。

但他知道根本不用问。单看阵容，就知道这个综艺话题度低不了，能搭上这班车，王希肯定是下了苦功了。错过这一次，再想找这么好的机会，难。

上海，某杂志封面拍摄现场化妆间。

杂志方造型师给陆以尧换完造型补完妆，前脚刚离开，后脚陆以尧就对经纪人姚红刚刚带来的热乎消息表达了震惊还有愤慨。

“第五人是冉霖？！炒 CP（情侣）我已经忍了，他这是准备消费我到地老天荒？！”

化妆间里只剩下陆以尧和姚红，但前者还是最大限度压低音量，只用咬牙切齿来表达自己刚烈的心情。

红姐拍了拍自家艺人肩膀，力道很轻，但蕴含着无穷的安抚效应：“他价格便宜，而且也能跟国民初恋贴上边。”

姚红的声音和她的人一样，朴素亲切，自然细腻。

饶是愤懑如陆以尧，也渐渐平复下来，不过对于冉霖跟节目组宗旨贴边的说法，还是觉得可笑：“他算哪门子国民初恋？”

陆以尧自带电力系统，就连这种生气时候的挑眉，也迷人得不像话。好在姚红儿子都念高中了，于是平日里带陆以尧，也跟带孩子似的，宽容耐心。

不过姚红能把陆以尧带到今天，那也不是吃素的，只是与王希的霸气张扬不同，姚红是柔中带刚，处事更圆融透彻。

陆以尧见她迟迟不说话，只拿出手机来翻啊翻，疑惑道：“红姐……”

半晌，后者终于把手机递过来。

那是一篇两年前的娱乐版新闻，一看就是没话题创造话题也得硬着头皮写的那种——【如果有初恋，一定就是你的样子：史上最帅的白衬衫校草，冉霖。】

内容完全可以忽略，全是套话。

倒是配图挺有几分味道，夕阳，操场，双杠，白衬衫的少年。

“怎么样，跟初恋搭得上边吧。”姚红见他看得出神，轻笑调侃。

陆以尧把手机还给经纪人，沉吟良久，感慨：“他保养得真好。”

操场边的少年，和机场里的假粉，除了衣服不同，再无二致。

那是一张被时光遗忘的脸，永远定格在了最好的年华。

“别想其他了，好好准备。”姚红知道陆以尧已经接受现实了，只是还需要时间消散余韵，“这是你的第一个综艺，很重要。”

陆以尧却还是想在余韵里挣扎最后一下：“真的没有转圜余地吗？”

姚红沉默片刻，看进自家艺人的眼睛，语气平缓，却字字有力：“未来的某一天，你会成为真正的巨星。到那时，所有想站在你身边的人，都需要经过你的同意。”

陆以尧怔了下，不再说话。

拍摄助理进来通知可以开始第二组拍摄了，陆以尧点点头，跟他走了出去。

第二部分的拍摄他有一些分心，被摄影师提醒几次，才慢慢进入状态。

他在想姚红的话。

不是想它有没有道理，而是想那样的未来，究竟是不是自己要的。

冉霖拿到真人秀合同的时候是 11 月，而真人秀的录制 1 月份就要启动，留给他的时间只有两个月。于是这六十天他除了抽空去录制了一次节目主题曲，剩下的时间都用在健身了。

按照王希的说法，你可以是国民弟弟，可以是国民男友，也可以是国民老公，但你首先是个男明星，就算脸长成妲己，脱掉衣服也不能是弱鸡。

冉霖太瘦了。虽然整体还是翩翩少年，但多少透出一些单薄。

王希给他制定的健身计划是——适当增肌。整体形象依然保持明媚少年，不需要肱二头肌撑破袖子或者腹肌块块分明，但要线条紧实，阳光健康。

冉霖很听话。于是虽然辛苦，但看着自己在汗水中体态越来越好，体能越来越棒，还是挺有成就感的。

录主题曲那天正好是平安夜。这种事情，基本上每个人单唱一遍，最后一合成就行了，省时省力，更不用非要协调全部节目嘉宾的档期凑到同一天来录。

陆以尧、顾杰和夏新然已经分别录完了，只剩下他和张北辰。

张北辰所在的电视剧剧组一直在赶工，迟迟没给他假，直到平安夜前一天杀青，转天便急急忙忙过来了——再晚，节目组的终极宣传就不能如期放送了。

冉霖是所有嘉宾里时间最好调配的，哪天都行，于是一直等着节目组的安排。节目组估计也是图省事，不愿意单独为他录一天，索性拖到张北辰来，才通知他在同一天过去，这样只需要动一次设备，成本低，效率高。

冉霖没二话，当天一早就赶过去了。录音室的准备工作还没就绪，这让王希不太高兴，但仍压着不满陪冉霖等。

大约过了两个小时，准备工作完毕，张北辰也到了。

"实在抱歉，来晚了。我们北辰昨天半夜才从剧组回来，实在是身体有点顶不住。抱歉抱歉。"

张北辰的经纪人武雪峰是个面相很和善的中年男子，四十多岁，大家都叫他武哥。个子不高，微胖，圆脸，戴着金丝边的眼镜，对待同行和媒体都是笑着的时候多，黑脸的时候少。

张北辰跟在他身后，裹着羽绒服没出声，但脸上全程挂着歉意的笑。大家也看得出来，鸭舌帽下面的那张脸确实满是疲惫，连帅气度都被打了折扣，显然没怎么休息好。

一进来就道歉，何况客观上讲也根本没有耽误节目组的时间——录音室才就绪，所以工作人员们打个哈哈，便过去了。

录音师催着明星们开始，冉霖来不及跟张北辰寒暄，便双双被赶鸭子上架，送进了录音棚。录音棚内的部分镜头也会剪到MV和花絮里，但毕竟是录主题曲，不是演戏和做节目，造型太过反而刻意，所以他俩的穿着都比较休闲随意。

“听说你提前两个小时就到了，不好意思，让你等这么久。”

冉霖刚要戴耳机，就听见了身边人带着磁性的和缓声音。

张北辰抵达之后的第一句话，竟然是跟自己道歉。

冉霖惊讶转头，第一次认真打量这位合作伙伴。

张北辰英俊帅气，身材颀长，比一米八的自己还要高出不少，目测起码一米八四。整个人很阳光，特别像大学里那种叱咤风云迷倒万千的篮球队队长，燃烧青春，挥洒汗水，带着兄弟往前冲的热血男儿。

“没有，是我来早了，”冉霖连忙摇头，语带深意道，“你知道的，我档期比较……自由。”

张北辰愣了下，才听出冉霖在自黑，扑哧乐了，态度也随意许多：“机场的事我在网上看见了，挺逗的。”

冉霖尴尬得恨不能用涂改液抹了黑历史：“咱们能跳过这一段吗？”

张北辰被他眼里的可怜兮兮逗得再忍不住，哈哈大笑。

录音师看不过去了，凑到麦前提醒：“帅哥们，开始了啊！”

说完紧盯着棚里二位戴上耳机，立刻起了前奏。最终这首歌谁唱哪一句，那是后期的事，录的时候，就是张北辰A段，冉霖B段，然后一起和副歌。

冉霖念大学的时候人称外院歌王，每年晚会都得出个独唱节目，各种校园歌手的比赛也没少参加，虽然和专业歌手比不上，但绝对是一嗓子就能让人耳朵醒一下的那种。加上这首主题曲，他已经练得滚瓜烂熟，天天健身房里单曲循环，弄到最后教练都求放过，说实在非要听你能不能换个隔音好点的耳机。

所以伴奏一起，冉霖就进入了状态，声音干净温暖，偶尔还能感觉到运用一点点小的气息。这让整个录音团队都颇为惊讶，对他的态度也积极许多。

相比之下，张北辰的大白嗓就有点让人皱眉。不知是没休息好，还是天生就不擅长音律，声音紧得厉害，几个高音要么破音，要么号不上去干脆不出声，更要命的是歌词还总错。

一连录了几遍，都被录音师叫了停。原本想把两个人放一起，一遍走完，结果还不如先让冉霖独唱一遍，回头再调教张北辰。

眼看就到中午了，张北辰很辛苦，录音团队也很惆怅。

王希一言不发坐在那里一个上午，脸色越来越黑。冉霖瞄过去一眼，心里求爷爷告奶奶地祈祷希望她不要爆发，哪怕一直当个生人勿近的冰雕呢！

微妙的低气压持续到大包小包的外卖到来——武雪峰擅自作主，帮所有人点了午餐和下午茶。当然，钱是他来付。

煲仔饭、虾饺、烧卖、蒸排骨……所有恩怨都在港式茶餐厅般其乐融融的氛围中一笔勾销。再闻闻咖啡，瞅瞅蛋挞，总觉得张北辰的大白嗓也没那么不可饶恕。

不过没等录音团队重新上阵，冉霖先走到一直郁闷坐在角落的张北辰身边，将心比心地指导起来。

“副歌最高的那句‘有光在远方’，你不用非拿真嗓子往音准上喊。有时候越担心上不去，越容易出错，你就把这个字正常唱起来就行，哪怕低几个音。”

张北辰疑惑：“那不是跑调了吗？”

冉霖用余光瞥了录音团队一眼，见众人仍在大快朵颐，才放心地压低声音道：“只要出声，歌词别错，跑调完全不用怕，他们可以修的，而且后期一混音，都动听着呢！”

张北辰的表情还是不太放心。出道到现在，他就没正经录过歌。选秀的时候表演才艺也是街舞，一到集体合唱，他就负责 Rap（说唱），所以不是很懂套路。

“放心啦，我也不是每个音都准，后期都要修的。”冉霖想了想，又补充，“你其实就是紧张，总惦记那一句，结果倒把其他词唱错了。所以你只要放轻松，把所有歌词顺下来，肯定没问题。”

张北辰有点被说动了：“真的没问题？”

“安啦！”冉霖拍拍他肩膀，然后想到什么似的，又乐了，小声道，“你以为最后把我们俩和他们仨分别唱的副歌合到一起，就浑然天成啦？除了音准，还有节奏和咬字呢！别说这一句最高音，就是其他音不高的地方都不可能百分百合拍，绝对一听就是五重唱。”

张北辰脑补了一下未来的“和谐画面”，豁然开朗，周身轻松。

“谢啦！”张北辰起身活动活动筋骨，准备去吃被自己的郁闷忽略的午饭。

已经吃完饭的冉霖晃晃手里的奶茶，灿烂一笑：“该是我谢你，超级好喝。”

待张北辰走远，王希才过来坐到冉霖身边，似笑非笑：“没看出来，你还是个爱心大使。”

冉霖直觉王希现在心情很糟糕，就等着谁冲过来让她扔几个霹雳雷火弹，故而只嘿嘿傻笑，死也不接话茬。王希淡淡看他一眼，没再穷追猛打。

冉霖别过脸，冲着墙壁祈祷，赐个男人收了这姐姐吧！

下午的录音十分顺利，录音师惊讶于张北辰的状态变化。没等他调教，对方已经像卸下了千斤重担，声音也不紧了，词也不错了，虽然最高音那句各种跑掉，但没破音，没失声，完全在后期技术可补救的范围内，真是让人欣慰得老泪纵横。

不到四点，提前收工。临走前，张北辰主动跟冉霖加了微信。这是冉霖朋友圈里第一个主动加他的梦无涯以外的艺人。

之前拍戏，都是他上赶着加人家主演，结果加完了也没互动，偶尔还会遇见设置不让他看朋友圈的，实在是提起来都心酸。未来合作伙伴的四分之一，已经建立了良好关系，冉霖觉得这样的开始是个好兆头。

离开录音棚，王希绷着的冰块脸终于显得急切，一个劲儿让司机快点往公司开。冉霖不记得今天还有什么其他任务需要在公司完成，但也没问，乖乖当个哑巴。

结果一回公司，就听说韩泽已经在王希办公室里等了大半天，而且情绪非常不好。冉霖这才明白，王希这一整天的低气压，与他的录音效率无关。不，她整个心思可能根本就没在录音室，从被告知韩泽在等她那一刻起，已经飞回了梦无涯。

一个人气正盛，一个前途未卜，共用一个经纪人，谁都知道要先紧着哪个。冉霖能理解，但人心都是肉长的，难免会有落差。

王希一进办公室就先放下了百叶帘，里面发生了什么，外人无从得知。

冉霖从自己包里摸出一袋速溶豆浆粉，去茶水间找了个纸杯，用热水冲开。豆浆的香气有限，但足够冉霖松弛下来。

茶水间的门忽然被轻轻推开，一个小姑娘蹑手蹑脚地走进来。冉霖以为她要冲咖啡，便让开位置。不想小姑娘关好门后，径直走到他面前，而且是越靠近，脸颊越红，到最后已经成了红艳艳的苹果。

“那个，我特别喜欢你演的令狐小刀，能给我签个名吗？”姑娘一口气说完，头也不敢抬，只伸手递出一支笔和一张空白明信片。

冉霖疑惑地接过来，翻到正面图案，竟然是令狐小刀的剧照！

什么时候自己的角色也有周边了？

“我太喜欢了，就网上定做的！”姑娘见他迟疑，立刻反应过来，连忙解释。

冉霖总觉得这个姑娘很眼熟，起码不是公司新人。如果天天在这里上班，不可能这么长时间才找着让自己签名的机会。那答案就一个，姑娘不是新员工，是自己的新粉丝。

微博里粉丝增加和现实里遇见新粉，是截然不同的两种感受。后者比前者的真实感和冲击力都要强得多。冉霖知道这样挺傻，但他还是开心得想转圈。

当然在粉丝面前还要保持形象，所以他拿起笔，努力让自己不要笑得连眼睛都没了：“只要签名，不要祝福？”

姑娘正翘首企盼，突然被问这么一句，有点傻掉：“啊？”

冉霖最终还是把眼睛笑成了缝：“除了签名，你不想让我写点什么话吗？”

姑娘终于反应过来，难以置信地惊喜：“可以吗？什么都可以吗？”

冉霖玩笑道：“诅咒不行。”

姑娘也被逗笑了，终于鼓足勇气：“我想你写‘我爱陆以尧’！”

冉霖整个人愣住。

姑娘：“你不是他的铁粉吗？”

冉霖：“嗯！”

建立起来的人设，泼出去的水。

傍晚的时候王希和韩泽才从办公室里出来。

显然两个人达成了某种共识，脸色都好看了许多。

看见冉霖还在等，王希先是一愣，然后才破天荒有点抱歉道：“不好意思把你忘了。这边没什么事了，你先回去吧，记得明天按时健身。”

冉霖尴尬，有点郁闷，但更多的是无奈。

当天晚上姑娘就发了微博。虽然只是一个无名小号，却还是引来了 3000 多条评论。一开始都是 CP（情侣）粉在下面激动捂心，可是渐渐的，就出现了大规模的陆以尧粉。

相比最初机场乌龙和云章 X 令狐小刀视频时的克制，陆粉好像终于在真人 CP（情侣）这里耗光了所有修养，各种不满和谩骂集体出笼，吓得姑娘没多久就删了微博，这场不大不小的风波才算平息。

但围观了全程的冉霖却隐隐觉出不安。终于，1 月 10 日，录影在即，真人秀节目组扔出重磅炸弹——主题曲发布 + 第五位嘉宾揭开神秘面纱！

五个男明星都转发了节目组的微博，但彼此之间尚未开启任何互动。

那一晚上冉霖微博涨了几万粉。但新增加的大几千条评论里，70% 都是骂他蹭热度卖腐的陆神粉和嘲讽他根本配不上国民初恋名号的节目路人粉。剩下30%，一部分选择观望，一部分死守 CP（情侣）大旗，萌到倒地不起。

1 月 15 日，期待与吐槽齐飞的超热度讨论中，首期节目开录，地点，桂林。

第四章

《国民初恋漂流记》主打的噱头除了五位国民男朋友之外，还有一个就是绝对不给明星剧本，所有环节和行程都在节目组手里，明星一无所知。纯粹的真人秀，秀的就是明星的原生态！

官方给出的宣传语是——

最未知的旅程！

最奇葩的关卡！

最真实的反应！

最有趣的碰撞！

谁是终极国民男友，你说了算！

这年头敢标榜“真实”两个字的真人秀，都是勇士。

因为真人秀是有剧本的，并且剧本100%都会发给明星。真诚有追求一点的，或者说对控场力比较自信的节目组，只会在剧本里列明录制的流程、环节以及想要达到的最终效果，如竞争，如团结，如励志，如搞笑等，剩下的交给明星自由发挥；而有些节目组发给明星的流程剧本，甚至会细到明确 A 明星要在哪个环节做出什么反应，B 明星要在哪个环节得到什么道具等。

拿着前种剧本的明星，最终呈现的效果至少还有 30% 的“真”。拿着后种剧本的明星，基本上就只剩下“秀”了。但不管哪一种，都不会特别拎出“剧本”问题进行阐述。他们巴不得观众忘了世界上还有“真人秀剧本”这种东西，甚至有意无意在后期制作时呈现“无剧本的临场真实感”。

可《国民初恋漂流记》非要打破常规，明明确确告诉观众，我们来真的。

对于签约的明星嘉宾，也是这个态度——玩不起，就别来。

只有 XX 卫视敢这么干。永远走在话题的风口浪尖，永远赚得盆满钵满。

冉霖是真的没收到剧本。节目组只是告诉他当地气温 10℃左右，需要穿方便运动的服装，但得注意保暖。然后冉霖就在王希的带领下，携公司新给他配的人生中第一个助理姑娘，出发了。

助理姑娘名叫刘弯弯，原本是公司的行政，据说是看见内部招聘，自告奋勇转岗过来的。冉霖看着她红苹果一样的脸蛋，特别担心对方再索要一次亲笔特签。

拍摄从他在家里准备行李的时候就开始了。冉霖第一次被镜头这样近地跟拍，有些紧张，也不知道自己都说了什么，等回过神，已经在飞机上了。被节目组司机从机场接到桂林市区内某酒店的时候，已是晚上 8 点半。

顾杰和夏新然的飞机时间还要再晚一点，张北辰和陆以尧已经到了，尤其后者，据说提前一天就来了，自费住了一天，说是正好档期充裕，先来个市内自由行。当然，这一天是没有跟拍的。

导演和节目组热情地迎接了冉霖，并与他和王希聊了半天，但几乎都可以总结成一句话——少年放轻松，尽情享受吧哈哈哈！

这是一个雄心勃勃的导演。但是冉霖在他的笑声里，真的没办法放轻松。

王希和刘弯弯住一个房间，冉霖自己住一个房间。酒店的空调很暖，别说羽绒服，连抓绒卫衣都穿不住。幸而冉霖带了 T 恤，换上之后，一身清爽。

跟拍大哥还没有休息的意思，冉霖也不知道能不能对着镜头发问，嘿，你准备拍到几点？

吃过猪肉和见过猪跑还是两码事。从没被这样紧密盯人过的冉霖，压力确实有点大。既然人家摄像这么辛苦，自己总不能闲着，不然拍出来的素材都是发呆，让后期怎么剪？思来想去，冉霖决定提前去跟自己的“伙伴”打个招呼。

张北辰开门看见是他，颇为意外，但很快把他迎进来，热络寒暄。

不知道为什么，张北辰的屋里没有跟拍。冉霖想可能对方抵达得早，跟拍的素材已经足够。

对着镜头，每个人或多或少都会有些顾忌，于是除了最开始的聊主题曲——那是他俩唯一的共同话题，剩下就是说来说去的场面话，偶尔还会有迷之尴尬的冷场。没多久冉霖就再坐不住，起身告辞。

本来不想去找陆以尧了。因为张北辰这边都这样，陆以尧那边只能更尴尬，但出房间之前他已经对跟拍的大哥说要去提前跟自己的小伙伴打个照面了。

现在见了一个，放弃另外一个，怎么看都容易被吐槽。无奈，只能硬着头皮继续去找陆以尧，然而开门的是他的助理小弟。

小弟看见冉霖似乎不太意外，但看见他后面的跟拍摄像，却迟疑了一下，然后才压低声音道："陆哥睡了，昨天逛一天，挺累的。"

冉霖真的特别想问，他睡了你还守在这里干吗，拍他帮助入眠？

好在忍住了。

陆以尧这招不算高明，或者他本来也没想掩饰对自己的"拒绝"。冉霖虽然有点难堪，但还是能理解陆以尧的心情。

转念也挺庆幸他不愿意见自己。不然这种对着镜头的情况，自己又不能直说蹭你那么多热度，实在对不住。那见了干吗，徒增尴尬。

助理小弟关门的动作很轻，但还是发出了声响。冉霖犹豫再三，未免气氛太干，还是对着镜头给自己打了圆场："要明天才能见到偶像了，惆怅。"

跟拍大哥好像终于满意了。

冉霖前脚回屋，后脚他就关了机器，站在门口憨厚地笑："好好休息。"

冉霖简直想谢天谢地，忙拿过桌上没开封的瓶装纯净水递过去："辛苦了。"

魁梧的络腮胡大哥忽然腼腆起来，连忙摆手："不用不用，我屋里有。"

冉霖也没强让，就说："那孙哥你也好好休息，明天怕是要跑铁人十项。"

孙哥被这比喻逗乐了："不至于，不至于。"

冉霖愣了下，忽然眯起眼睛，冷不丁问："孙哥你知道剧本？"

摄影大哥语塞，直接憋得打了个嗝。

冉霖这叫一个过意不去，但又莫名想乐，忍得十分辛苦，连忙结束话题："我随便乱问的。就算你真知道，我也不能让你犯错误啊，赶紧回去休息吧。"

摄影大哥几乎是落荒而逃。冉霖有点后悔，总觉得自己欺负了老实人。

这厢冉霖结束跟拍，如释重负，那厢陆以尧却还沉浸在被骚扰的阴郁中。

他一直担心冉霖抵达后会主动跑过来套近乎，结果对方还真来了。

其实这也不算什么大事。自从《云章》播完自己迅速成为男友爆款之后，很多前两年就认识但几乎没怎么跟他走动过的同行，都发来贺电，并在采访、微博、时尚酒会等各种场合，营造出与他特别熟稔的好友姿态。

对于这些，陆以尧从来都睁一只眼闭一只眼。

他不会特意去打脸给别人难堪，甚至偶尔面对面碰上，心里再不高兴，身体也会配合演出，但冉霖是个例外。

其他人的行动都是可以预见的，结果也是可以预估的，最坏情况就是多一个假朋友，反正大家天天都忙得飞来飞去，也不需要怎么应酬。

然而这位，总有奇招。陆以尧的心情里，包含着某种对不可预知未来的莫名恐惧，从心理到身体都在抗拒跟那人处于同一空间。

退一步讲，即便面对面的情况不可避免，他也希望这一天来得再晚些。

“陆哥，”助理小弟实在看不下去了，“你已经盯着这张截图好几天了，何必呢！我知道你生气，但是原博都删了，你也别自己跟自己纠结了。”

盘腿坐在床上完全看不出有任何睡意的陆以尧沉吟良久，终于把手机放回床头柜，抬眼跟助理道：“早点回去休息吧！”

助理小弟可算等到了这句话，立刻从善如流，回了节目组安排的标间。

随着关门声响起，陆以尧再度把手机拿回来，就放在面前的床上，画面仍停留在相册里的截图上。

那是一条微博截图，博主是一个叫作睫毛弯弯的姑娘。微博内容全是“啊啊啊啊”的激动号叫，需要很勉强才能从中剥离出“我今天拿到偶像特签了”几个字。然后配图就是一张明信片，上写——【我爱陆以尧！冉霖】

就像助理说的，原博已经删了，他没必要再拿截图恶心自己。

但陆以尧把双手分置于盘起的双膝之上，看一眼截图，做一次深呼吸，仿佛摆在面前的不是手机，而是武功秘籍。

明天就要跟冉霖肩并肩录节目了，他必须时刻提防对方再出损招，所以他不是拿截图恶心自己，他是想在大脑深处刻下四个字——警钟长鸣。

该来的总还是要来。

就像中学总喜欢被放到应用题里的那两个人，甲从A点出发，乙从B点出发，甭管是相向而行，背向而行，甲快乙慢，乙快甲慢，总之他们就是要相遇。然后你就会被问到他们需要多久才能相遇，或者他们会在那个点相遇。

酒店大堂，就是冉霖和陆以尧的那个点。

北京时间早上7点，五位不约而同将早餐叫到房间里来吃的明星，在酒店大堂，初次聚首。

面对摄影机，一字排开的小伙伴们客气寒暄，看似热络，实则生疏。

陆以尧站在中间，夏新然和顾杰分列他两边，冉霖和张北辰则在最外两端。看似随意，其实是按着咖位来的。

互相握手的时候，冉霖几乎是刚碰到陆以尧，就被对方闪开了。从镜头里看，应该是握了，虽然不算热情，但肯定也是客气友好的。但冉霖自己知道，没有，对方甚至没有跟他视线交接。

冉霖一颗心沉到谷底。陆以尧显然不是个没心没肺的，这梁子算是结下了。

正想回到原位，夏新然毫无预警地把他又拽到了陆以尧身边，然后自己闪到一旁，占了冉霖的位置。结果就变成冉霖和夏新然互换站位，前者成了挨着陆以尧的。

“其实你最想站在这里吧哈哈。”夏新然狭促地笑，一脸不怀好意的样子。

他穿了一件大红色的长款羽绒服，衬得整个人高挑漂亮。说一个男人漂亮可能有些奇怪，但说夏新然漂亮绝对贴切。那是一张让大部分姑娘都自叹不如的脸。白皙，精致，比男性柔和，比女性英气，天生的美人坯。以至于陆以尧对着他的恶作剧只能皱眉，冉霖看着他眼里的调侃，只能无奈。

偏这人还嫌不够似的，隔着冉霖，抻脖子问陆以尧：“那条微博你看见没？冉霖真情告白那个？”

陆以尧在心里把夏新然翻来覆去摔打了一百遍，脸上还是那样帅气的笑容，声音也特自然：“什么微博？”

夏新然一愣，以为陆以尧真不知道，眨巴着眼睛，字正腔圆：“就他给粉丝签名，然后还签了一句我爱陆以尧，转疯了都，你没看见？”

陆以尧一副头回听见的惊讶，看向冉霖。

冉霖总觉得陆以尧肯定看见过，但这种时候，当然是选择配合：“那个，实在太丢人了，回头我再跟你细说。”

陆以尧一脸求知未果的不满，但还是决定放对方一马：“好吧。”

冉霖冲着“偶像”嫣然一笑。当然，未来是不会发生“细说”这件事的，所以心照不宣的两个人，都挺嫌弃自己。

“偶像”看着远方的蓝天想，陆以尧，你怎么越来越虚伪了。

“粉丝”看着眼前的地面想，冉霖，你嘴里还能不能有一句实话。

夏新然看恶作剧没有波澜起伏的效果，有些失望。

刚想再说别的，一直沉默的顾杰忽然道：“我们今天恰好是五色。”

小伙们齐刷刷看他，四脸茫然。

顾杰不是个伶牙俐齿的，但声音沉稳，掷地有声：“青、黄、赤、白、黑。”

大家这才发现顾杰说的是众人的着装。

夏新然穿了件大红色羽绒服，张北辰穿了件明黄色短款棉服，陆以尧穿了件青色冲锋衣，冉霖穿的是白色短款羽绒服，顾杰则是一件黑色机车夹克。

五个人，五个颜色。都是私服，最难驾驭的是陆以尧，青晃晃的颜色到哪儿都是醒目的风景线，铁定走不丢，更致命的是这种户外冲锋衣完全没有腰，但他穿起来就是特别洋气。

那是从骨子里散发的悠闲和从容，比夏新然的张扬更随性，比顾杰的漠然更温和。仿佛他真的就是来度假的，哪怕面对跟拍的镜头还有些别扭，仍不改初衷。

“所以说五色到底有什么讲究？”夏新然是看出来顾杰在说衣服了，但仍是知其然而不知其所以然。

顾杰从队伍里微微探出头，向他解释道：“古人以此五色为正色。基本上这五种颜色，就可以调出所有其他颜色了。”

夏新然歪头：“So（所以）？”

顾杰静静看着他，纯爷们儿的一张脸安宁祥和。夏新然等了两分钟，终于确定，这人说完了。

呼啸的风穿过旋转门，吹进酒店大堂——冷，场面非常之冷。

冉霖想扶额。不，最好是摄影师把机器关了，让他们五个去墙脚蹲一会儿。

终于，导演也看不下去了。原本还想让女主持人等一等，留多些时间给嘉宾们互动，尤其是陆以尧和冉霖，多有热度的话题啊！结果这五位生生把场面给聊成了万里冰封。

“各位国民初恋大家好，我是柏榕，今后你们的每一段旅程都会有我如影随形哦！估计电视机前的迷妹们已经把我拉进黑名单了，不过为了男神们，我豁出去了！话不多说，想必诸位男神最好奇的就是今天到底安排了什么行程，又有哪些难关等着我们的男神去闯……”活泼的女主持说到这里，忽然转身面对镜头，“我在这里声明，接下来的所有一切，对于我们的国民初恋们来说，都是未知。我和大家一样，很好奇他们会有哪些精彩表现呢？国民初恋漂流记，go！”

有了女主持的带动，气氛总算起来了些。五人在主持的带领下，走出酒店，进入早已等在门口的赞助商提供的大七座SUV（越野车）。

一个司机，一个摄像，暂时没有任务的女主持上了节目组的车，剩下五个人正好一人一座。

“连去哪里都不告诉我们吗？”坐在司机后面的夏新然算是对着镜头最满不在乎的，于是话也最多。

陆以尧坐在副驾驶后面，与夏新然同排，但座位间隔了些空隙。

“到了就知道了。”他最不缺的就是耐心。

“你还真是，二十岁的人，八十岁的定力。”夏新然吐槽完，也不管陆以尧的反应，直接回过半个身子看后排三人组，“哎，难道你们就一点都不好奇？”

张北辰好脾气地笑：“就是不知道才有意思嘛！”

夏新然白他一眼，颇有些不屑。冉霖一惊，许是背对着摄影机，夏新然竟完全没有掩饰这种态度。他忽然想起来，张北辰和夏新然是同一个公司的啊，可是从开始到现在几乎完全没有互动，就像陌生人。张北辰倒好似已经非常习惯了，特自然地略掉这个眼神，神色依旧。

顾杰没看见这些暗流涌动，只听见夏新然在张北辰回答完之后又单独问自己：“你不好奇？”

顾杰有问必答：“不。”

夏新然后悔问他了，比问张北辰还后悔。

“你不会也和他俩一样吧。”好奇宝宝总算问到了最透明的咖。

冉霖不忍心让对方彻底空手而归，于是很努力地分析了一通，谨慎给出自己的猜想：“可能是去码头。”

夏新然疑惑答案如此具体：“理由？”

冉霖有些犹豫。单给个答案，说错了也就错了，要是分析一通最后答案还是错的，那可就丢人了。

夏新然等得有些不耐烦，情急之下叫了声：“令狐？”

冉霖怔住，一时闹不清对方是无心还是有意。

夏新然确实是无心的，因为反应过来之后表情就窘了，连忙解释：“前段时间网上都是你那个角色的视频，你古装扮相真挺好看的，让人过目不忘！”

冉霖哭笑不得，既不太喜欢他对待张北辰的态度，又感觉他是个没什么心机的直性子，一时也看不准这究竟是个怎样的美人。

“来解释一下，为什么感觉我们是去码头？”插曲过后，夏新然又想起主旋律了。

冉霖心说既然都来参加这档所谓最原生态最真实的真人秀了，那就怎么想的怎么说，错了再说错了的呗：“来桂林旅行，怎么能不看山水。要看山水，怎么能不泛漓江。”

夏新然茫然地眨眨眼，咽下了后续疑问。因为他对桂林一片空白，下一句要是由着性子问，很可能就是漓江是什么江。而眼前的“同仁”显然是做过功课的。他虽然不聪明，但也知道再问下去容易露怯闹笑话，不如假装听懂，藏个拙。

冉霖一看夏新然的表情就知道其实这位朋友没听懂，但他好心地没有揭穿。

一直正襟危坐目视前方的陆以尧忽然回过头来，冉霖没防备，跟对方视线撞了个正着。这是继机场乌龙之后，他俩第二次四目相对。

但这次绝对是陆以尧主动。漂亮的剑眉微挑，桃花眼底闪着某种非好感，仿佛看不惯冉霖秀智商，非要用冷水浇上一浇：“别这么笃定，万一等下猜错被打脸呢？”

冉霖深深看了他一眼，眸子里闪过调皮：“那我就卖萌。”

一瞬间的安静，唯有视线在匆匆不语地胶着。

终于，陆以尧淡定地收回目光，重新坐好，下巴微扬，直视前方。

回去他就把那条转发机场乌龙的微博删了！

经营一个良好的公众形象有多辛苦？陆以尧觉得这要看每个人对“辛苦”的定义。反正在他这里，明明心头滴血，还要微笑卖萌，最后这还成为别人反戈一击的暗梗，而他依然要表现得从容坚强，已经突破对自己下狠手的极限了。

磨盘山码头，漓江景区的游览起始点。

夏新然在看见“码头”“漓江”字样的时候，就对冉霖投以震惊目光。

“从实招来，你是不是在导演组有亲戚，提前给你剧透了？”对着镜头，夏新然认真的神情倒像是综艺效果了。

冉霖被逗得直乐。不过没等他回应，便被导演组催着上了一艘大型游船。游船是被节目组包下的，一层舱内空间宽敞，二层甲板敞亮干净。

五人先是被带进了一层舱内，刚落座，女主持便容光焕发地重新入镜——

“都说桂林山水甲天下，所以我们国民初恋漂流记的首站，便选在了这美丽的漓江之上！从今天起，男神们会辗转八个地方，经历八场冒险，誓要捍卫自己国民初恋的荣誉！那么谁会是这一次桂林之行的山水初恋呢，让我们拭目以待！屏幕下方的投票通道已经开启，小伙伴们也可以拿起手机摇一摇，跟我们互动哦！”

女主持说完开场白，念完广告词，功成身退。

总摄像一撤，五位跟拍立刻各就各位，而被拍的人虽然脸上或从容，或悠闲，或明媚，或嬉笑，但心里都是一样的——蒙了。

不告诉嘉宾剧本，确实真。但摸不着头脑的嘉宾，也确实蒙。

冉霖有点担心这个第 1 期最终呈现的效果。起码眼下，他还没发现任何亮点。无论是节目组的策划，还是嘉宾本身的综艺感。其实他也没有资格说别人，他自己对着镜头也像块木头似的。

但愿后面会好吧。

冉霖正这样自我安慰着，忽然被窗外的景色吸引了注意力。

岸边青山起伏，船行碧波之上。冬季的江面水量不算丰沛，没有夏日波光粼粼的活力，但却有着别样的幽远萧索。岸边的山也仿佛笼罩上寒气，就像绿色之上又蒙了一层轻柔的纱，似近似远，缥缈神秘。

两岸很静，江面上船只也很少。轰鸣前行的游轮划开水面，将一幅水墨画卷徐徐铺开，有心，便看得到。而只要看一眼，就再挪不开视线。

“冉霖，”顾杰不知什么时候去了上层甲板，如今已经回来了，正在叫他，“该你了。”

冉霖回过神，感觉自己错过了整个世界。但已经来不及问情况，他只能顺着顾杰指的方向，也只身赴甲板。

出了船舱，江风便扑面而来，带着微微寒意，但又不至于太扎人。

工作人员已经笑眯眯地等待在那里，冉霖有一种不好的预感。果不其然，接到的任务是对着秘密镜头，在除自己之外的四位伙伴中，选一个你认为最符合山水男神的，并陈述理由。

所谓秘密镜头，其实就是在甲板上用道具板临时搭起单人小黑屋，里面放个摄像头。从听到任务要求到进入“密室”只有几秒钟时间。冉霖的脑袋已经转得快冒烟了。

道具板很轻薄，站在里面，总有种随时“墙壁”会被吹走的不安全感。但不知道是不是故意营造密室氛围，外面的导演组和工作人员都非常安静，弄得冉霖一进小黑屋，耳边就只剩下风声和江水声。

垂下眼睛，思忖片刻，冉霖轻轻呼出一口气，终于抬脸看向摄像头。不，应该说是把脸快怼到摄像头上了，然后一字一句，特别认真：“虽然有点对不起偶像，但是山水男神，我还是要选夏新然。所谓山水，自然悠远，秀美含蓄，尽管夏同学和含蓄还是离得比较远，咳，但论美，他认第一，谁敢认第二……呃，等等，我是不是哪里说得不对……不管了，反正这一票我投给夏新然！”

对着镜头飞了个眼神，放了把电，冉霖才心满意足地出来。他不知道自己做得怎么样，只能说尽人事，听天命吧！

游轮一路经过了姿态各异的奇石怪峰，终是抵达冠岩码头。

这段时间里除了那个小黑屋采访，再没有什么像模像样的环节能给五个人提供互动机会。大家也就真的旅游一般，看看山，看看水，吹吹风，秀秀颜。

冠岩入口，五人再次一字排开。主持人终于公布山水男神的第一轮互投结果——冉霖投夏新然，夏新然投陆以尧，陆以尧投顾杰，顾杰投张北辰，张北辰投陆以尧。

陆以尧两票，夏新然、张北辰、顾杰各一票，冉霖零票。

女主持说出陆以尧两票的时候，冉霖就有一种不好的预感，最终，应验。

对着镜头，他只能尴尬地自我解嘲：“我这么帅，你们怎么就看不到？”

四位伙伴配合着捧场，哈哈一笑，实在没有特别走心。

主持人已经公布今天真正意义上的重头戏——冠岩大冒险！

作为有着悠久历史的地下溶洞，冠岩从古至今都不乏慕名而来者。岩内共有三层，五个洞，上两层为旱洞，最底层是地下暗河，洞与洞曲折相连，层与层交错叠加，若无导游，即便看着地图，走也要走晕了。何况发到五位明星手上的手绘卡通地图里，还标注着五十个勋章。

搜集勋章，便是这次冠岩大冒险的终极目标。限时 4 小时，搜集勋章最多者，可以在明天的某个环节中拥有一次特权。但进洞的顺序，却是按照刚才在游轮上的得票来。也就是说得票最多的陆以尧率先进洞，拥有完整的 4 小时时间。而各得一票的张北辰、夏新然、顾杰，要等到半小时之后才能进洞，也就是说他们拥有的搜集时间，实际只有 3.5 小时。最悲催的自然是冉霖，还要再晚半小时进洞，真正的搜集时间只有 3 小时。

一个小时能造成多少枚勋章的差距？冉霖不知道。事实上他也不是真的在乎究竟能搜集到多少勋章。可其他伙伴都进去了，只他在洞口等，然后络腮胡的孙哥还要三百六十度无死角拍摄他的凄凉处境，真是想想都绝望。

尚未真正熟识的五个人——夏新然与张北辰除外，事实上他俩表现的互动也和陌生人差不多——凭本能做出判断的结果，就是没人投自己的票。

冉霖现在其实已经顾不上未来观众看见这一段会有什么反应了，他就是单纯从与人相处的本心上感受，挺沮丧的。

“我的天啊，这是地图？”陆以尧的身影才消失在洞口，还在洞前等待的夏新然就咋呼起来，举起手绘地图往自己的跟拍镜头前面凑，“观众朋友们，请看一下，这就是节目组给我们的地图，和它一比，北京地铁图就是简笔画！”

前面冉霖他们还没什么反应，等说到最后一句，三个人都乐出了声。因为夏新然的比喻实在很形象，原本就崎岖蜿蜒多层多洞的冠岩地图上再标出50个勋章点，密密麻麻的程度堪称人神共愤。

“行了，”顾杰最快收敛起笑容，正色道，“有吐槽的时间还不如研究研究路线。”

夏新然恍然大悟：“对哦，我们现在有四个人，人多力量大嘛，来来，一起研究！”

顾杰被打败，感觉对方似乎忘了冒险的宗旨是争夺唯一的山水初恋荣誉，也就是说他们现在是竞争者，而非合作者。但夏新然却已经自然地把手绘地图放在地上铺开了，还抬胳膊招呼大家：“愣着干吗，过来啊！”

冉霖莞尔，第一个响应，之后张北辰和顾杰才略带迟疑地围过去。

即便如此，顾杰还是有点抗拒：“陆以尧一个人打头阵，我们四个却在这里共同讨论，不太好吧？”

夏新然重重叹一口气，满脸“孩子你太年轻”的慈祥：“放心，他不会怪我们的，他肯定比我们这里所有人都懂得一个道理，人气越高，责任越大。”

地图上空间有限，既要画清楚洞内主线路，还要标清楚勋章藏匿点，也是难为策划了。好在四个人八只眼，还算够用，大约10来分钟，就把地图上的标记大概分了类。景点归景点，勋章归勋章，路线归路线。

地图捋得再清楚也是纸上谈兵，所以感觉差不多，也就结束讨论了，剩下的就看入洞后的真正发挥。

距离顾、张、夏的出发时间还有10分钟，三个人无所事事，一个坐在冉霖左边沉默看地图，一个坐在冉霖右边远眺江面，一个在冉霖面前晃荡，对着自己的跟拍镜头和观众带着时差互动。

冉霖只是随便挑了块看起来干净的地界坐一坐，原本也没想长久，毕竟冬天地凉。结果也不知道为什么三位一票党就都过来了，他怀疑自己挑的这个位置可能是龙脉。

“喂，你为什么把那一票投给我呢？”跟未来的粉丝互动完了，夏新然忽然转身蹲下来，凑近冉霖，张大眼睛特别认真地问。

夏新然的美丽不带一丝女气，却带着许多孩子气，于是配上有啥说啥的性子，初来会觉得莽撞，处久了却让人挺放松。

“因为我觉得你比山水还好看。”冉霖说得夸张，表情却严肃认真，愣是营造出一种喜剧感。

可夏新然喜欢别人夸他好看，不管是认真还是玩笑，听见夸奖就高兴。

比如现在，一张脸都亮了：“所以你对我路转粉了？”

冉霖莞尔，绽开笑容，忙不迭点头：“嗯嗯。”

夏新然忽地又问：“那你是更粉陆以尧还是更粉我。”

冉霖没料到他这么直接地下战帖，顿了下才说：“那得看你们谁搜集到的勋章多。”

夏新然猛地转向自己的跟拍镜头，一脸严肃：“陆以尧你等着，为了抢真爱粉，我拼了！”

冉霖再忍不住，乐得前仰后合。

他都能脑补后期会怎么做字幕——【男神天团大危机，冲冠一怒为争粉！】

顾杰围观全程，完全感应不到点。理智告诉他，从冉霖的反应看，未来这一段的综艺效果应该很好。但从感情上，他领会不了这样的互动。

有点后悔签这个综艺了，顾杰想，像自己这种平日里都不太愿意说话的人，参加真人秀绝对是自虐。

张北辰一直潜心研究地图，哪怕大讨论已经结束，他还在自己琢磨，而且十分投入，故而对于近在咫尺的插曲，毫无察觉。

夏新然好像就是喜欢和他找茬，刚对着镜头卖完萌，就蹿过来直截了当道：“你刚才怎么没投给冉霖呢，你要投给他，咱们四个就可以一起进洞了！”

张北辰被问得措手不及，下意识反驳：“你不是也投给陆以尧了吗？”

张北辰口气有点冲，显然是当下最直接最真实的反应——他和夏新然投的都是陆以尧，凭什么一个过来兴师问罪，一个倒成了罪人。

夏新然却有自己的逻辑：“你跟冉霖熟啊，你俩主题曲不都是一起录的？”

张北辰被堵得哑口无言，良久，才有些尴尬地看了冉霖一眼。冉霖黑线。真是人在地上坐，锅从天上来，这一弄倒像是他在怪罪张北辰了。

“换我我也投陆以尧，”无奈，冉霖只能慌忙打圆场，“山水男神，投我不投陆以尧，良心不会痛吗？！”

夏新然一脸茫然："可你明明投的是我啊？"

冉霖相信他是真没看出来局面，真没听出来自己在给这个话题修台阶。

那就算了，不修了，大家一起呼啦啦滚下来吧！

"其实我投的是感情票，怕你万一零票，承受不了，对自己的盛世美颜失去信心。"

"冉霖！！！"

"我对你路转粉是真的。"

"真你大爷啊啊啊啊——"

看着夏新然抓狂是一件特别快乐的事。他是真的抓狂，抓得十句话里有八句都要哔掉，但却奇异地不会让气氛凝固尴尬。

相反，每一个围观的人都乐滋滋地欣赏着他的暴走，就像看见一个吃不着糖只能撒泼耍赖的孩子。不是每一种真性情都招人喜欢，然而夏新然的直来直去，口无遮拦，没有坏心，再加一点外强中干的好欺负，成了独特风味。

讨厌的时候肯定有，但讨喜的时候居多。

同一时间，已经进洞快半个小时的陆以尧，正站在三层溶洞的最下面一层——地下暗河的小码头前踌躇纠结。

进洞这么长时间，他才搜集到两枚勋章。明明都是按图索骥，可冤枉路跑得能连起来绕地球两圈。要么图画得有问题，要么自己理解得有问题，但不管是哪一种，他都不干了！

这档节目标榜的不就是真实吗？行，真实的陆以尧现在就想来场优哉游哉的旅游！

儿时父母忙，从没带他旅游过一次；后来出国念中学，每逢假期都要回国接受亲爹补充的国产教育；再后来念大学，跟一心想让他读商科的亲爹闹了矛盾，亲爹紧缩后勤保证，他只能勤工俭学，便更没了旅游的机会；最后回国进入娱乐圈，连回去修完学分的时间都忙得抽不出来，只能咬牙肄业，遑论旅游了。

所以签下这个真人秀，一部分原因也是他挺喜欢节目策划里的"旅游元素"，结果来了之后根本不是那么回事。全天候的镜头让你不愿意多想也要多想，时刻担心着什么该说，什么不该说，什么该做，什么不该做，还不像演戏，可以按照剧本，这还要你自由发挥。

那他就自由发挥了——勋章谁爱搜集谁搜集，他现在要尽情地享受这壮丽绝美的喀斯特地貌奇观。

“慢点，踩这边，对。”停靠在地下暗河码头的小型船只上，船工贴心地扶着陆以尧和摄像大哥的胳膊，帮助他们平稳进入晃动着的小船。

“坐稳了！”哗然的水声里，船工一嗓子，起航。

眼看着小船慢慢远离码头，往更幽深处去，陆以尧放下手绘地图，也不管镜头效果，直接尽情地伸了个懒腰。

眼角忽然瞄到熟悉的 logo（商标）。陆以尧愣住，忙起身从船工脚边勾过来那个再熟悉不过的印着节目组 logo（商标）的方盒打开，赫然一枚勋章。

陆以尧诧异不已，顾不上拿勋章，直接把盒子放到一边，先去拿地图。如果他没记错，地下暗河的位置根本没有标记勋章！

3 分钟以后，陆以尧终于发现了问题所在。他一直以来认为的地下暗河，实际上是观光车道，一直以为的观光车道，实际上是步行旱路，一直以为的步行旱路，实际上才是地下暗河。

【要么图画得有问题，要么自己理解得有问题。】

现在看来，是前者。手绘地图的画功能让人灵魂升华，地名标注位置的随性飞起能让强迫症自杀。按照修正后的地图理解，取得这一枚勋章之后，根本就不用再浪费时间游暗河，因为这段路上再没有勋章。而码头那里，应该还有一个漏网之鱼。

思及此，陆以尧还是收了甩手不干的心思，重新认真起来，客气道：“师傅，麻烦一下，我想回码头。”

“啊？”水声太大，船工没听清。

陆以尧只得喊：“我想回码头——”

船工这会儿听清了：“不行——”

陆以尧：“为什么？！”

船工没再回答，而是弯腰拿起了被陆以尧忽略了，放在原本的勋章盒子底下的道具板，高高举起。陆以尧定睛看去，五颜六色的光线里，十四个艺术体大字清晰俏皮——【自己选的路，含泪也要走完！——导演组】

陆以尧呆愣地看着道具板，忽然想问那句我是谁？这里是哪里？我在做什么？环节策划得乱七八糟，道具准备得一言难尽，跟嘉宾耍流氓，倒是专业的。红姐，你是怎么慧眼如炬地从无数华丽漂亮的真人秀策划案里为我挑中这一家的，导演是你亲戚吗？

第五章

目送三位伙伴鱼贯入洞之后，冉霖继续等待了 30 分钟。他无所事事地待在洞口前，跟围着自己的一圈的节目组人员大眼瞪小眼。

跟拍摄像的络腮胡大哥仍尽职尽责。冉霖没辙，只得又钻研了半个小时地图，偶尔抬起脸，对着镜头吐槽一下自己的战斗细胞被烧得实在难耐。及至导演说可以进去了，冉霖如获大赦。

洞内很凉，越往里走，光线越五彩斑斓。形态各异的钟乳石布满溶洞，在彩灯的打造下，如梦如幻。这个时节的游客不多，洞内越发幽静。

冉霖先去了一个最醒目的标记点，果然，勋章已经被摸走，只留下空盒。冉霖停下来，找到一处光线最亮的地方又研究了一下地图，最终决定，另辟蹊径。

虽然地图上标记扎堆，小字密密麻麻，一眼扫过去十几个地点，且标记点和旁边扎堆的名字们很难逐个清晰地对号入座。但冉霖还是在一团迷阵中瞅见七个字——带你入坑带你飞。

相比大仙桃、黑龙头、三花酒这种一看就是景观或者商业点的名字，这七个字实在散发着谜一样的魅力。更重要的是，这个地方有 5 枚勋章，5 枚！

冉霖把地图翻来覆去研究了几分钟，豁然开朗，立刻撒腿就往回跑！络腮胡的孙大哥不知道自己跟拍的艺人怎么就成疯兔了，没辙，扛着机器就追。

冉霖很快跑回洞外——他原就没有进洞走多远——绕过洞口直接往上面跑！洞口旁边有条路蜿蜒向上，目测是通往这岸边地势最高的地方。

其他嘉宾都在洞内，怎么就这位跑回了洞外，且大有越跑越远的趋势，除了策划团队，连导演组都是有点蒙的。因为他们需要掌控的是全部环节和流程，但具体细致到地图上的某一个点，就算被策划科普过，也未必记得住。

冉霖一路往上，终于看见了他想要找的东西——垂直升降的观光电梯！

在洞口等待的时候，无所事事的他连景区广告词都快背下来了，而其中有一句就是，海陆空一体浏览方式！

海不用说，暗河坐船。陆也好理解，旁边就有进洞小火车的指示牌，而且步行也可以算作陆。但是这个空，就有点意思了。

溶洞属于内部景观，坐飞机俯瞰是肯定想都不要想的。那如何才能达到从高处往下看的效果？

入洞的时候冉霖还是疑惑的，可等看到“带你入坑带你飞”，前后一联系，恍然大悟。并非只有洞口一个入口，那七个字的标记点也是入口，而且能够带着游客飞进来！

诚然从洞内也可以寻到电梯，自下而上。但当时冉霖所在的位置，转身回外面，直接往上跑更快，何况标记的是“带你入坑”，不是“带你出坑”，勋章极有可能就藏匿在“高处入口”！

憋足一口气奋力跑到电梯面前，电梯还在从下往上升，尚未回到地面。冉霖四下张望，终于在一块不大不小的石头后面，看见了节目组 logo（商标）的一角！

冉霖大喜过望，心脏怦怦跳，根本忘了这只是在录节目，在心里反复许愿千万别是空盒，特别虔诚。就像回到了小时候，一个游戏就是一个世界，为了输赢能跟小伙伴打得热火朝天。

耳边忽然传来观光电梯抵达的声音。正要迈步过去翻盒子的冉霖被这声音吸引，下意识回头。透明的电梯门里，赫然一抹靓丽青色，除了陆以尧，再没人有这样妖艳的色彩。

隔玻璃对视，冉霖诧异，陆以尧也惊呆。电梯门慢慢打开，两个人忽然都反应过来。冉霖拔腿就跑，这辈子的最快时速估计就是此刻了。

但陆以尧也不是吃素的，根本不等电梯门全开，生生挤了出来，然后仗着高出冉霖 4 厘米，大长腿跑起来的步幅宽得令人发指，偏偏频率还不降，眼看就要追上来！

两个人几乎是同时扑到石头后面的。杀千刀的节目组竟然就放了一个盒子！冉霖是第一次见到勋章，激动得早忘了镜头，就想要开门红。陆以尧是被折磨惨了，刚有点起色，一心只想把任务做得更出色，最好是最后能把勋章都砸到节目组脸上。

凡事就怕较真，尤其是较真的碰上较真的。两个人就像篮球场上争着一颗球不放的双方运动员，使尽浑身解数纠缠，只为一个球权。

若真是篮球比赛，这时候裁判就要吹哨了。但这是综艺，别说导演没跟过来，就是跟过来，也绝对喜闻乐见。

于是盒盖在争抢中飞了，盒子在争抢中也变形了。

更要命的是，这个应该装着 5 枚勋章的盒子里，实物只有 1 枚，只是上面标记着“价值 5”。还有比这更坑爹的吗？！

“停一下停一下——”

冉霖终于受不了了，气喘吁吁地请求暂停，当然手里还捏着勋章。陆以尧压在他的身上，胳膊越过竞争者身体，也捏着勋章。这是一个非常暧昧的体位。

但此情此景中的两个人，从身体到灵魂都已经被“勋章”和“你大爷的节目组”所填满，纯洁坦然得就像天地间的两道光。

“咱俩这么抢下去不是办法。浪费时间，也没有效率……”冉霖呼吸渐稳，跟近在咫尺的帅脸研究解决方案。

陆以尧认为对方说得有道理：“万一抢坏了，节目组很可能把这枚勋章作废。”

冉霖愣住：“那也不至于吧……”

陆以尧艰难地摇摇头：“你入坑太晚，很多事还不懂。”

冉霖无暇去思索陆大明星话中的酸楚深意，只想迅速解决问题：“你先起来，咱俩再商量看怎么解决，”陆以尧挑眉，显然对他不太信任，冉霖立刻明白过来，连忙说：“咱俩把勋章放到旁边，一起松手，我保证不使诈。”

陆以尧犹豫片刻，半信半疑地从冉霖身上起来，但手里还捏着勋章。随着身上压力的消失，冉霖也胳膊撑地往起爬。

终于，两位高颜值高海拔的男星告别泥土，肩并肩顶天立地，如果不看被他们共同捏在手里的勋章的话，这其实是一幅特别养眼的甚至可以截图用来给节目官宣的画面。当然如果勋章制作得飒爽帅气也行。

但这枚含金量颇高的 5+ 勋章，被做成了憨态可掬的黄色小星星模样，离远看就像被海绵宝宝染了色的派大星。

冉霖：“我数一二三，咱俩一起松手。”

陆以尧：“行。”

共同蹲下的两个人，一齐把星星送到一臂之远的地面，无比认真，神色凛然。

“一，二……”

“三！哈哈——”

夏新然如一道旋风强势插入，灵巧卷走了 5+ 勋章。

陆以尧和冉霖看着自己和彼此空荡荡的手，不约而同想到四个字——死于话多。抢个勋章而已，他俩就不应该弄成无间道的天台对决！

“顾杰！！！”

夏新然嘚瑟的笑声戛然而止，取而代之的是带着怒气的咆哮。

黄雀在后的顾杰晃晃手里的 5+ 勋章，硬朗的脸上难得露出一丝笑，虽然仍是浅浅的：“乐极生悲。”

夏新然再次抓狂。顾杰才不陪他玩，眼看观光电梯就要关门，一个箭步蹿过去，赶上了最后一刻。夏新然被挡在电梯之外直跳脚，跟拍他的摄像小哥憋乐憋得肩膀直抖，差点端不稳机器。

“黄雀溜了。”终于从混乱中回过神的冉霖，出声提醒陆以尧。

后者拍拍衣服上的土，无奈道：“咱们这两只蝉也散了吧。”

冉霖看了眼夏新然的方向，问：“不管螳螂了？”

陆以尧也看过去，忍俊不禁：“我怕被镰刀伤着。”

这是陆以尧第一次跟自己开玩笑。冉霖看着对方扬起的嘴角，有些发怔。陆以尧笑起来很好看，扑面而来的迷人暖意，看几次，都好看。

发现冉霖望着自己，陆以尧下意识敛起笑意，轻咳一声：“我得下去继续找勋章了。”说完没等冉霖回应，自顾自往观光电梯口去。

冉霖目送陆以尧绕着夏新然走回电梯口，正好另一部电梯升上来，便闪身进去，重新入洞。

他不知道的是，电梯门一关，电梯开始下行，陆以尧的脸色就从淡淡然变成了纠结的欲言又止。一会儿皱眉，一会儿抿紧嘴唇，仿佛身体里有两个灵魂正天人交战。跟拍陆以尧的摄像大哥透过镜头，全程围观了陆以尧微妙的情绪波动。但他也没办法进入陆以尧内心，去真正参透这些微表情。

如果这个世上真有读心器，那么此刻贴在陆以尧胸口，就一定能听见训

斥声——【让你离他远点离他远点，你还抱到一起了，你的脑子都被节目组啃了吗？】

陆以尧是一个对自己要求很严格的男子，他的心里住着个时刻帮助他反省的小人儿。

接下来的时间，五位男明星之间再没擦出什么火花。一来溶洞里面曲折蜿蜒，上下三层，并非总能遇上，二来剩下的勋章越来越少，找到一枚勋章需要的耗时越来越长，大家的情绪也不再高昂。

最终，冉霖 5 枚，张北辰 7 枚，夏新然 9 枚，陆以尧 13 枚，顾杰 16 枚。那枚 5+ 金色勋章，成了制胜关键，以至于公布结果的时候，夏新然又哀号了一通。

顾杰起初没理，后来发现夏新然完全没有停歇趋势，眉头轻皱，给予不依不饶的伙伴淡淡忠告："不知道这个优胜的特权明天究竟有什么用，你说会不会是可以随意指定惩罚其他伙伴中的一个？"

夏新然闭嘴，闭得太急，还噎了个嗝。

冉霖用余光围观全程，竖着耳朵把对白捕捉得一字不漏，用力抿住嘴唇，才没让笑意太明显。

夏新然一厢情愿地以为顾杰寡言木讷，脾气温吞，实则大错特错了。顾杰的低调沉默不是脾气好，只是懒得计较。这性格与他的形象高度统一，直来直去的爷们儿，不矫情，也没那么多事儿。但你要是絮絮叨叨惹他烦了，保证一句话就让你没电，老老实实再不敢蹦跶。

游轮仍在岸边等待，但这一次，工作人员上了游轮，五位明星却要换乘竹筏了。筏子上只有一位船工和一名节目组工作人员。

女主持临上游轮前，公布了接下来的惊喜——所有人必须在船工的指导下，自撑竹筏顺流而下，去往杨堤码头，抵达码头的优先顺序决定今晚住宿的选房顺序。言下之意，今夜过得好不好，在此一举！那还等什么，赶紧小小竹排江中游吧！

五位男星笨拙地上了竹筏，倒是已经提前跟着节目组踩过点的跟拍摄像们，一个个扛着机器，还能身手敏捷地稳稳跟上自家明星。

船工开始教男星们撑船技巧。张北辰学得最快，第一个离开码头。冉霖排在第三个，紧跟着前面的顾杰。

三个竹筏漂出很远，陆以尧和夏新然的竹筏才艰难出航。但是漂出去的伙伴们状况也不是很好。冉霖不知道别人，反正他刚撑了 15 分钟，额头就有点出汗了，一直握着竹竿的手掌隐隐发疼，大幅度撑竿的胳膊也是又酸又麻。更心塞的是，竹筏打转的时候多，前进的时候少，还真不如收起竹竿，让竹筏自己漂了。

如此这般煎熬了一个小时。就在冉霖感觉自己要阵亡的时候，一直端坐在船上的工作人员忽然灿烂微笑：“其实我们这个竹筏是可以用马达走的。”

冉霖当然知道可以，那马达就安在筏尾，一眼便看得清清楚楚。然而他以为这个环节的设置就是不可以电动，只能让嘉宾自己动手撑。现在吉祥物似的安静如鸡了 60 分钟的眼镜青年忽然神秘地告诉他，可以用马达。智商大于 20，就知道肯定有诈。

“但是需要先玩一个小小的游戏，通关了，才可以使用。”

真是毫不意外呢！

“60 秒钟快问快答。我们会列出 15 个问题，只要能在 60 秒内答出其中 10 道，就算通关。机会只有一次，加油！”

把竹竿递还给船工，冉霖接过工作人员早就准备好的问题纸。为免泄题，先让带字的一面朝下。

“准备好了吗？”眼镜小哥笑得微妙。

冉霖咽了下口水，莫名紧张起来：“嗯。”

“预备，开始！”

这厢秒表计时，那厢冉霖唰地把打印问题的 A4 纸翻过来，想都不想就开始念，语速极快，分秒必争——

“你最喜欢什么颜色……蓝色！”

“你最喜欢什么食物……包子！”

“你最欣赏什么样的男性……仗义！”

“你最欣赏什么样的女性……自信！”

“你最欣赏内地娱乐圈哪位男艺人……天啊这个大坑，过！”

“你最欣赏内地娱乐圈哪位女艺人……连环坑，过！”

“你希望你的粉丝叫燃面还是磷火……那还是燃面吧哈哈。”

“你最欣赏陆以尧身上的什么……呃，修养。”

“你现在有女朋友吗……没有！”

“你的初恋发生在什么时候……高中！”

"你谈过几个女朋友……没有！"

"你最爱的……"

"时间到！"眼镜青年用力按下秒表，得意地笑，"60秒，答了9道题目，就差1道啊！"

冉霖放下A4纸，从身体到灵魂都感觉虚脱，以及悲伤："我答得那么真诚，就不能通融一下吗？"

眼镜青年遗憾地摇摇头。冉霖想哭。

"也不是完全不行……"青年话锋一转。

冉霖瞪大眼睛，痴痴地等。

"你能保证回答都是真诚的？"

"当然。"

"那我再附加一道题，你能回答上来，就算通过。"

简直黑暗地狱里的一道曙光。

冉霖二话不说就把题目纸递过去："随便问。"

青年没接题目纸，而是直接伸手指指上面："在我问之前，你能先重复一遍第10题和第11题的答案吗？"

冉霖不明所以，但还是乖乖照做："你的初恋发生在什么时候？高中。你谈过几个女朋友，没有。"

重复完，冉霖就懂了。

眼镜青年嘿嘿一笑："我的问题就是，请给个解释吧。"

冉霖一脸真诚："我的初恋发生在高中，暗恋，失败。"

眼镜青年："师傅，开马达！"

启动了马达的竹筏就像从自行车变成了法拉利，破水前行不费吹灰之力。没多久，便带着冉霖赶上了顾杰的竹筏。

隔着十几米远，冉霖本想喊出声打招呼的，忽然定睛去看，发现顾杰正捧着同样的问题纸，口中念念有词。显然这位伙伴的快问快答比自己开启得晚一些，此时正进行到紧张处。

冉霖咽下呼唤，随着竹筏默默赶超。待超出去一段距离，他再回头，发现顾杰已呈大字瘫在竹筏上，而船工正在收竹竿开马达。

看样子也成功了。冉霖在心里替伙伴高兴。

因为节目组真的挺坑，这种撑船其实是需要技术的，光有把子力气都不行，而一直极低效率地划水也容易让嘉宾烦躁，如果从阴谋论的角度去想，说不定节目组就希望嘉宾情绪波动，或者干脆撂挑子不干了，那剪出来可就热闹了。

冉霖反超顾杰，第二个抵达杨堤。第一个抵达的还是张北辰，这人一路领先，顺风顺水撞了线。

“到多久了？”上岸后，冉霖便跟等在那里的张北辰打招呼。

“没多久。”张北辰笑笑。

他的鬓角还有一点没擦干的汗，阳光底下，晶晶亮的。这让他整个人都呈现一种暖意盎然的温和。

冉霖忍不住调侃：“你就别谦虚了，分明是一骑绝尘，我铆足力气都没看见你的影子。”

张北辰似乎实在被夸得不好意思了，为难地抓抓头，道：“要不我把第一名让给你吧，晚上你先选房。”

冉霖愣了，不知道怎么一个玩笑就让对方理解到那么深远了，连忙解释：“我不是那个意思，我就是跟你逗呢！”

张北辰愣愣地眨了下眼睛，像是还在分辨这句话的可信度。

冉霖扶额，有些无奈：“以后不敢跟你开玩笑了，就没见过你这么认真的。”

张北辰看起来是终于相信了，长舒一口气：“你没生气就好。”

“我恭喜你都来不及，生什么气啊！”冉霖真要被他打败了。

原先只觉得这人脾气好，现在才发现原来心思也是走直线的郭靖风。冉霖想，以后对这位伙伴，一定要有一说一，千万别再开什么自以为幽默的玩笑。

“北辰，冉霖——”江面上传来洪亮的呼唤。

二人循声望去，原来是顾杰到了。竹筏上的男青年挥着胳膊，脸上难得露出一丝兴奋。冉霖总觉得这兴奋里“谢天谢地终于靠岸”的成分多，连带着顾杰对他俩也热络起来。当然录制快一天了，实际上每个人都在慢慢放开。

合力把顾杰拉上岸，冉霖好奇地问他：“看见陆以尧和夏新然了吗？”

顾杰摇头：“没有，我是追着你过来的。”

冉霖莞尔，随后眉毛得意地挑了下：“可惜啊，还是没追上。”

顾杰不恼，只双手轻轻一摊：“我怎么听说快问快答的时候有人还有附加题？”

冉霖愣住，再看顾杰，虽然脸上没什么表情，可眼睛里分明都是调侃。

看着机灵的却是憨厚暖男，看着严肃的倒能开起玩笑来了。

冉霖被这波反差萌折磨得身心俱疲，可相比之下，他还是更愿意应对顾杰的玩笑：“你是只看见我吃肉没看见我挨打。别人的附加题都送分，我的送命。”

顾杰愣了下，随即大笑。冉霖忽然觉得这人其实对镜头没有太多顾忌，应该只是性格使然，比较慢热。上午的淡漠也好，下午的偷袭还有现在的谈笑也好，对方都只是在做自己。我跟你不熟，所以我不会没话找话，但慢慢相处熟了，也不会刻意耍帅装酷。

“我只听说了附加题，所以究竟问题内容是什么？”笑够了，顾杰终于好奇起来。

冉霖想起眼镜青年郁闷的表情，乐了，但却故意卖关子：“太坑了，我完全不想回忆，播的时候你就知道了。”

好在顾杰也不是个刨根问底的，虽忍俊不禁，却不再追问。

一个小时后，夏新然和陆以尧终于艰难靠岸，前者比后者快了大约十几秒。

最终带着他们过来的还是小马达，但在岸上等待的时候，已经抵达的三个人就从节目组人员的对讲机里了解到了大概——这两位伙伴均没有在快问快答游戏里通关，于是只能继续手动，后来是节目组发现再耗下去时间不够，才终于允许启动马达，迅速漂完最后一段路。

陆以尧上岸的时候脸色不太好，但多是疲惫，情绪什么的倒看不太出。

夏新然可就不同了，奔向等待着的三位伙伴，尤其是正对着冉霖，冲过来就开始诉苦：“他们挖坑让我跳——”

再漂亮的脸皱成包子褶都没法看了，冉霖不厚道地笑，然后在对方彻底发飙之前，终于问出了自己和在场所有伙伴都好奇的问题：“你到底被挖了什么坑？”

夏新然显然被伤得很重，这会儿仍愤愤不平：“他们居然让我在温乔、王馨钰、艾娜和俞冰秋四个中间选出最想合作的女明星！”

冉霖被夏新然的口无遮拦吓了一跳。不，是四跳。每出一个名字，都让他一激灵。这四位女星虽然都还是小花，但也已经在圈内站稳脚跟，带着一定资源和流量的新生代，随便一个绯闻都能让她们发律师函怼营销号的主。

现场的节目组和冉霖一样，呈现一种微妙的安静。

“你那是什么表情，这题不坑？”夏新然误解了冉霖的呆愣，还在义愤填膺，“都是好朋友，选谁不选谁，以后还怎么一起玩耍！”

明明很敏感的问题，可让夏新然这么理直气壮一搅和，好像又完全没什么了。气氛忽地又轻松起来。

冉霖服气了，乐道：“坑，太坑了。不过其实你可以多选嘛！”

夏新然一脸错愕：“可以多选？！”

冉霖仔细想了想眼镜青年说给自己听的规则：“好像也没说不可以吧。”

事实上他的题目纸里都没有选择题，敢情每个嘉宾的问题都是不同的，节目组还真是坑得很有针对性。

“原来还有这种操作。”漂亮青年感慨万千，感觉自己的灵魂都在冉霖的点拨中得到了升华。

夏新然大彻大悟的模样实在太招人疼了。姐姐粉心会化，妹妹粉心会醉，妥妥的通杀。陆以尧没加入讨论，只随意坐在旁边休息。冉霖本想关心一下这位伙伴，但瞥了眼他的表情，又考虑到自己万年蹭热度永世抱大腿的口碑，最后还是没过去。

幸而节目组也没让大家喘息太久，见五个人全了，立刻催着大家重新回到游轮上。

杨堤到兴坪，是漓江最精华的水段，节目组也终于良心发现，再没安排任务，让五位男星安安静静享受了一段静谧时光。冉霖终于明白节目组为什么不惜破坏规则，也要在最后时刻给陆以尧和夏新然启动小马达。因为再晚，天色就暗了，也再没机会欣赏这样绝妙的风景了。

人在江中过，恍如画中游。冬季尚且如此，何况春夏。

惬意的时光总是短暂的，游轮很快在兴坪靠岸，然后五个人就坐上了那辆熟悉的大七座，一路奔赴阳朔古镇。到阳朔时，天已经完全黑了，华灯初上，整个古镇熙攘起来，带着烟火气的夜生活，开始了。

饿着肚子奔波一天的男星们总算能坐下来吃顿饭。虽然节目组都是为他们准备的当地特色美食，但饿极了的小伙子们真的顾不上品了，狼吞虎咽的样，看着都心酸。摄影机尽职尽责地收录下了全过程。

待到奠完五脏庙，今天的最后一个环节终于到来——选房。节目组准备了酒店超级豪华大床房、酒店普通大床房、酒店单人间、民宿客栈、当地人家五种房源，供男星们选择。

张北辰优先，思来想去，选了普通大床房。冉霖第二位，犹豫一下，选了酒店单人间。顾杰第三位，轻叹你俩太客气了，然后坦然选了豪华大床房。

冉霖知道对方其实是在吐槽他俩假客气。他俩真不想睡豪华大床房吗？当然不。但对着镜头，难免会多想。其实冉霖挺佩服顾杰的自我，就像他同样羡慕夏新然的随性。这些都是他做不来的。没勇气，也没底气。

一如冉霖所料，原本以为自己终于有希望的夏新然，在顾杰选择了豪华大床房之后，一颗心碎成了葱花，只得无精打采地跟陆以尧瓜分了民宿客栈和当地人家。

酒足饭饱，住宿敲定，五个人至此，分道扬镳。跟拍摄像跟着冉霖来到酒店单人间，冉霖带着镜头参观了一下即将入住的小窝。

大约 15 分钟之后，络腮胡的孙哥终于关掉了摄影机，饥肠辘辘地告辞。节目组在合约里就写明了，不会在嘉宾住宿的地方设置监控探头，一切素材都来自跟拍。所以孙哥这一走，就意味着今天的录影彻底结束！

冉霖简直想放个一万响的鞭炮，普天同庆。

无暇去想其他人那边的情况了，冉霖呈大字瘫倒进柔软的床垫里，感觉整个人都被掏空了。

怎么睡着的冉霖已经没了印象。床头座机响的时候，迷迷糊糊的他还以为是天亮了，酒店贴心地提供叫醒服务。

“睡着了？”王希的声音总是能让人瞬间清醒。

“啊，没。”冉霖胡乱应着，一边疑惑地看仍然黑着的窗外，一边找手机想看时间。

“我这就上来。”王希说完也不等冉霖回应，就直接挂了电话。

冉霖一脸茫然，脑子还有点转不动，但手仍在身边的床上摸索，下意识继续找手机，好像找到了才有安全感。

直到敲门声响起，冉霖才终于思路清晰——他的手机早在清晨节目录制开始前，交给王希保管了。

来的不光是王希，还有刘弯弯。

“冉哥，你什么行李都不拿，直接就想睡啊！”刘弯弯把冉霖的行李箱拉进来，一点不见外地调侃。

王希瞥了她一眼。刘弯弯立刻消音，待王希转回头不再看她，她才吐吐舌头。

单人间并不宽敞，除了一张床，就只剩下一张桌子和一把椅子。如今又多了两个人，空间便显得更满。

“感觉怎么样？”王希把椅子拉到床边，自顾自坐下，一边问着，一边把手机交还给冉霖。

冉霖看了眼时间，才晚上 11 点。难怪觉得乏，他只睡了一个多小时。

“不太好。”冉霖把手机放到一边，斟酌着给了个说法。

白天的时候，节目组是不允许嘉宾的团队跟着节目拍摄的。所以早上他们五个前脚出发，后脚各自的经纪人也好助理也好便组团迁移到了这里，等待自家艺人通告结束。所以王希他们能看到的，只是五个人早上在桂林酒店出发时的情景，还有刚刚吃完饭在酒店大堂选房的情景。

陆以尧和夏新然的团队更惨，为了能在录影后跟自家艺人近距离沟通，估计还要巴巴跟到民宿客栈或者当地人家，直到录影结束，他们把想跟艺人沟通的沟通完，才能返回酒店休息。

“怎么个不太好？”王希靠在椅背上，平静地问。

冉霖想了下，实话实说：“从整体上看，我们五个默契度不够，无论聊天还是游戏都特别尴尬。然后就是我自己的问题，我总是会不自觉去在意摄像机，总怕哪句话说错，或者哪件事做得不妥当，感觉特别累。”

王希听得很认真，也很耐心，直到冉霖说完后很久，她才缓缓开口：“所以，你今天一句话都没说错，一件招黑的事都没做？”

冉霖被问了个措手不及，怔了片刻，才苦笑道：“不知道。我只能说我的表现肯定不够自然，必须后期特别逆天才能挽救的那种不自然。”

“那你明天打算怎么办，”王希轻轻挑眉，语气微扬，“继续尬？”

冉霖听出了弦外之音，立刻恭恭敬敬：“恳请希姐光临指导。”

王希喜欢冉霖的聪明劲，这也是她愿意在他身上花时间花精力的原因之一。

“你听好了，在真人秀里火的，只有两种人。一种，能把他想要演的人设演到逼真，不会太油，不会太尬，自然得让所有观众都以为那就是他的真性情；另外一种，不演任何人设，就做自己，肯定不完美，但只要不是性格有重大缺陷，只要这个人身上有闪光点，真诚就是最容易博得好感的东西……”王希一口气说到这里，停顿片刻，才看进冉霖的眼底：“但是这两种人对于观众来说……”

“其实都是一种人。”冉霖有些明白她的意思了。

王希满意微笑，精致的脸也因为这个笑容柔和许多：“没错。观众只希望看到‘真实的艺人’。你要么强大到能演出‘真实’，要么就做你自己。当然后者也有风险，如果你真的就是一个毫无魅力的人，那把心剖给观众看，也救不了你。”

冉霖很用力地思考了一下：“我感觉自己还行吧，也没那么干巴巴。”说到最后似乎也觉得有点自卖自夸的嫌疑，不好意思地笑了下。

王希莞尔，挺喜欢这样的冉霖。

刘弯弯则是直接看傻了。忽然闪过的腼腆让冉霖整个人都激萌起来，她发誓如果冉霖在镜头前面卖羞涩人设，能爆掉一众少女心。惹人怜爱的明媚少年，天，简直苏到爆。

“很好，就需要这种自信。”王希起身，动动脖子，缓解一下酸疼的颈椎，“明天开始，你就当摄影机不存在，除了营销炒作这种背后的事情不能讲，其余你想说什么说什么，想做什么做什么，不用去考虑你做这个粉丝会不会喜欢，做那个会不会招黑。记住，只要节目组敢剪进去的，就都毁不掉你。”

冉霖笑得灿烂，有种拨云见日的神清气爽：“嗯。”

只刘弯弯躲在角落里暗自可惜。腼腆散得太快，明朗仍是主旋律，性格使然，看来苏不起来了。不过她转念一想，清新风也不错，虽然冲击力不强，但润物细无声嘛！

王希不知道小助理已经帮自己艺人脑补了整个职业生涯。见冉霖思想通了，便安心下来，嘱咐刘弯弯帮着快点收拾，别耽误冉霖休息，然后先一步回房，继续忙其他的去了。

待王希离开，冉霖才对着忙活的刘弯弯道：“我自己来弄吧，你也早点休息。”

“没事。”刘弯弯倒精神抖擞，一边开行李箱，一边问，“冉哥，你明天要穿哪几件衣服，我帮你找出来。”

眼看衣服没出来，装内裤的整理袋倒先冒出来一角，冉霖直接伸手过去砰地关掉箱子，刘弯弯吓了一跳。

冉霖满腹歉意，连忙温柔道：“我自己来就行，真的，你别忙活了。”

刘弯弯疑惑歪头，打量他几秒，忽然问：“冉哥，你是不是以前都没有过助理？”一针见血，韵味凄凉。不用冉霖回答，刘弯弯已经从他的表情上收获了答案，扑哧乐了：“冉哥，你有时候吧，很帅，有时候呢，又特别可爱，比夏新然都可爱。”

冉霖哭笑不得：“你夸我我也没办法给你涨工资。”

“冉哥，”刘弯弯放弃行李箱，抬头对上冉霖的眼睛，正色起来，“我能问你一个问题吗？”

冉霖不知道她怎么忽然就严肃了，想也不想便点头：“嗯。”

“你和陆以尧的关系是不是根本不好？”

石化，就是冉霖现在的所有状态。

刘弯弯垂下眼睛，有些低落道：“早晨在桂林酒店里的时候，你俩之间根本没有互动，而且他看都不看你一眼，就算不是朋友，是合作的同行，也不应该这样吧！”

冉霖沉吟再三，还是把那句你就别问这么多了咽了回去，换成：“我能先问一下，你问的这个问题，是以粉丝的立场，还是以我的助理的立场。”

刘弯弯抬起头，愣愣地眨了下眼睛，才定定吐出两个字：“助理。”

这其实不是一个问题。这是一个选择。选了A，就不能把听来的东西交给B。

冉霖把整个机场乌龙的来龙去脉，以及陆以尧和他的粉丝可能存在的郁闷与反感，原原本本讲给了刘弯弯。但关于公司营销炒作那段，还是保险起见，隐去没讲。

即便就这些，也让小姑娘在听的过程中变换了快有几十种表情。最后，定格成深深的歉意和不安。

“那我让你签那句话的时候你为什么不拒绝我？”已经知道来龙去脉的刘弯弯，用脚指头也能想出来自己发的微博简直是在陆以尧对冉霖的反感上雪上加霜，“这不是主动往自己身上招黑吗？”

冉霖抓抓头发，有些无奈：“是我主动说要送给你一句话的，没有你提了我又拒绝的道理。而且，已经一整年没人跟我要过签名了，我不想让你失望。”

刘弯弯的柳叶眉蹙成了8点20分：“起码也要叮嘱我别发微博啊！”

冉霖苦笑：“我没想到你真的会发。”

刘弯弯莫名其妙地看他：“这么激动的事情我肯定要发啊！”

冉霖也奇怪地回望她：“你们CP（情侣）粉不是都要求圈地自萌吗？”

刘弯弯哑口无言。好半天，才真心道：“冉哥，你懂的真多……”

同一时间，住在当地人家的陆以尧，还在摄影机的镜头里做着食物链最底层嘉宾的附加任务——做米粉。

最后尝到自己亲手做的米粉时，已是凌晨两点半。

陪着他一起熬夜但甘之如饴的主持人问：“吃到自己亲手做的米粉有什么感想？”

陆以尧思索片刻，道：“我想和所有伙伴一同分享这份喜悦。”

凌晨3点左右，香甜酣眠的国民初恋们陆续在惊悚的敲门声中惊醒，并迎来了一碗爱心米粉。连住在民宿客栈的夏新然都没能幸免。

第六章

第二天一早，顶着黑眼圈的五人在阳朔古镇最有特色的一条古街前集合。

上午的任务环节是要求大家在古镇中寻找失落的恋爱信物。昨日一整天的疲惫加夜里丧心病狂的煎熬，让每个人都很难再精神抖擞。

冉霖直接脑袋就是混沌的，直到跌跌撞撞撑到中午，肚子开始叫，思路才在饥饿中慢慢清晰，然后发现，古镇环节结束了。究竟都干了些什么，他竟然没太深的印象。但也不是全然没有收获，因为昨夜王希的点拨＋今早恍惚的精神不济，一上午他倒真把摄影机忘了。虽然孙大哥的络腮胡仍然总在视线范围里晃，但习惯了，好像就和蓝天白云一样，成了视野里的背景板。

寻找信物的获胜者是张北辰，并且因此直接获得进入本期山水初恋最终评选的资格。还是老样子，不给午饭，直接进入下一环节。

五个人已经习惯了，或者说是认命了，毫无反抗地跟着节目组来到一条安静的柏油小路旁边，而在那里，已经有五辆自行车在等待。

“接下来，我们会发给大家一张路线图，终点就是我们下一个环节的活动地点，男神们需要按照路线，骑车前往。当然，骑行中也可以欣赏古镇美景嘛！由×××冠名播出的《国民初恋漂流记》，现在进入最终决选环节，男神们，go（出发）go（出发） go（出发）！”

女主持已经精准领会到了自己“串场＋广告”的定位，所以播完立刻走人，把舞台交给嘉宾。五个人你看看我，我看看你，虽有新仇旧怨，但在眼下这种状况，只觉得都是难兄难弟，全能做彼此的天使。

“走起吧。”顾杰随手推过一辆自行车，身体力行告诉伙伴们，人得认命。

五辆自行车长得一模一样，没什么可挑选的。于是转眼间，就人手一辆了——除了夏新然。他站在原地一动没动，咬着嘴唇怒视自行车，仿佛那不是代步工具，而是今生宿敌。

男星们已经开始研究路线图，只有冉霖多看了这边一眼，才发现夏新然的异常。

“怎么了，”冉霖推车走过来，疑惑道，“怎么不去取车？”

夏新然憋了半天没出声，直到冉霖担心地想第二次开口，他才先一步气鼓鼓道：“好啦好啦我就是不会骑，你咬我啊！”

说是气鼓鼓，实则更多的是羞赧。冉霖愣了下，才明白他的意思，当下乐出了声。夏新然眯起眼睛，双眸迸射出“我就知道你会嘲笑我”的仇恨的光。

“对不住对不住，嗯，不笑了。”冉霖费了很大劲才正色回来，想了想，又劝了一句，“这没什么的，有的人一辈子都学不会吹口香糖呢！”

夏新然很认真地看他，满脸绝望：“我并没有感到安慰。”

冉霖有点愧疚，犹豫了一下，还是决定按照自己的想法做。可能会被黑自己加戏，或者多管闲事，但爱谁谁吧，王希让他做自己，他挺喜欢这个建议。

四下张望，终于捕捉到了总导演的身影，冉霖立刻停好自行车，快几步跑过去问：“施导，夏新然不会骑自行车，我看路线图还挺长的，实在不行就让他坐节目组的车吧？”

总导演没想到冉霖会突然跑到自己这边来给夏新然说情，一时间有点蒙。

冉霖也没催，就耐心等待。

总导演终于捋清思路，同时也坚定了立场：“不行。你们现在漂流记的世界里，和我们节目组是平行世界，我们不能干预你们世界里的任何进程。”

冉霖黑线。导演，你会不会太入戏了？而且之前是谁把手伸进平行世界给夏新然和陆以尧开的小马达？当然这些只能在心里吐槽。

冉霖真正说出口的是：“那总不能让夏新然走到终点吧，录影时间也不够用啊！”

说话间夏新然已经过来了。发现冉霖是在为自己争取福利，有点意外，也有点感激。其实夏新然小时候学过自行车，但天生平衡能力差，怎么学怎么摔。人家是摔摔就会了，他是摔摔就废了。后来腿上打了几个月石膏，家里人再没敢让他学。

但现在讲这些，总有卖惨嫌疑，而且都这么大人了，还拿小时候的经历说事儿，他也有点抹不开面子。故而索性不多解释，反正就一句话，我不会骑。

冉霖说的事情也是导演组担心的，总不能因为一个不算太重点的环节影响后面的录制。但这才第 1 期，要是一遇上难题就开后门，未来其他嘉宾也可以说这个我不行，那个我不会，到时候节目还录不录了。

这厢总导演左右为难，那厢冉霖却忽然灵光一闪："施导，我有一个折中的法子！"

10 分钟以后，神通广大的节目组弄来了一辆双人自行车。其实来的路上冉霖就看见有情侣游客在骑双人自行车了，料定周围有租这种车的地方，只是看过并没有放在心上，直到夏新然这事一出，才后知后觉地想起。

"我说了我不会骑车。"夏新然看着冉霖推着双人自行车走向自己，下意识往后退。

冉霖叹一口气，跟劝孩子吃药似的："平衡不用你，方向不用你，你就负责蹬腿，不会？"

不远处的陆以尧、张北辰和顾杰已经在节目组推来双人车的时候，就笑岔了气。尤其顾杰，恨不能捶地了。

夏新然气愤地瞪了这帮没良心的伙伴好几眼，心一横，不争馒头争口气！

"你可一定扶住了。"可惜声音是与决心完全不相符地弱弱颤抖。

坐在前座的冉霖忍俊不禁，双脚踩地，让自行车车身微微倾斜，但又不会斜到坐不住的程度，然后用力扶稳车身："赶紧上来吧。"

夏新然一条腿跨过去，坐到后座上，双手紧抓后车把，酝酿半晌，才下定决心似的："好了。"

冉霖抬脚踩上脚蹬，一个用力，自行车便平稳顺滑地前行了。夏新然感觉自己什么都不用管，脚蹬就转起来了，他只需要跟着一起踩，而且完全不用担心自行车失衡，简直不要太嗨皮。

眼见着伙伴双双飞，还在看热闹的三个人对视一眼，晕，被抢跑了！

跟拍摄像们是最辛苦的，艺人们一动，他们就要立刻进入早已准备好的跟拍车，这边司机降速到跟自行车差不多的程度，那边继续透过车窗跟拍。

冉霖已经不去想自己的孙大哥在何方了。

蓝天，白云，安静的古镇。除了吹在脸上的风有点冷，再没任何不完美。有多久没这样悠哉了，骑骑车，看看景，吹吹风。

冉霖发现，一旦换了心态，看整个世界都不一样了。景色还是那样美的景色，但心情可以飞得更高更远。

“往左往左——”夏新然忽然大声提醒。

冉霖回过神，立刻调整车头，赶在进入岔路之前，拐了弯。

“你都不看路线图的？”夏新然不太满意地咕哝，他可是从启程就把路线图按在车把上研究。

冉霖又好气又好笑：“你是怎么做到一边享福还一边抱怨小福神的。”

夏新然也窘：“你是怎么做到不经我同意就自己给自己封神的。”

两人你一句我一句地贫，到最后都给自己说乐了。

笑完，夏新然忽然正经道：“你别粉陆以尧了，粉我呗！”

冉霖一脚差点蹬脱，莫名其妙地回头看他，但因为还得看路，只能草草瞅一眼便又转回头来。

夏新然不以为意，身体前倾，凑近同车人的后脑勺，捂住胸麦用只有他俩能听见的声音道：“你没发现他不乐意让你蹭热度嘛！我乐意，真的，我觉得你这个人挺够朋友的。”

冉霖没想到夏新然会说破蹭热度这件事，而且是直截了当点明陆以尧的态度。虽然都是圈内人，稍微想想也能猜出陆以尧的心情，但这是对着摄像机啊！

结果又回头看一眼，正瞅见夏新然松开捂着胸麦的手。冉霖恍然，果然能在娱乐圈闯出来的就算傻白甜，也知道什么是不能越的红线。

但平心而论，夏新然是真甜，甜到冉霖有点希望有这么个弟弟了。

脚下用力将自行车蹬得更快，冉霖在呼啸的风里带着笑意大声问：“为什么不是你粉我——”

谈话的前提被隐去，后续的交流就不用捂着了。

夏新然大大方方回答：“我比你人气高啊——”

“这和人气没关系。一万个人都粉你，也不妨碍你粉我，你不是觉得我够朋友吗——”

“那行，回去我就关注你——”

冉霖脚下一顿，感觉心里某个地方烫了一下，然后慢慢的，点点热气弥散开来。第三次回头看夏新然，这一次，冉霖的眼神是前所未有柔软，带着笑意的嗓音温暖迷人：“坐好了，哥哥带你飞。”

突来的提速猝不及防，夏新然差点被脚蹬子打了腿。

“悠着点啊，你当你在环法自行赛啊——”夏新然忽然有种上贼船的后悔。

冉霖咧开嘴，觉得连冷风，都舒服起来了。

熬过最开始的生疏，进入路程中段时，夏新然就慢慢找到节奏了，也有点能体会骑行的乐趣了，故而迫不及待和引路人分享："冉霖——"

逐渐默契起来的相处让冉霖不用回头都能通过夏新然的语气想到他现在的表情，肯定是一脸期待，就等着被召唤者回应，好开启他又不知道开了什么脑洞的话题。

"嗯？"冉霖兴味盎然地回应。

他现在有点摸清楚夏新然的套路了。这人虽然看似口无遮拦，但实际上走的就是魔性人设。永远随心所欲，永远不按套路出牌，但又很神奇地能让路人和粉丝接受他的性格。有些话别人说就是没大脑，他说却成了喜感。也许这就是他的性格，公司也默许他自由发展；也许这里面有一些表演成分，但演得久了，太真了，说不定也就跟性格合二为一了。

"我终于明白为什么女生都喜欢坐在自行车后面了，"得到回应的夏新然立刻抒发自己新获得的感想，"不用费心看路不用费劲保持平衡，只管看看美景吹吹小风，完全就是一种享受啊……"

冉霖被逗得再忍不住，直接吐槽："你能不能正视自己的责任，你是要在前面骑车的那个，你的小天使们都等着坐在你的后座呢，你就这么让她们幻灭？"

"为什么要幻灭，她们爱的就是真实的我。"说着夏新然忽然松开车把，飞快地对着旁边同步跟拍的车窗摄像机镜头比了个心的手势，"我也爱你们。来，比心！"

冉霖佩服死他的什么梗都能接什么话都能圆了。有些人自带综艺感和观众缘，这是天赋，没辙。但，他实在不想让这人再嘚瑟下去，不然自我感觉良好得要上天了。

"我没什么粉丝，那就只能把爱送给观众了，"冉霖毫无预警地松开车把，也对着镜头来了个和夏新然一样的手势，"我爱你们，比心！"

夏新然慢半拍才意识到冉霖彻底松开了对自行车的控制，当下嗷一嗓子："车车车车——"

冉霖比手势只是极短暂的一瞬。夏新然没号完，他就已经重新稳住自行车了，只是笑得前仰后合。冉霖很少恶作剧，所以偶尔来一次，收获的乐趣绝对是翻倍的。这也是节目录制到现在，他第一回感受到纯粹的开心。

夏新然终于在驾驶员的笑声里意识到自己被整了，但自己在人家车上，总不能为了报仇同归于尽，只得仰天长号，洒下一路咆哮。

顾杰和陆以尧就是全程听着魔音超车的。前者极力忍耐，但不受控制的面部肌肉还是出卖了他。没办法，两个男生骑双人自行车的景色真是独一无二的美，他怎么看着都想乐。

后者倒是低调了许多。确切地说是看都没看他们一眼，只专注前方路况和手里的路线图，直接就骑了过去。

然而来到终点“拓展训练营”的时候，顾杰第一，冉霖和夏新然第二，张北辰第三，陆以尧第四。

一打听，原来是陆以尧走错了路，绕了半天才绕回来。大家你看看我，我看看你，再没客气，最终笑成一团。众叛亲离的陆以尧有点后悔昨天晚上挨家挨户亲手送米粉了。

“这里是由 ××× 冠名播出的《国民初恋漂流记》，现在我们已经来到这一期山水初恋的最终决选现场，男神训练营！各位男神已经看到，我们现场摆了很多拓展训练的道具和器械，同时也应该看见在你们前面的桌子上，有各种美妙的黑暗料理……”

不用主持人介绍，五人已经从色香味里窥见到了有多黑暗，何况这些料理前面还摆着偌大的名牌——超级柠檬苦瓜汁、芥末竹筒饭、圆白菜牛油果泥、变态辣米粉……

“这一环节的规则呢，就是男神们按照刚刚抵达的顺序来抽取你们需要完成的任务，当然只有抽完了才能看见任务的名字哦！男神们可以选择挑战任务，或者放弃任务，挑战任务成功，获得山水初恋的决选资格，挑战任务失败，或者直接放弃任务，那就需要品尝一道黑暗料理。并且，品尝哪一道料理是由其他男神帮你决定的，另外，已经被品尝过的料理不能再次指定。下面，抽签开始！”

顾杰第一个抽，冉霖第二个，夏新然第三个，张北辰第四个，陆以尧殿后。

“请男神们悄悄看一下自己的任务名字，但不要告诉别人。”

随着主持人的提醒，冉霖悄悄翻开道具纸，上面写着“信任背摔”。

“好，现在把任务字条扣过来。”女主持说着来到顾杰旁边，“大家还记得昨天的冠岩大冒险吧，说好的优胜者在今天会有一项特权，就是我们的顾杰可以有一次与别人交换任务的机会，请你慎重考虑是否要换。”

顾杰默默把任务纸重新反过来，上面四个灵动彩色字——顽皮纸片。

怎么看，都感觉不怀好意。

“换。”沉吟再三，顾杰做下决定。

“好的，”主持人当然喜欢这样的反应，游戏嘛，变数越多越有效果，“那请你依次查看其他伙伴的任务字条，选择想要更换的对象！”

明明是游戏，可当顾杰走到自己身边的时候，冉霖竟有点兴奋。

上一次出现这样的感觉还是高中班级联欢会的时候，玩击鼓传花，输的人要上前表演节目。冉霖不怕表演节目，但当那朵花传到自己手里时，他的感觉就像真碰着炸弹一样，恨不得第一时间丢出去。

其实无关游戏的内容和最终的惩罚，就算改成丢手绢，也是一样的。人都有童心，只要全身心投入，再幼稚的游戏，也能调动起热情。可惜，顾杰好像对他的任务不太感兴趣，只匆匆看一眼，便继续往前走。

下一个是夏新然。他似乎不太喜欢自己的任务，所以顾杰过来的时候，他的眼神里闪烁着些许期待。顾杰看了他一眼，又看了他的任务字条一会儿，最终，再次越过，夏新然难掩失望。

那厢顾杰已经迅速看完了张北辰和陆以尧的，然后重新回到自己的位置，对着女主持道：“我跟夏新然换。”

幸福来得太突然，夏新然的表情一下子就亮了，就像灯泡忽然通了电。

“加油。”更换任务条的时候，顾杰真心道。

夏新然点头如捣蒜，第一次发现这位伙伴其实人不错：“嗯嗯，你也是！”

交换过后，顾杰立刻公布了自己从夏新然那里换来的任务——限时攀岩。

夏新然没那体力，所以看见任务就皱眉，但对于喜欢健身的顾杰来说，却是小菜一碟。不算太难的攀岩墙，限时 20 分钟，顾杰 14 分钟就搞定了。

下来的时候还对着主持人道：“其实你们下次可以把任务设置得更难点。”

主持人乐得花枝乱颤，四位伙伴的目光差点把他烧成灰烬。

接下来是冉霖的信任背摔。

其实也不难，就是拓展训练中最常见的，一个人反向站在高台上，下面几个伙伴用手臂搭成网，然后高台上的人后仰倒下，最终落在伙伴的臂弯里。

看着一点都不惊险，但往后落的一刹那，还是需要勇气以及对伙伴的信任。

冉霖念书的时候和同学玩过这个，故而看字条的时候，心里就有底了。何况节目组担心出意外，还在四个人的脚下铺了软垫。

比顾杰的攀岩还没有什么看头。冉霖一个后仰，落到伙伴手臂上，前后不过两分钟，然后就到了夏新然。

“其实我没太看懂任务，”漂亮的脸蛋上满是茫然，“顽皮纸片是啥？”

忍耐多时的女主持终于眉开眼笑，从黑暗料理旁边的另外一张桌子底下拿出两个纸托盘，一个里面都是纸片，一个里面空空荡荡，分别在长桌两端放好。

然后她带着夏新然来到都是纸片的托盘面前，公布任务内容：“顽皮纸片，就是需要你在 90 秒之内，用嘴吸的方式将托盘内的纸片都运送到另外一边的托盘里。”

夏新然好半天才消化了这个规则，然后，就炸毛了：“为什么到我这里就画风突变啊——”

不怪夏新然炸，之前的限时攀岩、信任背摔，一看就是拓展训练的内容，符合环节设定。但这个嘴吸纸片是什么鬼。

其他男星已经笑得肠子打结，光脑补，都能想象出那画面有多美。顾杰很厚道地没有笑，只是在心里长舒一口气，并暗暗给自己的英明决定点了个赞。

夏新然叹一口气，认命地看向女主持：“我准备好了，你开始计时吧。”

不料女主持忽然摇头，水汪汪的眼里闪过一丝不怀好意：“我刚刚还没把规则说完呢，你需要在剩下的伙伴里选择一位，帮助你完成这个任务。”

夏新然：“啊？”

顾、冉、陆、张：“……”

女主持终于心满意足，拉响了最后的手榴弹：“你需要用嘴将纸片传给和你搭档的伙伴，然后再由那位伙伴用嘴将纸片放到托盘里。”

上一刻还在嬉笑的三位男星彻底蒙了，另外一位没笑的也悄悄靠近他们，四个感受到了恶意的灵魂簇拥在一起瑟瑟发抖。

夏新然懵懂的目光扫过四位伙伴俊朗的面庞。四位伙伴望天的望天，看地的看地，死也不接信号。

夏新然微微眯起眼睛，心中有了定夺：“顾杰……”

冤有头，债有主，顽皮纸片有出处，顾杰不冤。其他三个人如释重负，恍若劫后余生。顾杰脸色黑下来，很好，节目组还可以更坑一点。

夏新然也不愿意跟一个大男人嘴对嘴，哪怕是隔着纸片的，但看了眼那些奇怪的果汁和食物，他真的宁可来假吻啊！

“我拒绝。”顾杰也知道自己不冤，但他是真的说服不了自己来这个。

夏新然没料到情况突变，想也不想就嚷："你不能拒绝！"

顾杰摊手："为什么不能，我选择黑暗料理。"

夏新然崩溃："和我玩游戏还不如吃黑暗料理吗？！"

顾杰歪头看了看他，微笑："你可能不会喜欢我的回答。"

夏新然彻底生无可恋了，但还抱着最后一丝侥幸问主持："我能换人再选一次吗？"

女主持温柔摇头。

夏新然扒着桌子边瘫坐到地上："顾杰，我恨你——"

后者已经对这种幼稚的恨意完全免疫了，干净利落拿起剩下三人指定的芥末竹筒饭，几口就扫光光，狼吞虎咽的潇洒堪比慷慨就义。

许是考虑到夏新然身心受创，在冉霖的提议下，张北辰和陆以尧都同意，选看起来最容易接受的柠檬苦瓜汁给他。再难喝，憋着气一饮而尽也就是了。

没辙，夏新然只能吞下人生中最苦涩酸楚的一杯饮料。

张北辰的任务是两分钟内障碍跑，身手灵活的他轻松完成。接着陆以尧亮出了自己的任务——高空断桥。所谓高空断桥，通常是在距离地面八米的高空搭起一座独木桥，但是桥中间断开，留出一米二到一米四左右的空隙，过桥人需要从这边桥板一步迈到对面桥板。

平地上一步跨出去一米多不算难事，但在高空，尤其独木桥还非常窄的情况下，确实就比较考验心理素质了。

不过说到底，都挂着安全绳呢，就算踩空，也不会真有什么危险，所以就和冉霖的信任背摔一样，象征意义大于实际的操作难度。

刚进入场地，冉霖就看见立在旁边的断桥了，所以当最后一个陆以尧打开是断桥任务，他一点都不意外。但夏新然就真的恨不能用双手双脚表达抗议，毕竟所有的项目都是拓展项目，只有他的怎么看都像彩蛋，这不是坑爹吗？！

结果就在大家都被夏新然搅和得乐不可支时，陆以尧忽然发声："我选择黑暗料理。"

场面骤然安静下来。刚刚还在嬉闹的四个人愣在那里，都觉得陆以尧有点莫名其妙。高空断桥，其实不是太难的挑战，就算陆以尧担心自己完不成，试都不试就放弃，也太快了吧！

旁边围成一圈的节目组人员也大感意外。如果此情此景下说这话的是开心果人设的那种艺人，那可以理解，做效果嘛，拓展训练哪有吃黑暗料理好玩。

可怎么看陆以尧都不像牺牲自己给节目做效果的那种人。包括他现在的表情，都特别严肃认真，好像他选的不是黑暗料理，而是某种人生抉择。

“你确定？”主持人不相信地又问了一遍。

陆以尧嘴唇抿成直线，坚定点头。

女主持无奈摊手，但转瞬就换上热络神情，转向剩下四位：“男神们，别客气了，给伙伴选一款料理吧！”

四位男星面面相觑，不约而同向某一个神秘方向伸出手指，动作整齐划一，声音铿锵有力——“变态辣米粉！”

全场哄笑，连总导演都背过身，肩膀一个劲地抖。

陆以尧绝望。昨夜那一张张被自己叫醒的睡眼惺忪的脸有多绝望，合起来就是他现在的殇。所以说啊，人真的不能做坏事，哪怕只做一件，报应也会跟着来。

酝酿半天，陆以尧终于感觉准备得差不多了，深吸口气，端起米粉，开吃！

“咳咳咳咳——”

刚吞进去两口，陆以尧就被迫中止，在变态辣中咳了个昏天黑地。

冉霖看得有点心疼。虽说是为了打击报复，才跟伙伴们一起指了米粉之神，但导演组也不用这么逼真吧，说是变态辣还真就变态辣？香辣不行吗？！

“哎你别——”眼看着陆以尧抓过一个玻璃杯就喝，冉霖惊叫出声。

然而已经晚了。一心想着解辣根本没看是什么的陆以尧，咕咚一口就喝进去了半杯展示用的柠檬苦瓜汁。这下酸苦辣凑齐了，唯独缺了甜。

陆以尧哇的一声喷了出来，脸色纠结得比苦瓜还可怜。谁也没料到陆以尧会给自己戏上加戏，哪怕这不是演的，也绝对能乐一年了，跟拍大哥快把镜头怼他腮帮子上了。

冉霖却笑不出来，因为陆以尧眼泪都出来了，是真难受。焦急地四下看，总算抓到了节目组后勤的身影，冉霖三步并作两步跑过去，冲开人群，愣是从节目组人员的物资里抢了两瓶纯净水，飞快奔回来递给陆以尧。

已经咳弯了腰的男人根本顾不上抬头看他，接过水拧开瓶盖就灌。连喝带漱口，一瓶水眨眼就没了大半。

陆以尧总算好受了些，扶着膝盖喘气，深深感觉自己在鬼门关走了一遭：“谢谢！”

冉霖看着他的后背，想拍两下，最终还是没抬手，只劝道：“剩下的水也都喝了吧，不然嘴里不辣了，胃里还要烧。”

陆以尧听出了冉霖的声音，惊讶地转过头来看。

冉霖被看得有点不太自在，轻咳一声，又找了个话茬：“后悔选黑暗料理了吧。其实那个断桥没什么的，我以前跳过，一下子就能过去，而且腰上还绑着安全绳呢，万无一失。”

陆以尧直起身来，定定看了他半晌。冉霖总觉得陆以尧是想说什么的，因为他的眼神里一直有某种情绪在闪，嘴唇也轻微地动了好几次。但最终陆以尧还是什么都没说。

那天的山水初恋是张北辰。最终决选在他和顾杰之间进行，冉霖和夏新然都把票投给了他。然而直到录影结束，深夜回京，冉霖都还在琢磨着陆以尧的欲言又止。以至于那夜做梦，他竟然把剧情续上了。

梦中的陆以尧在听完他的断桥理论后同样犹豫，但最终还是开口——

“我怎么选，关你什么事？”

那夜过后，冉霖彻底断了好奇。再后来的一个星期，大部分时间都在准备王希为他争取的两个角色的试镜，这件事就彻底被抛到了脑后。

王希帮冉霖争取到试镜机会的两个角色，一个是男二号，一个是男三号。

综艺尚未播出，机场乌龙的热度也已经散得差不多了，所以录影间隙的这一周，他的日子又恢复了平静，除了健身运动，剩下的时间都用来揣摩要试的那几场戏。

两个试镜排在同一天，一个上午，一个下午。王希亲自带冉霖去见导演，冉霖有点紧张，但等真正开始试戏，就忘了其他。

回程的时候他问王希，自己发挥得怎么样？王希难得不吝表扬，说他演得很灵。但顿了顿，又补一句，估计这俩都没戏。

说这话的时候他们坐在公司的商务车里，除了司机，只有他们两个和刘弯弯。为方便交流，王希和冉霖一起坐在后排，刘弯弯则老老实实坐在副驾驶。

车子遇上晚高峰，在路上堵起来没完，司机等得有些无聊，在征得王希同意后，打开窗户，点了支烟。

淡淡的烟草味道里，一路上都沉默的王希忽然饶有兴味地瞥了他一眼，开口：“我发现你身上有个挺有意思的点，就是你做什么事情都喜欢多想，唯独演起戏来全情投入，什么都不管不顾了。”

冉霖琢磨了一下这话，好像有点品出来了：“我试戏的时候导演表情不好？”

“不不，”王希道，“他们对你的戏没意见，但其实压根就不关心你演得怎么样。两个导演都是，中途就想打断你了，估计是碍于介绍人的面子，还有你也一点不跟人眼神交流，就没找着机会，只能让你演完。”

冉霖诧异：“你是说他们在我试戏之前，就已经决定不用我了？”

王希耸耸肩，扯了下嘴角：“嗯，主要演员应该已经定好了，试戏只是走走过场。”

冉霖点点头，再没多问。别看王希说的话轻描淡写，像只是简单知会他一下没戏似的。但当场就看出来了，却偏等到现在才说，根本就不符合王希干净利落的性格。所以冉霖明白，她是顾虑到了他的感受，才一路都在想最合适的开口时机和告知方式。

其实冉霖想告诉王希，自己没那么脆弱。王希能帮他争取到这两个机会，肯定是下了功夫的。但一个项目从来都是多方博弈的结果，更何况这种重要的角色，牵扯到方方面面的关系，可能真正掏钱投资的出品人有自己属意或者想推的明星，也可能已经有更强的关系人脉搞定了导演。

“以后这种情况还会有的，习惯就好了。”王希轻叹一口气，揉揉太阳穴。虽然劝冉霖习惯，但她自己其实也不太开心，看得透是看得透，不代表不会影响心情，另外最近韩泽那边的事情也多，连日两头跑，让她很疲惫，“后天就是第二次录影了，没问题吧？”

“没问题，”冉霖连忙道，“我就按你说的，做我自己，已经慢慢找到感觉了。”

王希满意地点点头，忽然又想到了什么，便补充提醒：“记得多跟陆以尧互动，别傻不拉叽总跟夏新然抱团，他综艺感太好，你在旁边出不来。”

冉霖怔住，久久没说话。王希没注意到他的表情，提醒完，便向后靠去，闭目养神。只剩下一直竖着耳朵的刘弯弯，心情复杂，想回头，又不敢，只能直视前方，胡思乱想。

车流终于开始移动，司机掐了烟，轻点油门，一点点跟着队伍往前蹭。

冉霖看向窗外，雾霾一片。他看得出神，想得悠远，没一会儿，就觉得雾霾都散了，车流也消失了，天变成湛蓝，马路变成江水，耳边是夏新然的乱叫和陆以尧的快来尝尝我亲手做的米粉，不自觉地笑了下。

冉霖收回远眺目光，仿佛下了某种决心似的，把头重新转向身旁的经纪人：

“希姐。”

“嗯？”王希没睁眼，只轻轻应着。

冉霖的声音不大，但一字一句平缓清晰：“你不是说让我做自己吗？”

王希先是皱了下眉头，然后才不甘不愿地睁开眼睛，奇怪地看过来：“你说什么？”

冉霖知道她刚刚一半元神都梦游天外呢，所以刚才也没把话说全：“我说，希姐你不是让我做自己吗，做自己难道不是想跟谁玩就跟谁玩？”

王希彻底清醒了，身体不自觉坐直，微眯着的犀利视线在冉霖脸上扫了好几个来回：“你是想告诉我，相比陆以尧，你更喜欢夏新然？”

冉霖轻轻摇头：“我谁都不讨厌，他们都很好。夏新然待人真，喜怒分明。陆以尧很敬业，不管多匪夷所思的环节和任务，他就是不愿意，也会坚持做完。同样，张北辰友善，顾杰踏实，每一个人身上都有自己的优点。所以如果你让我做自己，我对他们就不会有偏好，节目环节怎么设置，我就怎么做，该和谁一组就和谁一组，我不会刻意远离谁，更不想刻意抱着谁。”

冉霖一口气说完，王希却没有急着接话。

她似笑非笑看了冉霖良久，才冷冷道：“我怎么听着你不像是单纯抗议综艺的事，倒像是埋怨我之前帮你捆着陆以尧炒作了。”

冉霖沉吟片刻，抬眼迎向王希，不躲不闪，真诚坦荡：“希姐，我能和你说说心里话吗？”

“当然，”王希想也不想就道，“你现在是我的艺人，你的未来要靠我们两个共同努力，你如果对我都不说真话，那我忙活什么呢？”

冉霖没想到王希这样敞亮，还以为又要被嘲讽一下才能进入话题呢，本来准备好应对的小心脏也不紧缩了，扑通扑通欢快地跳：“那我就不藏着掖着了。炒作那件事，我确实有点后悔……”

眼见着王希不满挑眉，冉霖立刻把后面的话补完：“但这件事已经过去了，我也确实从中得益，所以得了便宜还卖乖的话我就不说了，我想和你聊以后。”

王希抱起了双臂，洗耳恭听。

“希姐，我就问你一句话，如果我从现在开始不捆绑任何人，不蹭任何人的热度，就靠自己的努力，能不能起来？”

漫长的，安静。

终于，一直看着他的王希淡淡开口：“你想要的‘起来’是什么？”

冉霖心里一直都有答案："有工作接，有戏拍，不红没关系，只要演出的每一个角色都能被认可。"

王希嘲讽地扯扯嘴角："你不红，人家凭什么给你戏拍？"

冉霖笑，很浅，从容里透着顽皮："红有红的戏拍，不红有不红的戏拍，剧组也不是都财大气粗，总还有追求艺术……呃，和性价比的导演。"

"嗯，"王希仿佛很听得进去地点头，然后道，"现在还在横店的那几个战争神剧剧组，就特别欢迎你这样的演员。"

冉霖窘，算是服了王希的毒舌。说是掏心，其实他还是藏了几句压心底的话没说。不是不敢说，只是那话连自己听了都觉得幼稚，便不好意外往外拿。

"行了，别拐弯抹角了，说来说去你就是不想炒作，想拿作品说话，对吧。"王希一双眼睛看过多少艺人了，从冉霖第一句话开始，她就已经清楚了对方的诉求。

冉霖惊讶地看向这个妆容精致的女人，第一次意识到，自己真的还是太嫩。

王希不跟他客气婉转，既然说了心连心，那就一次性全摊开："以你现在的资源和条件，想靠作品积累口碑和人气，就等于从零开始。很可能直至你合约期满，也见不到什么效果。公司没有理由放着捷径不走，在你身上做这种一看就很难回本的投资。"

冉霖沉默。对方说的都是实话，实话刺耳，但没办法反驳。

王希知道冉霖反驳不了，但同样也看得出他的态度："怎么，还不放弃？"

冉霖几不可见地点了一下头，动作很轻，柔软，却坚持："希姐，我签公司两年多了。在机场乌龙之前，我已经很久没有通告，我都做好了转行的准备。所以发生机场那件事的时候我也很乱，一方面我知道这种机会可遇不可求，一方面我又觉得哪里不对。我甚至一度希望以后千万别碰见陆以尧，因为这件事做得就是挺不地道，挺过意不去的。"

"圈里都……"

"我知道圈里很多人都这样，但我也知道有很多人在兢兢业业工作，拍戏。宣传自己这件事没有毛病，哪怕把一分的演技夸成十分，只要我自己不心虚，那吹上天我都乐意。但炒作别人蹭别人热度和人气这件事，不对……再多人做，也不对。"

王希啧啧两声，虽然有准备，仍然诧异于冉霖的坚决："陆以尧是不是给你下什么降头了，你真成他铁粉了？"

冉霖被王希的脑洞搞得哭笑不得："我和他说的话两天加起来都没超过十句。"

王希不解："那你怎么就忽然良心发现了？"

"不是突然的，"冉霖算是把自己的心路历程都亮出来了，"刚开始就挺过意不去，但那个时候我毕竟不认识他。后来就到了录节目，一连两天，他连看都不怎么看我，我简直想把他拉到没人的地方道歉了。"

"你道歉了？"王希讶异。

"没，人家根本就不给我机会，能躲我多远就躲我多远。"想起陆以尧反感的眼神，冉霖觉得罪有应得四个字根本就是为自己准备的，"这才 1 期，后面还有 7 期，我要是按照你说的继续蹭他，那这朋友就彻底没的做了。"

"年轻人，你想太多了，"王希无奈叹息，"没人想和你这种小咖做朋友。"

冉霖道："行，不做朋友，那 8 期下来也是熟人了，我真的蹭不下去。你如果非让我继续和他互动，我保证我在镜头前的所有表现都会尴尬到死。"

王希足足看了他有一分钟，最后翻个白眼，疲惫叹息："我终于知道你为什么红不起来了。"

冉霖特认同地点头："我也觉得自己特别幼稚。"

王希后半句话被人抢了先，愣了两秒，直接被气笑了："没受过挫折的温室花朵都你这样，天真浪漫理想化，也不用太自我嫌弃。"

冉霖有点拿不准王希这个态度是同意还是不同意。

"这样，"收敛笑意，重新正色起来的王希给了一个折中方案，"你这个综艺 2 月 14 日开播，一共 8 期，也就是 4 月中旬能播完。我保证从现在开始到 3 月中旬，关于你的宣传不捆绑任何人，我们看看效果。但如果你的表现撑不起来，节目没有反响，怎么宣传都找不到爆点，对不住，后面你还要听公司的。"

"你真的答应了？！"冉霖喜出望外，没想到会这么顺利。

"我的艺人想要苹果，我就是上天庭偷了蟠桃，也落不着好，何苦费力。"王希说到这里犹豫了一下，还是抬手摸了摸冉霖的头，像个严厉的姐姐，"但是只有 4 期时间，且录且珍惜吧！"

当天晚上，一个名叫"睫毛弯弯"的曾经掀起过小朵浪花但很快又悄无声息的微博博主，时隔多日，再次发博——

【首页的小伙伴们注意了，即日起本微博停更，从今往后我不粉任何偶像

也不粉任何 CP（情侣），正式回归三次元。是的，我要寄情于工作了！！！】

《国民初恋漂流记》的录制周期和播出周期一样，也是八周，一周录一期。

冉霖试戏失败的转天，就马不停蹄奔赴第 2 期录制地点——四川。两天的录制，第一天在九寨沟，第二天在成都市区。

不知是不是吸取了第 1 期混乱的教训，第 2 期节目组的环节和节奏明显紧凑起来，女主持也没了，所有环节都由节目组工作人员提前告诉嘉宾，然后再由嘉宾操作完成。

银装素裹却依然绝美的九寨沟、萌死人不偿命的大熊猫繁育基地、杜甫草堂、宽窄巷……虽然仍是游戏环节贯穿始终，但竞技的味道少了，旅游的味道多了，于是冉霖他们难得享受了一次真正的假期。

最后选出来的麻辣初恋是夏新然。原因无他，这人在吃超级无敌麻辣火锅的时候从头到尾都大快朵颐，在冉霖他们四个都涕泪横流的情况下，仍神采飞扬，连妆都没花。

吃完了还要回顾一下上期，埋怨大家指定惩罚黑暗料理的时候，没给他选变态辣米粉，害得他喝了一大杯惨绝人寰的超级柠檬苦瓜汁，晚上回程航班上，都还觉得嗓子里又酸又苦。

冉霖感觉这期应该蛮好看。因为相比上一期，他们之间的互动已经自然流畅起来，偶尔还会有很逗趣的抛梗接梗，都配合得效果不错。不过他和陆以尧的互动还是很少。

他没有上赶着去跟对方说话，对方更没可能主动来找他，唯一的分组游戏，两个人也并没有抽到一起，于是从录制到结束，除了礼节性的交流，再无其他。

当然从陆以尧的角度，可能一切都是老样子。但是从冉霖的角度，因为心理包袱卸下了，所以即便还是零交流，他仍然觉得整个人的状态特别轻松，连带着看陆以尧都更帅起来。

不过说实话，他还是感到陆以尧没有完全放开。都不用跟夏新然比，就是跟正常发挥的顾杰和张北辰比，陆以尧给人的感觉都有点太端着了。起初冉霖以为是名气的事，因为很多圈里人都会这样，感觉自己名气高，咖位大，就很难放下姿态跟其他人打成一团，但两期观察下来，又不像。

一来陆以尧的咖位也并没有真的比顾杰夏新然他们大多少，充其量人气稍高一些，但划分起来，都是娱乐圈的同一拨新生代；二来为数不多的互动里，陆以尧并没有给人刻意抬高自己姿态的感觉，节目组的任务他都一丝不苟，伙伴的请求他都尽力而为，整个录制过程说是兢兢业业并不为过。

那是什么造成了这种疏离感呢？连张北辰都在第 2 期录影结束回宾馆的路上和他念叨了几句，说陆以尧是不是太把自己当回事了。

冉霖当时只是笑笑，没跟张北辰继续这个话题。回京之后他又重新想了这两期 4 天相处的点点滴滴，越想越觉得并不是张北辰说的那样。陆以尧让人觉得不太容易亲近是真的，但这更像是他的性格，而非处事模式。

如果今天陆以尧和自己调换身份，成了名气最小的那个，冉霖觉得陆以尧呈现的状态仍然会这样。所以，冉霖想，这人应该就是天生的慢热，或者说不热。即便偶尔也会跟你恶作剧，可终归，还是要保持一个他觉得舒服的距离。

转眼到了 2 月 10 日，第 3 期录制，地点，海南三亚。

距离节目正式开播还有 4 天，而在一周前，节目组的宣传片就已上线，如今进入播出倒计时，为了抬热度，正陆续放出第 1 期小花絮。这些花絮可能会剪进正片里，可能不会，但肯定都是单拿出来一两分钟足够吸睛或者足够萌的片段。

冉霖这段时间很闲——王希似乎吸取了上次的教训，在为他找试戏机会的路上更谨慎了些，所以再没有什么动静——所以天天刷节目组的微博，每见到一段花絮，就结合着回忆反复看，倒也别有一番趣味。

不过花絮都是以人气高的嘉宾为主，所以虽然次次都圈了冉霖，可实际上大部分都是陆以尧和夏新然的花絮，其次是张北辰和顾杰，冉霖好不容易出现，也是为这些伙伴做背景板。

2 月 10 日录制，2 月 9 日晚上的飞机去海南。去往首都机场的路上，冉霖终于在节目组微博里看见了属于自己的花絮。

【# 国民初恋漂流记定档 2.14# 独家花絮第八弹：一叶扁舟，泛水漓江，谁是终极山水男神？友谊第一，比赛第二，@张北辰 竟要把第一名让给 @冉霖？[XX 卫视 - 国民初恋漂流记的秒拍视频]】

视频很短，只有几十秒钟，截取的正是快问快答后的他乘坐马达竹筏第二个靠岸时，和张北辰的对话。

“到多久了？”那是上岸的他和张北辰打招呼。

“没多久。”视频里张北辰的笑一如十几天前。

“你就别谦虚了，分明是一骑绝尘，我铆足力气都没看见你的影子。”那是他的调侃。

“要不我把第一名让给你吧，晚上你先选房。”张北辰为难地抓抓头。

花絮就到这里，起得仓促，收得戛然。冉霖微微皱眉，一边摘蓝牙耳机，一边回忆那天的事情，如果他没记错，张北辰说要把第一名让给他的时候，他是拒绝了的，而且后面也解释了，只是开个玩笑。

但节目组的花絮里，这些都没有剪进去。冉霖能理解节目组为了吸睛，来一些吊胃口的剪辑。可以一个观众的角度看，这段花絮真的槽点满满。

花絮是一小时前发布的。冉霖控制不住手指往上滑，很快，最热门的几条评论便映入眼帘——

灰姐最爱啃西瓜：只有我一个人觉得冉霖的脸特别大吗？四海之内皆 TM 啊，还把第一让给他！

爱得深辰：大北一直就是这么暖！太开心。

陆宝贝家的 jane：XX 卫视你们就作吧，好好一档节目，非硬塞关系户，一颗老鼠屎坏了一锅汤，想吐。

戒烟戒酒戒 B 站：这才是实力嘲讽啊，没看见嘲得大北都不好意思了，直接要把第一名让给他！

“哎——？”

看得正起劲，手机忽然被抽走，冉霖下意识喊出声，等看清是坐在前排的王希，才闭了嘴。刘弯弯全程围观，但没敢出声提醒。

“从现在开始我帮你保管手机，直到录影结束。”王希不是商量，只是知会。

冉霖眼睁睁看着自己的手机被放进经纪人的包里，好半天，才憋出来一句：“我还没看完呢。”

“我帮你看完了，”王希拉上皮包拉链，“80% 都是吐槽你的，挺好，你已经成功引起了观众的注意。”

“这真是个好消息。”冉霖嘴上调侃，心里却闷得厉害。

虽然有过思想准备，可真正看见了这种毫不留情的吐槽，还是挺受打击的。从心底讲，谁不希望自己被喜欢呢！能从群嘲中吸收斗志的都是有千年道行的，他这辈子可能都修炼不到。

“现在的风向都是虚的，只有等完整的节目出来，看见的才是观众真正的反馈。你现在要做的就是什么都别想，专心完成明后两天的录影。”

“嗯。”

王希知道冉霖不可能完全不想，但被撕，是每一个明星的必修课。不管你愿不愿意，也不管你红不红。其实她原本只是想没收手机，不想说太多，毕竟有些事情别人说没用，得自己悟。况且好言相劝什么的，也不是她一贯的风格。

可不知怎么，看着冉霖眼里的低落，她那些多余的话就出去了。十五年经纪人生涯，王希带过很多艺人，冉霖算是配合度最高的。这种配合度不是单纯的听话，而是清楚你的规划，明白你的意图，并能在实践你的安排时，自发地给予更多配合。更难能可贵的是，冉霖知道怎么去沟通自己的想法，并且愿意倾听别人的意见。艺人有自己的想法不可怕，可怕的是异想天开。

王希想，或许这就是冉霖的魅力吧。相处起来很舒服，让人不自觉就愿意多为他说话、费心。只是这种魅力能不能传递给观众，还要看他的运气。

司机忽然踩了刹车。王希疑惑抬头，这才发现，乱七八糟想了一通，竟然就到了机场。

第七章

自节目组把宣传片和花絮陆续放出，冉霖走在街上被认出的次数也多了起来。花絮的微妙舆论倾向暂且不提，毕竟是今天才出来的，所以冉霖在大部分粉丝和路人心中，还是宣传片里的干净少年。

虽然都是国民初恋，但到现在还有少年感的，只剩下冉霖和张北辰。夏新然不是美少年，就是美人，颜的光芒已经盖过了年龄感；陆以尧是轻熟男，既能带你浪漫，也能让你依靠；顾杰则直接可以扛着你去民政局登记了。

但同是青春洋溢，冉霖和张北辰也不同。前者是你隔壁桌的男同学，安静里带着一点小清新，后者是运动系的学长，帅气里带着蓬勃向上。因而宣传片一出，即便冉霖被其他四位明星粉明里暗里嘲，但在无倾向的路人眼里，倒是蛮符合初恋这一意象的。

也拜一路上涨的关注度所赐，王希想让冉霖在节目正式播出前，一直以宣传片里的形象留存于观众和粉丝印象中，所以这段时间尽量减少了他的曝光，自然也要防止流传出太多的路透私照——终于，冉霖第一次坐上了头等舱。

过完安检，距离登机时间还有半小时。傍晚的首都机场，客流量仍然很大，冉霖戴着鸭舌帽和口罩，快步跟着王希进了贵宾休息室。

这一次除了刘弯弯以外，王希还带了化妆师等几个人，相比之前两期，阵容从三人行变成了小团队。不过除了冉霖以外，大家都是经济舱的票。

王希特殊，飞太多了已经是金卡会员，所以能跟冉霖的头等舱一样享受贵宾休息室，其余人则在过完安检之后，就去了登机口前面的大厅里等。

贵宾休息室里人很少，也很安静。偌大的空间里，有设计感地分布着软椅、沙发、现代感十足的小茶几，以及形态各异的绿植。几个商务打扮的旅客零星散落，或看书，或对着笔记本，没有任何声响。

在王希的要求下，训练有素的服务人员带着他们走到了休息室的最里面。那是由一排书架分隔出的半封闭空间，王希觉得那里更清净些。谁知刚绕过书架，冉霖就看见了坐在书架后面沙发里的陆以尧。

听见声响的陆以尧抬起头，四目相对，两个人一瞬间都蒙了。

王希没看见右手边的陆以尧，因为越过书架的她一直昂首挺胸，直视前方。所以第一眼看见的是正往外走想去洗手间的姚红。

“这不是红姐嘛！”王希的声音不大，听起来就像公共场合礼貌地打招呼。

但冉霖一听就听出来了，这根本不是平日里那个冷淡的王希。语调微妙上扬，咬字清晰分明，怎么听都感觉另有深意。

姚红倒是一如既往温和微笑，只是回应的四个字——

“真巧，小王。”

让人一言难尽。

明明都是四十岁左右，这种诡异的相互称谓，再联想两人都曾在奔腾传媒，冉霖觉得自己能脑补出八十集宫斗剧。可偏偏打完招呼之后，人家俩就手挽着手姐妹情深地去了角落叙旧，剩下冉霖站在书架旁边，走也不是，停也不是。

“嗨，真巧。”尴尬的对视里，冉霖只能剽窃姚红的开场白。

陆以尧从最初的惊讶中恢复些许，脑袋尚未思考更多，人已经很自然从沙发起身：“你也是 7 点的飞机？”

冉霖没料到陆以尧会直接站起来这么礼貌，他脑补的是对方能回应他就很不错了，于是连忙道：“你休息你的，不用管我。”

陆以尧仍然站在原地，莫名其妙地看他。冉霖也被看得莫名其妙，好半天，才后知后觉反应过来：“哦哦，我 6 点 55 分的飞机。”

陆以尧乐，在对冉霖的“心机 Boy（男孩）”评价里添了第二条备注——偶尔呆萌。

第一条是在被特辣米粉和超级酸苦汁连番打击的那个晚上添的，源自一瓶矿泉水的——偶尔细心。

“那就是同一个航班了。”陆以尧打完招呼，终于坐了回去。

冉霖忽然有一种奇妙的感觉，好像站起来跟自己打招呼这件事，是陆以尧身体机制里的一个任务，这与对冉霖这个人的好恶无关，完全是该情境下的条件反射。

“那个，我先去那边了。”冉霖指指王希的方向，说完也没等陆以尧的回应，就很自觉退了场。

对方的台词和动作一气呵成，弄得陆以尧那句“一起坐”完全没找到出口机会，直接胎死腹中。按说这也没什么，本来就是句客气话，但当余光里冉霖根本没去找王希，而是同样躲开还在“叙旧”的王希和姚红，挑了个角落里不起眼的单人沙发窝进去之后，陆以尧就有点别扭了。

他设想中的冉霖应该是尽一切可能跟他互动，抱他大腿。虽然这样想有不要脸的嫌疑，但谁让刚认识的时候冉霖就是这么干的呢！不，那个时候他们其实还不能算认识。

如果以第 1 期的录影为他俩“认识”的起始点，那么整整两期，“他认识的这个冉霖”都没再做出什么让人反感的事。事实上冉霖不仅没上赶着跟他互动，还在节目中有意无意避开了他。大多数五个人一起出现在镜头里是，冉霖跟夏新然的话最多，其次是张北辰。

陆以尧不确定冉霖是“洗心革面”了，还是又发展出了新的“套路”，但如果不搞阴谋论，不考虑前仇旧怨——毕竟最近冉霖那边都没再捆着自己炒了——单纯从本心上客观评价，对比整个录影过程中冉霖和他的态度，他会把负分投给自己。以恶意去回应善意，没有比这更糟糕的了。哪怕恶意不甚明显，哪怕善意有待商榷。

姚红说他一直带着情绪录节目，原话是你本来就慢热，再带上情绪，粉丝和观众不傻，透过镜头都感受得清清楚楚。你是想把粉丝打包洗没，还是想把观众冻到路转黑？

他当时没回应，但心里是不服气的，然而现在不得不承认，姚红一针见血。不过想这么多也没用，他总不能走到冉霖身边，跟他道歉说，对不起，我不应该在前两期里戴着有色眼镜看你。况且，如果不是冉霖先捆绑炒作，他也不会把反感情绪投射到冉霖身上。归根结底，他还需要对方团队的一个道歉呢！

算了——陆以尧放下杂志，决定刷刷微博，转移一下注意力。

指望明星的经纪团队之间互相道歉，就像指望煮熟的鸭子张嘴说话，剧本太科幻了，枪毙。

一打开微博客户端，就是铺天盖地的 @。陆以尧随手点进去，果然都是来自节目组的官微 @，还有粉丝转发完的继续 @。

这两天陆以尧在通告间隙里，大部分时间都在刷和《国民初恋漂流记》有关的微博了。毕竟是综艺首秀，说平常心那都是自己骗自己。可惜节目组今天更新的花絮与自己无关，是冉霖和张北辰的。

【# 国民初恋漂流记定档 2.14# 独家花絮第八弹：一叶扁舟，泛水漓江，谁是终极山水男神？友谊第一，比赛第二，@张北辰 竟要把第一名让给@冉霖？[XX 卫视 - 国民初恋漂流记的秒拍视频]】

这都带的什么节奏。没点开视频，陆以尧就对着微博内容皱眉了，这是生怕两家粉丝掐不起来？

戴上耳机，点开视频，几十秒一会儿就播完了。陆以尧毫不意外地摘下耳机，心说果然是没爆点创造爆点也要剪。虽然视频里那个时间段，他还在江上苦逼地当船工，没能亲临现场，可视频拍得清清楚楚，傻子都看得出来，那是冉霖在跟张北辰开玩笑。

如果他没猜错，冉霖后面肯定还有话。不，应该是正常人都会在后面解释，这只是个玩笑。不过如果他是张北辰，压根都不会说出把第一名让给你这种话。

这得是要多迟钝，才能意识不到这句话的招黑属性？

陆以尧自由放飞的随心观后感，停滞在看见热门评论的那一刻，不是一条怼冉霖。是十条里有五条都在怼，剩下三条抱走张北辰，拒绝拉踩，还有两条吃瓜围观。

陆以尧又鬼使神差地跑到冉霖自己的微博里。发现最新一条的评论下面也已经有了张北辰路人粉和讨厌他的节目粉的踪迹。幸亏花絮很短，掀起的讨论度有限，也不乏理智粉说等完整节目出来再看，XX 卫视就喜欢搞噱头炒话题。

不知道冉霖有没有看见这些。

陆以尧停下滑微博的手指，下意识抬眼往冉霖窝着的角落里看。

今天的冉霖穿了一件浅灰色棉服，干净清爽。但是这会儿休息室很温暖，他已经脱掉棉服，只穿着蓝色帽衫。陆以尧一直觉得冉霖有些单薄，可能是骨架小的缘故，明明有一米八，但整个人的感觉还是挺秀气。当然这只是陆以尧个人的看法，他直觉冉霖不一定会喜欢这种评价。

似乎察觉到了什么，好端端看着杂志的冉霖忽然抬头，陆以尧连忙低头，重新进入专注于手机的模样。

一分钟以后。重新抬眼皮偷窥冉霖的陆以尧开始思考，自己究竟在干吗？以及为什么会做贼心虚？

直到登机，冉霖都没拿出过手机。陆以尧也不知道自己是希望冉霖看见那些，还是不希望，抑或只是单纯的好奇。

头等舱里，两个人的座位并排，中间只隔了一个过道，然而依然全程无交流。

因为冉霖在飞机进入平流层后就开始睡，在空姐提醒他飞机开始降落时，才迷迷糊糊地起来。大部分时间里就东倒西歪地睡着，哪怕遇上气流，也只是调整一下姿势，完全不受干扰。

陆以尧叹为观止，莫名有点羡慕这人的睡眠质量。因为他自己是那种眼罩耳塞齐备，仍然很难在飞行中睡着的人。不过冉霖似乎没有做什么美梦，因为每次陆以尧偏头去看，那张小脸都是皱着的，白瞎那满满的胶原蛋白。

翌日上午，再次集合的五位嘉宾在节目组的带领下，来到了三亚某处未开发的远郊沙滩，开启第 3 期录制。

这里远离市区，没有游客，甚至当地人也不大过来。背靠着一片野生椰林，面朝着碧蓝的大海，在椰林和大海之间，则是这片广阔沙滩。与游客如织的沙滩不同，这里的沙子完全不柔软，也不细密，布满了沙砾和礁石。

但当风吹动椰树巨大的叶子，当阳光透过树叶，在地上落下无数斑驳，这片沙滩便仿佛有了生命力，那海浪的一来一去，便是它的呼吸。

"今天我们从头到尾只有一个任务，那就是荒岛求生！"

没了女主持，串场成了导演组的任务。好好的漂亮姑娘换成了怎么看都不怀好意的中年男子，五位男星从上期适应到这期，还是觉得别扭。

然而导演很喜欢这个兼职，每次串场都特别激情投入："从现在开始，你们就已经流落到了这个荒岛上，没有通讯设备，没有现代工具，你们只能就地取材，搭屋盖房，生火做饭，顽强地活下去！"

"那个，"眼看着导演就要撤，冉霖连忙举手，"我还有一个小小的疑问。"

导演天真无邪地看着他："嗯？"

冉霖指指摆在他们面前的几个装着鲜活生猛海鲜的红色塑料桶："这些就是摆在这里单纯刺激我们的吗？"

"当然不是，"导演说得十分自然，"这些就是你们的食物，一旦你们搭好的房子通过验收，升起的篝火熊熊燃烧，这些东西就可以煮来吃啦！"

冉霖："……"

陆以尧这种一贯不愿意挑刺的都忍不了了："你不是刚说完，让我们坚强地活下去？"

导演：“对啊，就地取材搭房子，凭空生起篝火，没有一件可以轻松完成的，相比之下这些鱼虾蟹，都是浮云。”

冉霖：“导演你快去忙吧，别晒坏了。”

顾杰、张北辰、夏新然：“是啊！”

赶在按捺不住群殴之前，五位男星终于轰走了导演。五个伙伴顶着大太阳，开始研究这座“荒岛”。

2 月份，算是三亚比较舒服的时候，可毕竟是海边，毫无遮挡的太阳光，仍然刺得人睁不开眼。10 分钟以后，探路回来的五位伙伴重新集合。

“怎么样？”张北辰怕热，这会儿早脱了长袖，只穿事先套在里面的白色 T 恤。

“除了椰子树，什么都没有。”陆以尧先出声回答。他在集合时就已经换了宽松的淡蓝色短袖和白色短裤，这会儿清清爽爽，还带点文艺气息。

对于自己最喜欢的颜色，冉霖是很敏感的，如果恰好穿着这颜色的人也合眼缘，那真是能欣赏到地老天荒，然而眼下不是舔屏的时候。

陆以尧的答案基本可以代表所有探路者，那就是这片野生沙滩，真是荒得只剩下椰子树。

“也就是说我们现在能用的只有沙子、海水和椰子树。”顾杰帮伙伴们做了总结，“除了砍倒椰子树，我想不出还能怎么盖房子。”

“说得像是你砍了树就知道怎么盖房子了似的。”夏新然擦完最后一条胳膊，把防晒霜递给冉霖，“你也擦点吧。”

冉霖还在思索怎么荒岛求生，直觉摇头：“不用，我擦过了。”

夏新然：“这么热的天，擦过了也得频繁补。”

冉霖没接，倒是陆以尧伸手把防晒霜拿过来了，端详半天，没擦，而是百思不得其解：“为什么我们已经流落荒岛连吃饭都成问题了，却会有一瓶防晒霜？”

夏新然愣了下，但好像不希望自己显得心虚，很快就又重新昂起头：“对啊，我……我流落荒岛什么都被海水冲没了，就剩下它，不行啊？！”

顾杰扑哧一声乐出来。导演组在录影之前已经要求嘉宾把身上所有东西都交出来了，一切就地取材，誓要营造荒岛求生的真实感——虽然这里面最大的 bug（漏洞）是那几个红色塑料桶——但作为嘉宾，每个人还是很配合的——也只有夏新然能干出这种藏防晒霜的事。

摄像大哥显然很喜欢这种不按套路出牌的插曲，立刻凑近，对着陆以尧的手很是一顿拍。

冉霖看着夏新然想往回拿，又不太好意思的模样——毕竟是破坏了规则——下意识就想帮忙，索性凑上去直面陆以尧，语气深沉，态度严正："这不是一瓶简单的防晒霜，这是我们现在和文明世界唯一的关联了，如果我们等不来营救，若干年后，就只能抱着它寻找回忆。所以你不应该质疑它，相反，应该感谢夏新然把它带来，并且和我们一起将它奉若珍宝。"

陆以尧发誓，这是他这辈子听见过的最匪夷所思的歪理邪说。然而他竟然觉得自己要被说服了。

见对方迟迟不语，冉霖顿时胸有成竹："现在可以把它还给夏新然了吗？"

哪知道陆以尧还是摇头："不行。"

冉霖愣住："为什么？"

"既然是珍宝，"陆以尧说着拧开盖，"那我也来点试试。"

今天的陆以尧好像有点不一样了，可具体哪里不一样，冉霖又说不上来。

夏新然一脸惊悚地凑到顾杰身边，跟对方说："这个陆以尧肯定是假的，是替身！"

顾杰黑线："上真人秀还能替身？"

夏新然不以为然："怎么不能，有文替有武替有马替，就可以有综替。"

顾杰把有点闷热的单衣脱了，漂亮的倒三角身材在黑色工字背心底下一览无余："和你们一起荒岛求生太费血了，我再去椰林里转转。"

"快过来，这里有发现——"

顾杰在不远处挥手召唤的时候，陆以尧刚把防晒霜涂完一条胳膊。夏新然的防晒霜有轻微的美白效果，涂上之后肤色直接提升半号。

其他三个伙伴一听声立刻振奋起来，撒丫子就往那边跑。等陆以尧反应过来，只剩下他和跟拍摄像在风中凌乱。陆以尧无奈，只能甩开颜色微妙不同的两条胳膊，也追了过去。

顾杰的发现是在椰林深处的一株仙人掌底下。这片野生椰林并没有什么规划和章法，虽然大体上是椰林，但越往深处走，地势高低起伏得越明显，就像是小山丘。到后面椰树少了，仙人掌还有其他一些叫不上名字的热带植物便多了起来，明明是冬天，可满眼望去，生机盎然。

“为什么在这种地方会有螺丝刀？”

五个伙伴围着这个神奇的发现，百思不得其解。

“还是十字花的。”陆以尧一边念叨着一边把顾杰手中的新发现拿过来仔细端详，忽然，他一手握住黄色的橡胶手柄，一手握住细长的金属头，往相反方向用力一拔！

四个人眼睁睁看着金属头和橡胶柄分离，当然也看清了原本插在橡胶手柄里的部分——与原本露出的部分长度粗细完全一致，只是十字花头变成了一字。

“果然，”陆以尧把拔出的金属头像转笔一样在手指间旋了个圈，露出“正如我所料”的微笑，“两用的。”

冉、夏、张、顾：“……”

他们承认，陆以尧确实迅速发现了螺丝刀的双头，但请问这究竟有什么意义啊？

“那个，既能拧十字花螺丝，也能拧一字花螺丝，确实是一件值得开心的事情……”冉霖轻叹一口气，拿过陆以尧手上的分体式螺丝刀重新组合好，“但我觉得这片荒岛上能给我们提供拧螺丝的地方可能不太多，我们是不是发散一下思维，想想这个螺丝刀出现的深层次原因？”

一语惊醒梦中人。

陆以尧摸摸下巴，陷入沉思：“可能是提醒我们人类的污染已经蔓延到了这样天堂般的世外小岛。”

冉霖认真地看着他的眼睛：“也不用这么发散……”

陆以尧还真是一个挺奇怪的人。冉霖不知道其他人什么感觉，反正他现在找不出比奇怪更合适的词，上一期还几乎不接梗，这一期简直全情投入。

但他的投入又很特别，就是“认真”。认真地跟你互动，认真地跟你讨论，认真地参与到剧情中来。可能这种“认真”放到别人身上，呈现的效果就是“枯燥”，但放在陆以尧身上，就莫名地有了点“萌”。

冉霖不知道这是因为陆以尧的“认真”简单纯粹，不掺杂一点水分，还是自己戴着颜值滤镜看人，反正他挺喜欢陆以尧当下这个状态，让人觉得真诚又舒服，睿智又呆萌。

“咱们再把这一带来个地毯式搜索吧。”张北辰提议，“刚才重点都放在前面椰林，后面这一片混杂区也没怎么看。”

四个伙伴彼此看看，同意！

10 分钟以后，还是顾杰，还是同一句词——

“快过来，这里有发现！”

听见呼唤的时候，陆以尧已经第三次遇见同一株仙人掌了。这株仙人掌的造型特别婀娜，所以陆以尧记得十分清楚。事实上他对很多事情都能记得很清楚——除了路。

所以对于顾杰这样总能最有效突围最迅速找到标记点的英才，他是打心底钦佩的。顾杰这一次的发现是几个椰子，就在一棵低矮的椰子树脚下，随意四散，仿佛瓜熟蒂落。

但是冉霖抬头认真观察这棵树，叶片倒是层层叠叠，翠绿宽大，但在该结果的地方，一片光秃秃。两相对比，地上的椰子就显得十分可疑。

然而有些吃货同伴是不管那么多的。夏新然一蹦三尺高，捡起一个椰子就搂到了怀里，仿佛深情呼唤就可以让甘甜椰汁喷涌而出：“可以喝椰汁了哎，椰汁椰汁椰汁——”

也幸亏夏新然的咋呼，陆以尧总算顺着声音寻到了伙伴。

而这时候张北辰正好灵光一闪，指着冉霖手里的螺丝刀道：“这个是不是就为了开椰子准备的？”

伙伴们面面相觑，恍然大悟。这个节目里，根本就没有“偶然”，一切看似风马牛不相及的东西，只要你觉出一丝奇怪，那背后必然就闪着节目组的“恶光”。但谁也不会把好吃的往外推，何况刚刚的几番搜岛，已经让他们气喘吁吁，口干舌燥。

手动螺丝刀怼椰子。挑中椰子上头某一个看起来比较脆弱的点，用螺丝刀较锋利的一字头奋力往里扎。冉霖捅，冉霖捅，冉霖捅完顾杰捅，以手酸为换人原则，最终五人悉数上阵，陆以尧排在最后。

从第四个扎的夏新然手里接过看起来毫发无伤的椰子之后，他思索片刻，认真地询问众伙伴：“我可以拿石头捶着螺丝刀柄往里钉吗？”

微妙的安静……

终于，四伙伴河东狮吼：“你为什么不早说！”

有了石头的帮忙，螺丝刀头终于穿透椰壳，进入汁水中央。

陆以尧说“透了”的那一刻，伙伴们感觉自己听见了天籁。

一个大椰子的汁水还是很饱满丰沛的，五个人轮流举着往嘴里倒，还轮了两个来回。剩下三个椰子被夏新然用衣服下摆兜在怀里，誓要保卫胜利果实的架势。

“现在怎么办？”张北辰四下看，仍是没发现其他有用的东西，“咱们省着点喝，三个椰子坚持一天应该可以，但是房子和篝火呢，总不能凭空弄吧。”

此时的五个人仍处在林子深处，满眼望去除了植物，只剩脚下沙土。

“话说回来，是不是只让我们搭房子，没说一定要多大，多结实？”陆以尧忽然出声。

冉霖眼睛一亮，瞬间领会了陆以尧的意思：“沙雕城堡！”

陆以尧扶额，一连做了几个深呼吸，才重新看向冉姓伙伴那张满是期望的脸:“一个能容纳我们五人进去并且不会塌的沙雕城堡,技术难度会不会太高？”

夏新然顺着陆以尧的说法展望未来，无比悲伤：“我们一定会被活埋的。”

张北辰也不看好这个法子：“这片沙滩的沙子特别粗，太粗的话黏度不够，也做不成沙雕吧？”

顾杰抱着空椰子继续往嘴里倒最后两滴汁。他走实干卖力风，这么费脑袋的事就不参与讨论了。

冉霖在看见陆以尧扶额的时候就知道自己猜错了。他其实对领会别人的意思还挺有信心的，但就是对着陆以尧，总跑偏，有时候甚至完全领会不到。也不知是陆以尧太难捉摸，还是他俩实在没默契。

“所以你到底想怎么搭房子？”冉霖唯一能确定的是陆以尧肯定有对策了。

“沙雕城堡行不通，”陆以尧道，“但我们可以搭一个椰子叶帐篷。”

接下来的几分钟里，众伙伴蹲成一圈，陆以尧一边在地上画帐篷示意图，一边耐心讲解：“我们可以用树枝搭龙骨，这样垂直几根，斜搭几根，然后把椰子叶铺在龙骨上，这样就能搭出个简易帐篷。”

陆以尧环顾伙伴，夏新然最先举手：“陆老师我有问题。”

陆以尧点头：“请讲。”

夏新然：“这样的帐篷能遮风挡雨吗？”

陆以尧抬头看看天上的大太阳：“以我的观察，今天下雨的概率比较低，所以不用挡雨，能遮阳就行。”

张北辰学夏新然，也顽皮举手：“陆老师我也有问题，树枝的长度有限，竖向插沙土里没问题，我们坐进去不需要太高，但横向也短的话，怎么塞五个人？”

陆以尧不觉得这是个问题：“我们可以搭几个帐篷，毕竟又没规定只能搭一间。”

顾杰：“那龙骨之间用什么固定呢？”

陆以尧：“我刚才在那边转的时候看见一些藤蔓类的植物，用它们当绳子把龙骨的对接点捆在一起就行了。”

顾杰：“OK，我没问题了。”

陆以尧点点头，看向冉霖，那眼神仿佛在说：“他们都排队问完了，你不保持一下队形？”

天地良心，冉霖还真没那么多古怪问题。当陆以尧说可以搭椰子叶帐篷时，他就很自然相信对方一定是考虑了可行性，搭得出来的。不需要理由，这就是陆以尧给他的，不说大话，不讲空话，不玩套话，说了可以，那就是可以。

但人家把眼神都递过来了，自己也不好冷场。

“我还以为刚刚顾杰喊的时候，你那么晚才过来是迷路了呢，原来是沉迷于研究，”冉霖看似调侃，实则真心称赞，“你懂得真多，厉害。”

陆以尧擦了下额头上的汗，努力笑得自然：“还好，还好。”

好的开始是成功的一半。有了陆老师的指导，几个小伙伴分工合作，摘椰子叶的摘椰子叶，捡枯树枝的捡枯树枝，拔藤蔓的拔藤蔓，但毕竟都不是野外生存小能手，所以等终于把材料凑齐拿回海边，已经上午 10 点多了。

众人在陆以尧的带领下，或用螺丝刀，或用尖锐的石头，在海边沙土里按照正方形四个角的位置挖出四个小坑，再将找到的比较粗直的枯枝依次埋进去，种树一样立好，但是前面两根高一点，后面两根矮一点。然后再用另外的四根枯枝分别当作横梁，绑在四根立柱的顶端。

树枝有一定的弹性，所以两根连接前后不同高度的横梁，便需要弯出一定弧度再绑。冉霖绑了半天，费尽力气，也没绑紧，绑另外一根的夏新然则险些被崩飞的枯枝弹了脸。看不下去的陆以尧放下椰子叶，过来接过冉霖手里的藤蔓，开始帮忙绑横梁。捆结实这边之后，他又一言不发地去夏新然那里，继续捆。

夏新然叹为观止，全程口头表扬，不吝赞美。

冉霖发现陆以尧还真的不是纸上谈兵，这人绝对野外露营过，即便不是搭树叶帐篷，也一定做过类似的事。

终于千辛万苦绑好帐篷的骨架，几个难掩兴奋的露营新兵七手八脚把宽大的椰子叶铺到了枯枝骨架上。转眼间，一个绿油油的小窝棚便成了型。

几个人一时愣在那里，都有些不敢相信这是自己的杰作。

陆以尧很欣慰，毕竟他设想的最坏结果是全程自己来，但实际上这些伙伴学得很快，也肯出力。这种大家齐心协力做一件事的感觉已经久违了，让他不自觉回忆起念书的时光。

“别愣着了，”张北辰提醒道，“一鼓作气把后面的都搭了吧。”

要知道他们弄来的材料可是足够搭三四个小窝棚的。

“我觉得咱们现在应该多管齐下，”冉霖在搭帐篷的时候，就在想这个了，“帐篷要继续搭，但生火的事情也得开始考虑了，不然帐篷搭完，吃的还是没着落，也太可怜了。”

经冉霖一提醒，众人才感觉到肚子里一片空虚。刚才热火朝天搞建设的时候不觉得，现在停下来才发现已近中午，而清晨那点着急忙慌吃的干粮，早不知道消化到哪里去了。

“我同意双线进程，”顾杰活动活动肩膀，一副继续投入四化建设的劲头，“但我只能继续搭帐篷，凭空生火这么伟大的事业，就交给你们了。”

“你别看我，又不是我提的多管齐下，”张北辰说着把头转向冉霖，“你肯定已经有办法了吧？”

冉霖沉吟片刻，忽地看向陆以尧：“别谦虚了，到底怎么凭空生火？”

躺在家里床底下也能被锅砸着，就是陆以尧现在的感觉。冉霖那笃定的眼神就像在说，我知道你肯定会。他不懂冉霖哪来的信心，更要命的是他居然还不想让对方失望。

“只能试试了。”终于，陆以尧松口应允。

四双好奇宝宝的眼睛咻地瞪大：“怎么做？”

陆以尧凝望海平面，良久，沉稳吐出四个字：“钻木取火。”

一小时以后，顾杰和张北辰那边，已经开始搭第三个帐篷，冉霖和陆以尧这边，才终于闻到一点点煳味。钻木取火这件事，冉霖只在课本上学过，从来没想到有一天能在现实里操作一把。

他跟着陆以尧捡来一块巴掌大小的木头，一根比手指稍微细一点的小树枝，然后看着陆以尧在木头上用螺丝刀抠出凹槽，再用锋利的石头把小树枝修整得稍微光滑些，便于在贴合的手掌中转动摩擦。

接着陆以尧把搜集来的干燥椰棕，一小部分塞进凹槽，另外一部分铺在凹槽四周和木块下面，以便只要一个火星迸落，就能起火燎原。

整个准备工作，冉霖只在陆以尧的指示下帮了一点小忙，大部分还是陆以尧亲自动手。但他看得很认真，尤其准备就绪后，陆以尧单膝跪地，脚踩着小木块的一端固定，双手合十将插进凹槽的小树枝稳住，冉霖几乎屏住呼吸，有一种马上就要见证奇迹的激动和兴奋。

然后，就没有然后了。

陆以尧飞速蹭动手中的小树枝，让它插进凹槽的顶端飞速摩擦木块和椰棕，一切都毫无瑕疵……除了，就是不起火。

时间一分一秒流逝，陆以尧手上的速度也越来越慢，豆大的汗珠从他的脸颊上滑落，冉霖从一开始的期待，中间的茫然，再到此刻的不忍，心情也是来了一路过山车。以至于闻到烧焦的煳味，都兴奋不起来了。

但全神贯注中的陆以尧没有感觉，他甚至没觉出时间流逝，满心满眼只盯着那个凹槽，誓要重现人类祖先的辉煌。

又一个小时过去了。

已经搭好全部帐篷的顾杰和张北辰，疲惫而饥饿地躺在帐篷里等待，幸而海风惬意，椰叶飘香，他俩迷迷糊糊的还能坚持一会儿。

但是夏新然就没这么坚强了。他已经围着红色塑料桶转了八百圈，生生把那些海鲜从活力四射凝望到奄奄一息。如果不是塑料桶里都带着水，这些活物怕是早被风干。

陆以尧也筋疲力尽了，冉霖看得出来，但他同样看得出来这人没打算放弃。不忍出声打断，冉霖默默陪着他坚持，他欣赏认真的人。

陆以尧可能没有夏新然那样的综艺细胞，只用40%的力，就能收获120%的效果；也不像顾杰那样随性，开心我就话多，不高兴我就高冷；更没有张北辰圆融，和谁都能很自然打成一片。但他有他的魅力。他会很严格地遵守规则，很敬业地完成任务，并且，对自己揽下的责任，一扛到底。

一个团队里有这样的人，是这个团队里小伙伴的幸运。冉霖正漫无边际地这样想着，忽然眼前飘过一缕白雾——漫长的烧焦味后，椰棕终于开始冒明烟了！

冉霖惊喜地瞪大眼睛，不可置信地看看烟，又看看陆以尧："着了！"

陆以尧也终于一扫凝重，整个人都散发着多年媳妇熬成婆的出头之光，立刻丢开小树枝，趴下身子，对着已经冒烟的椰棕轻轻地吹气。

冉霖瞬间明白过来，想让火星变成火苗，必须借风起势。这时候也顾不得沙子粗不粗了，他也立刻趴下来，撅在那里帮陆以尧吹："呼——"

椰棕乘着白烟腾空而起，无情地散在空中，飞向海岸线。木块归于静谧，只剩下一些焦黑的残末。陆以尧震惊地看向冉霖，眼底满满都是被这个残忍世界辜负的巨大悲伤。

冉霖艰难地咽了下口水："其实我觉得吧，也不是非要用火……呃，你喜欢吃刺身吗？"

陆以尧闭上眼，深吸口气，慢慢吐出，再吸口气，再慢慢吐出，终于，成功抑制住了内心想要掐死对方的魔鬼般的冲动，并让嘴角努力上扬："我其实不太喜欢生食，但为了活命，可以凑合。"

最终，五位男星还是没有真的吃上刺身。因为看不下去的导演终于良心发现，帮他们小小修改了一下剧本，比如当你不幸流落到无人岛时，兜里恰好有一瓶防晒霜和一个打火机。

吃上"海鲜宴"时，已是下午 3 点。

五位男星围着一堆篝火大快朵颐，如果牙口好，壳都能嚼了。

冉霖好几次想跟陆以尧搭话，都没找到机会，而且他心里本来也有点发怯，毕竟自己干的蠢事，实在是放到仙人掌丛里用狼牙棒抽三万六千下都不为过。

眼看陆以尧又吃完了一个虾，冉霖本想献殷勤帮着去拿，可人还没动，眼睛先定在陆以尧手上了，对方的手心里一片红。

距离很近，所以冉霖看得清清楚楚，那是磨破了的水泡。

坚持不懈地用手掌蹭转了两个多小时，铁砂掌也要起水泡的。冉霖有时候上通告鞋子不合脚，半天下来就能出水泡，疼得要命。可这人显然是出了也没管，直接继续，生生又把水泡磨破了。水泡破皮那再摩擦下去，蹭的可就是肉了，得有多疼。

但陆以尧好像没事人似的，半个字都没提。哪怕让跟拍摄像录一下呢，也绝对妥妥圈粉，冉霖不信陆以尧不懂这个套路。要知道之前回复他微博 @ 的时候，这可是个人精。唯一的解释，陆以尧不喜欢卖惨——套路可以，卖惨不要。短短一天，冉霖感觉看见了好多个不一样的陆以尧，而且越往细看，越有意思。

陆以尧已经忍了很久了。没有人喜欢吃饭的时候被各种偷窥，花样偷窥。那个就坐在自己旁边的家伙，好像吃两口，就得往这边瞟两眼，仿佛海鲜太淡，得拿自己下饭。

钻木取火功亏一篑的郁闷已经随着肚子的填满消解得差不多了，而且陆以尧也知道，对方是好心。别的不讲，光是干巴巴陪着自己钻了俩小时，这人就够意思，换成夏新然，早躺叶子棚里睡觉去了。但这不代表他可以得寸进尺，看起来没完，自己又不是海鲜！

“你……”

“你怎么懂那么多？”

陆以尧本想正面迎敌，不料被对手先发制人，而且人家问得还很真诚，那种你回答语气不好都会很过意不去的真诚。

“咳，”清了清嗓子，陆以尧如实回答，“以前念中学的时候参加童子军，这些都是必备技能，后来念了大学，偶尔也会和朋友出去露营，比旅游省钱嘛！”

“哦对，”冉霖想起来了，“你在国外念的书。”

陆以尧点点头，没再多讲。

冉霖也不准备问太多个人隐私，他好奇的是别的方面，比如：“露营的时候遇见过熊吗？”

陆以尧蒙了：“你是认真的吗？”

冉霖镇定回望：“当然是开玩笑。”

陆以尧扶额，忽然觉得居然开始认真回忆的自己蠢到家了。

冉霖乐不可支，发现逗陆以尧，好像比逗夏新然更有趣。

冉霖笑起来很好看，是那种纯粹的干净的清新感，就像春天的阳光，不会太炙热，又不会太寒冷，恰到好处的温度，让人看着看着，心里就跟着一起舒服起来。

同为男艺人，陆以尧也不得不承认，他来不了这个。他可以笑得潇洒，笑得温柔，笑得邪魅，笑得阴冷，以及很多很多摄影师或者导演需要他出现的感觉。

但眼前这个笑容，不行。这是独属于冉霖的东西，就像夏新然的美丽傲娇，顾杰的我行我素，张北辰的蓬勃朝气，都是属于他们自己的标签，别人就算学，也学不像，学不自然。

陆以尧莫名又想起那个花絮和下面不太中听的评论了。他不知道那些回复是真的被花絮误导，还是单纯的对冉霖没好感，抑或只是心情不好，单纯想找个地方发泄。但今天这一天下来，他更坚定了自己的判断，那句话铁定就是冉霖和张北辰开的一个玩笑。

甚至都不用等完整节目播出，他就敢这么说。因为网友和粉丝看见的只是一条花絮，但他是实实在在和冉霖相处过两期半的人。

虽然有两期的时间他们只是彼此的背景板，但背景板也是有眼睛的，冉霖跟其他人相处得怎么样，包括冉霖这个人的脾气秉性，他都尽收眼底。

当然，也可能这些都是他做出来的样子，他实际的脾气根本没有这么好，性格根本没有这么单纯。但起码这两期半，他都是在任劳任怨做节目，有时候碰上其他人不愿意做的任务，他也会去帮忙，就从这一点，他就不应该被差评。

陆以尧欣赏敬业的人，对于前两期带着情绪的自己，他也是差评的。所以看到同样认真的冉霖被群嘲，他就总觉得不太舒服。

“陆老师……”

弱弱的呼唤拉回了陆以尧的思绪，定睛一看，喊他的正是冉霖。

陆老师是今天他新得的昵称，伙伴们单方面赠送，用以感谢他卓越的贡献。

以为对方还要问露营的事或相关知识，陆以尧擦干净手，正襟危坐，认真回应：“嗯。”

冉霖把头凑过来，一眨不眨地盯着他：“我从上午的时候就想问了，为什么总感觉今天你看我的眼神……充满了同情？”

第八章

冉霖到最后也没从陆以尧那里问来答案，但其实答案也并不重要。拍到第3期，他终于能跟陆以尧进行正常互动，甚至偶尔还能开对方两句玩笑，已经让他很知足了。

月朗星稀，气温比白天凉了许多。幸而节目组尚存一丝人性，给诸位男星发了厚外套，当被子盖也好，穿身上也好，随大家喜欢。冉霖是当被子盖着的。

他们五个人，四个椰子叶帐篷，通过剪刀石头布，最终输掉的夏新然和张北辰挤在一间。猜拳结果出来的时候，夏新然的表情简直像世界末日。

冉霖也不知道夏新然到底讨厌张北辰什么。但问题太敏感，他和夏新然又没有熟到那个份上，所以再疑惑也只能放在心中。

枕着双臂，听着海浪，望着远处连在一起的海和天，仿佛整个人都开阔起来。冉霖是个喜欢想事情的人，然而现在，他只想放空。他很久没有过这种感觉了，什么都不用想，什么都不用做，什么都不用烦，只静静地任由时间流逝……

"欧耶！"

突如其来的欢呼打破了夜空下的宁静。冉霖叹一口气，一边想着自己果然还是没有放空的福气，一边爬起来探头出去张望。然而他的动作还是太慢了，只来得及捕捉到夏新然欢天喜地跟导演组离去的背影。

"怎么走了？"冉霖不明所以，问隔壁帐篷先一步出来瞭望的陆以尧。

但其实陆以尧也不是很清楚，只能猜测道："应该是导演组有新任务给他吧。"

冉霖疑惑皱眉，咕哝："大半夜的能有什么新任务？"

陆以尧想了想，认真地对上他的眼睛：“我觉得我们还是不要脑补的好。”

冉霖有一瞬间的呆愣，回过神后马上笑：“也对，反正肯定不会是吃夜宵。”

陆以尧莞尔，耸耸肩，又钻进叶子帐篷。

冉霖轻轻松口气，莫名后怕。小心翼翼地进帐篷重新躺下，冉霖还能感觉到自己的心跳。上一次出现这样的感觉还是在刚进公司的时候，被带去参加某个著名导演的电影首映礼。一众主创互动完，冗长环节进行完，终于全场黑下来真正开始影片播放，主角出场的第一个镜头，就把他秒了。

那是一个主角缓缓抬起头的特写，表情很淡，眼里却含着深切的无法言说的情感。当时的他，也是这种心脏骤然漏一拍，然后就开始不受控制乱跳的感觉。

影片以另外一个角色的视角贯穿始终，于是冉霖的心情也随着那个角色一起，为主角而悲，而喜。然而很奇怪，当主创再次出来感谢时，看着台上的明星，冉霖却没有任何感觉。他忽然明白过来，让他心动不已的，是明星在电影中塑造的那个人物，而非明星本身。

事实上明星本人与那个角色之间没有任何相似之处，台上的明星开朗健谈，温文尔雅，电影中的主角内向忧郁，偶尔，还会闪出一些黑暗面。

也是在那个时候，冉霖才明白，原来演员是这样厉害而又神奇的存在，可以把与自己截然不同的角色，塑造得细腻而逼真，让你感觉那并不是一个虚构人物，而是有血有肉，实实在在生活在这个世上。

冉霖没粉上那个明星，但最终爱上了表演。

然而陆以尧不需要演任何人，刚刚那个刹那，他用最真实的陆以尧呈现了足以让人叹服的魅力，冉霖想，这就是老天爷赏饭吃吧。

想着这些有的没的，冉霖终是进入梦乡，深沉的，踏实的。

他不知道，隔壁的陆老师，失眠了。仿佛礼尚往来一般，陆以尧也在琢磨冉霖。但与演员魅力那么专业的事情无关，他只是单纯地觉得冉霖这个人，敏感得厉害。拿白天的事情为例，他真没觉得自己看冉霖的眼神有什么出格，不就是比平时多看了几眼，多了一点点眼神交流，结果那人直接就看出了同情。

同情吗？当然是的。

但这种自己都没发现的无意识的情绪，对方竟然感受得那么清楚，捕捉得那么准确，除了敏感，陆以尧想不出别的形容词。

在娱乐圈，敏感是一把双刃剑。它可以帮你更好地体会角色，塑造人物，雕琢表演；但同样，也会让你更在意粉丝的言论，路人的眼光。

同样被黑，有人可以愈战愈勇，有人却压力大到掉头发。陆以尧见过太多太多了，他觉得冉霖会成为后者。

一个挺好的人——仅两期半的相处，这是陆以尧能给出的关于冉霖最正面的评价。再多他就说不出来了，但也够了。

没有人是十全十美的，一个脾气蛮好，做事起来认真，偶尔还有点小调皮的男艺人，起码在陆以尧遇见过的同行里，算得上相处起来舒服的了。

他看过太多人前人后两副面孔的，依然被粉丝举高高求抱抱，两相对比，冉霖的遭遇就难免让人同情。虽然最初，他也是想怼冉霖的。

算了，不想这些有的没的了。

果然姚红说得没错，陆以尧看着远处的和星空相接的海平面想，他就是这一路星途太顺风顺水了，所以总是精力过剩，总喜欢去琢磨别人的闲事。

“所有男神，集合——”

不需要扩音喇叭，静谧的沙滩上，总导演的魔音可以轻松穿透海浪，直抵耳膜。睡着的没睡着的男神们都被惊起，顾杰更是冲出去的时候差点顶飞帐篷。

原本架在固定架上的摄影机又被跟拍大哥们重新扛到肩膀，集合的四个人一看这架势就懂了——有新任务。

“现在已经是 0 点 01 分了，”导演看了眼手表，难得语气深沉，“我们迎来了崭新的一天，大家高不高兴！”

四位男神很给面子地鼓掌，虽然掌声有些稀落，笑容有些僵硬。

导演很满意，终于放出真正的重磅炸弹：“今天，也是你们的小伙伴，夏新然的生日！”

这回四个人是真意外了，你看我，我看你，都是蒙了加惊讶，而且对视过程中，还都下意识扩大范围，仿佛多扫周边几眼就能搜出寿星公。

“不用找了，夏新然已经去做属于他的新任务了，所以我们剩下的四位男神也要开始今天的任务，那就是在上午 10 点之前，为伙伴举办一场生日 party（派对）！要求是，必须有生日蛋糕，有私人的 party（派对）场地，而且，所有这些都不能花一分钱。”

顾杰疑惑举手：“请问什么叫私人的 party（派对）场地？”

导演：“就是不能在露天大自然，比如树林、公园、海边等，不能是公共开放区，比如马路、商场、广场等，只能是私人商铺或者宅邸，并且整个 party（派对）过程绝对封闭，未来播出时也不会透露 party（派对）的具体地点和位置，总而言之一句话，必须问所有者借来私人场地，且不能以广告效应的名义。”

顾杰黑线：“还真是滴水不漏。”

张北辰追问：“那生日蛋糕？”

导演：“一样要靠你们自己努力。”

一种极度不祥的预感笼罩在四位男神心头。天会慢慢亮，但他们这一天的前景，怎么看都要一黑到底了。

导演很满意自己造成的杀伤力，但似乎对男神们的踊跃度仍不甚满意，又重复一遍：“没有其他问题了？”

冉霖叹一口气，举手捧场：“能透露一下夏新然正在做什么任务吗？”

导演终于眉开眼笑：“五星级宾馆试睡员外加东南亚特色 SPA（水疗）鉴赏官。”

冉霖虽然预料到了肯定不靠谱，但听完还是又好气又好笑。

张北辰则艳羡地说出所有伙伴心声：“寿星公的待遇就是不一样啊。”

从远郊回市区有一定距离，四个人谢天谢地，总算在颠簸中补充了短暂睡眠。

凌晨 1 点半，城市并没有睡去。街上还是有来来往往的人，有一些直接穿着泳衣披着浴巾，一看就是不畏水温，刚从海边回来的勇士。

不需要去他们野外求生的那种远郊，市中心就有海滩，而且海水清澈，沙子柔软，也难怪以此为中心，各种打着海景房名义的房地产项目不断被开发，一座又一座的海边高层公寓拔地而起。

“现在我们去哪？”张北辰四下环顾，毫无头绪。

“说来说去无非两件事，一个蛋糕，一个场地，”顾杰上下左右动动脖子，让运动过度又缺乏休息的关节得到舒展，“现在就看看你们想先解决哪个。”

“场地？”顾杰也没怎么深思熟虑，全凭感觉，“不然蛋糕有了，我们还要拎着它满世界找私宅。”

张北辰抓抓头，温和地提出不同意见：“我总觉得场地还是比蛋糕好弄，这个时间，能做或者能买蛋糕的地方都不多吧，还是应该先攻克难点。”

“这个时间蛋糕和场地都不好弄，”冉霖道，“要不然我们先想想这两样东西到底怎么弄？比如蛋糕，是做还是买？场地，是问店老板借商铺，还是问当地人借房子？有了方向，才好努力。”

顾杰：“陆老师你有什么想法？”

陆以尧：“刚刚不应该放导演走的。”

顾、冉、张：“可说呢！”

问题一时商量不出对策，但情感上四个人已经取得了共鸣——导演好样的。

四位一筹莫展的男神循着嘈杂一路晃荡到海边。挤满当地特色美食档口的海滨夜市仍灯火通明，人声熙攘。最先被认出的是陆以尧，捧着椰子冻的小姑娘的尖叫能把整个海滨掀飞。

正所谓，危机里藏着转机。四个人当即来了灵感——靠脸打工！

被选中的档口老板求之不得，有男神当门面，谁还管你什么味道，生意简直不能更火爆。四个人也真的很拼，陆以尧烤串，冉霖炒菠萝饭，张北辰收钱，顾杰连扇火带招揽客人。

一直做到天边泛白，游客渐渐少了，隔壁档口开始收摊，老板才终于心满意足地把许诺给他们的提成点清楚，交到男神们手里，一共 340 元。四位已经累得虚脱的男星，总算从那几张血汗钱里，重新找到了活下去的勇气。

天刚亮的城市，夜生活结束，昼喧嚣未起，终于有了一点安静气息。

四个人围在一棵棕榈树下，或坐或躺，看着天空发呆——他们在等着蛋糕店开业。

他们已经不困了，但这个城市却还没苏醒，除了 24 小时营业的便利店和快餐店，其余店铺都还在梦乡。

“这真是我经历过的最漫长的一天……”顾杰看着越来越明亮的天际，心有戚戚焉。

张北辰纠正他：“应该是两天。”

顾杰摇头：“我感觉就是一天，而且怎么过都过不完。”

冉霖盘腿坐在花坛边上，胳膊拄着下巴，没太多精气神附和，但心里是同意顾杰的。这一夜他们几乎没睡，所以虽然实际上已经到了第二天，但直观感觉仍是昨日的延续。

“你俩还好吧？”张北辰发现了冉霖和陆以尧的安静，关心地问。

冉霖连忙摆头：“没事。”

陆以尧却问：“你们知道我现在在想什么吗？”

张北辰思考片刻，道：“夏新然现在在干吗？”

顾杰挑眉：“把蛋糕抹他一脸吧！”

冉霖乐，也跟风猜：“为什么过生日的不是我！”

陆以尧惊讶地看了冉霖一眼。虽然张北辰和顾杰也猜出来他在念叨夏新然了，但真的只有冉霖，一个字不差，全中。这都不是意外了，是神奇。

冉霖只是随口一说，但看陆以尧那表情，就知道自己猜得八九不离十了，莫名有点兴奋，要知道陆以尧其实挺不好猜的。

“回去必须让夏新然请客。”

“前提是我们得回得去，我感觉我要阵亡在这里了。”

“不哭，坚强。”

“走开，哈哈……”

嘻嘻哈哈的苦中作乐里，太阳慢慢升起，风渐渐带上暖意，路上的行人又重新多起来——城市，醒了。

“老板，帮帮忙吧。”

“不行。”

“就一个上午。”

“一个小时也不行啊，我很感谢你们买蛋糕，但是我们小店也要做生意，你们把店铺占了，我还怎么开张？”

“我们买完这个蛋糕，你就已经开张了嘛！”

“但是我总不能一个上午就开一张啊！”

磨破了嘴皮子也没把老板说动，四个人悻悻地从蛋糕店走出来。蛋糕拎在陆以尧手里，素雅的浅色盒子配上蓝色缎带，清新可人，却抚平不了男神们心中的愁绪。

跟了一夜的摄像都有些同情他们了。先是荒岛苦求生，然后午夜打工大排档，现在又要在陌生的城市里寻一处免费的私人 party（派对）场所。

前两期加起的辛苦，都没有这一期多。

四个人不信邪，又陆续进了沿街的几家店铺。基本上能认出他们的店铺老板，一开始的态度都是非常热情的，但是当听见他们开的是私人 party（派对），不能让外人参加或者参观的时候，态度就会有微妙的变化。

给明星行方便，为的就是广告效应，像海滨夜市的老板，如果四个人不能给他带来效益，那就是帅得掉渣也未必有打工机会。当然，真爱粉的老板除外。

不过也不知道是他们的运气不好，还是名气没大到俘获全年龄层，眼看着就快到 10 点，场地仍然没有着落。录到现在，大家已经基本摸清楚了导演组的套路，如果真的完不成任务，比如之前的钻木取火什么的，总归还是会提供解决方案。但一想到导演那副“哎呀还得我出马”的欠揍表情，他们就不想服输。

最初录节目的宗旨是挑战自我，然而录到现在，他们只想挑战节目组。

从镜头里看过去，四个人都只是沉默着不发一语。但身处其中的四个人，却能清晰感知到彼此的心情。同一个节目，同一种顽强。

要不，算了吧。这种话他们可以说，但不到最后一刻，还是不想松口。

冉霖发现陆以尧从跟蛋糕店老板交涉失败之后，就一直甚少开口。虽然这个人本身也不多话，但从表情上看，他好像不是单纯的心情低落，而是一直在琢磨什么。

“话说回来……”

陆以尧毫无预警地开口，目光也看向三位伙伴。

冉霖赶紧瞟向别处，再看回对方，假装之前一直看风景。

陆以尧沉浸在自己的思绪里，没有察觉：“导演是不是只说不能花钱，必须私人，再没其他了？”

“嗯，”张北辰点头，“就这两个条件。”

陆以尧沉吟片刻，仿佛下了重大决心似的：“我知道一个地方，肯定会让我们开 party（派对），而且绝对私人。”

红姐，对不住了。我知道你又要批评我心血来潮，多此一举。但左右这也不是我第一次冲动了，况且，睡眠严重不足的人有资格任性。

三双骤然亮起的眸子：“哪里？”

一个顽皮又得意的笑容：“我家。”

节目组原本的设计是让嘉宾们苦哈哈地赚钱，再苦哈哈地借个破点的地方，这样把刚刚享受完的夏新然带到 party（派对）现场，从云端到土坑的落差萌，绝对会让这位傲娇小寿星炸毛。谁料，嘉宾自己出了个大招。

通常情况下，明星是不太喜欢公开自己的私宅的，哪怕是真人秀合同里签了可以拍，播出来也只是一些局部片段，更不可能出现陆以尧这种主动买一送一的。这档综艺里，陆以尧的家就是北京朝阳区的豪华公寓，他没有义务再提供出来第二个，但是他提供了。

虽然提前声明不可以在播出的节目中透露这个二号私宅的地址和住处外观，而且进入之后活动范围也仅限于客厅，但导演还是差点乐疯，带着几大车人和设备就风尘仆仆赶过去了。

那是一座海景别墅，面朝大海，春暖花开——连狗仔都不知道更没有拍过的，陆以尧的隐秘住处。

其实是不是陆以尧的住处也不能确认，因为除了陆以尧说的那句“我家”，整个别墅里再没有任何私人化的东西。就像装修好后一直空置着一样，家居用品一应俱全，就是没有主人的蛛丝马迹。

定期打扫肯定是有的，敞亮的客厅一尘不染，桌上花瓶里的百合和马蹄莲素雅清新，该是新换上的，空气里还飘着淡淡的花香。然而没有相框，没有衣物，没有书籍，没有任何你希望看到的能够透露些许八卦的东西。

导演难掩失望，再吩咐工作人员布置设备的时候，就没起初那样亢奋了。

冉霖也有些意外。他们同节目组一样，只在客厅活动，但这样一个客厅，确实没有一丝烟火气。连装修都是灰白色调为主，只一些装饰上用了亮色。

冉霖总觉得这不像是陆以尧的风格，起码这人穿衣服可从不青睐灰色。但他和另外三位伙伴一样，有再多疑问也只是放在心里，大家都默契地没提任何问题。陆以尧愿意提供私宅，是他大气，不打听更多的八卦，是朋友间的礼貌——如果他们现在算朋友的话。

“我对你们这一期安排的环节很满意，真的，特别满意！”被蒙着眼睛推进客厅的夏新然，路都瞅不见了，还不忘表扬节目组，显然从之前的五星级酒店和 SPA（水疗）中收获了一个美好的夜晚。

所有人都在客厅，但除了四位男星，其他工作人员和设备都围在旁边，镜头取不到的地方。

阳光从落地窗照进来，洒在灰白主色调的客厅里，装修是带着点冷淡风的，可充足的采光冲淡了这种凉意。

夏新然眼罩被掀开的一刹那，生日歌响起。

蛋糕是冉霖挑的，黑森林。夏新然曾提过他喜欢吃巧克力，也幸好，黑森林是那家店的主打，蛋糕师傅还没来得及把完整的蛋糕切成独立小块。

灿烂的阳光里，蜡烛的火光就不明显了。原本想拉上窗帘的，但导演组试来试去，还是觉得让阳光进来的镜头更美。陆以尧提供的私人别墅，完全不在节目组计划内，却又远远超出节目组的预期，导演舍不得浪费这么漂亮的场景。

生日 party（派对）固然温馨，但最初的欢乐气氛之后，就没有什么内容了。无非吃吃蛋糕，聊聊天。并且聊天的内容也很有限——多是在调侃夏新然。也不怪男星们集中火力，试想下，你有五星酒店跟 SPA（水疗），我熬夜打工买蛋糕，回头买完蛋糕还是给你的，换谁谁能心理平衡。

夏新然也从伙伴们的控诉中真切感受到了大家所受的辛苦，多少还是挺过意不去的，所以最初面对调侃，也是态度很好。

但他毕竟不是个多老实的主，听啊听的，就开始动鬼脑筋了，思来想去，亮出一招，直接转移了斗争大方向——

“咱们来玩真心话大冒险吧！”

Party（派对）嘛，又不是酒会，光客客气气聊天有什么意思，要玩就要嗨起来。

四位男星心里一惊，第一反应都是看导演。

导演乐得都快合不拢嘴了，一个劲说：“这个提议好！”

通常玩真心话大冒险，要么猜拳，要么抽扑克牌，要么放一个酒瓶在地上平转，瓶口对准谁就是谁，当然这些年也有越来越多的人用手机 App（软件）。

五个人不被允许拿手机，猜拳又没有游戏气氛，最后干脆用赞助商的饮料瓶，喝光一个放到地上，既粗糙又带感。导演特意让镜头给了瓶子商标一个特写，越琢磨越感觉夏新然这个提议非常妙。

窗帘被拉上一半，客厅里瞬间有了卧谈会的气氛。五个人在浅灰色的地毯上围坐一圈，将空饮料瓶放在中间，由夏新然先转——寿星公最大。

夏新然也不客气，视线环顾一圈，嘿嘿一乐，按住空瓶的手唰地一拧！空瓶飞快转起来，因为转得太猛，还稍稍偏移了原本的位置。

冉霖上回玩这种游戏还是跟大学宿舍那帮损友，如今看着旋转的空瓶，有一种时光倒流的错觉，那瓶子在眼睛里转啊转就变成了绿色的啤酒瓶，耳边好像还能听见损友们的嬉笑……

“顾杰！”

空瓶终于停下来，瓶口不算正对着顾杰，但也能擦到他的衣服边。

顾杰也不是个矫情的，立刻单手伸出，做出黄飞鸿邀请别人的手势：“有什么想知道的，随便问。”

“我我我！”夏新然迫不及待地举手，好像那问题已经在他心里憋了千百年，就等着这么个机会，因而不等顾杰应，“我”完之后直接露出不怀好意的笑，问道，“你和苏薇到底有没有在一起？”

冉霖惊掉了下巴。张北辰和陆以尧纷纷皱眉，虽然说是真心话大冒险，但毕竟对着镜头，直接问别人绯闻，总是不太合适。

顾杰却像早预料到了似的，从容不迫道：“我已经和你解释很多次了，我们只是朋友。”

三个脑袋唰地扭向夏新然。没人关心顾杰和苏薇到底是不是朋友，大家更关心那个“解释很多次了”是什么鬼！

夏新然也愣住：“你跟我解释什么啊，不对，和我有什么关系啊！”说到后面夏新然终于反应过来，一个纸团扔过去，“顾杰你害我！”

那边顾杰早抱着肚子笑岔了气。

这边夏新然立刻搬过自己跟拍摄像的镜头，大义凛然道：“小新们，我和那个恶意卖腐的人没有任何关系，我只爱你们，来，看我纯洁的大眼睛……”

剩下三个人后知后觉，松口气之余，也不由得佩服起顾杰来。这年头，能制住夏新然的不多，顾杰是条汉子。相比夏新然的辛辣，其他人的问题都不痛不痒，这一轮很快过去。

第二个转瓶子的是张北辰，结果瓶子停下来的时候不偏不倚，正对着他自己。众人哄笑，张北辰也跟着乐。直到夏新然问出那个问题，后者的笑容才僵在脸上。

他问：“我来之前看见一个花絮，是第 1 期在桂林的，你说要把第一名让给冉霖，是故意的吗？”

气氛骤然凝固。夏新然的语气明明很轻，却像经典末日电影《后天》里的那股冷空气一样，无声吹过，一切便都上了冻，连直升机都不能幸免。

张北辰愣在当场，顾杰和陆以尧神情复杂，而冉霖，只觉得头疼。

“我不懂你的意思。”张北辰终于出声。看得出他尽量想让表情自然，可面对这种直白到近乎挑衅的问题，他显然没有招架的准备。

夏新然却忽然狭促一笑：“我的意思是你既然想换，不应该找冉霖，应该找我呀，我那天住的地方可可怜了，你是没看到……记着，下回有便宜先给我嘛，我俩这么熟！”

张北辰茫然地眨了下眼睛，慢半拍才消化，继而立刻点头：“行，下次找你。”

夏新然伸胳膊过去拍拍他的肩膀，一脸老怀安慰。顾杰和陆以尧看得蒙了，不知道夏新然到底几个意思。真的只是开个玩笑，还是话里有话？如果话里有话，到底是什么话？说给张北辰听的，还是说给冉霖听的？

看着两位围观伙伴投来的疑惑目光，冉霖只想扶额。

他能看出夏新然不喜欢张北辰，但仅此而已。至于夏新然这番举动究竟为何，他研究不透，也不想研究，他只想平平安安录个节目，如果能顺带着小火，有剧本可拍，那就谢天谢地了，真的不用给他加戏。

“该我问了，我的问题是你在青春片里演过的角色有学霸，有学渣，有风云学长，有不良少年，那你在念书的时候实际上更接近哪一个类型？”

这种尴尬时候就需要使出撒手锏——cue（提示）流程！

果然，张北辰立刻接住问题，侃侃而谈。

冉霖其实不太关心他的回答，但毕竟问题是自己抛出去的，所以看起来听得很认真，实则在心里擦冷汗。

夏新然不以为意，仿佛他就是想开个玩笑，开完了，舒坦了，毫无压力投入下一环节，跟冉霖一起听回答，还听得津津有味。

顾杰和陆以尧对视一眼，前者感觉自己可能一夜没睡的缘故，脑袋不够用，有点跟不上这真心话大冒险里的瞬息万变；后者则觉得这里面确实有蹊跷，不过同自己关系不大，他也没有特别好奇。

有惊无险结束了张北辰的旅程，下一个顾杰拧空瓶，瓶口指在了冉霖。

冉霖胸有成竹，眯起眼睛，半玩笑半挑衅：“尽管放马过来。”

伙伴们摩拳擦掌，看似毫不客气，实则问出的问题还是挺温柔的。

顾杰问的是：“你最想演什么样的角色？”

冉霖想哭：“得先有导演找我演啊！”

张北辰问的是：“你相信一见钟情吗？”

其实这个问题本身没什么，但张北辰问的时候，眼神太认真了，语气也太温柔了，让冉霖浑身不自在，连带着原本想开的玩笑也咽了回去，换成了认真而谨慎的回答：“我相信，这个世界上感情本来就是多种多样的。不过我还没遇见过哈，我个人更倾向日久生情。”

说完冉霖立刻看向陆以尧。后者也觉得上一个问题古古怪怪，但没多想，况且正主都用眼神催了，他不赶紧提问倒显得自己输了气势。

“你怎么看待粉丝喜欢你的人却不喜欢你的作品？”

冉霖疑惑地看着陆以尧，总觉得这个问题距离自己很远，更像是对方会遇见的烦恼。而且这个问题问的语气也很奇怪，就好像原本想问的是别的问题，临时改变主意，又换了内容。

疑惑归疑惑，人家问了，自己总要按规则回答：“那我只能努力奉献出更好的作品，让他们以后爱角色更胜过爱我了。”

冉霖的回答带着些不好意思的笑，那是一种“我知道我担不起但是我也没办法只能先说些大话了”的心虚。

陆以尧拿起手边的赞助商饮料喝了两口，脑袋里却在想为什么自己会忽然改变问题。

你怎么看待恶意炒作？他其实想问的是这个。但是如果真问了，不管冉霖怎么回答，只要节目组不剪，把这段播出，等待冉霖的就是被喷死。

陆以尧太清楚自己粉丝的战斗力了，何况他们本来就看不惯冉霖许久。果然，陆以尧想，自己还是看不上仗着粉丝多就肆无忌惮带节奏的行径，这和对面是不是冉霖没关系。

“该我了该我了，”夏新然兴奋调整了一下坐姿，根本没看出来什么异样，什么暗流，迫不及待抛出自己的要求，“我需要你大冒险！”

冉霖黑线，不知道该气该笑：“凭什么啊？”

夏新然可怜兮兮地皱起脸蛋：“多少轮了，一个大冒险没有，完全不刺激！”

冉霖不准备把自己奉献给对方的游戏追求：“等会儿指到你的时候，你尽情冒险，我们绝不拦着。”

“我不会让你做过分的事的，就来一次嘛！”夏新然说得那叫一个诚恳，“要不然你先听听我的冒险，你觉得不行，我再改回问题。”

冉霖叹一口气，他是个软硬都吃但尤其喜欢吃软的主，更何况是美人的撒娇。

“来吧，我先听听。”冉霖语带无奈，感觉自己真跟宠弟弟一样了。

夏新然坐直身体，清了清嗓子，特认真地公布：“冒险内容是依次对在场的伙伴说一句你最想说的话。”

冉霖怔了下，继而乐了。这还真不是什么丧尽天良的冒险，不，应该说是入门级别，满满都是对冒险者的善意。

假装深思熟虑后，冉霖终于松口：“好吧。”

夏新然露出大满足的笑容。

冉霖索性先拿他下手：“夏新然，你是我见过最漂亮的弟弟。”

原本期待着的脸窘下来：“为什么夸我的同时非要给我降辈分？”

顾杰悠哉提醒：“哥哥弟弟是平辈。”

收获是一枚来自盛世美颜的白眼。

舒爽了的冉霖又转向下一个："张北辰，录主题曲那天我就想说了，其实你的声音在录音棚里特别好听。"

张北辰有些意外，愣愣抓了下头，才冲他微笑："多谢！"

"顾杰。"

"嗯哼。"轮到自己了，顾杰立刻打起精神，洗耳恭听。

冉霖一字一句，情真意切："你实在太慢热了。"

顾杰眯起眼："为什么到我这里就变成了吐槽？"

夏新然乐得直拍手，他和顾杰就是越看见对方吃瘪越痛快。

冉霖垂下眼睛，酝酿片刻，才转向陆以尧。

陆以尧静静等着，并没有特别期待或者亢奋，如果非要说，疑惑倒是有点。前三个的时候都很顺畅，怎么到自己这里就卡住了？他也没那么难归纳总结吧。

况且冉霖又不是夏新然，酝酿再久也肯定说不出太出格的，不用听都能想到，甭管称赞还是吐槽，定然都是你好我好大家好的其乐融融风。

"陆以尧……"冉霖总算开了口。

陆以尧点点头，立刻配合着昂首挺胸，做认真聆听状。

"对不起。"

酝酿多时的一句话，只有这么三个字。

陆以尧怔在阳光里。他坐的这个地方不太好，旁边就是没遮住的那半扇窗，阳光总是晃到他的眼睛，必须时不时别开头，才能躲避。

但是现在，他不躲了，随便阳光尽情地晒，整个人像被点了穴，久久不动。

顾杰和张北辰一脸茫然。

只有夏新然瞬间明白过来，受不了地吐槽道："不就吹飞了干草没取成火嘛，反正我们后来也吃上饭了，陆以尧不会跟你计较的。"

顾杰恍然大悟，然后就是对夏新然的无语。

张北辰好笑地更正："那是椰棕。"

夏新然皱眉："有什么区别吗？"

张北辰动了几次嘴唇，最终还是放弃了解释，而且看起来夏新然也并不准备听。

冉霖看着他们你一言我一语地带偏了话题，也只是笑笑，不再解释。他想道歉的究竟是什么，只有他自己清楚。夏新然、顾杰、张北辰不清楚，陆以尧怕是也想不到那么多。

既然伙伴们都接受了他在为破坏陆以尧钻木取火的伟大活动而道歉，那就当是这样吧。他只是想道歉，不论对方听不听得懂，也算是对之前的种种有了一个交代。不然仅仅是通过王希让宣传团队那边停手，总觉得像稀里糊涂就混过去了。

面前忽然递过来一瓶赞助商的饮料。冉霖疑惑抬头，顺着胳膊，对上了陆以尧的脸。然后他听见对方说：“算了。”

世界忽然安静下来，再没任何声音。盘旋在他耳边的，只剩下这两个字。

陆以尧看着冉霖瞪大的眼睛，呆愣的表情，觉得特别有趣，索性多欣赏一会儿。待欣赏够了，才掂了掂手中的饮料瓶，念起了广告词：“补充微量元素，还你一天活力，真不喝？”

冉霖眨巴下眼睛，终于元神归位，一把抢过陆以尧递来的饮料，拧开盖子，咕咚咚就喝起来。

陆以尧说的不是没关系，是算了。他听懂了自己的意思！

陆以尧有点后悔递饮料了，纠结着要不要劝冉霖喝得慢一点。就算嘉宾有义务为赞助商宣传，也不用这么拼的。况且，自己说的又不是没事，只是算了。

没事，是我根本不介意那些。

算了，是我介意，但不想再计较了而已。

一个算了就让对方高兴成这样，陆以尧忽然特想问问他当初蹭热度的勇气是哪来的。就这心理素质，按部就班发点修完图的街拍和自拍维持住原本人气就得了。

夏新然莫名其妙地看看对瓶吹的冉霖，又莫名其妙地看看不知道在自己跟自己咕哝什么的陆以尧，搞不明白自己的创意怎么就成了广告时间。

思来想去，他只得拿起另外三瓶饮料，一瓶给自己，其他两瓶给张北辰和顾杰，无奈道：“别干坐着了，一起来吧。”

第 3 期录影在别墅中落幕，陆以尧凭借脱颖而出的野外生存能力和随时能掏出一套别墅的隐藏实力，全票通过，当选本期椰风初恋。

往期录制结束，都是嘉宾先走，节目组收尾，但今天场地不同，是私人地方，作为地主，陆以尧只能耐心等着节目组收工。四个伙伴干脆陪他一起等，反正今天提前结束录影，离回程的晚航班时间还有很久，何况本来能提前收工也是托陆以尧的福。

节目组的设备很多，收拾起来颇为麻烦，等得百无聊赖，夏新然忽然提议：

“哎，咱们加一下微信吧。”

大家对于这个提议没有异议，但录节目不让带手机，这会儿手机都躺在酒店的经纪人或者助理那里呢！

加微信未果，夏新然又盯上了买蛋糕赠送的金色纸质王冠。酝酿半天，最后耐不住心痒，非让工作组人员用手机给他们五个人合影。

自然是戴着王冠的他站在中间，左右各拥两名男神护法。

四人给足面子，对着手机镜头，笑得心甘情愿。

节目组的设备终于赶在夏新然想出第三个幺蛾子之前收拾完毕，所有人一起回了酒店。

夏新然还惦记着加微信的事呢，大家也都拿着手机了，索性遂了他的愿，彼此都加了微信。加完之后夏新然立刻把所有人拉到一个群里，将工作人员给他们拍的那张合影发出来共享。顾杰一看这样，干脆也凑个热闹，存完照片之后就把群名改成了“陈胜吴广”。

回去之后的两天，群里并没有任何动静，估计大家都很忙，或者即便有时间，也找不出什么可以聊的话题。但冉霖还是会在每次打开微信时，看看那个被他置顶了的群组，总觉得单是瞄一眼那个群名，就能燃起一腔揭竿造反势与节目组怼到底的热血。

2 月 14 日，情人节当晚，距离第 4 期录制还有三天，《国民初恋漂流记》第 1 期，如约开播！

第九章

提前半小时，冉霖就打开电视调到 XX 卫视，并十分感激公司在供应无线网的同时也没拆了这间宿舍的机顶盒。

距离节目播出还有 10 分钟的时候，王希打来电话提醒他收看，并表示自己也会在这边看，有任何问题随时电话沟通。冉霖原本就紧张，让王希这个电话一搅和，更是坐不住了，索性起来喝了杯水，这才觉得踏实一些。

重新坐回沙发没两分钟，节目准时开始。

“……桂林山水甲天下，未来两天，这里就是国民男神漂流记的主战场，不过让我们回到前一天晚上，看看男神们的备战情况……”

冉霖设想过很多种节目的最终形态，但等真正看见，还是惊讶于后期化腐朽为神奇的能力。别的不讲，单是最开始他敲陆以尧的酒店房门，却被对方的助理小弟告知对方已经休息了这段，现场的冉霖尴尬得想钻进地里，可有了顽皮的字幕和陆以尧呼呼大睡的卡通形象，尴尬便消失许多，取而代之的竟是一种童心童趣。

悠然的江面，淡雅的青山，瑰丽的溶洞……两天的录影，浓缩成 90 分钟的节目，节奏忽然就快起来，原本在记忆中有些干巴巴的环节，也流畅许多。

五个人的镜头大体平均，陆以尧和夏新然会稍微多出一点。前者有人气，后者有亮点。

最初在节目里看见自己出现的时候，冉霖几乎是陪着屏幕里那个还没进入状态的人一起尴尬的。但是随着节目的展开，他也慢慢适应，并在观看里找到了许多乐趣。

节目里的桥段有些是冉霖经历过的，有些是别人的挑战过程，他也是第一次见。经历过的桥段，看着屏幕里的自己，他就能回忆起当时的心境。不过偶尔心境和后期字幕组的设计又是违和的，后期字幕组的更逗趣，更有亮点，也让他换一种视角感受到了别样的趣味。

比如他和陆以尧抱在一起抢勋章那里，明明是争斗激烈难分上下，节目组偏来个慢镜头播放，还配的英文情歌 BGM（背景音乐），让人分分钟出戏。

透过镜头冉霖才发现，他和陆以尧在“投入”这件事上莫名合拍。一个勋章，他俩抢得你死我活，到后面说好一起放地上的时候，就像警察和绑架人质的悍匪对峙，表情紧绷，严阵以待。可惜夏新然一出来就彻底破功了。

再到顾杰偷袭 5+ 勋章得手，夏新然幼稚咆哮，节目组干脆剪进去一段儿歌 BGM，“笑果”精准绝妙，让人一秒钟喷饭。

播到那些冉霖没经历过的，别人单独做任务的桥段，那就更有意思了。比如冠岩冒险之后的独自撑竹筏之旅——那个坑爹的有机会换来小马达的快问快答。冉霖只知道夏新然和陆以尧在这个环节都失败了，但具体过程并不清楚。

现在可算真相大白了。只见屏幕里的夏新然撑船撑得满头大汗，刘海都打成了一绺一绺，气没喘匀，就被同船的工作人员要求进行快问快答。

无奈，只能愤恨地捏着纸，叽里咕噜地念——

“你最喜欢什么颜色……绿色！”

“你最喜欢什么食物……焗饭！”

“你最讨厌什么样的男性……耍心机！”

“你最讨厌什么样的女性……没有，都是小天使！”

“你最欣赏内地娱乐圈哪位男艺人……过！”

“你最欣赏内地娱乐圈哪位女艺人……过！”

“以下哪位是你最想合作的女明星，温乔、王馨钰、艾娜、俞冰秋……”

时间没到，夏新然已经撂挑子不干了，本环节直接夭折。

但呈现的效果不是艺人生气的尴尬，而是夏新然被折磨的苦逼，和撒娇耍赖的幼稚。尤其那个“靠”，明明从嘴型看得清清楚楚，实际播出来的效果却是一声尖锐的“哔”，简直喜感翻倍。

相比之下，陆以尧没有这么戏剧化，他好像意识到会有坑，所以把速度控制在一个相对稳定的状态，最终只念了 6 道题，答了 4 道——

“你最喜欢什么颜色……蓝色。”

“你最喜欢什么食物……三明治。”

“你最欣赏内地娱乐圈哪位……过。”

“你最欣赏内地娱乐……一样，过。”

“你最欣赏冉霖身上的什么……执着。”

“你最大的理想是什么……呃，被认可。”

“你的初恋发生在……”

“时间到！”

工作人员喊时间到的时候，冉霖发誓，他在陆以尧眼里看见了一闪而过的得意。这人就是故意的，不想让挖坑者得逞。

不过他可能光注意躲坑，忘记了这坑是带着奖品的，故而在被重新递回撑船竹竿时，一瞬间的莫名呆萌，等到竹竿往水里一插，眼神就成了认命有的生无可恋。

冉霖乐不可支。他就没见过陆以尧这么闷骚的，明明内心戏多得不行，偏偏脸上还总是一副大好青年的端正。吃多大亏，受多大苦，硬着头皮也要忍。实在忍不了了，就触底反弹，成了深夜放毒的那碗爱心米粉。

不过乐完了陆以尧，冉霖又倒进沙发里，幽幽叹了口气。你最欣赏冉霖的什么？执着。

诚然设置这种问题的节目组坑，但认真回答的陆以尧也是毫不留情呢！隔着屏幕，他都能感受到那满满的嘲讽，并且瞬间被拉回了第 1 期的致命尴尬。

要是能一口气 3 期联播就好了，毕竟他们现在勉强也算是化干戈为玉帛……唉，时间差真是个磨人的东西。

冉霖在沙发上翻滚半天，最终把头捂进抱枕，好像这样就能让尴尬和时间都走得快点。不过话说回来，冉霖蒙着抱枕，后知后觉地乱琢磨，陆以尧那个最大的理想“被认可”三个字中间，似乎总感觉缺少一个宾语。被谁认可？粉丝？观众？市场？

“阳光下少年，梦想可曾实现？冰冷的世界，有没有把你改变？”

节目接近尾声的时候，手机铃声响起。

冉霖腾地从沙发上爬起来，着急忙慌从茶几上拿起手机，接听。

“希姐。”节目还剩几分钟，电话就过来了，冉霖总觉得不太妙。

果然，电话那头开门见山，连个缓冲都不给：“你是怎么做到隔几分钟就有一个槽点的？谁让去敲陆以尧酒店房门的？你不是机灵吗，怎么面对镜头能尴尬成这样？”王希的怒气扑面而来，她不需要回答，她只需要发泄，可光是听着，冉霖就有点招架不住。连珠炮轰完，王希总算舒坦些，但语气还是不善：“第一天晚上我就和你说了，不需要想太多，就做你自己，你知不知道你的故意卖萌和故意讨好观众在镜头里面看着非常用力过猛？”

冉霖已经被骂蒙了，真心不知道该怎么回答。

“算了，”王希也意识到了自己的冲动和冉霖的状态，硬邦邦地道，“你明天早上来公司一趟，到时候细说。”

冉霖总算找到了说话的机会：“呃，几点？”

结果把王希好不容易压下去的火又拱起来了：“越早越好！”

听着那边的嘟嘟声，冉霖大脑一片空白，久久不能回神。最后几分钟节目都播了什么，冉霖完全没有印象，只知道反应过来时，已经开始播广告。

他关掉电视，犹豫了一下，还是拿手机打开了微博。

第 3 期录影回来之后，除了今早配合节目首播发的一条宣传之外，他一直控制着自己不去看微博，因为节目组依然在放花絮炒噱头，各方粉丝可以揪着几秒的镜头奋力开撕。他没粉丝，他通常都是被撕的那个。

但是现在节目都播完了，即便被王希劈头盖脸骂，即便知道自己的表现并不尽如人意，他还是想看看观众和粉丝的反应。

【681 条新评论，查看评论】

【3920 位新粉丝，查看粉丝】

【1754 条 @ 我的微博，查看 @ 我】

首页刷出的数据把冉霖吓了一跳。这两天没刷微博不假，但上午发配合首播宣传的那条微博时，他已经把所有新信息都点开了。虽然鉴于这几天一直被群嘲，点开了就马上回到首页，也没细看，但他可以肯定，现在出来的新信息数据，都是从上午到现在节目播完这一段时间内新增加的。

对于一个当红明星，一条微博评论破万轻飘飘，有的甚至可以破 10 万。对于冉霖，超过 500 的大三位数，而且是不含水分和僵尸粉的大三位数，实属罕见。

先点开@，大部分都是节目组首播预告的微博转发，节目组在微博里@了他，粉丝一转他也就跟着被二次 @ 了。接着是粉丝，点进去，看着都活蹦乱跳的，没一点僵尸粉的气息，冉霖莫名感动。

最后是评论。冉霖现在对看评论有点心理阴影，他深吸口气，拇指轻触屏幕……

愤怒纳尼酱：一开始有点小尴尬，后面就好啦，加油！

追风少女 007：你和陆神好搭哈哈哈哈

PikIPiki：路转粉。我爱你的少年颜，嗯，就这么肤浅。

冉霖有点意外，人也从沙发上坐起来，正正经经往下刷评论。最上面三分之一都是刚看完节目路转粉进来的，回复在他最新一条首播宣传的微博下面，中间也有零星的嘲讽和黑粉，但大部分还是正面积极的。

三分之一往下翻，就大多是白天的留言了，也是回复在同一条微博里，但内容一言难尽。不过趋势是好的，就已经让人的心情多云转晴了。

或许，观众并没有王希想的那样苛刻。

退出评论，冉霖回到自己的微博主页面，重新点开最上面那条首播宣传微博，被顶在最热门评论里第一条的，是刚刚已经看过的一个——

霖家的小燃面：从今天起，做一碗燃面，粉你，爱你，默默支持。从今天起，关心综艺和作品。我有一个偶像，他若微笑，春暖花开。

冉霖放下手机，搂着抱枕在沙发里滚成一团。

这是他这个晚上第二次滚沙发了，第一次因为尴尬，第二次因为开心。

后半夜，节目的口碑终于开始慢慢发酵。单纯的节目粉大多涌入节目组微博，或者在自己微博首页里，花式分析为何第 1 期如此尴尬平淡；而舔完自家爱豆屏的粉丝则渐渐冷静下来，开始电视回放二刷，甚至三刷、四刷，并逐帧分析一片祥和之下的隐藏信息。

节目粉只谈节目，怼的大多是节目组和策划。粉丝也谈节目，但谈着谈着，就有开始撕的苗头了。起初只是一小撮粉丝质疑，再然后，越来越多的粉丝带着“脑补 + 分析 + 评判 + 情绪”，或涌入冉霖微博，或涌入节目组微博，或发在自己首页。

所谓打擂台，是要粉丝相当，才撕得起来。在冉霖这种刚涨了几千粉的小咖这里，那就是单方面的挨打。风起云涌只在一瞬，眨眼天地变色，热门评论就易了主，再看不见燃面，满屏都是陆以尧家的迷妹。

然而这些，冉霖都不知道。

他刷了一会儿评论，被王希骂得堵得慌的心就彻底被治愈了，然后带着近期难得的愉悦心情奔赴周公，并且睡得很沉，一夜无梦。

翌日清晨，冉霖去梦无涯找王希的时候，陆以尧已经开工。

他今天是受邀给某知名时尚杂志拍封面。封面陆以尧拍得不少，但称得上高规格的，屈指可数。比如今天这个，对外说是受邀，其实是经纪团队洽谈了许久，才帮他谈来的一个机会。

现在的娱乐圈，要拼人气，拼粉丝，拼作品，还要拼时尚资源。有些人作品好，人气高，粉丝足，可就是解锁不了国内几大顶级时尚杂志的封面，那对不住，在圈内人看来你依然不够格调。而在解锁了几大刊的明星里，大家又会比较谁是首封，谁是内封，谁把封面都集齐了，谁还在凑龙珠的路上。

娱乐圈就像一条永远没有尽头的河，所有人都在里面逆水行舟。你不咬着牙拼，明天观众就把你忘了。你一旦咬着牙拼，那这辈子就不可能再把牙关松开。即便那些所谓站在巅峰的巨星大腕，如果不继续往前划水，也同样会被时代抛弃，变成空有名头却再无号召力的传说。

陆以尧进圈的时候只是想看看自己能做到什么程度。但现在他没做出多么辉煌的事业，却先看透了这座围城。在这里，有人图名，有人图利，有人图对艺术的追求。那自己，图的又是哪样呢？

“再给他打电话，告诉他如果还不来，就不用过来了！”休息室的门被推开，穿着某奢侈品春季新款套装的杂志女主编风风火火地直走进来，一边挂电话，一边对着陆以尧和姚红道，“再等半小时，还不来，我们直接改单人封。”

单人封比双人封规则高得不是一星半点，二选一，姚红当然会为陆以尧选前者。但那个迟迟没来的男星背后是靠着大金主的，女主编也就是痛快痛快嘴，不可能真为了一时生气把人换掉，所以这种话姚红也就是听听，听完了还得劝。

“应该是堵车了，现在的路，就没有能顺顺当当开起来的。”姚红不管什么时候说话都和风细雨，让人听着舒坦。

女主编的火气小了些，但眉头一时半会儿是解不开了：“知道堵车就应该早点出发，这么多人等他一个，真是被粉丝捧捧就不知道自己姓什么了。”

姚红笑笑，不再接茬。女主编发泄一通，心情也顺畅了些，见陆以尧不像生气的样子，象征性地安抚两句，便又转身出去了。

休息室里只剩下早已化好妆的陆以尧，经纪人姚红，以及助理小弟。

“骂给你听的。”姚红看着紧闭的休息室门，淡淡提醒。

陆以尧头也没抬：“嗯，我知道。”

姚红有些意外。陆以尧能忍能克制，但绝对不是什么好脾气，通常遇见这种情况，他嘴上不说，心里也肯定已经把对方翻来覆去吊打了。但现在陆以尧是真不在意，确切说刚才主编进来，他也只是敷衍地应酬了一下，姚红通过观察可以断定，这人的注意力多半还锁定在从化妆把玩到现在的手机上。

“尴尬也没办法补救了，”姚红叹一口气，“只能希望后面几期有爆点，口碑逆袭。”

陆以尧还是应付地点点头，继续往下刷评论。

姚红反而没底了，索性直截了当地问：“第 2 期第 3 期究竟怎么样？”录的时候也不让他们跟着，还全程无剧透让艺人即兴发挥，签约的时候感觉是特色，现在感觉是大坑。

陆以尧总算停下手指，抬头想了一会儿，才道：“应该会比第 1 期好。”

姚红哭笑不得：“你这个要求也太低了。”

不过已经这样，只能听天由命了。现在电视上综艺扎堆，全是鲜肉大咖，观众也有些审美疲劳了，除非真的策划惊艳后期给力明星神发挥，不然再想复制前两年的横空出世口碑大爆，难。

“累了就眯着休息一会儿，别总盯着手机。”姚红靠进沙发里，不再絮叨，不然陆以尧没烦她自己都要觉得烦了。

陆以尧点点头，看似很听话地答应了，可在姚红闭目养神之后，又鬼使神差地重新拿起手机，继续往下看评论。

陆以尧也觉得自己很奇怪。首先，他并不是特别在意评论的人。每个人都有自己的性格、逻辑、思考方式，同样一件事，角度不同，能出来 100 种看法，他如果为别人的看法而活，那就别想舒坦过日子了。所以偶尔刷刷评论，也只是想看看可爱的粉丝小天使们，毕竟大家在他身上寄托了很多美好的情感。也很庆幸，他出道至今，没遇见过什么大规模的黑，就像姚红说的，顺风顺水。

其次，他现在刷的还不是自己微博里的评论。陆以尧的微博里，一片我爱你你好帅我家陆神原来是路痴哈哈哈的温馨祥和，刷几分钟，就大概能完全接收到这些情感了。但另外一个人的微博里，却是冰火两重天。

希望冉霖退出初恋漂流记的，赞我一个——后面有 2748 个赞。

我不针对谁，我只想说所有倒贴麦麸的都是垃圾——后面有 1963 个赞。

不吹不黑，你的表现真不行，说你不是关系户都没人信——后面有 1705 个赞。

抱走陆神，我们不约，专注自家，拒绝撕 X——后面有 1529 个赞。

冉霖倒数第二条微博回复量才在几百，最新一条的回复量眼看着就要破万。

这其中有自己的粉，别人的粉，节目的粉，但不管粉什么，都在这里找到了共同奋斗的目标——请冉霖滚出国民初恋漂流记。

最热门的一条评论收获了5000多个赞，是一张长微博截图，陆以尧已经看过几遍了，可还是忍不住，返回来重新研究。

那位Po主细致梳理了冉霖的七宗罪：

“第一，录主题曲的时候全网放通稿，说与张北辰相见恨晚配合默契，实则节目中第一次在酒店房间内的互动客气生疏，充满迷的尴尬，打脸。

第二，节目播出之前就捆绑陆以尧炒男男CP（情侣），陆以尧除了第一次机场乌龙转发之外，再无回应。结果又在节目里上赶着去敲别人酒店房门，被助理直接拒绝，实力打脸+2。

第三，6分35秒，被陆以尧拒绝进房后对着镜头说“要明天才能见到偶像了，惆怅”，做作得能让人想呕。

第四，38分27秒快问快答那里，最欣赏陆以尧的什么，答，修养。这真是我见过最不要脸的快问快答。人家陆以尧有修养不代表你可以肆无忌惮蹭热度，无耻到这个程度也是让人开眼了。

第五，45分17秒那里，要求张北辰把第一名让给他是节目组的剪辑误导。但对着一个不太熟的人调侃，以至于别人误解了他的意思，这个锅只能冉霖自己背。

第六，63分钟，陆以尧深夜送米粉，所有人都是无防备的真实状态，冉霖的素颜不敢恭维，除了确实显小，没任何魅力与亮点。我不知道你们，反正我初恋肯定不会找这种扔在人堆里就不见的。

第七，81分钟，陆以尧误喝苦瓜汁后，冉霖殷勤送水。请问，之前跟其他人一起指定让陆以尧吃特辣米粉并且笑得开心的那个人不是你吗？

综上，求求你带着白衬衫回校园吧，还节目一片蓝天。”

陆以尧盯着那张被自己点开全屏显示的截图，总觉得眼前对着的不是手机屏，而是一纸审判书。看着看着，他就陷入一种极不真实的恍惚，仿佛截图中说的，和他自己参加的，根本不是同一档节目。

心心念念盼着的综艺，首播精彩程度远低于预期，无论吃瓜群众，路人粉，还是真爱粉，都是很失望的。吃瓜群众通常会把这种失望变成吐槽，或者干脆连槽都懒得吐，直接转战别的综艺。

路人粉会先去节目组下面理智点评一下观后感，并提出可行性的改良建议，然后再去各嘉宾明星微博底下转转，觉得喜欢对方的表现就回两条，甚至路转粉，觉得这个明星还需要改进，那就心里想想，不动键盘，毕竟是人家的地界，先撩者贱，被真爱粉撕碎也没地申冤。

最忙的则要属真爱粉了。要先去自家爱豆那里刷评论，刷观后感，当然正面居多，偶尔提出意见的，也是带着满腔爱意，希望爱豆表现更好；再去其他看着顺眼的嘉宾底下刷好感，比如谢谢你对我们 ×× 的照顾这一类；最后才是暗搓搓围观看着不顺眼的嘉宾，一边克制自己想吐槽和撕 X 的洪荒之力，一边紧盯某些不守规矩的粉，见到有骂别人的，立刻上来帮着打圆场和道歉，免得让这种一粉顶十黑的人坏了自家爱豆的口碑。

起初一切都按照既定套路走。哪怕是冉霖这样的十八线，同样在节目直播之后涌进来一小批路转粉的燃面。

那是在什么时候风云突变呢？如果非要追溯，这锅可能还是要节目组和 CP（情侣）粉来背。首先，节目组故意在冉霖和陆以尧同框时，加暧昧字幕，配亲昵 BGM（背景音乐），强行卖腐；其次，CP（情侣）粉按捺不住粉红少女心，陆陆续续在正主微博里冒头。

节目组的初衷很简单——制造一切可以制造的噱头，笼络路人粉。很多可能并不粉五人中的任何一个人，就是单纯地看节目，生生被萌化，圈成了 CP（情侣）粉。一部分可能早在机场乌龙炒作的时候就成了 CP（情侣）粉，节目组的后期剪辑无疑等于给他们发糖。

CP（情侣）粉的出发点也大多是善意，他们其实心里清楚这两个人根本没可能，只是单纯地觉得两个人同框很养眼，超激萌，萌得他们不要不要，必须跑到真人这里来告诉一声，糖真的太甜太好吃。

明星本人对于这种事的态度各不相同。但除非明星公开恋情，否则明星的真爱唯粉对于 CP（情侣）粉的态度就一个——请圆润地离开。

甚至有些明星公布了恋情，双方粉丝还会撕得昏天黑地。更别说这回节目组炒的是男男 CP（情侣）。卖腐这种事，冷不丁来一下可爱，总卖，就让粉丝恶心了。

尤其在参加综艺之前，冉霖的机场乌龙和后续的炒作，已经让粉丝郁结难消，如今“节目平淡带来的失望 +CP（情侣）粉蹦跶带来的碍眼 + 冉霖本身在节目中的槽点“，共同酝酿成了一场“黑色风暴”。

风暴的主力军自然是陆以尧唯粉，配合的则是被带了节奏的吃瓜群众和路人粉。路人粉需要给节目平淡带来的失望低落找一个吐槽点，吃瓜群众则是看热闹不嫌事大，连围观带嚷嚷。

真爱粉确实是情真意切了，从机场乌龙喷到花钱上热搜，从捆绑陆以尧炒作喷到走后门硬塞进综艺节目组，能抓住的槽点一个都没放过，字字透着义愤填膺。

有什么深仇大恨吗？没有。但是冉霖不该喷吗？起码那些敲键盘的粉丝和路人都觉得应该。

你既然炒了 CP（情侣），享受了蹭别人带来的红利，就应该预料到会有反噬的一天。想埋怨，那就去找 CP（情侣）粉，找给你炒作的经纪团队，或者对着镜子自己反省吧。粉丝行为，偶像买单，正主炒作，罪加一等。

铺天盖地的群嘲起源于第 1 期的平淡乏味，但发展到陆以尧清晨刷微博的时候，已经没人在意源头。一个喊着“××× 请滚出娱乐圈”的网友可能连那人的作品都没看过，更别提了解人品，只是看了几段鬼畜视频，恶搞剧照，或者是来源不可考的所谓爆料，便撸胳膊挽袖子，兴致勃勃地上阵开撕。

如果对方恰好还是个没有多少粉丝基础，毫无还手之力的小咖，那这绝对是一场不用负责任的 diss（诋毁）狂欢。

“你别出声。”姚红不知什么时候睁开了眼睛，没头没尾地点了一句。

陆以尧没懂：“什么？”

姚红轻叹一口气，道：“现在正是风口浪尖，别说太多的话，也别做太多的事，这个综艺不红不爆都没关系，但你别主动往自己身上招黑。”

陆以尧定定看了姚红一会儿，忽然乐了：“红姐你想太多了，我就是刷刷微博。”

姚红上下打量他一番，半调侃半认真道：“我可是看见正义感都要冲破天花板了。”

陆以尧窘，无奈道：“那是本能，生来正气凛然，总不是我的错，”眼见姚红还要说，陆以尧连忙举手保证：“但是什么该做，什么不该做，我有分寸。”

姚红怀疑地审视他半晌，才点点头，放下心来。陆以尧关掉手机，后背倚靠在沙发里，开始努力清除脑袋中乱七八糟的微博留言、@、转发……

另一位封面男星终于赶在半小时内，悠然抵达。他抵达得太快了，以至于陆以尧的清脑工作尚未彻底完成，就被迫中断。

陆以尧把手机交给姚红保管，然后起身去隔壁化妆间，与对方寒暄。男星态度有些傲慢，但对着陆以尧，总是没敢太过火。陆以尧内心毫无波澜，他甚至觉得和脑袋里尚未清除干净的那些谩骂相比，眼前的男星真是可爱无邪。

那些留言 ID（账号）大多都是他的铁粉，爱得很真很真那种。他们把他捧上了云端，把冉霖踩到了泥里。

姚红担心他做多余的事，真的是多虑了。他从来没觉得自己可以教粉丝做人，大家都是独立个体，生而平等，你喜欢我，我感谢你，你不喜欢我，我也祝福你。他不做带节奏的事情。如果他真的带起节奏，冉霖早就尸骨无存了。

只是同样的冷眼旁观，没录制综艺之前，他看见有粉丝怼冉霖，会暗暗觉得有点痛快；如今再看见同样的事情，痛快就变成了堵得慌。

一股气闷闷卡在胸口，堵得他整个人不舒服。这不光是因为冉霖被骂得太狠了，也是因为对方已经从“陌生人”上升到了“熟人”的位置，从一个空洞名字一张陌生面孔变成了一个点滴相处过的“伙伴”，哪怕只是节目里的，依然会让他看见那些恶评时，不由自主脑补冉霖的反应。

而且一脑补，就停不下来，补到最后永远是一张少年脸，一边微笑，一边吧嗒吧嗒掉眼泪，笑容没有声音，眼泪也没有声音，看得人莫名憋闷。

梦无涯，王希办公室。

“想吃什么？”

“嗯？”

“我问你想吃什么——”

“哦，”冉霖抬起头，终于把目光从手机屏幕挪到了王希脸上，“都行。”

王希无语，瞥一眼刘弯弯：“听见了？随你心情买。”

刘弯弯得令，立刻脚底抹油买早餐去也。再多在办公室里待一分钟，她都容易窒息。冉霖强打起精神，努力把身体坐直，摆出认真听教育的模样。然而等了又等，王希还是没有开讲的意思。

“你不训我了？”不是冉霖盲目乐观，实在是从早上来了梦无涯，见到王希，这位女士就一改昨夜电话里的火爆状态，沉静如水。

王希没有马上回答，只静静看着他，眼神复杂，包罗万象，冉霖至少从里面看出了同情、心疼、生气、恨铁不成钢等 4 种情绪以上。

“不训了。”王希淡淡点燃一根烟，轻吸一口，吐出袅袅烟圈，“没人说你，我就负责骂醒你，现在那么多粉丝教你做人，我想不出还能讲出什么新花样。”

冉霖透过白雾，艰难对上经纪人的双眸：“我没事的，你不用担心我，那些留言我早晨起来都看了，我挺得住，你也别往心里去。”

王希刚好撩头发，撩到一半，闻言愣住：“你这是在劝我？”

冉霖指指她手中细长的女士烟，半心疼半愧疚道：“不然呢，你都借烟消愁了。”

王希那表情仿佛听见了本世纪最大的笑话，呆愣好半天，忍不住揉了一下冉霖的脑袋：“你到底是精还是傻，有时候机灵得要命，有时候蠢得要死。”

冉霖闹了个大红脸，知道自己自作多情了。

王希从来不抽烟，忽然抽了，必定有事，不是自己，难道是韩泽那边？

“行了。”王希把抽到一半的烟丢进一次性纸杯，正色叮嘱，“从现在开始，别发博，别回复，别出声，一切交给我。”

冉霖不自觉往椅子背上靠了靠：“你准备怎么做？”

“怕什么，我还能拿原子弹把微博炸平啊！”王希白他一眼，随后轻叹一口气，“带带别的节奏吧，尽量转移一下粉丝注意力，好歹让你撑到第 2 期播出。啧，陆以尧出道就没跟人撕过逼，他粉丝一腔热血憋几年了，这回挺好，一点没留都贡献给你了。”

冉霖绝望，按照王希的说法，他基本不用考虑去看明天的太阳了。

王希起身把窗户打开，没开很大，一只手掌宽的缝。带着尼古丁的白烟尚未散出，夹着寒意的冷风倒抢先一步，呼呼灌了进来。

“不冷吧？”王希嘴上问，人却已经坐了回来。

“没事。”冉霖摇头，过了会儿，又道，“你背对着窗，别吹太久。”

王希没说话，只歪头打量他半晌，忽然感慨似的道：“谁以后做你老婆，就等着享福吧！”

冉霖忽然顽皮地挑起眉毛，凑过去故意问道：“那我现在可以谈恋爱吗？”

王希黑线：“你试试看。”

冉霖咧开嘴，露出了今早起床后，第一个真正的笑。

刘弯弯的外卖速度堪比神行太保，眨眼间就带着热乎乎的包子豆浆回来了。

王希看了眼早餐，有点嫌弃道：“你就不能换换样？”

刘弯弯不知所措地看了眼冉霖，后者已伸手把塑料袋接了过来，末了对王希认真道：“我这个人特别专一。”

王希白他一眼，却生不起气来。

她发现冉霖这个人一旦跟谁混熟了，那些性格里的小棱角小顽劣便慢慢冒了出来，他自己可能没自觉，但与之相处的人会感觉得挺明显。

然而这些东西并没有让他惹人厌，反而让他整个人更真实，更有趣。

王希放在桌上的手机短暂振动了一下，她拿过来看两眼，便抬头对冉霖道：“吃完就赶紧回去休息吧，这两天也别刷微博，好好准备第 4 期录影。如果 8 期播完都不能口碑逆袭……算了，你先别想这些了。”

冉霖心情复杂。

他原本没想这么长远的，让王希一提醒，倒控制不住自己了。

“啊对了，希姐，”已经拎着包子走到门口的冉霖又转过身，不太确定道，“你之前说会想办法带带别的节奏，具体是指什么……”

王希挑眉：“怎么，想教我公关？”

“那我哪敢，”冉霖苦笑，但还是直白地说出了自己的担心，“我就想知道这些节奏不会牵扯到别人身上吧？”

“怎么，怕我为了救你带节奏黑别人？”

“毕竟这个见效最快。”

“那你列个清单，”王希从桌上的彩色打印机里抽出一张白纸拍到桌面上，抬眼看他，“清单里的，我一个不动。”

冉霖不自觉握住门把，身体也往门口又贴了贴：“希姐，你现在的气场特像黑帮大嫂的姐姐。”

“你还可以拗得更生硬一点。”王希忍住拿纸团丢他的冲动，思索片刻，松了口，“行了，放心吧，我不会把节奏带到其他人身上的。”

冉霖终于放下心来，正想开门走，又听见王希在背后补了一句：“但你也别真以为录个节目，大家就是朋友了，凡事多留个心眼。”

“嗯。”冉霖低低应了一声。

回家路上，冉霖收到了夏新然的微信。明明有群，但那人发的却是私聊语音。没有任何开场白，熟稔自然得就像他俩是多年老友：“你也太招黑了吧。”

冉霖同样回以语音：“天赋异禀。”

语音刚过去，那边就回复了，显然对面就玩着手机呢：“你别想太多，网友就这样，黑你的时候不共戴天，喜欢你的时候浓情蜜意。”

冉霖：“嗯，我知道。谢谢哈！”

夏新然：“别。我现在也没办法发微博站队挺你，你现在黑亮黑亮的，我要站队，直接等于洗粉，我经纪人能把我杀了。所以只能这么假惺惺地慰问了，你再谢我，我就觉得是反话，是怨我呢！”

冉霖已经来到家门口，一边点开夏新然最新一条语音，一边拿钥匙开门，结果就被夏新然理直气壮的“我不能挺你”给逗乐了，钥匙差点插歪。

终于开门进了玄关，冉霖才按住手机回复：“既然不能在微博上挺我，那就在微信里来个么么哒吧，抚慰一下我的创伤。”

冉霖故意逗夏新然，谁让他长得美还爱嘚瑟。

他甚至已经脑补出夏新然黑线的模样和吐槽的口气。

果然，那头瞬间发过来回复，然而没急，还带着点语重心长：“我们不合适。我喜欢姑娘，最好是萝莉身御姐心的那种，嘿嘿。”

冉霖哭笑不得：“这么猥琐的笑声不适合你。”

玩笑过后，夏新然终于发来正经语音：“我仔细观察了一下，黑你这波不是陆以尧带的节奏，估计就是你以前炒 CP（情侣）种下的恶果。当然，纯属个人意见，反正不管是不是他带的节奏，这时候肯定比我还要小心，更不可能出来为你说话，你就别上赶着联系他了，更别发微博 @ 他。”

冉霖想哭：“我在你心里到底有多蠢？”

夏新然振振有词：“保不齐你的团队就有脑子抽风给你出馊主意的呢！”

如果有一天王希和夏新然见面，冉霖想，怕是能撕出一地鸡毛。

夏新然那边还有通告，所以聊完这几句，就不见了踪影，但已足够。刚刚被包子豆浆暖了胃，现在被人暖了心。

冉霖把微博重新打开，进入“陈胜吴广”群，群里三条信息，一个是夏新然在第 3 期录影结束当天发上来共享的生日 party（派对）合影，另外两个是他和陆以尧分别发的“收到”。

陆以尧的头像是他自己，但与现在的清爽短发不同，头像里的他长发飘飘，带着轻微的自然卷，配上凝视远方的神情和令人唏嘘的胡茬，活脱脱一个街头艺术家。陆以尧出道以来就没走过这种路线，照片应该是在英国求学的时候拍的，然而造型太有年龄感，竟看不出一丝学生气。

其实不用夏新然说，他也知道陆以尧不可能公开为他发声。事实上陆以尧那句“算了”，已经让他喜出望外。可人就是这样，要么没有，一旦有了，就会更加贪心，更不知足。

好比现在，他就挺希望陆以尧能像夏新然一样，发个微信过来的，哪怕只是问一句“干吗呢”。然而陆以尧并没有这种义务，他们之间也没什么说得上的交情。所以冉霖只是胡乱想想，想完，又鄙视自己不知深浅。

整个上午，冉霖都在看新闻频道，企图用国内外大事转移注意力，效果不错。午饭叫的外卖，夏威夷比萨，酸酸甜甜的，让人特有食欲。

这种情况一直持续到下午，全天滚动播出的新闻再没有什么新意，换台时又不小心换到 XX 卫视，居然好巧不巧正在播放第 2 期的预告。

预告只有 50 多秒，也能让自己撞上，冉霖感觉这就是命。他不想跟命较劲了，逃避也从来不是他的风格。不就是被骂被嘲嘛，看完也就完了，越不看越想，才折磨人。关掉电视，冉霖下定决心似的，摸过来手机，指纹解锁，打开微博，一切动作都小心翼翼，谨慎得像在拆炸弹。

新增评论很多，但没有什么新内容。热门评论里仍然高悬着“七宗罪”，冉霖看着那张截图，竟然感觉松了一口气。没有新东西出来，骂来骂去都是老套路，看久了，也就麻木了。

按照口碑发酵的规律，未来几天，他的微博底下都得是战场。一旦接受这样的现实，好像也不会太难受了。

不知道第 2 期出来之后，能不能挽回一些。扭转乾坤的可能性不大，但多少能改善一些吧，毕竟自己第 2 期比第 1 期还是自然多了。

乱糟糟地想着有的没的，等冉霖反应过来，手里已经多出个红彤彤的大苹果。冉霖吓了一跳，忽然捕捉不到洗苹果的记忆了，坐在沙发里瞅着那个湿漉漉的苹果，有一种醒着梦游的惊恐感。

手机忽然唱起歌。

阳光下少年，梦想可曾实现……

那是刚出道时的他，第一次进录音棚，按照录音师的说法，没唱出任何低落伤感，倒唱出许多光明憧憬。

本以为是王希，可看见来显，冉霖就怔住了，不知过了多久，久到妈妈两个字变成了一通未接来电，冉霖才连忙回拨过去。

“你干啥呢，怎么不接电话？”电话那头很嘈杂，但亲妈的声音一出场，就从背景音中脱颖而出。

冉霖连忙清了清嗓子，让声音听起来元气满满：“在公司呢，刚才上厕所了，没听见。”

“哦，”冉妈妈不疑有他，直接兴奋地进入重点环节，“我和你爸在电视上看见你啦，你个臭小子，有节目了怎么不告诉我们。要不是你赵叔说，我和你爸还什么都不知道呢！哪有我儿子上电视了，还得让别人告诉我的道理。”

自家亲妈就是这样，从来不管你，她得先说痛快。

冉霖弯着嘴角，一直到老妈说完，才道：“我错了，我下次肯定提前通知你和我爸，行了吧？”

“晚了！”冉妈嗤之以鼻，“人家电视都预告了，下个礼拜同一时间，还用你告诉！”

冉霖乐：“嗯嗯，你什么都知道，你多厉害啊！”

“儿子，”冉妈忽然话锋一转，声音也不再飞扬，“我怎么看电视里你好像瘦了呢？你这阵子是不是没好好吃饭？你可别跟那些女明星似的弄什么减肥，你就这样挺好，你在那几个人里是最帅……呃，最帅的之一！”

“妈——”冉霖投降，“你就违心夸我一回不行吗？！”

“我是怕你不努力。你看电视上漂亮的人那么多，凭什么就这个是主角那个是配角啊，那背后下的功夫都是不一样的。”

“嗯嗯。”

“你别老嗯，得往心里去。”

“知道啦。”

“钱够不够？”老妈的话题永远无缝跳跃，不可捉摸。

冉霖扶额：“你都在电视上看见我了，你说够不够。等着儿子给你挣大钱吧！”

“这话你说两年了。”

亲妈，绝对的亲妈。

“啊对了，你爸那个旧手机坏了，终于肯换智能机了，也不知道听谁说的，说下载个什么就能在网上找着你，你每天干什么都能从上面看见。我说是微信，你爸偏不信，那你说还能有啥……”

冉妈妈的微信是冉霖过年回家手把手教的，但除了微信，那部智能机再没开启其他功能。冉霖本来想趁下次回家教她刷微博，现在老爸提前被人科普，他却又不敢这么做了。

“就是微信。”冉霖深吸口气，压下眼底的热度。

“我就说吧。等他一会儿回来，我告诉他。”

“爸出去了？”

“嗯，又被你赵叔叫出去喝酒了，大白天，这就是不想好了。幸亏今天店里人不多，你看一会儿要是忙不过来的，我怎么收拾他。”

冉霖想说太累就别干了，但他没有这样讲的底气。这一次真人秀算是公司上赶着节目组，所以报酬很低，基本半卖半送，还要被经纪公司拿走七成，落在手里的剩不下多少，加上之前很久没通告，自己的日子尚且紧巴，遑论照顾父母。

“怎么不说话了？”冉妈是个快嘴急性子，等不来儿子出声，立刻就问。

冉霖吸吸鼻子，道：“我想吃包子了。”

冉妈还当儿子怎么了呢：“那就买啊，北京连卖包子的都没有啊！”

“我就想吃咱家店里的。”冉霖难得撒娇，不自觉带上一丝乡音。

冉妈乐了，豪气干云：“等过年回来，你坐咱家包子铺后厨里，出锅就吃，撑死你！”

冉霖笑出了声，忽然觉得脸上湿湿的，赶紧找由头挂了电话。

不知所措里，他一眼瞄见手中的苹果，连忙举起来吭哧咬了一大口。嗯，他没事，他能坚持住，他看得开着呢，下一次录影在上海，肯定会有一天在迪士尼。

唔，这个苹果买得不好，又咸又涩。

第十章

卫视里头一天晚上播放的节目，除非真的红到所有人都迫不及待上天入地也要创造条件看直播的程度，否则大多都要等到第二天的中午之后，甚至是第二天的晚上，才会迎来真正的讨论高峰。

因为越来越多的人已经不习惯守着电视看直播，他们更喜欢等电视播完之后，上网络平台直接看完整版。遇见在意的地方随时拖动进度条，或快进跳过，或反复重播，偶尔剧情不够，还可以弹幕来凑。

2 月 15 日整整一天，除了节目组趁着热度又放了一些剪掉的花絮之外，五位节目嘉宾都没有发声。大家的微博基本都停留在前一天的晚上，节目播出之前，内容也是宣传性很明显的转发节目组预告，带着粉丝一起期待首播。

表面的宁静之下，实则是明星团队的集体观望。深谙套路的公关宣传团队都懂，除非你只想要短期的眼球效应，否则永远都不要在舆论的风口浪尖上发声。比如同样是被黑，站出来怼网友的明星和一声不吭随便网友黑的明星，哪一个更容易激起网友反弹，哪一个更容易获得网友同情，不言而喻。

当然粉丝可以说“凭什么明星就不能还嘴”或者“我就喜欢我偶像的真性情”，但客观上，这种做法其实是影响路人观感的。吃瓜群众不关心明星之间的恩怨曲直，他们只想看个乐呵，一个明星如果能够躺平任嘲，那么哪怕他浑身槽点，也是可爱的，甚至嘲着嘲着，还能黑转路，路转粉。

同样，如果一个明星天天挂黑粉，怼网友，那么哪怕他所有的愤怒都情有可原，甚至天经地义，也会被吃瓜群众送上玻璃心的帽子。毕竟在大多数吃瓜群众看来，你享受到了公众人物带来的巨大红利，就理应付出一些公众人物的独有辛苦，包括但不限于，被吐槽、被黑、被 YY（意淫）、被做表情包等。

无须讨论这样的想法对不对，群众也不需要谁来教育自己做人。他们只是单纯地跟着自己的情感逻辑走，而且有时候花两秒钟吐槽完，转个身刷个首页，也就忘了。但是经纪团队会总结，会分析，会揣摩，并最终摸出一条行之有效的公关规律。

首先，对于严重影响明星形象的事件，如婚姻、恋爱、打架、潜规则等，只要没实锤，第一时间出来严正辟谣。

其次，对于有些影响形象但内容基本属实的，如演技不行、滥用替身、电影电视剧综艺等作品质量口碑一言难尽等，尽量避免强行洗白，而是暗地里带节奏，从其他方面入手挖掘明星人设中的好感度，慢慢将关注点带偏，从而达到平息舆论甚至反博好感的目的。

最后，对于不影响明星形象的，确切地说，就是与明星本身完全无关的热点，除非必要，否则宣传团队都不会建议明星去蹭。尤其这个热点如果涉及其他明星，蹭好了，落一个爱憎分明的虚名，蹭不好，引火烧身。

现在其他四家团队，面临的就是第二条和第三条的综合体。

对于一言难尽的口碑，他们观望。毕竟才播出第 1 期，而且也没有恶评如潮，顶多是被批评略显平淡，但也会有偶尔的亮点让人惊喜，所以粉丝们还是非常期待第 2 期的，很多路人也选择再看看。

对于黑色风暴圈中的冉霖，他们更要观望。因为评论实在太一面倒了，这和冉霖所作所为的恶劣程度没关系，单纯粉丝基数惹的祸。明明可以你来我往地对战，最终成了众望所归的讨伐，喜欢冉霖的那点声音被盖到完全听不见，加上前面炒新闻买热搜的黑历史，冉霖团队这个时候都没出来发声就是证明，他们也知道不宜硬怼，只能智取。所以其他四位更不能在这个时候跳出来，不然妥妥就是吸引火力的炮灰——相比毫无群众基础的十八线，跳出来挡墙的当红小生多让人兴奋哪！

到那时就不是单纯的节目粉、路人粉、明星粉的混战了，同档期竞争的节目团队还有同形象定位竞争资源的明星名团都会明里暗里下场，盼望着能在一场混战中打击敌方，得利自己。然而明星团队再鸡贼，也是人，不可能把每一个细节都圆满，不可能把每一个未来都预见，甚至有时候都控制不住自家明星，时不时还要给抽风的明星擦屁股。

王希挑的就是这么一个细枝末节处，联系的就是这么一个最适合的人。

“想让我们做什么，你再说一遍？”

姚红接到“昔日同事”电话时，正带着陆以尧在机场休息室里等待登机。

陆以尧今年的行程基本上都是连轴转。像今天，刚结束杂志拍摄，他们就得马不停蹄来机场赶飞往杭州的班机。明天上午在那里有粉丝见面会，下午还要立刻飞回北京，赶一个晚上的，某知名导演组的饭局。通常这样的饭局都会持续到后半夜，所以饭局一结束，他们连喘气的时间都没有，就必须去机场搭最早的航班飞上海，开启《国民初恋漂流记》第 4 期的录制。

如果说陆以尧一年下来在什么地方待的时间最长，那除了酒店，就是机场。

对于姚红的电话，陆以尧起先并没在意，但姚红看了自己一眼之后，便起身去偏僻处继续接听，那就值得玩味了。

“我说，后天就要录制第 4 期了，所以明天大家完全可以共同发个宣传微博嘛，毕竟节目的负面口碑对你家陆以尧也没什么好处，嘉宾之间关系再差，面子上总要其乐融融才好看。”王希难得没带一点犀利，口气里全是后辈对前辈的尊重。

姚红一直觉得如果当初在奔腾时代时，王希能有今天的能屈能伸，那离开的未必不会是自己。她比王希大一岁，但其实入行比王希早很多，所以当初两个人都在奔腾的时候，王希是一门心思想把她这个前浪拍死在沙滩上，自己上位经纪人部一姐的。但后来还是因为性格太尖锐，和高层也有摩擦，最后毅然出走。她不喜欢王希的性格，但她一直都承认对方的能力。

“我知道你们家冉霖被黑得厉害，但你这个时候让陆以尧出来吸引火力，不太厚道。”换成别人，姚红听见要求的时候就会客气拒绝，然后毫不留情挂电话，但正因为是王希，她总觉得还需要多听一听。

王希仿佛料定了姚红不会挂电话，于是不紧不慢，层层递进：“我不需要陆以尧出来为冉霖站队，但作为节目嘉宾，宣传节目总不犯法吧！”

姚红：“你想让他怎么宣传？”

王希：“17 号录影，所以 16 号也就是明天晚上，所有嘉宾都会启程去上海。届时发一条带着国民初恋漂流记话题的微博，内容随便，像第四次旅行开始这种都可以，最后把其他四人和节目组都 @ 上，怎么样？”

姚红：“毫无破绽。”

王希：“还是红姐最懂。”

姚红无奈地翻了下眼皮，也不知该生气还是该笑，不过这些情绪都是给自己的，回到电话里，还是公事公办的口吻："这么发微博确实没有什么问题，但是陆以尧不发，好像也没有什么影响。这种时候，终归多一事不如少一事。"

王希对此早有预料，换成她，也会有同样的考量。不过姚红性格还是太保守了，保守的好处是稳，但太稳了，就很难有惊喜："你有没有想过，如果未来再播出几期，冉霖口碑逆袭，不，都不用逆袭，只要稍有好转，到时候被有心人带节奏扒你们现在的沉默，粉丝和路人都会失望。"

"他们现在已经对节目失望了。"

"但是到那时，他们还会对沉默的嘉宾本人失望。你家陆以尧不差一个真人秀，收视率爆不爆都可以，但人设崩了，你怎么挽回？"

姚红沉默片刻，才道："你就那么有信心，冉霖能逆袭？"

王希知道姚红已经认真思考她的建议了，这时候只要再给一颗定心丸："我不能保证冉霖口碑逆袭，但你也说了，这个微博发与不发，对陆以尧都没影响，那为什么不给他的人设多上一道保险呢？"

姚红这一次思考的时间更长。王希有的是耐心，就陪她安静。

不知过了多久，姚红终于再度开口，不过不是正面回应，而是半调侃半认真道："我怎么琢磨来琢磨去，总觉得如果我们沉默，未来冉霖口碑回暖了，你就要上阵带头撕人设呢。"

王希黑线，危险感建设过头了："我绝对没有那个意思。你吃的盐比我吃的饭都多，我能在你这里玩那些吗？我是真心实意为我们双方共赢……"

"不用共赢，分别赢就行了。"姚红隐晦提醒了一下，因为王希最近也没捆绑陆以尧炒，所以点到为止，"但这毕竟是陆以尧的微博，发什么还是需要看他的意愿，我会把利弊给他讲清楚的，多谢你的提醒。"

"先别着急挂电话，"王希一听那口气就知道马上要拜拜了，立刻抓紧最后机会，"我再补充一句……"

姚红好整以暇："嗯，你说。"

王希："其他三家团队现在肯定也在观望，他们怕惹火烧身不假，但肯定也不希望节目就这么扑街，所以只要有人冒头，我想他们会愿意跟上的，打造一个团结的氛围和形象，不管是对节目还是对嘉宾都是有好处没坏处的。"

姚红听到这里倒是好奇了："那你为什么不去找其他人的经纪人，他们如果冒头，陆以尧也会跟上的。"

王希立刻道："他们哪有你见多识广，透彻通达。"

姚红无力地揉揉太阳穴："你是准备一次性把以前欠我的恭维都补上吗？"

最终，对于要不要发这样一条微博，姚红也没有松口。王希挂上电话，笑容渐淡，然而也并不是平日的冷若冰霜脸，而是多了些疲惫，多了些凝重。

姚红到底会不会让陆以尧发微博，她其实心里没底。别看她在电话里说得头头是道，但这件事若坐下来细想，其实远没有她说的那样邪乎。

冉霖若是真的口碑逆袭，没发声支持但也没出言狠踩的这四个人，被吐槽肯定是有的，但远不至于上升到人设崩塌的程度。

说到底，冉霖的咖位和影响力还是不够。她赌的，只能是姚红这种，对自家艺人羽毛爱惜到令人发指的"亲妈经纪人"。

"冉霖经纪人的电话。"回到沙发，没等陆以尧问，姚红便直接亮了答案。

陆以尧心里诧异，除此之外，还有其他一些细微的情绪闪过，太快，分不清是期待还是好奇，不过脸上仍一派淡定自若："她找你有事？"

"不是找我，是找你。"

姚红拿过茶几上晾着水的保温杯——里面是过完安检后新接的开水，如今已经变温——不疾不徐地喝光，重新盖好杯盖，将保温杯放回包里，这才把王希的电话内容讲给陆以尧听。

陆以尧第一次发现姚红慢条斯理的性格还是挺磨人的。

更郁闷的是他还不能表现得着急，不，他都不知道自己为什么会着急，就因为想看看冉霖的反应是不是和自己脑补了一天的惨兮兮画面相符合？

"就这样？"听完姚红的转述，陆以尧发现从始至终都没有冉霖的任何消息，全是经纪团队之间的经验交流和利弊博弈。

姚红听出了自家艺人语气里的淡淡失望，但无法理解："不然呢，你觉得她还会说什么？"

"哦，不是，"陆以尧回过神，立刻找补，"我的意思是，对方就希望我发这样一条微博？"

姚红无奈，不知道自家艺人怎么就忽然傻白甜了："要求你发微博已经很过分了，如果内容还不安全，谁会理她。"

陆以尧点点头，问："红姐你怎么想？"

姚红叹一口气，中肯分析道："现在冉霖被骂得这么狠，未来只要他在节目中有一个爆点，口碑就极容易反弹，逆袭不是不可能。"

陆以尧："所以这个微博还是该发？"

姚红沉吟片刻，还是轻轻摇了头：“不是绝对的。冉霖那边肯定希望你发得越早越好，所以定在 17 号录影的前一夜，但其实第 2 期在 21 号播，播出之前我们肯定还要配合节目组宣传，那个时候全体 @，也不算晚。”

“但是对冉霖算是晚了。”陆以尧听姚红讲完，就已经大概理清了局面。

“嗯，”姚红知道陆以尧懂，“一个星期没互动足够把他钉上人缘差的标签，后面再怎么挽回，可信度也没那么高了。”

“所以，”姚红把选择权交还给自己的艺人，“就看你想怎么做了。”

2 月 16 日傍晚，距离第 1 期首播过去正好 45 个小时，陆以尧更新微博——

【上海，我来了！ # 国民初恋漂流记 #@XX 卫视 @ 顾杰 @ 冉霖 @ 夏新然 @ 张北辰】

微博很短，配图是一张陆以尧半年前在东方明珠电视塔下的挺拔背影。

没等各路粉丝群众反应过来，张北辰的微博紧跟在 20 分钟后更新——

【我已经提前到啦，哈哈 //@ 陆以尧：上海，我来了！ # 国民初恋漂流记 #@XX 卫视 @ 顾杰 @ 冉霖 @ 夏新然 @ 张北辰】

晚上 8 点，夏新然微博才后知后觉跟上——

【我强烈要求去迪士尼，抓狂中……# 国民初恋漂流记 #@XX 卫视 @ 顾杰 @ 陆以尧 @ 冉霖 @ 张北辰】

配图是米奇和米妮手拉手转圈圈。

8 点 14 分，是顾杰——

【每漂流一次，我都感觉手臂上的肱二头肌更鲜艳了 # 国民初恋漂流记 #@XX 卫视 @ 陆以尧 @ 冉霖 @ 夏新然 @ 张北辰】

配图是第 1 期节目里顾杰攀岩的特写镜头。

8 点 19 分，是冉霖——

【我已经做了秘密攻略 # 国民初恋漂流记 #@XX 卫视 @ 顾杰 @ 陆以尧 @ 夏新然 @ 张北辰】

配图是第 1 期节目里的信任背摔，捕捉的正好是冉霖从高处向后，落进众伙伴臂弯。

8 点 32 分，还是张北辰——

【浪奔～浪流～ # 国民初恋漂流记 #@XX 卫视 @ 顾杰 @ 陆以尧 @ 冉霖 @ 夏新然】

配图是上海外滩。

——至此，队形完整。

一个节目无论口碑如何，个中关系怎样，面上总要维持团结友爱的模样。

很多吃瓜群众和路人粉看节目也不是专门冲着负能量来的，只是负能量更容易引起敲键盘的冲动。一旦有一点点真善美释放出来，不管真假，他们也愿意买账。然而粉丝们已经用一双慧眼看透一切，这些都是宣传套路，我才不会上当！

于是客观分析的继续分析，冲锋陷阵的继续陷阵，当然也有岁月静好专注舔屏 100 年的和平粉。在娱乐圈，一言一行，只要有心都能带起节奏影响舆论，无论好的坏的。就像你往河里扔一粒石子，起初只是“咚”一声，但渐渐的，就会有涟漪散开。这些都需要时间来慢慢发酵。

而冉霖，对此还一无所知。

把时间从张北辰发最后一条队形微博往前推半小时——8 点，夏新然还在编辑微博，王希也刚刚从韩泽的剧组探班回来，从包里掏出被冷落了整个下午 + 傍晚的手机。

“既然决定发了，发完提醒我一下会死吗？！”看着陆以尧的发博时间，王希简直无力吐槽。果然，她和姚红这辈子都合不上拍，对不上盘。

不过陆以尧这条微博 @ 得真是有水平，直接按姓氏的字母顺序排列，心思能细到心缝里。看完陆以尧微博，王希又把其他三个人的微博逛了个遍。除了张北辰，还没有其他人的动静。

但，张北辰的转发不是她想要的。这种一对一的互动，之于冉霖没有任何意义，除非他 @ 的是冉霖，但显然，人家回复的是陆以尧。

正郁闷着，夏新然的微博就在王希的首页里刷出来了。

王希看见那个队形的时候，简直想冲进屏幕去亲夏新然一口。所以说，不是随便一个真性情，都能像夏新然混得那么如鱼得水的。你看着他放飞自我，可你就吃他放飞这一套，那不是你俩投缘，是他聪明，外带一点点天生的观众缘。

有了夏新然的助攻排队，后面就好办多了。王希立刻给冉霖去了电话。

响了许久，那头才接，声音虽然不是特别精神，但也没想象中那么低落：“希姐？”

王希稍稍放心下来，语气也就恢复了一贯的强势：“怎么接这么慢？到机场了吗？”

冉霖也是今天晚上的飞机去上海，王希这两天都有安排，这一次录影不能跟着，所以派了公司里另外一个人代替自己，加上小助理刘弯弯，仍然三人组。

“到机场了，”冉霖说，“我在休息室这里研究攻略呢！”

王希皱眉：“什么？”

“呃，迪士尼地图啦，”电话那头似乎有点不好意思，越说越底气不足，“还有一些去过的人写的攻略什么的，万一用得上呢。”

王希乐：“看来你是真准备揭竿而起了，斗志昂扬啊！”

电话那边总算笑了：“都是被节目组逼的。”

“行了，言归正传，”王希认真起来，“不管你现在在做什么，都放下立刻去发一条微博，格式就是……”

“宣传吗？”

王希皱眉，冉霖很少会在别人说话的时候打断：“嗯，怎么，不想发？”

“不是，”电话那头犹豫了一下，才道，“我已经把微博卸了，要是宣传的话，你就帮我发一下吧。”

意料之外的答案让王希怔住，过了两秒，才道：“也不是纯宣传……”

来龙去脉有点复杂，王希一时不知道从何解释起，况且她本来也不是个喜欢解释的人。

“无所谓的，希姐，你看着弄，我想戒一段时间微博。”

“行吧。”

王希也不知道还能说什么，相比解释，劝人她更业余。

挂了电话，王希本来想找宣传加班，但临拨号的时候又犹豫了一下，最后还是亲自登录冉霖微博，发了那一条队形。之后十几分钟，张北辰终于后知后觉，把队形补完。死盯手机许久的王希，总算圆满。

“多跟夏新然学着点。”指指张北辰的头像，王希自言自语地对人家进行隔空教育。

同一时间，借上厕所从拼酒气氛越来越浓的饭局中偷得片刻闲的陆以尧，正躲在洗手间里刷微博。他也不知道为什么，自打发完那条上海我来了，隔段时间，他就想打开微博看看。总算，首页有了他想要的动静。

“秘密攻略……”陆以尧盯着冉霖那个白衬衫的侧颜头像，陷入了喃喃自语式沉思，“节目组给他剧透了？”

给当红明星做助理是什么感觉？

没做之前，李同有过无数浮华奢靡的畅想，做了之后，只剩一个——天天都感觉身体被掏空。比如今天，陆以尧的行程是北京——杭州（粉丝见面会）——北京（导演饭局）——上海。

他全程跟着忙前忙后，不需要他忙的时候，也必须随时待命，一刻不能放松。终于熬到饭局结束，驱车赶往机场，陆以尧是“疲惫+喝飘”，他是没喝一口酒，已经累得脚下开始飘了。

陆以尧原本有几个助理，后来是他本人跟公司提的不想天天弄那么大阵仗，也不需要那么多人围着他忙活，最后就缩减到了李同一个。最近，李同总是时常怀念起前同事们。

“陆哥，你别总看手机了，睡一会儿吧。”

偌大的保姆车里，坐在前面的姚红和化妆师姐姐已经开始补眠，只剩下躺在后面的陆以尧，还举着手机翻来覆去地刷。他不睡，李同就睡不着，总觉得要随时待命，眯着都不踏实，作病了似的。

“嗯，就睡了。”陆以尧轻哼着，有气无力的，但手上倒不闲着，咔咔刷得飞起。

这已经是一路上李同听见的第三回“就睡了”，他要再相信，那就是傻。手机里到底有什么魔力，能让陆以尧都累成这样了，还凭着最后一丝毅力坚持。李同只有在打手游打到忘我的时候会这样。但陆以尧没玩游戏，而是刷微博。

当然，李同尊重微博控，可陆以尧不是啊！他跟陆以尧这么久，别说微博控，这人连手机控都不是，一天下来拿着手机的时间还不如拿着书的时间多。

还是说人喝飘的时候，都会做些异于平常的事？

“李同……”躺着的人不知什么时候撑起了上半身，正努力凑近前面的助理，因为喝了一些酒，头不是很舒服，所以眉间皱成了川字，“你在网上被人骂过吗？”

李同呆愣两秒，不太确定地回问：“微博吗？”

陆以尧晃晃脑袋，应该是想点头，但车辆的颠簸和醉酒的恍惚，让他看起来跟个摇头娃娃似的。

李同叹一口气：“陆哥，我和你不一样，我微博里只有56个粉丝。”

“哦……”陆以尧现在处于一半神志清醒一半已经成了酒中仙，所以反应了一会儿，才换了种问法，“假如你的微博有560万粉丝，你的每一条微博下面都有上千条回复，但这些回复里绝大部分都是骂你的，你会有什么感觉？”

李同艰难咽了下口水：“为什么我要这么惨？”

陆以尧歪头想了想，眉毛皱得更凶：“没有理由，你已经这么惨了，这是既定事实。”

李同绝望，只得脑补那丧心病狂的场景，最后竟补得十分投入，瞬间来了情绪：“老子挨个骂回去！”

陆以尧：“不能骂。”

李同：“凭什么？！”

陆以尧：“反正不能骂，你就当是剧本设定。”

这得是和主角多大仇啊，写这剧本。

李同心力交瘁，终于向命运投降：“那就自己难受呗，还能是什么感觉。”

“可是有一小部分是挺你的。”陆以尧很认真地看着他，“我刚才说了，骂你的是绝大部分，但不是全部。”

李同也很认真地回看自己老板：“一万点伤害和一点补血，结果还是九千九百九十九点伤害。”

陆以尧不认同：“这些骂都只是情绪宣泄，有些根本没有任何逻辑，可是挺你的不一样，每一条都言之有物，很有分量。”

李同实在忍不住了，索性整个身体转过来，正对陆以尧，以便让自己的观点更有说服力：“哥，留言是混在一起的吧。我如果能把夸我的50条挑出来，那就表示我已经看完了骂我的1000条。都被骂得狗血淋头了谁还有心情分析哪条评论有质量哪条评论没质量。再说，夸我的话就算把我夸成花了，我也不能上天，但是骂我的话一句 × 你妈，都能让我炸。你说哪个更有分量？”

陆以尧不再说话，重新看回手机，但神情有些迷茫，也不知道是醉的，还是被助理一番高谈阔论搅和的。

李同慢慢从那个丧心病狂的剧本中抽离，终于在一个颠簸之后，回归本职设定。看着陆以尧还在纠结，李同其实特想说，你以前都不怎么刷微博的，也没耽误蹿红，何苦给自己找不痛快，粉丝嘛，什么脾气性格都有，随便一点小事都能撕出一片天，不用太当真。

但这话姚红可以说，他没资格。不过话说回来，能用言之有物这种仿佛上世纪的词儿来对粉丝留言进行筛选性接收，这样的陆以尧会因为微博评论而受伤吗？以及最近也没人黑他吧。

谢天谢地，陆大明星终于抱着手机睡了。

李同转回身来重新坐好，拿个棉垫子抵在车窗上，脑袋立刻靠过去，眼皮沉得像灌了铅，没眨几下，就彻底闭上了。

不能喝就别喝，一喝飘就跟人进行学术讨论，上一次拉着他探讨如何判断理想的真伪，这一次拉着他研究微博评论对人的杀伤力，拜托，他只领了助理薪水，被这么枯燥的话题折磨是要额外加钱的！

意识逐渐飘远，睡梦中，李姓助理小弟的眉宇间仍残留着淡淡委屈。

陆以尧从车里睡到机场，又从机场睡到飞机上。喝飘有这一点好，助眠，所以什么气流颠簸压力变化一律没感觉，睁开眼，又是阳光明媚新的一天。

一刻不停地赶到第 4 期录影集合地——东方明珠电视塔。

饶是马不停蹄，陆以尧还是险险踩着时间到的，再晚一点，都算迟到。

陆以尧特别讨厌迟到，无论是别人还是自己。

车子刚一接近电视塔，陆以尧就听见了阵阵尖叫，透过车窗去看，电视塔下已经被热情群众围得水泄不通。还有很多是准备买票进塔的，一看好像有拍摄，干脆也先站住看看热闹。

去机场接他的节目组司机显然已经事先踩过地形，开着车子绕过人群，进入被维持秩序的安保人员隔离出的通道，很快，便抵达电视塔下。

节目组的设备已经完全铺开调试好了，穿着棉大衣的导演不知道在跟摄影说什么，一看见他的车，立刻示意负责陆以尧的跟拍过去。

陆以尧下车的时候，周围妹子们的尖叫声仿佛能掀起热浪。

前 3 期录制的时候也会被围观，但不知是错觉还是第 1 期播出后的广告效应，总觉得这一次围观的群众更多了，也更加热情。

这边陆以尧下车，那边在另外一辆车里等了一会儿的四位男嘉宾，也被工作人员带下车。终于，五个伙伴在电视塔下面，集结完毕。

2月下旬的上海，阳光就像个花架子，看着明亮亮的，却感觉不到一丝暖意。也许是气候的缘故，风里都带着一丝潮气，明明风不大，但吹在身上，起初没什么感觉，等反应过来时，已经冷到了骨子里。

节目组这 1 期破天荒地给嘉宾们发了统一服装——抓绒加厚的圆领卫衣，胸前是“国民初恋漂流记”的 logo（商标）印花，颜色是蓝色和白色的拼接，远远看着，就像五套校服成精了似的。

陆以尧在车里已经换好了衣服，并且对这件制服的视觉冲击有了一些心理预期，可等看见另外四位伙伴时，还是没忍住，一路笑着走进队伍。

“差不多行了，”顾杰总觉得对方在笑自己，毕竟放眼看去，只有他的气质和这么少年风的造型不搭，“你穿着也没有多好看。”

陆以尧努力收敛笑意，一个劲摆手：“不难看，就是比较壮观。”

实话实说，衣服不算丑，中规中矩的款，印花的设计也OK（好），颜色嘛，清清爽爽，看一看就挺顺眼了。只是，他们五个人从来没统一过服装，忽然就这样了，好像大家从漂流团变成了同学会，视觉上就特别有喜感。

谈笑间，陆以尧状似不经意地看了眼冉霖。冉霖没太热络地加入讨论，但眼睛却是带笑看着讨论中心的，所以陆以尧这么一瞥，两个人就正好四目相对。

冉霖愣了下，立刻给伙伴一个大大笑容，算是无声招呼。陆以尧顿了两秒，才隔空冲对方笑笑。

伙伴们的调笑渐渐安静下来，导演已经来到众人面前，开始公布今天的主题。陆以尧看着导演的嘴一直动，可心里却还在意外冉霖的状态。

他以为对方就算不愁云惨雾，也多少该有些低落，可刚刚那个笑容里，虽然有礼貌的成分，但更多的确实是身心清爽的开朗。

冉霖没被那些网上的言论干扰固然是好事，可陆以尧总觉得不踏实，因为前3期相处下来，冉霖并不是个没心没肺的人，也不是自己这种略以自我为中心，对待外部言论稍显淡漠的款，相反，冉霖应该是很在意周围人的感受，会不由自主换位思考感同身受，并尽量希望周围人都舒服的倒霉性格。

这样的人面对那样的黑潮，能一觉起来全忘？何况网上的言论并没有因为昨天的队形而停歇，很多阵地战还在炮火连天呢！

还是说自己发的那条微博对冉霖确实有这么大的鼓励？

陆以尧抿紧嘴唇，不是特别相信这个结论，但又克制不住因为这个结论而慢慢飞扬的心情。也不知道是高兴于冉霖的阳光，还是得意于自己的影响力。

但有一点是可以肯定的，他最近的状态不对劲，很不对劲。

“……那就让我们欢迎今天的神秘嘉宾出场！”

导演骤然昂扬的语调终于拉回陆以尧的注意力。

所有人的目光都转向通道口，他连忙也跟上，只见低调奢华的赞助商品牌汽车徐徐驶来，最终停在大家面前，车门打开，一条大长腿就迈了出来。

不过没等漂流团夸张的“哇”结束，长腿上面的蓝白相间卫衣就出现了，“哇”瞬间成了“哈”，气氛也从热烈陡然转成笑场。

再好看的人顶着卡通感十足的logo（商标）也没办法拉风起来。不过这一笑，倒也拉近了嘉宾和原住民的距离，清爽帅气的男嘉宾一路小跑就进了镜头主场。

陆以尧手上鼓掌，心里却是惊讶，这是今天第二个意外了。节目组不光第一次邀请了嘉宾，来的还是他的老熟人——《云章》里的男二号，唐晓遇。

唐晓遇也不跟他见外，进了队伍跟小伙伴们挨个寒暄，到他这里直接给了个很哥们儿的拥抱："好久不见啊！"

陆以尧也拍拍他后背，欣然欢迎："藏得太深了，也不提前透个风。"

唐晓遇摊手嘿嘿一乐："那就没惊喜了嘛！"

众人这才反应过来，这俩一个剧组待了几个月，又有好多对手戏，肯定有交情的嘛！

顾杰立刻调侃似的提醒："喂喂，可别因为认识就放水啊，咱们这个节目都是实打实的PK。初恋，这是一个很神圣的称号！"

唐晓遇安慰似的拍拍顾杰肩膀："放心，我人都站在这里了，就不会让你们纠结，那个称号必然是我的。"

顾杰黑线："我无话可说。"

夏新然眯起眼睛："兄弟们，我想揍他。"

冉霖实在忍不住，也坏坏地凑了一脚热闹："我精神上与你同在。"

张北辰哈哈大笑，对唐晓遇道："你成功把我们团结在了一起。"

唐晓遇眨巴着眼睛求救似的看陆以尧，要多可怜有多可怜。

陆以尧淡淡叹一口气："自作孽，不可活。"

不知是五个人越来越有默契，还是有了唐晓遇这么个催化剂，第4期从录影一开始，气氛就特别流畅自然，笑点有，亮点有，节奏也不错。

身处其中的人感觉并没有特别强烈，至多是觉得比以前更舒服了。但导演旁观者清，高兴得飞起。

事实上第3期荒岛求生和生日party（派对）的时候，这种五个人之间的默契自然感就已经慢慢出来了，但尚有一些不足。而现在，五个人彻底放开，连仅剩的那点或不自觉收着或用力过猛造成的偶尔尴尬，也完全消失，不用后期剪辑，光是看着录制过程中的互动，就能让人感觉到扑面而来的团队气息。

国民初恋漂流记，终于成了国民初恋漂流团。

打造团队风并不是导演和策划组最初的方向，最初他们是希望呈现明星在毫无准备的情况下，面对困境和任务的真实反应，但自由发展的结果，就是五个人最终成了一个团队。导演怀疑这里面也有自己的功劳，毕竟“我们有一个共同的敌人，它的名字叫节目组”这种信念是非常容易让人团结的。

但不管是偶然也好，必然也罢，这样的发展，他和整个节目组都乐见其成。明星自己舒服了，观众看着才会舒服，这是不论什么类型的真人秀都适用的共鸣守则。

第一天的录制，在东方明珠电视塔下集合后，真正开启环节的是静安寺商区和田子坊两个地方。任务还是以坑爹为主，但在整体感和趣味性上都有所增强——随着时间推移，一期比一期好的不只有嘉宾团，还有节目组。

尤其在田子坊寻宝藏争夺战的时候，最先找到一个宝藏的夏新然被陆以尧偷袭得手，简直怒不可遏，破天荒跟顾杰结盟，共同对付陆以尧。可陆以尧也不是吃素的，直接拉上唐晓遇，二打二。

纠缠得不可开交的时候，冉霖正好路过，观望半天，任由双方拉票，仍保持中立，最后悠然飘过。结果等到冉霖把另外一个埋藏点识破，拿到属于自己的宝藏返回来的时候，这四个人还没争出个结果。冉霖实在看不下去，说要不你们就猜拳吧，真的，这是我们祖先发明的特别高效解决纷争的方式。

双方精疲力竭，终于在深思熟虑后，响应了这个提议。哪知道刚把宝藏放地上，没等出拳，张北辰就像桂林战里抢勋章的顾杰一样，一个闪电手，渔翁得利。张北辰这边溜得快，冉霖这边可就惨了，根本不用解释，抱着自己的宝藏就一路狂奔。

最后被堵在一个死胡同里，就在大家都以为他只能含泪上交自己的宝藏时，冉霖变戏法似的掏出一张“集体冰冻卡”。

四个人猝不及防，完全蒙了，乍一看倒真像被冻住了。最终冰冻卡上节目组的 logo（商标）让他们不得不接受事实——冉霖在某个隐秘所在，发现了神奇道具。

冉霖昂首挺胸从四个人面前离开时，跟拍了全程的络腮胡孙大哥上气不接下气，也不知道是跟着跑的，还是被逗的。一个好的综艺，是好的导演、好的策划、好的环节，好的嘉宾共同碰撞出的效果。同样的争夺战，这一次的田子坊就比上一次的冠岩冒险丰富许多，也有趣许多。

当然作为第一次参加录影的嘉宾，唐晓遇的感觉或许更能说明问题。他来这里的主要目的是宣传自己的新剧，其次如果能用节目的热度给自己吸一些粉，自是更好。但是来之前他也看了第 1 期还有网上的后续评价，实话实说，对于经纪人给自己安排的这次宣传通告，也没有抱太大幻想。露个脸，别招黑，基本就是他此行的全部诉求了。然而一天录制下来，感受却出乎他的预料。

他也参加过真人秀，知道有些嘉宾的关系是镜头内外都好，有些嘉宾的关系则是表演多过真情实感。从第 1 期的节目来看，这帮人是属于对着镜头都不能表演自然的真人秀初级班，那镜头外面的关系有多淡，随便脑补一下都尴尬。

可是今天的录制全程默契和谐，大家竞争得全情投入，互怼得不亦乐乎，又莫名地其乐融融。连一向让他感觉有些冷淡的陆以尧，看起来都亲切得招人喜欢了。他不懂究竟是第 1 期的后期太坑爹，专挑尴尬地方剪，还是这些人真的磨合得这么快，才第 4 次录影，已经有了一些团队的味道。

是的，他其实觉得陆以尧这个人是有些冷淡的。他和陆以尧的关系很熟，但这种熟是客观的熟，就算不是他和陆以尧，换成随便两个什么人，一个剧组同吃同住几个月，还大半时间都在拍对手戏，只要不是性格特别难搞，都能熟得起来，但其实他俩并没有深交。

陆以尧是个好相处的人，敬业，吃苦，在组里几乎没发过脾气。对人也很尊重，无论咖位大小，无论合作的演员还是剧组的工作人员，都一视同仁，以至于组里很多原本对他不感冒的姑娘们，都成了路转粉。出品方和导演也喜欢这样的演员，好用，省心，所以《云章》收视率没爆的时候，陆以尧的好口碑已在圈内不胫而走。

可是不知为什么，唐晓遇就是觉得这个人不好交。好相处，但是难交透。或者说陆以尧本身的性格就是不大愿意讲自己的事情、自己的想法、自己的心情，所以交往中就感觉你翻出了衷肠，他还是不动如钟，只温和地对你笑。

时间一长，你也就不愿意跟他交心了，做个热络的熟人就不错。所以他才会觉得今天的陆以尧跟记忆中的那个有些不一样了。不是什么都放在心里，脸上永远带着笑，而是该好的时候好，该坏的时候坏，该怼的时候怼，不能说彻底随心所欲，但怎么看都更像个“朋友”了。

“恭喜各位初恋男神，今天的任务环节结束，接下来就是万众期待的……豪华晚宴！”

随着导演一声令下，端着各色菜式的服务员鱼贯而出，诱人的菜香瞬间飘满庭院。

这是一处仿园林建设的私房菜馆，亭台水榭，回廊通幽，处处透着盎然古意，而节目组的晚宴，则设在后花园的戏台之下。戏台上是特意请来的评弹表演，一句句自弹自唱的吴侬软语，清轻柔缓，即便是听不懂的人，也能感受到旧时光里的那种美。戏台下是一张大的八仙桌，六个人围成一圈，对着浓油赤酱的本帮菜流口水。

评弹结束，艺术家们退场，不用导演发话，六个饿了整天的人眼神一交换，开吃！说是吃，基本和抢差不多了，最坑爹的是红烧肉，就 5 块，唐晓遇筷子只慢一秒，留给他的就剩下盘底。

国民初恋？这帮人组团抢亲还差不多！

快吃完的时候，陆以尧起身去卫生间。通常这种事情，摄像大哥就不跟拍了，所以当方便完的陆以尧在仿古青花瓷手盆里洗手，一抬头正好撞见走进来的夏新然，是这一整天第一次，他和一个伙伴处在了没有摄像机跟随的私人空间。

夏新然就是跟着陆以尧的路线来的，所以看见陆以尧并不意外，并且第一时间环顾卫生间，跟伙伴交换意见："装修风格还挺统一，连厕所都这么中国风。"

此时大家都是关了麦的，夏新然开起玩笑来也就更接地气。

陆以尧没接茬，反而换了另外一个话题："你们昨天都是几点到的啊？"

陆以尧问得随意，夏新然也就很自然答道："张北辰最早，下午就到了吧，顾杰可能 8 点多，反正我 9 点多到的时候，他就已经来了，冉霖最晚，具体几点我也不知道，那时候我已经睡了。"

"所以你也是今天早上才跟冉霖打的照面？"

"对啊！"

"哦……"陆以尧应着，看看镜子里自己佯装自然的脸，想了下，又低头往手心里按了第二遍洗手液，继续搓。

夏新然过来洗手的时候，发现陆以尧还站在旁边，他奇怪地拧开镏金水龙头，一边洗手一边问："磨磨蹭蹭干吗呢，你那洗手盆里有金子？"

陆以尧面不改色心不跳："等你。"

夏新然黑线："我又不是小姑娘，上厕所不用携手并肩。"

"嗯。"陆以尧完全没有反驳的意思，应得特别顺溜，然后继续聊，"早上集合的时候怎么样？"

夏新然关掉水龙头，一边抽出纸巾擦手，一边莫名其妙皱眉："什么怎么样，就坐在车里等你呗，怎么的，愧疚了？"

陆以尧一脸真诚："有点。"

夏新然乐了：“不用，我们已经在等你的时候报完仇了，相信我，你不会想看这段花絮的。”

陆以尧莞尔，寥寥几个字都能脑补出大家同仇敌忾的热烈场面：“冉霖也损我了？”

问这话的时候陆以尧终于关掉水龙头，也过来抽纸巾擦手，眼睛轻轻垂下，语气和神态都特别随意自然。

但是，夏新然嗅到了真相的味道。

事实上如果他早点动脑子，会发现得更快，谁让陆以尧偏挑了个男厕所这么诡谲的场合，让他丧失了警惕性。

“他怎么可能损你，你昨天发那微博跟及时雨似的，他现在看你没准脑袋顶上都带着光环。”

陆以尧有时候真觉得夏新然聒噪，但有时候又不得不承认，这人直来直去的说话风格挺痛快。

话既挑明，他也不拐弯抹角了，索性直接问：“那冉霖早上的情绪怎么样？”

夏新然无可奈何地叹一口气：“车里都是摄像头，我怎么问啊，反正看起来就那样，不好不坏。”

“不好不坏么，我觉得今天一整天的录影，他都挺正常的。”

“这种时候，正常才叫不正常，”夏新然分析得头头是道，“他这是第一次被这么大规模地黑，除非天生钢铁心脏，没有人会真的不在意。但是录节目就这样，对着镜头，难道还能苦大仇深啊！”

陆以尧想了想，觉得夏新然说得在理：“也对。”

“我跟你道歉。”夏新然忽然没头没脑来这么一句。

陆以尧一脸茫然：“嗯？”

夏新然把纸团丢进垃圾桶，回身走到陆以尧跟前，眼观鼻鼻观心，一本正经：“我以前觉得你这人不怎么样，太爱端着，但是上回你为了完成任务贡献出了自己的别墅，这回又帮冉霖带节奏，不管出发点是什么，都挺难得。所以我收回以前对你的看不上，从现在开始……”夏新然说着举起双手，“biubiu”两下射出友情子弹，“我看好你！”

陆以尧下意识后退两步，手掌抵住了洗手台。

“不过你家装修也太冷了，你是海景房不是看极光，住时间长了不会压抑吗？”

陆以尧仍然沉默。

他不知道该怎么回应，因为他现在的心情在爱与恨的边缘挣扎徘徊，这种酸爽的感觉可能就叫作……娱乐圈的友情？

“下面，我们就要去今天入住的酒店了……”对着一桌狼藉杯盘，导演双目放光，“你们要不要大胆地猜一下，今天我们会住在哪里？”

六帅哥面面相觑，冉霖第一个默默举手：“迪士尼乐园酒店？”

导演的笑容僵在脸上，第一反应是去看策划！

策划一脸无辜，我没剧透，我签了保密协议的！

夏新然已经看透暗流，瞬间欢呼起来。

导演还是硬着头皮说出了准备的台词：“对，就是迪士尼，意不意外，惊不惊喜？”

六人真的很想捧场，但这种情况下，再强行捧场，也太侮辱观众了，所以一片微妙而安静的乖巧笑容里，顾杰第二个举手：“导演，还有其他惊喜吗？”

导演眯起眼睛，浑身散发着“跟我玩，你们还太嫩”的嚣张气焰。

六人忽觉背后一凉，那厢工作人员已经搬出抓阄箱。

“很感谢此次迪士尼对我们节目的大力支持，但酒店客房实在紧俏，最终，只能提供给我们三间房，不过不用担心，都是双床豪华景观房。你们现在需要做的，只是在这个神奇的小盒子里面，让命运之神来为你们挑选并肩作战的兄弟！”

六人黑线：“不就是一起住个酒店嘛。”

吐槽归吐槽，夏新然还是第一个跑到箱子里摸，这种抽奖似的活动，他最喜欢了。

“艾莎？”夏新然摸出来的圆形牌上赫然是《冰雪奇缘》中的女主角。

第二个过来的是张北辰，跃跃欲试的脸上也满是期待，最终他摸出来的是米奇。

冉霖第三个抽，他脸上没有太夸张的表情，但眼睛里明显闪着好奇和兴奋，最后停在他手里的圆牌是小熊维尼。

三个人，三个卡通形象，大家你看我我看你，也没觉得哪个像室友。

唐晓遇来者是客，气定神闲等着最后一阄，顾杰对这种小朋友的游戏也不是很来电，陆以尧看了看剩下的伙伴，索性第四个起身。

走到箱子旁边的时候，刚抽完的冉霖稍稍退开，把位置让给他。

陆以尧看过去一眼，奈何对方还饶有兴味地研究自己的圆形牌，根本没抬头。

耸耸肩，陆以尧手伸进箱子。

乱摸半天，手感都差不多，最后陆以尧挑了压在最下面的那个，抽出来一看，圆形牌上印的家伙活泼得仿佛要跃出纸面——维尼的好朋友，跳跳虎。

第十一章

冉霖抓阄的时候一直希望能跟夏新然分到一个房间，再不济张北辰或者顾杰也行。不是说唐晓遇不好，但毕竟以前从没见过，第一次打交道，难免会出现找不到话题的尴尬局面。

但即便是唐晓遇，也是比陆以尧好的。

蹭热度这件事，客观上讲，已经翻篇了。他跟陆以尧道了歉，陆以尧不跟他计较了，他没再作，陆以尧也没抓着不放，尘埃落定。

但从情感上讲，毕竟这段不太快乐的相识时光是存在的。相逢一笑泯恩仇之所以动人，就是因为大多数人做不到，能再见还点头致意，就很难得了，妄图兄弟情深的都是耍流氓。所以五个人在一起的时候还没什么问题，一想到要两个人在封闭空间里独处，他就有点心理压力。

而且根据前 3 期的录制经验，跟拍最多持续到晚上 10 点或者 11 点钟，那等跟拍大哥撤退后，他跟陆以尧彻底进入“真实的自我”，天知道他们两个可以聊什么，脑补一下那个冷风吹过的绝望现场……

可是命运这个磨人的妖精啊，就是这样神奇而又无常。

看见陆以尧手中的跳跳虎时，冉霖特别想哭。

但是他还不能哭，因为陆以尧在短暂的惊讶过后，转头直直看了过来：“咱俩一间。”

陆大明星直接给出自己的判断，而且语气听起来还挺乐于接受？

冉霖觉得自己肯定是想美事想疯了，不过人家已经抛出了橄榄枝，他当然也要回以善意。

思及此，冉霖挥挥手中的圆牌，对今晚的室友温柔微笑：“请多指教，跳跳虎。”

继陆以尧之后，顾杰和唐晓遇分别摸出了安娜和米妮，自然也有了归属。

夏新然对这个结果表示尚可接受，双臂一张：“来吧，安娜妹妹。”

顾杰站在那里，纹丝不动，拒绝得直截了当：“我怕被冻伤。”

冉霖暗搓搓提醒伙伴：“冻伤了可以用真爱之吻。”

顾杰石化。

夏新然黑线，眯起眼睛凝视他：“冉霖，你变了。”

冉霖坏笑，可弯着的眉眼又让人生不起气来。

陆以尧忽然灵光一闪，昨天百思不得其解的事情有了突破：“你该不是昨天一直在恶补迪士尼相关吧？”

冉霖惊讶：“你怎么知道？”如果说从真爱之吻就推断出他恶补了迪士尼也太牵强了，毕竟《冰雪奇缘》大家都看过。

陆以尧扶额：“这个很难猜吗？”昨天的秘密攻略微博跟刚才一猜就中的迪士尼酒店，傻子都能分析出来冉霖在朝着哪个方向做功课。

两个完全没意识到对方重点的人本来还可以继续讨论，奈何节目组等不及了，看见分组明晰，立刻安排嘉宾上车，直奔迪士尼度假村。

一路上风风火火，导演组还时不时用对讲机隔空串联跟在每辆车上的工作人员，于是两个人就都把这茬忘了。

迪士尼乐园酒店位于迪士尼乐园的南面，与乐园仅隔着一片星愿湖，住在酒店里，就可以透过窗户，越过湖面，远远看见迪士尼城堡。

这些都是冉霖做攻略的时候了解到的。但看再多的攻略、心得，都是别人的，看再多的照片，都是平面的，当真正在星愿湖的码头坐上船，看着远处的梦幻城堡，脑袋里慢慢闪出那些瑰丽童话，白雪公主、小飞侠、美女与野兽、玩具总动员、爱丽丝梦游仙境……冉霖才真正体会到那些来到这里的人，为什么流连忘返。

你可能未必喜欢那么柔软香甜的童话故事。

但总有一些东西，会击中你以为自己没有的那颗童心。

主题公园，就是用来给人造梦的。

你越配合它，越去忘掉一切沉浸其中，那梦境便越美。

“是不是也想去合个影？”陆以尧接过工作人员递过来的房卡，见冉霖还盯着不久前出现在大厅中的“高飞”，忍俊不禁地问。

冉霖看着已经被大厅内的游客里三层外三层围住的卡通人物，叹一口气，很认真道：“估计排不上。”

酒店大堂内带孩子的游客居多，所以相比他们这些所谓明星，从天而降的卡通人物的吸引力绝对是碾压式的。

陆以尧莞尔：“那就别向往了，明天进园想看谁都有。”

冉霖抬眼看他：“你确定节目组能让我们那么悠哉？”

陆以尧：“我检讨，不应该提起这么悲伤的话题。”

两人四目相对，笑容里都透出一丝疲惫。

导演口中的豪华景观房，其实并没有很豪华，反而小巧精致。花纹繁复的地毯，色彩鲜明的卡通挂画，通透的半落地大窗，两张足够宽敞的单人床，床头上分别印着会闪出星光的迪士尼城堡和小仙女，上方还挂着复古小灯。

“真挺可爱的。”屋子不大，陆以尧很快走完一圈，中肯评价。

冉霖状似随意地踱步到电视机附近，意味深长道：“还有更可爱的……”

没等陆以尧反应过来，冉霖已飞快拉开电视机下面的橱柜！

整个橱柜门面应声而落，赫然一张儿童小床，而所谓的橱柜内部，却是一张睡梦中的米奇壁画，简直萌爆！

冉霖期待地看着陆以尧，亮晶晶的眼神就像床头上的星光。

陆以尧确实很意外，定定看了这张神奇的小床半天，才真心道：“很可爱。”

冉霖被他打败：“除了可爱，你还有没有其他形容词。”

陆以尧绞尽脑汁，搜肠刮肚，总算找到另外一个词：“有趣？”

冉霖泄气地坐到小床上，他算是看出来了，这个人根本就没有童心。

陆以尧读懂了冉霖眼里的嫌弃，虽然对方隐藏得很好。但，他这样就被嫌弃也太冤了吧。

“这里确实挺梦幻的，”陆以尧觉得需要为自己申诉两句，“但迪士尼最经典的都是公主梦，像是茉莉、贝儿、梅莉达、爱洛这些，我不来电很正常。”

言下之意，你这么来电，才奇怪。

冉霖有点蒙：“你不来电，这么多名字是怎么记住的。”要知道他恶补了两天，对于他口中这些名字还不能完全对号入座呢！

陆以尧怔住，似乎也有点意外自己的“知识储备”，不过很快，他就在记忆长河里搜出了罪魁祸首：“我念中学的时候有一个室友是迪士尼控，所有迪士尼的动画片他都会找来看，包括很早期的那些，而且是一部片子看好多遍，有时候好奇，我也会跟着看两眼。”

这个缘由是冉霖没想到的。

不过经陆以尧这么一提，他倒想起来了：“我记得你中学就是在国外念的？”

陆以尧顿了下，才简单应了声“嗯”，然后立刻起身走到半落地窗前，状似期待地问：“等下城堡那边会不会放焰火？”

“不知道呢。”冉霖很配合地转了话题，“一会儿可以等等看。”

城堡最终也没放焰火。

不过放了灯光秀，透过落地窗看着远处闪烁的城堡，也别有一番趣味。

但冉霖知道，陆以尧并不是真的期待这些。

他只是需要一件事情来打断之前的对话，终止那个他并不想聊的涉及他成长过往的话题。

冉霖有点后悔多嘴了。

可能是今天陆以尧的态度格外像“朋友”，他就不自觉放松随意起来。

跟拍摄像在22点整准时撤退。

冉霖对他道了辛苦，陆以尧对他补了晚安。

随着酒店房门重新关闭，两个人不约而同扑到床里，不过一个是仰面呈大字，对着天花板，一个是俯趴呈大字，脸贴着床单。

“你先我先？”陆以尧问得没头没尾，说完自己都觉得好像还要补充。

结果冉霖直接就答：“你先吧，我动作慢，免得你等。”

脑电波相接是一种很特别的感觉。

陆以尧上次有这样的感觉还是跟霍云滔。往往他说两三个字，对方就已经领会全文。但霍云滔是和他一起度过了整个中学时光直到现在仍联系的老友，冉霖这才相处几天，出现这种情况实在神奇……

“不是在说洗澡？”冉霖见听完自己回答的陆以尧不起身，反而用很微妙的眼神看自己，还以为猜错了，连忙又明明白白问了一句。

“啊，是，就是说这个。”陆以尧回过神，起身下床，快走到浴室门口的时候忽然想到了什么，停住脚步转头道，“我洗澡也不快，你可别等着急，也尽量别催我，万一我滑倒，头磕到浴缸上是非常危险的。”

冉霖哭笑不得：“你只要说‘别催我’就行，也不用为了增加说服力就把自己放到这么血腥的场景里。”

陆以尧摇头，给了他一个温柔微笑：“我不喜欢用祈使句。”

及至浴室响起水声，冉霖还沉浸在对方的微笑里。

这帅得也太犯规了！

陆以尧帅这件事他不是第一天知道。

但今天的陆以尧尤其帅。

难道是远好于预期的相处气氛让他看陆以尧的时候带上了感恩加成？

他以为两个人独处会尴尬，会别扭，结果却是出乎意料和谐。今天的陆以尧也比以前更温和，更容易接近。

白天的时候冉霖以为是自己的错觉。

但是现在他可以很肯定，陆以尧确实有了微妙的变化。

或者说，这才是真正的陆以尧？

明明说自己洗澡不快，但实际上陆以尧并没有在浴室里待太久，便洗好穿着浴袍出来了。

冉霖边玩手机边等，听见声音的时候，很自然回头就看，然后……就没有然后了。他像被人点了穴道似的，一动不动，连眼睛都不眨，整个三魂七魄都被眼前的男人吸了过去。

世界上再不会有比陆以尧更英俊的男人了。

这一刻，冉霖真就是这么想的。

湿漉漉的头发还带着水珠，额前几绺不听话，顽皮地翘着，挡住了好看的眉峰，却挡不住那双仿佛弥漫着雾气的桃花眼，嘴唇稍有些厚，但厚得刚刚好，一切都那样恰到好处地自然、舒服……

不行，不能再看了，越看就越清晰地意识到人与人之间的差距。

冉霖心酸地别过眼。

果然之前的脑电波相接是偶然，陆以尧想，因为他眼下就判断不出冉霖究竟在想什么。那人先是直勾勾盯着自己，现在又别开视线，眼神那叫一个哀怨。

“我去洗澡。”

突兀地冒出四个字，语气倒是自然温柔的，只是动作和语气完全不搭，在陆以尧看来对方就像是从床上直接弹起来的一样，咻地就擦过他身边。

“地上有水，你慢点……”陆以尧还没提醒完，就听见浴室门砰地关上了。

什么情况？

陆以尧一边拿毛巾擦头发，一边皱眉，视线忽然瞄到被冉霖丢在床上的手机，恍然大悟。

肯定是又刷微博看见那些评论了。

陆以尧坐到椅子上，刚刚因为洗白白而放飞的心情，又有些变闷。

一整天的录制，他时不时就会想，冉霖是真的没事了，还是强颜欢笑，时不时又会想，自己为什么总要惦记这个。可是想到最后，也没有头绪，最后只能总结为——好奇。

就像他问助理小弟的那个关于微博被骂的假设，也是源于此。他自己对于微博评论没有特别多的在意和感受，所以总想知道大家普遍适用的，对于微博负评的反应，然后用此来推断冉霖。

至于推断出结果之后干吗？

陆以尧想，可能只是为了印证看看自己脑补的那个惨兮兮的哭泣形象对不对吧。

热水从花洒中恣意而出，淋在身上，激起一阵战栗。

冉霖一动不动，任由水流浇着，终于慢慢的，随着升腾的热气，整个人舒缓下来。

陆以尧有毒。

如果说之前电视里扮相的合眼缘，荒岛里求生的认真，说算了时的宽容，都只是碎片化的魅力，那在刚才，过了水之后，这些东西成了整体。

就像托尼·史塔克穿上了战衣，终于成为钢铁侠。

冉霖是钢铁侠的死忠迷弟。

蓦地，他又想，如果刚才出浴的是夏新然，他会如何？

冉霖很努力地脑补了一下，发现脑补十次，都是夏新然掀开浴袍就吹冰雪风暴，一边吹还要一边手舞足蹈地唱《Let it go》。

花洒的水温很暖。

冉霖被自己的想象冻着了。

怀着“但愿自己洗完澡陆以尧已经睡着了”的美好愿景在浴室里磨蹭了一个多小时，终于感觉困得不行了，冉霖才拿过沐浴露，草草收尾。

洗完又在浴室里吹了半天头发，直到发丝飘扬根根清爽，才裹着浴袍蹑手蹑脚走出浴室。

屋里的灯都被关掉了，只留了浴室门口的廊灯，亮着温暖的黄光。冉霖站在灯下面，不自觉看了眼陆以尧的床……

啪。

陆以尧床头上方悬着的复古小灯盏应声亮起，时间配合得刚刚好，就像是被冉霖看亮的。

复古灯下是靠坐在床头的陆以尧，脸色有些困倦，但仍十分清醒。

廊灯底下是做贼心虚的冉霖，脸色被长时间热气熏得微微潮红，这会儿飘荡着无措。

“你站在那儿干吗？”陆以尧问着，不自觉打了个哈欠。

冉霖看着看着，也跟着打了个哈欠，末了终于在哈欠里神志清明，一边状似自然地问着“你怎么还没睡”，一边三步并两步走到床边，一屁股坐下去……

咦?

屁股忽然被硌了一下。

冉霖伸手进去把“肇事者”从屁股和床垫之间艰难摸出来，发现是自己的手机，一阵后怕，这要直接把屏坐碎了，不是钱的事，丢人啊!

陆以尧忍着笑，扶额道：“我刚才就想提醒你的，你动作也太快了。”

冉霖一阵狼狈，连忙晃晃手里电话：“没事，我这个手机特别结实，上次掉到泡面里都没事。”

画面太美，陆以尧仿佛能闻到红烧牛肉的芬芳：“那泡面呢？”

冉霖嘿嘿一笑：“正好吃完，掉的时候就剩下汤了。”

“这时机挑得……”陆以尧佩服，不过话没说完，就想到了更深层的事，再说话就带了点规劝意味，“其实也没必要总捧着手机，电视也能下饭，或者听听音乐什么的。”

冉霖没多想，随口道：“手机比较方便嘛！”

陆以尧不知道还怎么接下去，好像怎么接，都很生硬，索性换了话题：“你怎么知道会来迪士尼？”

冉霖算看明白了，陆以尧这是准备秉烛夜谈的架势。

不然正常刚才那里就可以说晚安了，多顺当。

可是跟自己有什么好秉烛夜谈的呢，总不能上期刚冰消雪融，这期陆以尧就拿他当真朋友了，说不通嘛。

“嗯？”陆以尧眼看着对方的神情越来越飘忽，就知道这是又走神了，无奈出声提醒。

“哦，我其实根本不知道，”冉霖回过神，连忙答道，“只是闲着也没事，我就琢磨做做功课，万一用上呢，没想到真蒙对了。”

陆以尧点点头，似乎觉得这个解释很合理，也比较可信。

冉霖在心里舒口气。同时祈求陆以尧赶紧困意袭来，躺下入眠。

冬末的上海，室内是刺骨的湿冷，尽管有空调，冉霖还是不自觉打了个喷嚏。他连忙拿过枕头抵住床头，也学陆以尧那样靠坐，同时扯过被盖到身上，这才觉得暖和一些。

刚盖好被，就听见陆以尧道：“真好。”

冉霖茫然地看着他，不知道这夸的是被子，还是他的喷嚏。

结果陆以尧说的是：“我连喘口气的时间都没有，更别提做功课了。”

冉霖窘，觉得跟陆以尧聊天得打起十二分精神，不然等他接茬的时候，你早把前言都忘了。

但吐槽归吐槽，他还是挺真诚道：“忙是好事，多少人想忙还忙不起来呢！像我，每周就这一个通告，日程记录里一片空旷，我都不忍心看。”

“等你日程格里都写不下了，你就知道放假有多难得了，”陆以尧也是真实感受，“我现在睡觉都只能在候机室里，下飞机就开工，有时候遇上场面容易失控的粉丝接机，机场方面会直接要求你走别的通道，或者想办法躲开，总之就跟做贼似的。”

“难怪那次在机场你会用替身。”冉霖说这话的时候根本没过脑子，聊着聊着就很自然接到这里了，但是接完，他就想抽自己，各种抽，花样抽！

“那最后也没瞒过你。”陆以尧笑道，带着淡淡调侃。

冉霖愣住，有点摸不太清楚他话里的意思：“嗯？”

陆以尧原本真没有任何翻旧账的意思，因为事情已经过去了，他正是不介意，才会拿出来调侃，但现在冉霖装傻充愣的反应，又有些不快：“我是说，虽然用了替身，你不还是把我堵着了吗？”

冉霖怔怔地眨了眨眼睛，才弱弱道：“那是个乌龙啊。”

陆以尧不自觉轻轻皱眉，目光则定定锁住冉霖，企图从对方的脸上找到谎言的破绽。但很快他就发现，没有，冉霖虽然气势弱，但眼神没有半点闪烁，于是陆以尧的不快就慢慢变成了不确定：“……真是乌龙？”

冉霖冤得想哭。

索性也不靠床头了，直接面对陆以尧床的方向，盘起腿，正襟危坐，一字一句，严肃认真："最初确实就是一场乌龙，我只是想把落在地上的粉丝灯牌捡起来扔垃圾桶。"

陆以尧："我……"

冉霖："呃，捡起来之后当然就没舍得扔了，那个灯牌真的做得很用心。"

"吃亏了，"陆以尧也坐起来，有样学样地盘起腿，跟"室友"打坐而望，有点无奈，又有点好笑，"白气了这么多天，我一直以为自己中的是个连环套。"

"不，你生气是正常的，"话已挑明，冉霖反而轻松了，索性往开里说，"后面的炒作发酵都是我这边干的，不然一个误会哪能掀起什么浪。"

"这个我知道，"陆以尧意外地坦然，"我又不是第一次被人蹭热度，怎么炒的怎么带节奏的我都懂。我生气是我自己，经历了这么多回，还不知道提防。"

"相信我，"冉霖真挚得快情深意切了，"被你搂过去的时候我也是蒙的。"

陆以尧莞尔："我现在相信了。仔细想想，那么多粉丝都被替身带跑了，你能识破，还故意装作捡灯牌让监控器拍着，并且在我出来的时候完全不主动，喊都没喊一声，等着我去认你，拉着你拍照……基本不具备可行性，是我想太多。"

冉霖听得叹为观止："何止多，简直环环相扣，毫无破绽。"

陆以尧难得露出自嘲的笑，看着正直又憨厚。

片刻后，他敛起笑意，正色看着冉霖，坦诚道："灯牌的事是我误会你了，我跟你道歉。"

冉霖吓了一跳，连忙摇头："你别跟我道歉啊，你这样我只能去投星愿湖了。"

陆以尧乐出了声，忽然觉得冉霖特别可爱，但还是坚持："一码归一码。"

冉霖真心服他了。

经过这么一出，他不仅对着陆以尧没压力了，还特想教育一下这位伙伴："你这样是不行的。你刚才也说了，我不是第一个蹭你的，那你有没有想过为什么大家都蹭你？"

"我好蹭吧。"陆以尧想都没想，就给了答案。

冉霖诧异："原来你知道？"

“每一个作品上映的时候，合作的女演员都跟我传绯闻，剧方的粉红宣传通稿也满天飞，这有多难猜。”陆以尧笑着叹一口气，“不过捆着我炒CP（情侣）的男艺人，你是第一个。”

冉霖低下了羞愧的头。

陆以尧莞尔，不甚在意道：“圈子里就是这样的，大家炒来炒去，久了就没什么感觉了。所以我才说，我气的只是中套路，如果没中，单纯被硬蹭硬炒，习惯了。”

冉霖抬起眼皮，有点心疼地看着他：“听起来好可怜。”

陆以尧耸耸肩，云淡风轻道：“无所谓了，或许当红本身就是一种原罪。”

冉霖默不作声。

陆以尧：“嗯？”

冉霖：“如果夏新然在这里，肯定会被你这么深刻的感慨折服，然后拉上我一起揍你。”

陆以尧愣一下，继而后知后觉，自己刚才说的话确实挺欠抽。

但他确实没有炫耀的意思，单纯就事论事，今天即便他不红，看见这种现状，也会得出这么个结论。

姚红说以他这种不求上进的性格，能蹿红简直不可思议。

陆以尧承认这其中有运气成分，甚至还有一些其他成分，但最让他郁闷的不是圈内这些乌烟瘴气，而是他在这些乌烟瘴气里冲出来了，取得了一定成绩，但却没有想象中的成就感。

究竟什么才是自己想要的？站在娱乐圈金字塔最高点成为巨星吗？

他求索了24年，因为尚未达到那个点，故而无法确定。

他曾很郑重地问过霍云滔，你的理想是什么？

好友当时认真地看了他许久，说，你有病吧！

陆以尧又走神了，冉霖对此已经见怪不怪。把手机闹钟设好，然后调成静音，充上电，全都做完之后，才轻声提醒“室友”：“早点睡吧，明天又是战斗的一天。”

陆以尧元神归窍，点点头：“嗯，明天应该很有趣。”

冉霖已经躺下了，闻言还是侧过身来，望着陆以尧道：“你也发现了对吧，导演组越来越会玩了。今天下午的冰冻卡，我摸着的时候差点笑疯。我当时就想，等会儿被我冻住的人会有多郁闷，没想到你们直接组团来了。”

陆以尧想起白天的场景，也不自觉扬了嘴角，不过很快他就联想到了其他事情，语带深意道："这一期剪出来应该很好看，迪士尼这个场景本身就很有效果。"

冉霖打趣道："上一期你的豪宅也不差啊！"

陆以尧难得没反驳，只继续道："所以口碑应该会有改善。"

冉霖已经尽量让自己不去想观众效应了，故而闻言只是简单应了声："嗯。"

陆以尧总算能够顺理成章提出自己关心的话题："那微博……"

"我卸载了。"冉霖连忙接口，感觉自己的语气听起来有点苦，又很快换成调侃的味道，"以后如果咱们节目口碑逆袭，你替我多刷刷评论哈！"

陆以尧一时反应不过来，怔了片刻才不确定地求证："卸载了？"

"嗯，"冉霖不好意思地抓抓头，"首播完第二天晚上就卸了。当然本来就是我自己炒糊的，也不怨人家群嘲，但看多了还是压力有点大。"

"哦……"陆以尧不知道该说什么，半晌，才愣愣道，"卸了好……"

最难启齿的事情已经说了，冉霖索性跟陆以尧分享心得："我发现一件事，就是如果一直刷微博，你会觉得微博里有整个世界，一旦不刷了呢，好像微博也就是个微博，生活也好，这个世界也好，都没变。"

陆以尧想说，他一直就是这么觉得的，所以即便偶尔刷刷评论，也不会真的把那些一看就是宣泄情绪的言论放到心上。

但他又觉得他和冉霖并不一样。

他们得出了相同的结论，可他们得出这一结论的过程，以及对这一结论的感受，都截然不同。

冉霖是努力让自己忘掉。

他是根本不在意。

所以冉霖卸了微博，还是不愿意深谈那些具体的冷言恶语。

而他最近天天刷微博，却仍然很难有情绪波动。

他唯一的情绪波动就是在看见特别过分的恶评时，会换位思考冉霖的感受，然后就不太舒服了。

现在，他已经得到了自己好奇的答案——冉霖卸载了微博，不能说完全免疫，但从客观上已经截断了负能量的源头。

可他却没有获得答案的满足感。

"晚安。"冉霖决定不等了，这人走起神来能遨游到三界之外，索性做个终结者，说完就关灯。

这一次隔壁床倒回应得快，一句淡淡“晚安”，灯也便跟着灭了。

房间完全黑下来，冉霖闭上眼，努力把刚刚被“室友”重新勾起来的那些乱七八糟的思绪甩掉，渐渐的，终于踏实入眠。

听着隔壁床慢慢均匀下来的呼吸，陆以尧也总算想通了。

他这些天的反常不是真的好奇冉霖会对微博里那些评论有何反应，他真正想要看见的是冉霖能和他一样，对那些评论不要在意。

但是为何非要冉霖跟自己学呢？

陆以尧想来想去，只剩下自恋这一种解释。

温柔如情人呢喃般的一段轻音乐，开启了陆大明星的清晨时光。

苏醒过来的陆以尧有刹那的恍惚，不确定自己是醒了，还是在梦中。因为他的闹钟一直是偏动感的欧美曲，每次都能让他跟着明快节拍睁开眼睛，有时关完闹钟下床，还要情不自禁来两下舞步。

今天的起床曲柔软得过分，让人不想起床，倒想继续抱着柔软蓬松的被子。

隔壁床忽然伸出一只胳膊，摸到手机后将之一个翻转，屏幕朝下扣到床头柜上，轻音乐戛然而止。白皙的胳膊像条蛇一样，咻地又缩回被子，然后胳膊主人懒洋洋地翻个身，继续睡。

陆以尧看着那个面向自己侧躺着睡的家伙，无言以对。

昨夜睡觉的时候两个人并没有拉上窗帘。因为整个窗户外面都是湖面，唯一可见物就是远处的城堡，不存在偷拍的可能，加之房间又不算宽敞，拉上窗帘总有些许憋闷感，想着反正第二天也要早起，有阳光也好，故而二人一拍即合。

然而他们失算了。

冬日的太阳总是露面得很晚，这会儿天刚亮没多久，屋子里的光线只能驱散黑暗，却远到不了清澄明亮的地步。

所以冉霖仍然肆无忌惮地睡着，梦里不知今夕何夕。

一侧脸因为陷入枕头而有些压扁，却衬得另半边脸莫名地圆润有肉感。陆以尧看着看着就想起了自己小学时候的女同桌，其实那已经是非常久远的记忆了，时而清晰，大多数时候模糊。但这会儿，它就是久违地清晰着，清晰到陆以尧能回忆起那姑娘被自己掐脸时的眼泪汪汪，以及那圆圆脸蛋软软的触感。

轻音乐第二次响起。

陆以尧回过神，发现自己竟然对着合作的男星追忆童年，心里顿时泛起一片诡异。

白皙胳膊第二次出场，把之前被翻过去的手机又重新翻了过来，然后同前次一样，移形换影似的飞速缩回被子里，动作比五分钟前更加熟练。

陆以尧无语地拿过自己手机，关闭尚未到时间的闹钟，起身去卫生间洗漱。

洗漱归来，冉霖没有一点醒的迹象，陆以尧总算明白了，合着对方那闹钟就是给他设的。

礼尚往来，陆以尧也不客气了，直接拿过自己电话，手动播放陆式闹铃。

一段极富节奏的欧美摇滚劲爆唱响。

冉霖咻地张开眼睛，身体随之坐起，动作没发出太大声音，但气势惊人。

陆以尧吓一跳，甚至忘了关闹铃。

于是两个人就四目相对地听完了一整段副歌。

终于，陆以尧关掉闹钟，有点不自在地轻咳一声，道："早。"

冉霖愣愣地眨了两下眼，然后中肯地说："挺好听的。"

陆以尧看着冉霖那一脑袋乱翘的呆毛，心说都这样了就别装镇定了，但嘴上还是忍着笑意，提醒道："你闹钟都响两次了。"

不料冉霖从容点头，一本正经道："嗯，其实还有第三次，第三次我就醒了。"

陆以尧怎么听都觉得这话可信度不高："我洗漱之前响的第二次，到现在第三次也没响。"

"前两次隔 5 分钟，第三次隔 15 分钟。"

"有这种重复响铃方式？"

"三个闹钟单独设就行了。"

"你厉害。"

"我……能去洗漱了吗？"

陆以尧还能说什么："当然，祝你圆满成功。"

目送冉霖背影消失在卫生间，陆以尧佩服地点点头。他是那种只要醒了就不可能再睡的人，通常闹钟一响，也就意味着新的一天正式开始，所以冉霖这种阶段式苏醒法，他怎么看都觉得应该属于天赋。

早餐是酒店自助，两个人进入餐厅的时候，不少游客都已经在里面了。

但更醒目的是三个穿梭于餐厅之中的卡通人物，一个是昨天见过的高飞，另外两个分别是米奇和朱迪，正手舞足蹈地给大伙伴小伙伴们带来欢乐，对于合影，也来者不拒，热情洋溢。

有了这样三个家伙，根本没人注意到新进来的“双明星 + 双跟拍”四人组。

倒是冉霖好奇地看了眼兔朱迪，《疯狂动物城》里的形象，在迪士尼一众历史悠久的卡通人物的包围下，充满了扑面而来的新鲜感。

哪知道这一看，没看清兔朱迪，倒被正在跟她合影的“粉丝”给惊着了。

夏新然几乎是熊抱在人家身上，一边兴奋合影，还一边喋喋不休地问人家：“狐尼克呢？真的没跟你在一起？”

冉霖仿佛能透过卡通头套，看见工作人员那张生无可恋的脸。

狐尼克死忠粉的“室友”坐在远处角落里的那张桌子旁边，正慢条斯理地往面包上抹果酱，对背后的一切充耳不闻，只留给世间一个伟岸孤独的背影。

陆以尧和冉霖径直朝他走过去，没到跟前，冉霖已经忍俊不禁地跟对方打招呼：“早啊！”

顾杰回头，见是两位伙伴，友善微笑：“早。”

“没去合影？”陆以尧拉出凳子，状似随意地问。

冉霖窘，这人的顽皮和恶趣味还真是说来就来，毫无预警。

“我喜欢低调。”顾杰说得利落果决，但眼里的疲惫出卖了他。

冉霖莞尔，索性也打趣地问：“昨天晚上睡得怎么样？”

顾杰深深看了一眼夏新然的方向，良久，收回目光：“新的一天，我只往前看。”

到最后夏新然归来，冉霖和陆以尧也没打听出来他到底对顾杰进行了怎样惨无人道的折磨。因为顾杰不愿意讲，而在夏新然口中，自己简直是中国好室友。

吃没多久，张北辰和唐晓遇也来了，六个人一起共进了温馨早餐，最终在开园前 40 分钟，于星愿湖码头坐上了去往乐园的轮渡。

录影第二天，六个人依然穿着蓝白色的印花卫衣，昨天在电视塔下面看起来莫名幼稚的“团服”，在今天这样充满童趣的氛围里，倒俏皮起来，与环境达到了高度的和谐统一。

刚坐上轮渡，节目组工作人员便开始给嘉宾分发迪士尼护照。

见护照发完，导演立刻入镜，抓紧时间道：“因为等下入口人会很多，所以关于今天的任务内容要在这里先说明一下。首先，大家可以抽出夹在护照中的彩色打印纸，这是一张清单，上面列的项目，就是今天所有人必须完成的任务……”

六个人，三本护照，大家不知道节目组是怎么想的，但导演在说话，也不好打断，于是很自然就近共享。

冉霖进入轮渡的时候随便坐的，这会儿挨着张北辰，护照是发到张北辰手里的，所以没等他开口，在导演开始讲护照里夹着清单的时候，对方便将清单抽出来和他一起看了。

冉霖没说话，但心里挺舒服的。

果然如导演所言，清单上列了四大任务，分别“集齐 14 个梦想印章”“体验 8 个快乐梦境”“完成两张美好合影”“观看一场绚烂表演”。

没等他看清具体内容，导演已经定下了今天的总规则：“谁能在最短时间内完成清单上的所有任务，谁就是我们今天的童话初恋组，最终的童话初恋，就从这组中选出！”

六个人都怀疑自己多听了一个字，不约而同看导演：“组？”

导演一脸理所当然：“对啊，护照只有三本，所以今天不是六个人的比拼，而是两个人一组的小组之间的对抗！”

顾杰有种不好的预感，也没时间讲究礼貌了，直接插话“请问怎么分组？”

导演大手一挥：“当然是按照房间，昨天的同住就是为了培养你们的默契啊！”

夏新然：“What（什么）？！”

冉霖想转头看看自己“队友”会是什么反应，可导演接下来的话打断了他的动作——

“轮渡马上就要靠岸了，希望大家有个心理准备，乐园的游客量很大，虽然园方对我们这次的拍摄给予了大力支持，但园区也有自己的运营守则，所以今天整个拍摄的首要条件，就是不能影响其他游客。因此录影期间，只会有摄像跟随各位。也请各位在完成任务时，该排队排队，该等待等待，随时随地以一名普通游客的身份来要求自己。以上，各位男神还有问题吗？”

“有。”冉霖和陆以尧一起举手出声。

语毕二人对视一眼，炯炯有神。

导演很自然地点点头：“果然，同住很容易出默契，都什么想法尽管说。”

两个人在看见对方举手的时候，就觉得对方肯定和自己想到一起去了，所以听见导演让说，立刻一起开口——

冉霖：“普通游客都有手机。”

陆以尧：“普通游客都有钱包。”

默契果然是一个任性的小妖精。

导演倒不怕问题多，反正一个也是答，两个也是答：“手机依然是不允许带的，虽然你们要以普通游客的身份来要求自己，但你们毕竟是普通游客中的特殊群体，是带着使命的，我们追求的就是这种未知的乐趣。至于钱包嘛，是的，今天大家可以带上你们的钱包，尽情在园区内的商铺里购买周边或者特色美食，毕竟难得来一次，节目组怎么能剥夺大家的乐趣。但还是那句话，请记住你只是一名普通游客，所以购买的任何周边也请和普通游客一样，自己携带，因而我还是建议大家把购物这个环节放到后面……”

“各位男神还有什么不清楚的地方吗？”眼看着就要抵达乐园入口，导演连忙最终确认，“一旦入园，各位只能通过跟拍摄像的对讲机与节目组联系，所以千万别把摄像大哥们跑丢了。”

六人郑重点头。

不是导演说得多严肃，而是轮渡即将靠岸，他们已经从黑压压一片等待入园的人潮里，感受到了即将到来的血雨腥风。

距离真正的开园时间还有半小时，但入口已经开始检票，不过检票进入的人也并不能真正开始玩项目，而是全部压在一进门的米奇大街那里，等待隔离栏杆真正地开放。

整个节目组的阵容在轮渡上看着很壮观，可融进这片人民群众的汪洋大海，就彻底显不出来了，没多久，待冉霖抬眼再去看的时候，已经瞅不见导演了。

陆以尧拿着护照，左等右等没等来自己伙伴，一回头，发现伙伴正跟夏新然一起研究清单呢，这叫一个郁闷。

“冉霖。”陆以尧索性直接召唤。

冉霖闻声抬头：“嗯？”

陆以尧深吸口气，又慢慢呼出，总算扯出温柔微笑：“你身旁的这位帅哥好像是敌方的。”

夏新然总算逮着机会，立刻大声道：“我和你换，顾杰给你！”

陆以尧黑线，他要顾杰干吗，顾杰有秘密攻略吗？！

戴着墨镜抱着小手望着小天吹着小曲的顾杰压根儿不理他们，反正他已经跟夏新然一组了，这个世界上不会再有更糟糕的事情发生了。

换组的事情终是没成，因为陆以尧以“咦，那边排队的人好像少一些”这一正常到无可辩驳的理由，把冉霖从这一端的队尾直接带到了隔着好几个检票口的另一端的队尾。夏新然立刻领会这无言的拒绝，只能望冉霖兴叹。

总算清净的陆以尧终于能专心和冉霖研究一下任务清单：

1.“集齐 14 个梦想印章”，即按照迪士尼护照上提示的线索，在 14 个指定地点寻找印章机，将相应的梦想印章加盖到护照内预留的 14 个空白处。

2.“体验 8 个快乐梦境”，即体验园内 8 个指定游乐项目。

3.“完成两张美好合影”，即在“奇想花园的米奇俱乐部”和“十二朋友园”两个指定地点，分别同米奇和 12 个朋友中的任一个合影。

4. 观看一场绚烂表演，即从园内每天循环上映的多个表演中，任意挑选一场全程观看。

“有什么想法？”陆以尧在昨天晚上睡觉之前也刷了刷上海迪士尼的相关，毕竟人已经住到酒店里了，怎么想明天的任务都同迪士尼脱不了关系。但正是因为对这里有了一个大概的了解，所以眼下看着这些任务，就只剩下两个字——头疼。

“我的想法和你一样，”冉霖叹一口气，指指清单上的第二条，“单这 8 个项目的排队，就能把人逼疯。”

陆以尧沉吟片刻：“只能寄希望于快速通行证了。”

快速通行证，即园内有几个项目是可以凭借快速通行证，不用排队，直接走快速通道进去体验的。但每人每两小时才能凭园区门票在相应地点领取一张快速通行证，快速通行证上会规定体验的时间段，游客必须在这个时间段内去体验，提前或者延后都不行。

好消息是，任务规定的 8 个项目，有一半都可以使用快速通行证。

坏消息是，任务规定必须两个人一同体验，也就意味着两个人不能你领取 A 项目我领取 B 项目，然后共享，只能一同领取两张 A 项目或者 B 项目。

“都说排队时间最长的就是飞越地平线。”见冉霖认真研究清单，陆以尧想起了自己昨夜的粗略研究成果。

冉霖点点头，共享攻略：“园内最热门的，像现在天气冷，全天排队依然在两个小时左右，很多时候甚至要排上 3 个小时。要是过阵子天气暖和了，游客更多，自行想象吧。”

陆以尧黑线，满脑袋都是涌动的人海：“那要是排它，一上午什么都不用干了。”

冉霖折好清单，重新夹入护照：“但换个角度想，如果我们能在极短时间内攻克它，就等于有了3个小时优势。3个小时啊……”冉霖抬头，目光灼灼地看着队友，仿佛在说，有了这三个小时，后面的任务躺着做都能赢啊！

然而陆以尧实在思索得太过投入了，冉霖滚烫的视线并没有成功传递。

这会儿队友脸上，只有对未来前景不太乐观的踌躇：“前提是真的能在短时间内攻克。我昨天晚上看见有人说，一进来就抢这个的快速票，都没抢着，秒光。”

冉霖终于放弃意念引导，直接抓住陆以尧胳膊，在对方终于看过来之后，用燃着熊熊火焰的眼睛锁定队友：“如果你信我，等下进去了，你就跟着我跑。”

冬末的上海，陆以尧在队友的眼睛里看见了自己的钢铁战衣在燃烧。

咦，陆以尧皱眉，为什么会想到钢铁战衣？

“陆以尧？”冉霖等着队友回应呢，不然眸子里的火堆都要熄灭了。

陆以尧定下心来，用力点头：“行。”

10分钟以后，已经被拦在米奇大街许久的游客们，终于迎来了遮挡绳索落下。不需要发令枪，70%以上的人一起朝着右手边的探险岛——飞越地平线所在区域——狂奔！

冉霖和陆以尧检票入园后并不是挤在米奇大街最前端，但奔跑开始后没多久，二人就凭借必胜信念和傲人的体力一路狂追，生生追到了第一梯队。

但说是第一梯队，仍然数量惊人，陆以尧抬头去望，全是黑压压的脑袋。

终于，前方出现了第一个岔路，拐过去就是探险家独木舟！

“那个也是清单上的！”眼见着有20%左右的人往岔路拐，陆以尧不太确定地朝着跑在前方一步之遥的队友大声道。

冉霖头也不回，脚下更快：“不要管，跟上我，别的都可以等，但极速飞越的机会只有一次！”

陆以尧选择相信队友，忍！

然而诱惑就像约好了似的，刚突破岔路，就看见雷鸣山漂流，如果陆以尧没记错，这个清单上的项目也是排队大户，而现在，这个项目根本没有几个人！

飞越地平线仍然看不见踪影。

而这个任务唾手可得！

“冉霖——”

“不行！”

“我还没说话呢！”

“我后脑勺有眼睛——”

跑得快要死了的两个人都顾不上客气了，就直来直往，字字戳心。

三言两语间，漂流就擦肩而过，陆以尧不舍地回头看，总觉得自己错过了整个世界。

忽然，陆以尧觉得不对，身边忽然多了许多往回跑的人！

定睛去看，原来是左手边的路旁被铁栏杆围出了一条长长的蛇形排队通道，而通道的终点就是栏杆里侧的——快速通行证自助领取区！

“冉霖——”

“不行！”

“快速通行证——”

“忘掉它！”

这是什么鬼！

一呼一喊间，陆以尧已经跑到了蛇形通道的入口。原来刚刚之所以感觉很多人往回跑，是自助取票区在近处，而蛇形栏杆通道的入口却在更前方，所以很多跑到前面进入了栏杆通道的人，还要跟着蛇形往回走，才能进入取票区。

而现在，70% 第一梯队的人都选择了去领快速通行证！

蛇形通道以肉眼可见的速度被填满着！

这是陆以尧见到的第三次机会了。

第一次，肯定不用排队的探险家独木舟岔路。

第二次，铁定不用排队的雷鸣山漂流入口。

第三次，需要排队但可以确保排到飞越地平线快速通行证的取票区。

再一再二，不再三啊！

陆以尧一咬牙，一个急刹车，眼看就要往左边去。

冉霖仿佛早有预料，同一时间脚下骤停，飞速向后转：“你说过信我的！”

陆以尧示意他看看大形势：“所有人都在领快速票，现在不领等下就没有了！”

冉霖又急又气：“陆以尧！”

陆以尧也着急：“冉霖！”

冉霖：“你特别帅。”

自恋果然是要命的弱点！！！

后半段，陆以尧再不迟疑，一口气跟着冉霖冲到探险岛尽头的飞越地平线。队伍已经排起来了，但仅仅在室内，室外大面积的蛇形排队栏杆都是空荡荡的。

两个人二话不说，飞速奔进去，排到队尾。

这是个全封闭黑暗环境下的4D球形巨幕观赏体验项目，摄影机进去也拍不到嘉宾，只能黑乎乎一片，故而跟拍大哥终于可以在外面短暂休息。

15分钟以后，二人顺利坐上设备。

而在此期间，陆以尧已经想明白了，就刚刚快速票那里的排队架势，等排到他们，黄花菜都凉了，领不到快速票还是其次，重点是耽误了时间，而等到那时要是想再过来这里，早没了第一梯队优势，只能跟着大排长龙。所以冉霖才不顾一切往这边跑。

就像冉霖之前说的，想快速攻克这里的机会只有一次。

那就是开园的第一时间！

在服务人员检查每个游客安全带的时候，陆以尧偷偷给了冉霖一个大拇指。

因奔跑而红彤彤的队友脸上，浮现腼腆笑容，与之前那个喊着“我后脑勺有眼睛”的家伙，好像完全不是一个人。

一路上没有看见其他四个伙伴，陆以尧不知道是自己跑得太生猛错过了，还是伙伴们有其他战术和选择。

但眼下，他们确实省下了至少两个小时，并且，他很神奇地从其中感受到了一种久违的快乐。某个瞬间，他已经忘了这是在录节目，仿佛回到小时候跟伙伴做游戏，没有那么多复杂的东西，就是我赢了，你要叫我大王，于是当真的赢了被叫大王的时候，他就会无比满足。

那种满足感是成年以后很难再拥有的。

所以他一直记到现在。

灯光暗下，坐椅缓缓上升，黑暗中的不知名处开始吹出清凉的风。

陆大王骤然握紧座位扶手，随着脚下感觉越来越空，眼前屏幕越来越亮，掌心开始慢慢出汗……

一个主题公园而已，你要不要把高空视觉效果做得这么逼真。

行，逼真他也不怕，大不了闭眼睛嘛，但为什么椅子要跟着飞起！！！

第十二章

陆以尧觉得自己之所以没有把小命交代在这个项目上，还是要感谢设计者的温柔。

首先，这其实就是个 4D 球形巨幕电影，所以环境完全是黑暗的，他能感觉到自己在半空中，但低头只能看见自己被屏幕映亮的脚，并不能看到实际高度。

其次，椅子升到一定高度之后，就定住不动了，偶尔会配合屏幕上的情景颠簸一下，但非常微弱，在他的忍耐极限之内。

所以全程，陆以尧都紧闭双目。一旦失去了“高空画面感”，加上座位相对平稳，就只剩下“我是悬在空中的”这种认知造成的恐惧，慢慢的，他也就能咬牙扛住了，虽然仍旧全身僵硬。

但这些冉霖都不知道。

从头到尾，他都瞪大眼睛一眨不眨地盯着屏幕，生怕错过每一个视觉奇观。偏偏设计者还不断制造惊喜，在他认为视觉感受已经登峰造极的时候，竟然闻到了与画面相关的香气！

这个时候，他的激动之情当然只能与同伴分享——

冉霖：“闻到草香了吗，真的是草香！”

陆以尧：“嗯！”

冉霖：“香料，香料的味道！”

陆以尧：“是啊！”

冉霖：“啊啊椰香，是不是椰子香啊！”

陆以尧："一定是了！"

冉霖心满意足。

陆以尧问心无愧。

虽然他全程用力闭着眼，连一毫米地平线都没看到，但味道谁闻不着啊，对吧。

椅子落地灯亮起的那一刻，冉霖意犹未尽，陆以尧劫后余生。

虽然冉霖很想细细体味余韵，奈何任务还要争分夺秒，于是飞快解开安全带，从座位上站起。结果发现陆以尧那边仍然坐着，一动不动。

冉霖好笑地推了推他肩膀："别回味了，后面还有7个项目等着我们呢！"

陆以尧不动如钟，神色安详："我再回味一分钟，一分钟就好。"

冉霖理解他，所以耐心地等。

陆以尧凝视前方，一脸坦荡，然后看似自然放在两侧的手掌继续暗暗搓揉捏大腿肌肉。

说一分钟就一分钟。时间一到，再僵硬，陆以尧还是解开安全带站了起来，就是这样一个顶天立地的汉子。

"你还好吧，里面那么冷吗？"飞越地平线室内即使开了灯，光线也暗，所以在里面的时候冉霖没觉出什么，可一出来，太阳光一照，陆以尧的脸色就有泛白，看起来冻得不轻。

陆以尧活动一下胳膊腿，看起来就像坐久了需要舒展一样，非常自然："嗯，一直吹风，什么画面都吹风，吹得有点凉。"

冉霖疑惑，不明白为什么自己和对方的感受差那么多。

最后只能归结为，陆神比较怕冷。

"没事，跑起来就好了，走，去梦幻世界！"冉霖说着就要拉陆以尧，也没多想，就是很自然的动作。

陆以尧也很自然后退半步。

"不返回雷鸣山漂流吗？我记得那个也在清单上。"他仍然惦记着刚刚错过的项目，毕竟那是在水里，怎么想都比较接地气。

冉霖想都没想就摇头："那里现在排队的人只会多不会少，我们不能往后返，必须往前赶。因为大家都是这样一路走一路玩，所以每一个项目都会分流游客，这就意味着越往前面的项目，排队的人越少，玩速越快。我们宁可错过一些项目，也要努力保持在大部队的前面，这样才能以最短的时间玩最多的项目。”

陆以尧再无话可驳，只能跟上。

一如冉霖预测的那样，刚开园半小时，紧挨在一起的“探险岛”和“宝藏湾”两大区域成功截住了大部分客流，待到“梦幻世界”，除了热门项目“七个小矮人矿山车”排队人数较多之外，其他几个项目的排队区看起来都很清爽。

最多 15 分钟，两个人就排上了小熊维尼历险记！

乘坐着充满童趣的小车，徜徉于百亩森林和小维尼的梦中世界……

旅程很短，但回味无穷。

出来的时候，陆以尧的脸色已经由白转红，元气满满：“我喜欢这个！”

冉霖点点头：“我看出来了，你坐进小车里的时候，眼睛就在放光。”

“游乐场嘛，就应该这样温馨童趣。”陆以尧说着拿出清单，难得认真研究，“还有哪个任务是地面小火车这种模式的，我们可以先去。”

“……”冉霖总觉得哪里不对，“你不是喜欢小熊维尼的世界而是喜欢这种体验方式？”

陆以尧轻咳一声，镇定收起清单：“维尼我喜欢，体验方式我也喜欢。”

冉霖乐，故意调侃道：“这种方式很常见，随便一个儿童公园里都会有这样的轨道小车，你到底爱它什么？”

陆以尧却直视远方，答得认真：“沉稳。”

挨着小熊维尼的就是梦幻世界区的周边商铺——森林百物。这里除了购物，还有另外一个作用，那就是梦想印章的盖章地点！

冉霖的策略就是先玩项目，再完成印章、合影那些，但如果能够在玩项目的途中顺道盖几个章，当然也是美事。

盖章机器将护照慢慢吐出，冉霖拿过来一看，百亩森林那一页的空白盖章处赫然多了一枚绿色圆形印章。印章内容是维尼熊 + 小猪 + 跳跳虎三个人的合影，上方是“百亩森林的小伙伴们”九个字。维尼熊在中间，抱着蜂蜜，跳跳虎在他的右边，晃着尾巴。

主题公园真的是一个很神奇的地方，当全身心沉浸其中，哪怕一个小小的印章，都能让人幸福感爆棚。

这会儿的冉霖就是，越看那印章越喜欢，而且是拿起来拉着陆以尧一起欣赏，末了还指着上面瘦瘦的小猪问人家：“你觉得这个小家伙像不像夏新然。”

陆以尧竟然也跟着认真研究起来：“它是什么性格？”

冉霖想了想："好像是害羞，还有点神经质。"

陆以尧摇头："那完全不像。"

冉霖没想到陆以尧还真的拿性格往上套，忍不住乐了："要说活泼，那反而是跳跳虎更像了。不过已经有你了，总不能有两个跳跳虎吧。"

陆以尧："我从来都没同意过这个形象定位！"

梦幻世界里是任务最多的地方，盖完章两个人就去了晶彩奇航。

陆以尧终于遇见了一个水上项目，而且是比漂流还要平和一万倍的"舒缓前行，静心欣赏"。

与飞越地平线和小熊维尼的全黑暗室内环境不同，晶彩奇航是室外项目，自然光充足，故而跟拍摄像也都跟着一起上了船，将沿途美景和嘉宾反应一同捕捉。

进入晶彩奇航的时候两人还没觉出什么，可等完成这个项目出来，就很明显感觉到梦幻世界区域里的人变多了。

这不是一个好兆头。

"我们得加快速度了。"接连两个项目的顺利让冉霖放松了警惕，也放慢了脚步，这会儿终于重新热血起来。

陆以尧也顾不上什么优雅风度了，只要能避开人潮，他甘愿像疯一样奔跑。

"二位请留步！"

就在两个人刚要脚下生风的时候，一个穿着黑色羽绒服的小伙子拦住了他们的路。

两个人一怔，冉霖的第一反应是路人问事情，陆以尧的第一反应是粉丝要签名。

然而都不是。

小伙子笑得憨厚，直截了当道："我看着您二位刚从晶彩奇航里出来，能麻烦告诉我一下里面都有哪些经典场景吗？每一个项目都要排很久，我是真的怕排完了不值得。"

两个人面面相觑，也不知道小伙子怎么就挑中自己了，难道是后面跟拍的摄像大哥让他们看起来特别像电台节目的外景主持？

"挺好看的，"时间有限，冉霖干脆利落地分享，"不过现在是白天，没有灯光。如果你不赶时间，晚上来看应该会更好看。"

小伙子立刻追问："那都有哪些经典场景？"

好人做到底，送佛送到西，冉霖索性也就帮着回忆："好像有花木兰、小美人鱼、美女与野兽、阿拉丁神灯、长发公主……嗯，大概就这些了。"

小伙子皱眉，不太甘心的样子："应该还有 1 个，都说是 6 个场景，你再想想呢……"

冉霖窘，他没料到对方是个完美主义者。说实话，过程中他享受居多，根本没特意去记都有哪些，能一口气回忆出来 5 个已经很难得了。

"米奇，"陆以尧忽然开口，"还有一个是梦境中的米奇。"

冉霖挑眉，意外地看队友，那眼神仿佛在说，原来你也有认真看啊！

陆以尧坦然微笑，实则心里擦了一把冷汗。他其实就记住了这一个，因为那个场景里米奇头上戴的睡眠帽特别有趣，他在看的过程中一直觉得那顶帽子非常适合冉霖。

这厢两位队友暗送秋波，那厢黑色羽绒服小哥忽然唰地拉开羽绒服拉链！

拉链似乎不太顺滑，嗞啦一声，粗糙刺耳。

两个人吓了一跳，虽然知道小哥不可能以身相许，但见这阵势也本能惊悚。

可对方很快从敞开的怀里掏出两张热乎乎的快速通行证，双手奉上，笑容狡猾灿烂："恭喜完成彩蛋问答！"

两个人这时再不懂那就是真傻了。

但总不能对着镜头喊导演你这个骗子明明说好了不设其他环节的！况且，那可是两张雷鸣山漂流的快速通行证！

在等待晶彩奇航的时候，冉霖曾偷偷瞄过排在前面的正在刷迪士尼 App（软件）的路人手机，当时手机 App（软件）里，雷鸣山漂流的排队时间就已经和飞越地平线的排队时间持平了，双双显示的都是"135 分钟"，要知道那时候才刚开园不到一个小时！

眼看着快速通行证的时间段就要到了，二人也顾不上谴责羽绒服小哥的神演技，撒丫子就往探险岛折返！

或许好运是真的有连锁效应的。

那之后两个人的旅途异常顺利，8 个项目中除了创极速光轮，都已经体验完毕。当然也可能是节目组给出的其他一些项目都不算太热门，但不得不承认，冉霖最初攻克地平线的选择和雷鸣山漂流的意外之喜是最大功臣，单这两个项目，就帮他们节约了至少四到五个小时！

5 个小时是什么概念？

7个任务项目都玩完，并且拿到创极速光轮快速通行证的时候，距离他们入园，也才过去5个小时。

创极速光轮，即这个乐园里第二大人气项目，排队时间之所以比飞越地平线略短那么一点点，是因为它的速度快——据说是迪士尼有史以来最快的过山车，玩家坐在极速摩托一样的设备上，握住摩托车把手，身体前倾，后背上压好安全支撑，接下来就等着体验上下翻飞的极速快感吧！

所以相比地平线，它的周期更短，游客轮转也就更快。

能够拿到创极速光轮的快速通行证是冉霖没想到的，虽然票上的规定体验时间段在下午4点以后，距离现在还有3个小时，但这三个小时完全可以用来收集印章、合影还有观看表演啊，因为这三项基本都不需要排队，只要位置找得快，找得准，3个小时绝对从从容容！

“我们今天赢定了！”快速通行证一取出来，冉霖就信心满满地冲着陆以尧咧开嘴。

“嗯。”陆以尧把属于自己的快速通行证收好，点点头。

冉霖有点奇怪地看他：“你怎么好像不太兴奋？”

陆以尧连忙摇头：“没有啊，可能一直在跑，有点累。”

冉霖不疑有他，立刻拍拍队友肩膀，宽慰道：“放心吧，接下来就是逛街，基本上大部分印章机都在商店里，我们一路逛一路盖章，沿途还能把合影和演出都完成。”

陆以尧没接话，而是忽然道：“要不先找个地方吃饭吧。”

不知不觉已是下午1点，两个人都还没吃午餐，所以冉霖很自然应允：“行，那你等我一下，我去买两个汉堡。”

冉霖说完就要去买，却被陆以尧拉住，然后他听见队友道：“我不太想边走边吃。”

冉霖窘，没料到这时候队友倒讲起礼仪来了，只得耐心解释道：“虽然我们时间充裕，但还是得尽量往前赶，去餐厅吃饭太浪费时间了。”

呼啦——

不远处的创极速光轮带着众乘客呼啸而过，肉眼根本来不及捕捉那一闪而过的车身，唯一清晰的只有乘客留在空中的高八度尖叫。

陆以尧不自觉挺直后背，艰难咽了下口水，片刻后，才收回目光认真和冉霖说：“我还是想坐在餐厅里吃。”

冉霖从没觉得陆以尧是个任性或者固执的人，如果这个要求是夏新然坚持，倒好理解了，可是换成陆以尧，就总觉得哪里怪怪的。

但想着反正时间够，迁就一下队友又何妨。

于是这顿饭一直吃到快两点，陆以尧才终于在冉霖快急死了的催促中，不紧不慢地结束了午餐。

冉霖的耐心已经被磨得差不多了，直接废话少说，拉上队友直奔冰雪奇缘欢唱盛会！

看完冰雪奇缘的表演，剩下的盖章 + 合影就顺风顺水了，除了陆以尧时不时抽风性的慢节奏，一切都朝着美好的方向发展。

尤其在漫威英雄总部盖完最后一个印章，冉霖的幸福值飙到了最高点。

“合影里没有这个吧？”陆以尧看着疯狂冲到高大钢铁侠模型身边，并对摄像大哥提出由远及近、由全景推近到特写等种种非分要求的冉霖，不能理解对方脸上迷妹一样的激动。

络腮胡的摄像孙大哥倒很配合，让怎么拍怎么拍，宠溺得就像带儿子来玩迪士尼的慈父。

陆以尧扶额，看向自己的跟拍。

跟拍大哥立刻领会：“你也要？”

陆以尧扶额：“不用，我喜欢小蜘蛛。”

跟拍大哥立刻兴奋地指指旁边。

陆以尧奇怪地望过去，就看见一个与迪士尼梦幻风格不大相符的临时指示牌——蜘蛛侠合影请往里走。

与钢铁侠合影完的冉霖只有一个感觉——美梦成真！

与蜘蛛侠合影完的陆以尧只有一个感觉——不堪回首。

天知道他为什么会在合影时，鬼使神差地跟着扮演蜘蛛侠的工作人员摆出一样的蹲下来伸胳膊咔咔吐丝的动作，并在周围无数等待合影的小朋友的欢呼掌声中获得了巨大满足。

他一定是病了。

这间叫作迪士尼的主题公园有毒！

“呼叫冉霖，夏新然呼叫冉霖！”刚走出漫威总部，孙大哥的随身对讲机里传来久违的熟悉呼唤。

孙大哥很贴心地把对讲机交给冉霖。

后者接过来后立刻按下对讲键："我在，我在。"

"你们那边战况如何？"夏新然的声音有点哑，不知道是累的还是这一天玩下来喊的。

"除了创极速光轮，全部搞定！"冉霖其实一下午都在等待能够豪气喊出这句话的时刻。奈何偌大的园区，他竟然真的完美错过了其他四个伙伴，好在夏新然主动上门。

"印章和演出也搞定了？"

"对啊！"

"啊啊啊——"对讲机那头的夏新然显然受到了刺激，呐喊里含着满满不甘，"你们怎么可以比我还快，我们也快搞定了，就差飞越地平线和创极速光轮！"

冉霖得意地弯起嘴角："你们战术不对。"

夏新然不理，直接问："所以你们现在在排创极速光轮？"

冉霖简直要笑眯眼睛："我们拿的是快速通行证，时间已经到了，所以这就要过去啦哈哈！"

对着夏新然，冉霖总是莫名就想欺负两下。

果然，对讲机那头哀号震天："我们的创极速光轮也是快速通行证，但要5点以后才能用啊啊啊啊啊——"

"你再号，工作人员就要把我俩请出去了。"顾杰低沉磁性的声音，轻易穿透夏新然的高分贝，在对讲机里传了出来。

夏新然的惨叫戛然而止。

接着对讲机再响，说话的已经换成顾杰："对面的伙伴们，没到最后，话先别说太满。"

夏新然号的是不甘，顾杰传递过来的却是不到最后一刻绝不认输的顽强。

冉霖被激起了熊熊斗志："行，我们现在就去创极速光轮！"

把对讲机还给孙哥，又恋恋不舍地望了眼钢铁侠作为告别，冉霖深吸口气，猛地看向陆以尧："走，让他们输得心服口服！"

"嗯。"陆以尧面上很自然应着，心跳已经乱得一塌糊涂，扑通扑通、噼里啪啦的。

冉霖一门心思想来个完美收官，所以一路上也没注意到陆以尧的异样。

直到二人上了明日世界的天桥，抵达创极速光轮入口，陆以尧终于一步再不肯往前迈，冉霖才后知后觉，瞧出不对。

“你该不会害怕吧？”冉霖起初没当回事，半调侃半宽慰道，“身高 122 厘米以上就能坐，而且虽然快，但考虑到小朋友，以极速前进为主，没有真正 360° 翻转那样的地方，最多就是身体倾斜。”

陆以尧沉默，只抬头盯着上方的过山车轨道。

冉霖以为他还在犹豫，索性道：“行，咱俩就站在这里看一次，你就知道其实没有想象的那么可怕啦！”

两分钟后，载满游客的过山车从站在天桥上的两人眼前疾驰而过。这一车乘客很给力，留下的全是痛快嘶吼，没见半点尖叫。

“就说了还好吧。”冉霖放下心来，转头对陆以尧道。

这一看，就愣住了。

陆以尧的脸色比之前还要白，比冉霖印象中的陆大明星能整整白出两个色号。而且表情也不对，什么纠结犹豫皱眉都没有了，就是僵硬、石化了的那种。

冉霖试探性地轻碰了一下自己的队友。

“嗯？叫我？”陆以尧好像才元神归位似的，茫然地看过来。

冉霖发誓，陆以尧在被他碰到的时候身体抖了一下。虽然很微弱，肉眼几乎无法辨别，但指尖上的触感不会骗人。

“你还好吧？”冉霖不再劝了，他总觉得情况好像比他想得还要严重。

不知过了多久，久到冉霖开始怀疑自己刚刚问的那句话其实是幻觉，陆以尧才忽然扶住天桥栏杆，僵硬的身体终于慢慢松弛下来。

“没事，”陆以尧轻轻舒口气，终于看向冉霖，似乎想扯出个微笑，但没成功，“我就是酝酿一下。”

冉霖看着队友的脸，第一次发现“酝酿勇气”原来是这么凝重的事情。

“还有多久？”陆以尧忽然问。

快速通行证的有效期只有 1 小时，冉霖知道他问的是这个，故而立刻凑到孙大哥旁边看看他的手表：“还剩 50 分钟。”

陆以尧沉吟片刻，商量似的口吻，和气温软：“那我能再酝酿一会儿吗？”

冉霖条件反射就“嗯”了一声，而且怕陆以尧有压力，还补充道：“夏新然他们的票是 5 点以后呢，怎么都要排在我们后面。”

陆以尧点点头，再不说话，只定定望着前方的创极速光轮轨道，继续酝酿。

冉霖不再多话，就安静地守在一旁，等待队友酝酿好。

半小时过去了。

队友仿佛成了一尊面容俊美的雕像，冉霖一直很好奇为什么没有麻雀停在他的肩膀上。

叹一口气，冉霖一巴掌拍上队友后背。

陆以尧不知道正陷入什么深度思考呢，一个激灵，猛然回过头来，没说话，但脸色沉得不能再沉。

冉霖露齿一笑，阳光灿烂：“去看花车巡游吧。”

他现在对陆以尧的脸色已经免疫了。这人其实就是个纸老虎，看着唬人，一戳就破。

陆以尧没料到冉霖拍他一巴掌是说这个，愣了半晌，才道：“看完花车巡游，快速通行证就过时间不能用了。”

冉霖窘，心说你有这觉悟还能巴巴在创极速光轮门口酝酿半小时。

但话一出口，还是转成了：“那就再排队呗。”说完就像等不及似的，直接拉住陆以尧的胳膊往外薅，“走啦走啦，花车巡游。”

陆以尧任由冉霖拉着，脚下却纹丝不动。

冉霖第一次发现陆以尧是力量型选手，他若不想动，自己竟然拉不走。

“跳跳虎同学，”冉霖无奈，直接喊了昵称，语重心长的，“你要再不动，花车巡游也要泡汤了。”

一个“也”，照亮了陆以尧的大脑。

“你知道我不敢坐。”不是疑问句，而是陈述句。

冉霖哭笑不得：“就算不知道，这半小时也酝酿出来答案了。”

陆以尧听出了队友的调侃，但没有一点不高兴，确切地说，他现在才是那个最过意不去的人，明明他们胜券在握的。

“对不住，”陆以尧以为承认这件事会很难，因为真的非常丢人，但这会儿看着一个劲给自己铺台阶往下走的冉霖，忽然觉得也没那么难以启齿，“我其实恐高。”

“我知道，”冉霖拍拍他肩膀，“不然你也不会宁可去吃特辣米粉。”

陆以尧惊讶：“你那时候就看出来了？”

冉霖窘：“当然是刚才想到的！”

陆以尧有点不好意思，但依然很认真道：“我知道你怎么想的，觉得这种事情就是心理障碍，其实克服了也就好了。但真的没有这么简单，这是一种生理反应，不是说克服不了，但必须长时间大量地去重复做，像坐飞机，我现在几乎每天都要飞，紧张感基本克服了，但还是不能踏实下来睡着。至于过山车这种整个身体都暴露在高空的，根本想都不要想，我单是站在这里看他们，就呼吸……”

“谁告诉你我是这么想的。”

“嗯？”

冉霖无奈地叹一口气：“能不能不要自告奋勇帮别人脑补。我当然知道这是生理反应极难克服，不然我就不会现在还晕针了。”

陆以尧愣住：“晕针？”

冉霖：“对，一看见针尖就头晕恶心，小时候是怕打针，现在是看见我助理绣十字绣我都浑身不自在。”

陆以尧：“为什么你的助理要绣十字绣？”

冉霖：“可能她比较闲？”

陆以尧：“你是有多不红……”

眼看着话题要朝友谊破裂的方向发展，两伙伴及时打住，最后深深看了彼此一眼，勾肩搭背起来——

“走吧。”

阳光下，两个难兄难弟的影子融在一起，你中有我，我中有你。

踩着快速通行证时间赶来的夏新然和顾杰，远远就看见天桥上走下来两人，互相依偎，彼此扶持，就像……

夏新然：“冉霖你摔着了？”

顾杰：“陆以尧你崴脚了？”

夏新然：“……”

顾杰：“……”

夏、顾：“你那是什么眼神！”

夏、顾：“你还学我说话！”

冉霖和陆以尧站在那里，把彼此扶得更稳——没有对比就没有爱，他们现在更喜欢自己的队友了。

“看花车巡游？”得知两人没病没灾没摔倒也没崴脚只是要去看花车巡游的夏新然，一脸懊恼，“啊啊啊还是让你们抢先了！”

冉霖窘，陆以尧直接举手：“我俩没玩创极速光轮，你们现在是躺赢。”

“为什么不玩？”顾杰抬手看看自己刚买的米奇手表，“你们的通行证时间还没过吧。”

确实没过，还有3分钟。

而且——

夏新然歪头，可疑地打量两个伙伴：“你们刚才是从上面下来的吧，真的没玩？你要敢欺骗我的感情，我真的会生气。”

冉霖白他一眼，干脆从兜里掏出未使用的快速通行证递过去。

顾杰和夏新然拿着快速通行证一顿检验，最终确认，这两人是真没玩。

但这件事说不通啊，放着到手的胜利不拿……

“你俩在等我们？”顾杰想来想去只有这一个解释。

不等当事人回答，夏新然就先辟谣了：“不可能，冉霖在电话里乐得可开心了！”

冉霖清了清嗓子，假装什么都没听见。

顾杰眯起眼睛，第二次上下扫描自己这两位伙伴，企图寻找到真相的蛛丝马迹……

陆以尧叹一口气，伸手指指自己的鼻子：“这个人恐高。”

顾、夏：“噗哈哈哈哈哈哈——”

冉霖揽着陆以尧肩膀，手掌轻拍对方：“挺住。”

陆以尧点点头：“我知道，打人犯法。”

笑够了，夏新然终于擦擦眼泪，直接宣布：“我也要去看花车巡游！”

陆以尧和冉霖怔住。

顾杰却欣赏地点点头：“好想法，附议。”

陆以尧大概明白伙伴们的意思了，动容之余，仍觉得不必如此：“你们玩你们的，不用觉得胜之不武，毕竟恐高……咳，也是实力的一部分。”

顾杰见他自己都说不下去了，也就不揶揄“实力论”这一部分了，直接反问：“为什么一定要‘胜’？”

陆以尧不明所以：“比赛总有胜负。”

顾杰：“谁说这是个比赛了？”

冉霖听到这里，基本明白了，莞尔接口：“陈胜吴广从来都不是竞争关系。”

陆以尧恍然大悟，既感动，又忍俊不禁：“那咱们现在？”

顾杰一把揽过夏新然，也学陆以尧和冉霖的造型：“揭竿而起去！”

“哎哎哎我脖子要断了——”

太阳光底下，融得分不开的影子越来越多。

最后顾杰索性用对讲机串联起了张北辰和唐晓遇，没想到那两个人已经在米奇大街了。

原来他俩把飞跃地平线放在最后，结果眼看花车巡游就要开始，排着的队伍却还遥遥无期，索性放弃，直接过来看花车。

毕竟来迪士尼一趟，哪怕什么项目都不玩，花车巡游总要看的，就像去桂林总要游漓江，去四川总要看熊猫一样。

晚上 10 点，录影终于结束。

六个人看了花车，赏了灯光秀，坐了旋转木马，闯了爱丽丝花园迷宫，逛了奇幻童话城堡……清单上有的项目要体验，没有的项目也要玩，个别喜欢的宁可排队还要二刷三刷，比如夏新然疯狂喜爱的旋转木马和冉霖极度迷恋的钢铁侠。

是的，冉霖又跑回去合影了第二次。

陆以尧当时的表情，并没有比等在旋转木马旁边的顾杰好多少。

最终，没有任何一个小组真正完成全部任务。

陆以尧、冉霖、夏新然、顾杰缺的都是创极速光轮。

张北辰和唐晓遇缺的都是飞跃地平线。

实话实说，这两个都是上海迪士尼的王牌项目，来到这里却不体验，肯定是很大的遗憾。

但摸着心讲，他们用排这些的时间，去逛了园内每一处角落，每一个商店，甚至二刷三刷一些没那样火爆紧张，却依然美好梦幻的项目，这份真正闲适的游玩心情，却是排几个小时队伍都换不来的。

更重要的是，他们再没对手，只剩伙伴。

一个人玩的快乐是一。

六个伙伴在一起疯，就是正无穷。

这一期没有童话初恋，只有童话漂流团。

导演对这个结果很意外，但喜闻乐见：“那么这一期录影就到这里，今天确实辛苦各位……”

“等一下！”夏新然忽然出声打断，“我们还没喊口号呢！”

导演一脸蒙：“什么口号？咱们有口号？”

陆以尧扬起嘴角：“以前没有，以后有了。”

语毕不等导演反应，六个人已经把手搭在一起，一个覆盖一个，就像所有集体比赛之前，队员们会做的那样。

夏新然起头：“国民初恋漂流记——”

全体都有：“为了真爱与正义！”

交叠的手轰地散开，喷薄的是士气，深藏的是情谊。

导演看着看着，竟然有些泪目……

这口号究竟是谁想的！

人与人交往的基本准则有哪些？

陆以尧未必能说全，但尊重，肯定是其中之一。

如果能在尊重的基础上，再给予一些体谅和包容，那么陆以尧相信，谁都愿意同这样的人相处。

冉霖就是这样一个人。

当然这是陆以尧的主观判断，他不会把这种判断强加给任何人，只是默默地放进自己的认知里。

从小到大，陆以尧听过太多这样的话了——

试试嘛，试过就知道没那么可怕啦！

就当陪我一次好不好，你看我都不害怕。

就差你一个人了，一咬牙就成了，唉，大家都看着你呢，你不嫌丢人？

是男人就上，我就不信你真会死！

最初年纪小的时候，陆以尧是真的会动摇，而且往往是怀揣着羞耻和惭愧，鼓足勇气踏上征程。

但无一例外，结果都是糟糕到可以列入童年阴影或者青春噩梦。

轻则狼狈不堪，重则呼吸骤停，而那些之前还慷慨激昂或劝说或激将的人，要么对着狼狈的他哈哈大笑，要么对着要死的他惊慌失措，大学一年级被蒙着眼睛骗进摩天轮那次，恶作剧的同学直接叫来了救护车——因为摩天轮落地的时候，他已经因为缺氧几近休克。

相比过山车，摩天轮那种缓慢地一点点往高空爬的模式更为恐怖，就像凌迟，痛苦至极，却又死不过去。

那之后再没有同学拿这件事来嘲笑或者恶作剧，那个骗他进摩天轮的英国同学，则老老实实受了霍云滔一顿暴揍，一声没吭。

陆以尧甩甩头，把思绪从那些不堪回首里拔出来。

看了眼身旁一上飞机就睡过去的冉霖，原本因为回忆而冷下来的眼神，慢慢柔和。

同样是飞机上睡觉，左右没有人的时候，冉霖可以睡到东倒西歪，如今旁边坐了他，这人就睡得安安静静，老老实实。偶尔脑袋往旁边偏一点，这人便像有感应似的，迷迷糊糊蹭起来，挺直脖子，继续睡。

云层之上的阳光亮得刺眼，从窗口照进来，晒得靠着窗的冉霖睡梦中都皱着眉。

陆以尧尽量不去看窗外，微微起身，伸出胳膊越过冉霖，在窗户上摸半天，终于摸到遮光板，轻轻拉下二分之一。

阳光从冉霖的脸上消失，一同消失的，还有那轻微的蹙眉。

冉霖的睫毛很长，现在和整张脸一起陷入没有打光的环境里，只留下好看的轮廓阴影。

一个多月前，他觉得这人想红想疯了，那么 Low（差）的炒作手段能混成十八线都是命运眷顾。

一个多月后，他因为录影结束的返程恰好订了同一个航班，就莫名其妙地心情愉悦。

在迪士尼的创极速光轮前面，冉霖陪着他酝酿了半个小时。

这 30 分钟里，冉霖有一万个理由发脾气，也有一万种方式追问他到底在酝酿什么。

可是都没有。

或许冉霖都不是第 30 分钟才想通他恐高的，以那人的敏锐，可能第 3 分钟，就联系上了第 1 期的“高空断桥 + 特辣米粉”，得出了他恐高的结论，但还是假装什么都不知道，安静地陪着他酝酿了那么久。

陆以尧相信，如果自己顺着冉霖当时铺的台阶走下去，可能到最后，那人都不会戳破真相。如果节目播出的时候又碰上魔鬼剪刀手，说不定就成了“陆以尧放弃任务陪队友去看花车巡游”。

后期，总是神一样的存在。

被坑过一次的冉霖，却仍然选择体谅朋友。

这种体谅有多可贵，只有被体谅的人懂。

还有夏新然顾杰他们的义气。

陆以尧在签下这个综艺之前，从来没想过还能在通告里交上朋友。

但是现在，夏新然正在他俩的后面一排，鼾声如雷；不返回北京，而是搭了别的航班直奔其他通告的顾杰则在上飞机之前，往群里分享了录影结束时拿回自己手机自拍的六人合影。

六张脸都挤取景框里有点变形。

少了帅气，却多了逗趣。

飞机开始降落的时候，冉霖醒了。陆以尧还是那个闭目养神的姿势，冉霖睡觉之前看他这样，睡完看他还这样，强烈怀疑这个人在整个飞行里就没有动过。

遮光板已经被空姐打开了，但冉霖不知道，在他看来遮光板一直就是开着的，外面云层清爽，阳光明媚。

飞机着陆的时候，大部分人都会紧张。尤其落地颠簸的那一下，会让很多人身体一紧，毕竟资料显示，飞机在起飞和降落时是最容易出现事故的。

但陆以尧正相反。

落地剧烈颠簸的那一下，男人的身体骤然放松下来。

冉霖离得最近，看得最清楚，那个挺拔的身姿一下子松了劲，腰不直了，背不挺了，连微微握着的手都一下子松开，从里到外透着"谢天谢地"。

陆以尧睁开眼睛的时候，看见的就是冉霖莞尔的表情。

"怎么了？"陆以尧不明所以。

"没事。"冉霖摇头，眼里的笑意却一时半刻消不掉。

陆以尧略一想，就知道冉霖在乐什么了，也不遮掩，道："我和你说过，我坐飞机还是会紧张。"

见对方这么坦白，冉霖也决定抒发真情实感："我知道你紧张，但你的反应和对着过山车的时候又不一样。怎么说呢，好像更可爱？"

陆以尧对这个评价真是无力吐槽。

冉霖从欺负纸老虎中获得了甜滋滋的快乐。

迪士尼和跳跳虎带给冉霖的快乐一直延续到周末晚上，第 2 期开播。

王希照例提前给他打了电话，提醒他记得按时收看，有问题双向沟通。但不知是不是错觉，好像比第 1 期的时候少了一些严厉，多了一点温和。

这种不确定的感觉在节目播出结束时得到了证实。

再次致电过来的王希只问了一句话："第3期录影的感觉比第2期还好？"

第3期最终的呈现效果如何，冉霖不知，但问录影，他还是有发言权的："嗯，我觉得更好。"

这里的好不单指他们越来越默契，也是因为第3期陆以尧献出了自己的私宅，有惊喜的节目当然更好看。

"那就行。"王希似乎放下心来，顺带说了另外一件事，"这周有几个牌子联系过来，想要你给他们拍广告。但公司研究了一下，还是觉得这些杂牌子太Low（差）。现在公司倾向于给你寻找一些品牌定位比较年轻，不需要特别知名或者有格调，但品牌本身形象肯定是健康积极阳光的，所以先跟你说一声，这种事也不用着急。综艺才播了两期，未来找上门的厂商会越来越多。"

冉霖有点意外，没想到真人秀的效应会这么快，要知道他现在的口碑仍一言难尽。

"我不急，都听公司安排。"冉霖语气平和坦然，一听说的就是实话。

王希很满意，又简单交代了几句健身和美容保养的事，便挂了电话。

冉霖坐在沙发里，脑袋空空地看着电视里的广告。刚看几秒，上一条播完，下一条就是陆以尧最新给某男士化妆品拍的。屏幕里，陆以尧容光焕发，神采奕奕，一张脸干净中透着性感，一双桃花眼带着笑，全程对镜头放电。

冉霖有点想买那款产品了。

广告放完，XX卫视又开始重播第2期。

冉霖不困，索性坐在那儿又看了一遍。

这一次他看得比第一次更仔细，因为知道了都会发生什么，后期又会怎样剪辑处理配字幕，所以少了忐忑和期待，多了淡定与细致。

很神奇，第2期节目是与第1期截然不同的风格。导演似乎换了思路，不强行制造误会和卖腐了，整个节目从第1期带着粉红色泡泡的男神风赫然变成了扔开偶像包袱的直爽少年风，后期也焕然一新，字幕和BGM开始往热血和燃的方向走，着力打造团队感。

虽然在一些互动上还能看出五个嘉宾之间的客气，在一些环节上还能看出节目组的考虑不周，但相比第1期，还是有了明显改善。

加上九寨沟的美景和熊猫宝宝的无敌萌功，使得第2期看起来更加流畅自然，虽达不到捶地狂笑或者热血沸腾的爆点效果，总还能让路人看着舒服，粉丝看着开心。

当然撕 X 肯定还是有的。

哪怕是口碑最爆的综艺，哪怕是嘉宾们已经好成了一个人，执着粉仍可以从中间挖掘出不和谐的蛛丝马迹。

但这些与冉霖无关。

他现在是一只快乐的鸵鸟，把头扎进沙子里，不看，不听。虽然会好奇外面的世界，但一想到这世界里除了清风明月山川小溪，也会有战火连天枪林弹雨，那点点好奇，便完全可以忍住了。

同一时间，某酒店。

“陆哥，再来一杯黑咖啡你今天晚上就不用睡觉了。”李同端着刚刚泡好的黑咖啡，迟迟不往桌上放，企图做最后挣扎。

陆以尧看也不看他，眼睛仍盯在手机屏上，只另外一只手轻轻点了下桌面。

李同知道他刚才的话又白说了，人家根本没听进去，也不再费口舌，直接把咖啡放下，继续坐回角落，守夜。

陆以尧喝了口咖啡，似乎终于在咖啡香气中想起来屋里还有一个人，总算放下手机，轻揉一下眉间：“不用管我了，你回去休息吧。”

李同小声吐槽：“咖啡不用续杯了？”

虽然要靠着陆以尧领工资，但因为陆以尧平日就没什么架子，说话待人也好脾气，所以偶尔，李同还是敢跟对方放肆一下的。

果然，陆以尧完全没生气，对于揶揄照单全收，还认真作答：“我自己续就行。”

李同黑线，合着还是要继续喝。

工作节奏一快起来，陆以尧就喜欢喝黑咖啡，如果条件允许，他会直接在随身行李里带着简易滤泡咖啡壶和磨好的咖啡粉，这些李同是知道的。

但首先，陆以尧的咖啡时间多半都在清晨和上午，睡眠是健康的第一保证，这是陆以尧的生活守则，所以除非连夜赶工，他轻易不会在晚上喝咖啡提神。其次，就是陆以尧今天根本就没有需要熬夜的工作好嘛！

他们今天飞来这里，是为了给陆以尧之前已经杀青的一个片子补拍镜头。

事实上这个镜头也可以用替身，但导演刚跟陆以尧联系说了情况，陆以尧就一口答应。最终补拍时间定在了明天。

也就是说，陆以尧现在最该做的是揣摩明天要补的镜头，然后休息。

而事实是揣摩镜头的功课他已经在下午做完了，整个晚上除了看自己参加的综艺第 2 期，就是一边喝咖啡一边刷手机，并大有通宵刷下去的架势。

李同跟着熬不起，决定听话去睡觉。可走到门口的时候，还是按捺不住好奇，回头问："陆哥，你到底在刷什么？"

再度拿起咖啡的陆以尧，先是不疾不徐地浅喝一口，接着才后知后觉反应过来，抬头看助理："嗯？"

李同叹一口气，决定把问题完整叙述一遍好让老板更容易理解："陆哥，你一晚上除了看电视，就是刷手机，大拇指都没停过，你到底在刷什么？"

"哦，"陆以尧这回总算听清楚了，随手把咖啡放回桌面，举起手机屏幕朝站在门口的助理晃晃，好像这样就已经足够说明似的，"言之有物。"

既看不清楚手机屏，也听不明白回答，呆滞半晌，助理小弟转身开门，并贴心地从外面替老板把门关好。

看完重播睡觉的冉霖，一直到第二天上午 9 点，才自然苏醒。

房间的双层窗帘只挡了一层纱的，厚重的布帘仍分隔两端，阳光轻易穿透薄纱，照亮清爽卧室。

起床的第一件事就是拿手机，先看看时间，再看看有没有未接来电，最后才是打开数据连接和无线网。

冉霖睡觉的时候不关机，但喜欢把网全部关掉，这样有急事找他的人自然会打电话，而那些自动弹出消息的 App（软件）或者通讯软件则不会扰人清梦。

开了数据，也就顺手点了微信，想着昨天晚上播节目，陈胜吴广们没准会有半夜不睡觉的，在群里讨论几句。

结果还真被他猜着了。

刚点进讨论群，滞后的信息便随着网络接通涌了进来，好在冉霖关了微信提示音，所以这会儿就在安静中看着不断往上滚的信息，耐心等待，直到 80 多条讨论全部刷出来，最后屏幕定格在夏新然的"睡啦"和顾杰的"赶紧吧"。

冉霖重新点回最上面一条，逐一往下看。

起头的也是夏新然，凌晨两点多，开始是表扬第 2 期整体风格转得好，后来就吐槽为什么你们都第 2 期了还那么尬。然后顾杰就不乐意了，冒出来予以回击。后来陆以尧也冒了一下头，但只搭了两句话，再不见踪影。

话题最终定格在夏新然和顾杰的"互道晚安"，时间是 2 点 59 分。

冉霖全程带笑地看完，这才退出聊天群，返回微信列表，忽然发现陆以尧的头像不知什么时候出现在了最近列表里，而且紧挨在置顶的陈胜吴广群的下面，右上角的红色小数字赫然“58”。

互换微信之后冉霖从来没在群组以外的地方和陆以尧私聊过，对方毫无预警就发一对一的信息过来已经很惊悚了，还一下子几十条？冉霖怎么想都觉得深夜里睡眼惺忪手滑发错的可能性大。

莫名其妙地点开，拉到最上面，58 条信息都是图片，而且缩略图的模样都大同小异。

然而小图终究看不清楚，冉霖点开第一张，系统显示发过来的时间是凌晨 3 点 20 分。

很快，清晰大图铺满全屏……

冉霖怔住，久久回不过神。

他微博底下的留言截图。

而且是经过马赛克处理的有选择性体现的留言截图。

马赛克粗糙得堪比抽象画，一看就是直接在软件里用手指画的，但制作者想要保留的信息很清晰。

被冉霖随便点开的那张，上面保留了两条留言——

霖家的小燃面：我喜欢在阳朔带着不会骑车的朋友兜风的那个少年，我喜欢在漓江上快问快答无比机智的那个少年，我喜欢在九寨沟被景色撩得分神结果让人偷走战利品的那个少年，我喜欢在宽窄巷把最后一串钵钵鸡让给朋友的那个少年。冉霖，我喜欢你，还有很多人和我一样喜欢你，你不需要回应我们，你只需要继续快乐下去。

夏美人什么时候再反串：人在做，天在看，既问心无愧，便无惧诋毁。夏夏也是这么被人黑过来的，你可以向他取经，哈哈哈哈哈。

眼眶酸胀得厉害，冉霖赶紧关掉，再点开一个。

还是微博留言——

格格巫的猫：实话实说，节目确实不够精彩，但第 2 期还是比第 1 期好很多，所以我依然期待第 3 期。以及，我喜欢你尴尬却真诚的样子，不熟就不用装熟，感情是处出来的。

木原家的渣攻：谢天谢地后期终于不强行麦麸了。但是，为什么热血向的第 2 期看起来反而比粉红向的第 1 期更让老阿姨春心萌动，你和谁看着都搭是什么鬼啊喂！

整整 58 张。

陆以尧不知看过了多少评论，才为他选出这些。

【我卸载了……以后如果咱们节目口碑逆袭，你替我多刷刷评论哈。】

迪士尼乐园酒店里的玩笑话，那人当了真。

要怎样才能从骂声一片的上万条评论里选出这些，要用多久才能把会惹他不开心的评论都涂掉，只留下会逗他乐的，冉霖不敢想。他怕想了，情绪就收不住了。

不，已经收不住了。

"神经病。"

冉霖笑骂，伸手擦掉了屏幕上的水渍。

保持全屏视图，一张张图片横向划着看过去，不知过了多久，冉霖终于看到了最后一张。

那图片和之前的完全不一样，不再是微博留言，而是一张私人备忘录的截图，上面只打了两行字——

【挡住流言蜚语，也会错过赞美鼓励。上面那些评论都是我觉得比较言之有物的，与君共勉。】

冉霖看着最后那四个神奇的字，憋了半天，还是又骂了一遍老词儿——

"你个神经病！"

第十三章

最初的冲击带来了眼泪，当激动慢慢平复，温暖开始充盈。

冉霖抱着手机在床上傻笑了半个小时，把那些截图又从头到尾认认真真看了一遍，然后觉得心里特别满，特别有力量。如果现在天塌下来，他能第一个冲出去疏散人群，自己站在那里等着顶天。

【截图都收到了，谢谢，真的。】

冉霖看着自己酝酿半天发过去的回复，莫名懊恼，真是小学生都比自己写得好。

他明明有一腔感激，明明想搂着陆以尧旋风哭泣，可一落到指尖，就删了打，打了删，最后成了这个鬼样子。

还是不行。

太生硬了！

冉霖腾地坐起来，纠结地抓了半天头发，最终以前所未有的严肃和端正，小心翼翼打下第二条——

【以及，马赛克真的很奔放。】

发完了，冉霖才觉得顺眼许多，心满意足躺下来，把微信提示音开启，望着天花板等待友人回信。

冉霖等了一个小时。

友人那边毫无动静。

冉霖这才反应过来，以陆以尧的工作强度，这会儿肯定又在赶通告，手机八成已经交给经纪人或者助理保管了，压根没带在身边。

不过，对方昨天发过来图片的时候已经凌晨 3 点了，如果现在在工作，那这人究竟睡觉没睡觉啊！

乱七八糟脑补了一通的冉霖，最后只能祈祷陆以尧没开工，只是晚睡晚起，还在补眠。

横店影视城，秦王宫。

阴郁的光线里，骤然沧桑的陆以尧身着左右交叠的黑色长袍，腰间系带，交领和宽大的袖口上绣着金色纹样，他一言不发，只静静看着地上低矮的条案，仿佛在追思那个经常坐在这里与自己辩论治国之道却最终被自己处死的男人。他们交往半生，亦君臣亦挚友，却最终还是没能善始善终。

算了，他杀过的人太多了，在他的大业面前，这不是第一个，也不会是最后一个。

镜头渐渐拉远，陆以尧独自走上台阶，慢慢走向宫苑深处，只留下一抹幽暗苍凉的背影……

“OK（好），过！”盯着监视器的导演终于满意出声。

陆以尧停下脚步，一直绷着的神经总算放松下来。老年妆让他很不适，幸亏最后镜头拉远，而且只拍背影，否则他的微表情很可能会让导演吐血重来。

随着这个镜头通过，陆以尧全部 5 个镜头，通通补完。

今天的镜头里，有 4 个都是单人镜头，只有一个是跟另外的演员对戏。然而那位绝对一番的男演员以档期为由，最终没能过来，导演没辙，只得找来替身搭戏，从始至终都把镜头焦点给了陆以尧。

陆以尧在这个电影里只能算是二番。接剧本的时候，《云章》刚播完，《北海树》还没上映，他大银幕上最亮眼的角色仍是那部出道的校园青春电影里的男三号。谁也不知道小屏幕上的人气能否真正转化成大银幕上的号召力，加上《北海树》的文艺片属性，公司迫切希望他能接演一部真正的商业大片。

所以即便只是二番，陆以尧和整个团队依然很重视。

电影在去年年底就杀青了，那之后陆以尧开始真人秀录影，直到 2 月初，导演亲自打电话来沟通，询问能否补拍。

陆以尧可以拒绝的，因为根据合同，他已经在约定工期内完成了约定内容，这段补拍是剧本上没有的，但他同样理解导演精益求精的艺术追求，所以还是让姚红排出了一天档期，特意过来补。

导演重新看了一遍补拍内容，确认无误，才从监视器后面起身，往陆以尧这边走过来。

这个导演其实在圈里挺有名望，早年也拍过不少得奖的片子，但随着近些年电影越来越娱乐化，观众群体越来越年轻化，他也不得不开始向资本妥协，朝着商业化转型。奈何艺术偏好和思维不是一天养成的，这条转型之路也颇为坎坷，于是这些年陷入了叫好不叫座的怪圈。

但陆以尧对他非常尊重，因为这位导演对所有演员也非常尊重，不会倚老卖老，颐指气使，并且工作起来一丝不苟，敬业认真。说句夸张点的形容，这位导演聚精会神坐在监视器前面的时候，陆以尧仿佛能看见他整个人都在燃烧，烧着生命，烧着心血，只为了心中的追求。

陆以尧羡慕这样热烈而纯粹的投入。

“辛苦了，”导演拍拍他的后背，既欣慰又感谢，“特地过来一趟，档期不好协调吧？”

“没什么的，”陆以尧轻描淡写，并不多说这些，“这本来就是天经地义的事情，我是吃这碗饭的。”

导演似有些惊讶他会这样回应，若有所思地看了他几秒，忽然拉着他往角落里走：“过来我给你讲讲戏。”

陆以尧一脸茫然，不知道那边灯光摄影都开始收拾设备了，导演还要讲什么戏。

很快，导演就带着他来到了相对僻静处，周围还是不时有剧组人员走动，但大家都忙着收工，也没人管导演和演员谈心。

“我欣赏你对待工作的态度，所以我就开门见山了，你别嫌我说话直，”导演看着他，就像看着一个晚辈，带着点和蔼，但更多的是期许，“态度端正是好事，但你的演技确实还需要打磨。”

陆以尧没想到会等来这么一句话。

整个拍戏过程里，导演说得最多的是“你可以试试这样的感觉”，然后就开始讲人物，讲冲突，讲肢体，但从来没对任何一位演员直白地说，你的戏不行。

甚至对那种陆以尧都能看出来不行的，导演也是大写的耐心。陆以尧一度以为这就是导演的脾气，现在看来，可能更多的是顾及演员情绪，毕竟骂不能解决问题，反而会拖累进度。

见陆以尧没出现抵触情绪，导演直接打开话匣子，滔滔不绝起来：“演戏这件事，有些人靠毅力，有些人靠灵气，有些人靠经验，有些人靠脸……”

“靠毅力的人，演什么，就会把自己逼成什么，不演疯了不算好，这是最难得的；靠灵气的人，遇见与自己来电的角色，往往特别出彩，但遇见不来电的，那就废，这样的演员很幸福，只要挑到合适的角色，往往四两拨千斤，就能达到惊艳的效果，但灵气真是一种非常短暂的东西；靠经验的我就不多说了，这种是最普遍的，表演程式化，无功无过，精不精彩，全看剧本；至于靠脸，我说句实话你别不爱听，现在圈子里像你这样的年轻演员，基本都是刷脸，观众记不住你的角色，只能记住演员本身，这不是好事。”

见陆以尧一直没吭声，导演忽然笑了，自我调侃道：“是不是觉得我这个老年人的想法特别落伍？”

“没有，”陆以尧确实听进去了，而且听得很用心，“您说的这些，我会认真去想一想的。”

导演欣慰地点点头：“我欣赏你对待演戏的态度，够认真，够敬业，但还不够爱。”说到这里导演停住，看向正在忙碌的工作人员，看着他们把刚刚还布景满满的宫殿一点点搬空，只留下一座空壳，“你的眼睛里没有对演戏的热情，如果你不能爱上这一行，你就永远只是个明星。”

“当然，”导演收回目光，重新看向陆以尧，“如果这就是你的追求，那刚才那些就当我没说。”

陆以尧动了动嘴唇，似乎想说话，但又不知道该说什么。

那边有人喊导演，导演应了声，最后拍了一下陆以尧的肩膀，再没多说，转身离开。

陆以尧站在原地，陷入深深的思索。

不够爱。

那要怎样才能算是爱呢?

“陆哥——”

李同特有的活泼少年音拉回了陆以尧的注意，抬眼去看，小助理和姚红正一起过来。

补镜头的时候他俩就在现场等待，如果刚才不是导演找他说话，估计他们会更早一步过来。

“红姐。”陆以尧跟经纪人打招呼。

“嗯。”姚红没说太多，只道，“赶紧去卸妆，车已经在外面了。”

陆以尧点点头，立刻进了化妆间。

没一会儿，陆以尧穿越千年，又回归现代，简单和导演还有工作人员告了别，便离开了影视基地。

他的档期很紧，能过来已经很配合，来去匆匆大家都能理解。

进到车里，陆以尧能喘口气。

机灵的助理小弟第一时间奉上咖啡和手机，陆以尧把咖啡放到一边没动，先把手机解了锁屏。果然，绿色App（软件）图标的右上角挂着未读信息的标志。

陆以尧嘴角不自觉上扬，刚点进去，却忽然听见姚红问：“刚才导演拉你到旁边，都说什么了？”

陆以尧忍着心痒放下手机，一脸正色回答道：“点拨了一下我的演戏，挺受启发的。”

姚红安心下来，颇为满意道：“看来他挺喜欢你的。”

陆以尧想了想，谨慎道：“应该还行。”

“嗯，”姚红语重心长道，“你现在不缺人气，就是要全力积累作品还有口碑，流量不能撑一辈子，稳扎稳打才能长久。”

陆以尧定定望着经纪人，用一种“我真的听进去了”的诚恳点了一下头。

姚红与他对视半晌，发现艺人好像没有继续深入聊的意思，只得作罢：“行了，这些都还太远，你先好好休息吧。”

陆以尧目送经纪人重新坐好，只留给自己一个后脑勺，这才放松地靠进坐椅，重新拿起手机。

屏幕已经自动灭了。

陆以尧指纹解锁，亮起来的正好是他刚才点进去的微信界面对话列表，现在冉霖的头像上挂着一个小小的“2”。

【截图都收到了，谢谢，真的。】

【以及，马赛克真的很奔放。】

陆以尧看着几个小时前的两条信息，忽然往上点开自己发的一张截图，那马赛克果然触目惊心。

陆以尧窘，也被自己潇洒的技法吓着了，夜里画的时候明明没觉得这么粗犷。

不过冉霖那个表情倒是生动，他仿佛能看见那个家伙正捂着嘴乐。

【请不要关注言之有物以外的细节。】

发完这条怎么看都很枯燥的回复，陆以尧也不知道自己在得意个什么劲，就莫名高兴。

那头回得很快，几乎是瞬间——【刚才在忙？】

【在横店，补几个镜头。】

【《秦宫乱》？】

【你知道？】

【好歹我也做过你的铁粉。】

【现在不做了？】

【我以为我已经上位成功了。】

陆以尧看着那个捧着脸的小骷髅头，简直想伸手进去敲一敲。

【是的，你可以放下灯牌了，朋友。】

“跟谁聊天呢？”接连不断的微信提示音，姚红想忽略也难，尤其在陆以尧脸上的笑容非常可疑和危险的情况下。

陆以尧下意识把手机放下，含糊道：“一个朋友。”

结果刚说完，手机又是一声叮。

但他现在还不能看，因为姚红摆明对答案不满意——

“圈里的朋友？”

“嗯。”

“女的？”

“男的。”

姚红总算松了口气，她不是反对陆以尧谈恋爱，但现在这个阶段，确实不合适。

眼看经纪人踏实下来，陆以尧也很满意自己的应对，就等着经纪人把头重新转回去，他好继续跟朋友聊天，结果左等右等，经纪人仍然定定看着他，而且眉头越来越皱。

“男的……谁？”

陆以尧无奈，知道是含糊不过去了，姚红的眼睛很毒，怕是看出来他不想说了。

但他这个人又不喜欢撒谎，被问到这里，只能如实相告：“冉霖。”

姚红的表情一瞬间变得很微妙。说生气呢，谈不上，但高兴肯定不可能，更像是意料之外的惊讶，然后慢慢的，眼底浮上一层不赞同：“你忘了你们是怎么认识的，他又是怎么炒作的？”

姚红的语气不重，但态度鲜明。

陆以尧沉吟片刻，才平静地说：“自从真人秀开始，他再没有捆着我炒作过了。”

“那是因为已经炒煳了，知道再炒下去只能被你的粉丝撕，”姚红叹一口气，并没有太多批评的意思，只是希望能说通自己的艺人，“而且退一步讲，就算他现在不炒了，那以前做过的能当没做吗？”

“他已经为之前的事情道过歉了。”

“如果道歉有用，圈里就不会有那么多闹掰的朋友了，”姚红无奈地看着自家天真的孩子，“何况你们还根本不是朋友。”

“现在是了。”陆以尧纠结再三，还是告诉了经纪人这个残忍事实。

姚红一脸错愕，不仅仅因为这两人的关系已经暗地里发展到了这种高度，更是因为这是陆以尧第一次向她承认圈内朋友。

带了陆以尧快 4 年，一路看着他从透明变小咖，从小咖变明星，合作过的艺人不计其数，但问起这些人，陆以尧最多就会说，嗯，挺熟的。从没有一次说过，这个人，是我朋友。

她一度以为陆以尧根本就不打算在圈子里交朋友。

“冉霖到底给你喝了什么迷魂汤？”姚红想来想去都觉得无解，只能调侃着认命。

陆以尧歪头想了想：“是挺奇怪的。但我确实和他比较合拍，相处起来也舒服。”

“你开心就好，”姚红知道自己是劝不住了，只能提醒，“但是记住，不论什么时候，都多留个心眼。”

陆以尧知道经纪人的好意：“嗯。”

姚红靠进椅子里，揉揉太阳穴，孩子大了，管不动了，只能尽量照看着了。

和陆以尧做朋友是什么感觉？

冉霖说不出来，反正看着陆以尧发过来的那句话里的“朋友”两个字，他就想下楼跑圈。

他也确实这么干了，不过不是下楼，而是在健身房。

私教头一回见冉霖这么卖力，不用催，换好衣服就特自觉地上跑步机玩了命地狂奔。

私教看不过去，稍稍帮他调慢了一点速度，然后按捺不住好奇地问：“遇见什么喜事了，这么兴奋？”

冉霖跑得呼哧带喘，还不忘给私教一个灿烂大笑：“我今天交到一个特别好的朋友！”

私教点点头，然后，就没有然后了。

交个朋友有多难，撸个串儿就能交一帮。不过私教转念一想，又似乎能理解了。明星们的世界嘛，总是比普通人复杂的。

距离友情盖章没几天，第 5 期录制就开始了。冉霖之前一直觉得这个通告几乎要把他的生活填满，往往录制完没两天，就要看播出，播出完没两天，就要继续录制，每天好像都要去想这个真人秀，想自己的表现，想观众的反应，想队友的态度，想得脑子发胀，压力挥之不去。

可这一次不知为什么，他几乎是期盼着录影到来的，尤其在机场看见伙伴们的那个瞬间，身体忽然轻巧起来，就像踩了一朵祥云。

他和陆以尧都没再提截图的事，因为该说的已经在微信里聊透了，甚至不相干的还聊了许多，所以再次见面，就很自然地打了个招呼，没说更多。

但夏新然敏锐地捕捉到了二人之间微妙的变化，直接问，你俩是不是在不录节目的时候也私下见面了。结果没等来回答，就被催着登机，再然后就把这茬忘了。

第 5 期的主题是沙漠初恋，节目组“壕无人性”地把他们集体带到了迪拜。

当然这是签合同的时候就清楚的，一共 8 期，前四期在国内，后四期在国外，拍摄周期也有不同，国内都是两天，国外一律三天。

大漠黄沙野骆驼，摩天大厦碧海湾，沙漠与海洋，原始与现代，交织成了一张阿拉伯联合酋长国的名片。

原定三天的录制，最终只录了两天半。因为最后一个场地协调出现问题，拍摄的素材又基本够了，导演当机立断，提前收工。

但机票和酒店都是按照第二天一早离境的行程定的，节目组那么多人，改起来很麻烦，导演干脆放所有人半天假，自由活动。

五个伙伴对这突如其来的假期表示完全蒙了，最后见节目组的工作人员大部分往购物的邪路上一去不复返了，索性也跟上前辈的步伐，直奔——Dubai Mall！

Dubai Mall，世界上最大的购物中心。基本上你能想到的奢侈品，这里都有，你想不到的，这里也有。一进门就映入眼帘的仿佛来到海洋馆的超大水族箱，已经用里面游弋的鲨鱼宣告了这座购物中心的霸气，然后你逛着逛着，还会遇见一个滑冰场。

在沙漠地区维持一座冰场需要耗费多少人力物力财力，没有人算得清，只知道它和外面成阴的绿树一样，都靠着想象不到的超额成本来供养。

但走进商场的人们已经不会在意这些了，买买买才是王道。

对于五个男明星，更是难得体验到了所谓的自由和畅快。

根本没人在乎他们是谁，即便有同胞擦身而过，也大多是跟着旅行团的叔叔阿姨，看都不看他们一眼。偶尔碰见几个年轻的，开心地上来要个签名，或者说两句话，也就撤了。

夏新然可撒了欢，要不是经纪人拦着，他后半年估计就要吃土。

相比之下顾杰和张北辰就理性许多，只挑了一些实用的东西，还顺带给亲戚朋友选了礼物。

但是夏新然再疯，也没有陆以尧疯。

这人买了两个爱马仕女包，两个香奈儿女包，两块萧邦女表，四瓶不同牌子的女性香水以及其他杂七杂八。花的钱就不算了，这一买就俩俩的谁看着都惊。

“你对你女朋友也太好了吧，”夏新然都有一种以身相许的冲动，“这得是三头六臂才能背得过来啊！”

陆以尧笑笑，不置可否。

冉霖没出声，但心里很佩服陆以尧对待隐私的定力，女朋友都被说成哪吒了，仍然可以三缄其口。

王希这次也跟着一起来了，最终买了两块卡地亚手表，男女各一款。冉霖从来没听说过她有男朋友，见状很是惊讶，但王希买完便迅速收好，一个字没讲，冉霖也就不好打听。

购物是一件危险的事情，指不定买的什么东西，就暴露了隐私。

所以冉霖为了“安全起见”，基本什么都没买，其间陆以尧挑香水的时候，他跟着闻了一款男士的，味道很好，但想了想，又觉得也不是很必要，便放了回去。

倒是一口气买了 4 瓶的陆以尧，可以随便选一款 30ml 的当赠品，最终选了冉霖闻的那个。冉霖很欣慰，觉得陆大明星品位不俗。

一行人直接逛到天黑，才恋恋不舍结束购物之旅。

剧组虽然壕，也终究没舍得给他们订帆船酒店，这成了冉霖心中的一个遗憾。

不过回到酒店，围观陆以尧收拾战利品，他就把这些都忘了。

他们五个的房间一个挨一个，冉霖恰好就在陆以尧隔壁，所以这会儿陆以尧开着门，他探个头就能看见，跨一步就能进屋。

但擅自进别人房间终究是不礼貌的，除非主人邀请——

“别偷着看了。”陆以尧一边折腾行李，一边头也不抬地戳破偷窥。

冉霖叹为观止：“你后脑勺也长眼睛了？”

“嗯，近朱者赤。”陆以尧说着，手上仍叠着衣服，看起来是要重新归置，以便给新买的东西腾出空间。

陆以尧在床边收拾，冉霖不好意思坐床，便拉过来一张椅子坐下，才道：“需要我帮忙吗？”

“不用，”陆以尧把叠好的衣服全部放到箱子一侧，无奈道，“其实也没多少东西，就是怕放不好把包压着，这要是压出折痕，两位姑奶奶能灭了我。”

冉霖总算明白他为什么不让助理来帮忙了，但更意外的是，陆以尧会主动提送包对象，明明白天被夏新然调侃的时候，他都没接茬。

仿佛知道冉霖在想什么，陆以尧停下手，抬起头，无奈道：“夏新然人很好，就是太活泼。”

冉霖反坐着椅子，胳膊搭在椅背上，下巴搭在胳膊上，惬意得不要不要的：“你担心他给你抖搂出去？”

陆以尧一字一句，语气深沉：“不是担心，是确定。”

冉霖乐了：“要不要我去把门关上，万一被听见，你别想消停了。”

陆以尧很认真地想了想：“我看可以关。”

冉霖忍俊不禁地起身关门，刚把门合上，就听见陆以尧道：“给我妈和我妹买的。”

冉霖怔住，好半天，才回过神来惊讶地看着陆以尧。

这是对方第一次讲家里的事情，如果他没记错，之前录影的时候但凡涉及家里或者与成长背景有关的事，陆以尧都是能躲则躲的。显然，他不喜欢讲这些。

可现在，他说出“我妈”和“我妹”两个词的时候，眼神温柔得不像话。

冉霖不知道该怎么接，刨根问底不合适，不说话更不合适，干脆走过去重新坐下，态度和语气仍旧很自然：“我猜香奈儿是送给你妹的。”

陆以尧摇头。

冉霖意外："难道是爱马仕？"他对于品牌没什么研究，但从陆以尧挑的款式上总觉得香奈儿的更少女些。

不料陆以尧仍然摇头。

冉霖有一种不祥的预感："该不会每一个牌子都一人一个吧。"

陆以尧："香水不是。"

冉霖："对，香水是一人两个牌子。"

陆以尧："没办法，不患寡而患不均。"

冉霖："你确定你是留学英国曼彻斯特，不是山东孔孟之乡？"

陆以尧窘，脱口而出："这个锅得我爸来背。"

说完，他的笑意就没了。

就像那句话里有某个字是言灵，提不得，提了就风云突变。

冉霖最怕空气忽然安静，一时有点慌，尤其是之前气氛那么好，要就这样急转直下，也太坑了。

"我看你好像什么都没买。"陆以尧忽然换了个话题，手上重新忙活起来。

冉霖立刻顺着聊："没什么特别想买的。如果硬想，那想出来的东西十有八九买回去也不喜欢，都是浪费。"

"也有道理。"陆以尧说着，把包包依次放到腾出空间的行李箱里，最后拿过那几瓶香水，放到合适的角落，剩下那瓶30ml小的，则压根没往箱子里放，直接拿起来递给冉霖，"这个给你。"

冉霖没接，只嘴巴微微张开，好半天，才挤出一个："啊？"

陆以尧手都举得酸了，无奈，直接把东西放到床上，冉霖一伸手就能拿到的地方，然后继续低头收拾行李，很自然道："你不是喜欢这个味道吗？"

冉霖窘："你怎么知道？"

陆以尧瞥他一眼："你闻那张香水纸时候的表情和跟钢铁侠合影的表情一模一样。"

陆以尧也不觉得这是什么大事，顺便而已，便催着道："别跟我客气了，本来就是赠品，我家里香水都能洗澡了，拿回去也是落灰。"

话都说到这里了，冉霖也不好再推，于是默默地伸手把礼物摸了过来。

30ml的香水盒很精致，握在手里，外包装盒子的棱角硌得掌心发痒。

然后那痒一路从手传到心，成了暖。

“早知道我就不闻香水纸了，该闻一个爱马仕的……”合不拢嘴的冉霖还不忘声声惋惜。

回了自己房间，冉霖开始兴致勃勃地拆包装。

没几下，外封塑料便被剥落，冉霖打开盒子，取出香水。瓶身小巧精致，样子同大毫升的同款产品没有任何不同，只是按照容量对瓶身进行了等比例缩小，于是少了一些男士香水的沉稳奢华，倒多了几分秀气，清透微凉的玻璃触感从手心传递过来，很舒服。

冉霖忽然特别想学电影里看来的那样，把香水往空气中潇洒一喷，立刻向前一步，钻入香水雾中，静待那些细微香气颗粒的坠落和浸染。

但盯着那个30ml的容量看了半天，最后还是没舍得，只往手腕和脖梗上点了一点。

刚点完，没等冉霖细细品味，门铃就响了。

也不知道怎么想的，冉霖鬼使神差把香水塞进枕头底下，这才神情自然地去开门，结果来的是张北辰。

一开门，冉霖就愣住了，直到张北辰调侃：“不让我进去？”

冉霖连忙闪开，做了个请进的姿态：“只有你才会这么客气地等我请，要是夏新然，直接就闯进来了。”

张北辰从容进屋，顺手帮冉霖关了门，然后才道：“我和他不一样。”

冉霖站在那里本来是等着关门，现在让人代劳了，于是就只剩下两个大男人站在门口大眼瞪小眼。

冉霖有些不自在，忙转身往屋里去，边走边玩笑道：“当然不一样啦，一个夏新然已经够让人头疼的了，再多来几个，导演估计会哭。”

“我来找你，你却总在说别人，也太让人伤心了。”

冉霖刚把椅子拉过来，正想请张北辰坐，就听见了这么一句，哭笑不得：“找我有事？”

张北辰轻轻挑眉，反问：“没事不能找你聊天？”

“当然能啊，”冉霖连忙指指椅子，直接邀请，“坐。”

张北辰没坐，只站在那里看了一会儿冉霖坐的椅子和那把留给自己的椅子，好笑道：“怎么搞得跟座谈会一样。”

冉霖乐：“屋就这么大，你不坐椅子就只能坐地毯了。”

张北辰终于听话地坐到了那张椅子上。

冉霖刚想再开口，手里忽然被塞进一样东西，方方正正的盒子，棱角扎了他的手心。他低头去看，差点以为时光倒流。

那盒子与不久前自己拆开的盒子一模一样，除了整体大了两圈。

莫名其妙地抬起头，张北辰笑得温柔。

“送你的。”他说。

冉霖忽然特想穿越回去看看自己当时闻香水纸的表情到底有多痴汉，否则怎么一个两个都看不下去，排着队送他香水。

不，陆以尧那个是赠品，如果当时商家没有那个活动，冉霖不觉得对方会特意买一瓶送自己。

但张北辰这一瓶是实实在在的正价货。

“那个，其实我对香水真的很一般，我当时就是好奇，才多闻了两下……”

没有理由，冉霖条件反射就往拒绝那条路上走。这和收陆以尧的东西不一样，那人送得随意，他收得也轻松，但对着张北辰，他总觉得哪里不对，莫名压力感倍增。

“你可别说要还给我，”张北辰露出受伤的表情，分寸拿捏得刚好，不过度夸张，反而有淡淡的熟稔和亲切，“我买了两瓶，你要是不收，我只能供起来了。”

冉霖骑虎难下。

东西其实没多贵，再推下去总觉得容易尴尬，但收了他又真的浑身不自在，相比之下陆以尧那份赠品真是朴实得可爱！

“试试看，”张北辰见他有松动，又补了一句，“这个味道的确不错。”

冉霖犹豫再三，还是把香水塞回赠予者手里，声音温和，但语气已经是明显的坚定：“我其实不喜欢这个味道。”

张北辰不快地皱了一下眉，又迅速恢复自然，半晌，对着手中被退回的礼物幽幽叹息：“其实就是特意给你买的，想感谢你在录音棚里的点拨。”

“都多久的事情了，”冉霖好笑道，“再说你当时就已经道谢了，如果我没记错，你还请了丰盛的工作餐。”

张北辰笑笑，垂下眼睛，半晌，忽然说：“一直没在微博上帮你出过头，你会怪我吗？”

冉霖不知道对方怎么就忽然提了这个，但张北辰的坦白又让他心头一暖，遂坦然道："说那些干吗，我们才是真正在一起相处这么久的，你知道我是什么人，你拿我当朋友，就够了，不一定非要秀出来。"

张北辰一言不发地看了他良久，道："有没有人说过你特别温柔。"

冉霖莞尔："有人说过我特别尿。"

张北辰摇头："你不是尿，你是柔中带刚。"

冉霖窘，总觉得这个词听起来怪怪的……

"对了，"张北辰忽然想起什么似的，说，"我那天无意中看见你出道的照片，就白衬衫那张，特别漂亮。"

冉霖不太适应这种赞美，忙调侃道："这个词应该给夏新然。"

"不给，"张北辰拒绝得倒痛快，"给了也没人领情。"

冉霖想了想，还是决定坦白问："你到底把他怎么了？"

张北辰一脸无语："问题就在这里。我根本没有把他怎么过，我俩一起出道，一个公司，定位不同，路线上没有竞争，甚至都没有交集，如果你非要问我什么原因，我只能说八字不合，而且是他单方面的跟我不合。"

冉霖有点蒙，没料到这居然是一桩悬案，正想继续帮着分析，张北辰忽然闻了两下空气，疑惑道："你闻没闻到香水的味道？"

冉霖紧张起来，生怕被张北辰发现，虽然他也不知道为什么要隐瞒陆以尧送他香水这件事，但嘴巴先于脑袋，就撒了谎："哦，我在柜台试了一下，味道可能留身上了。"

张北辰歪头看他，忽然凑过来近距离闻了闻，很快公布鉴定结果："果然是一个味道。"

冉霖无奈地白他一眼："我干吗要骗你。"

张北辰点点头，状似无意道："陆以尧的赠品好像拿的也是这一款。"

冉霖心脏漏跳一拍，但嘴上还是很自然接茬："哦，好像是。"

"难怪你不收，这款果然还是太大众了。"张北辰说着把香水拿回自己手里，看架势是不准备送了。

冉霖对这个结果是喜闻乐见的，但还是忍不住分辩道："买的人多也未必就是不好，说明它的味道确实比较受欢迎。"

"但是买的人多就不特别了，"张北辰把香水放回口袋，灿烂一笑，"下次换个不一样的送你。"

冉霖刚想让张北辰打消这个念头，门铃声却再度响起。

冉霖怀疑自己这个房间门外挂着“好客”的牌子。

开门，外面站着的是陆以尧，一见门开便直接道：“夏新然说要去吃夜宵外加夜游迪拜河……”话没说完，他就愣住了，因为透过冉霖，屋里还有一个人。

张北辰冲陆以尧笑笑：“听起来不错。”

陆以尧有点摸不清状况，看看屋里，再看看门口：“你俩这是？”

“想到一起去了，”没等冉霖想出合适说法，张北辰已经很自然回答，“我俩也在研究去哪里吃宵夜呢！”

陆以尧豁然开朗：“那还等什么，一起去吧，听说夜游船上的自助餐挺棒的，都是当地特色。”

冉霖不惊讶于陆以尧的听什么信什么，毕竟张北辰的说辞合情合理，真正让他惊讶的是张北辰的反应速度，几乎是陆以尧一问，他就答了，如果冉霖不知道真相，也会觉得就是这么一回事。

那是一种不需要思考的下意识的保护机制。

或许在这个圈子里，自我保护是首要生存条件吧，即使并不是真的存在什么风险，也会习惯性地选择最不会惹麻烦的做法，像自己，不也没讲陆以尧送赠品的事吗？

这样一想，冉霖也就释然了。

“那我先回去换件衣服，10 分钟之后集合？”张北辰越过冉霖，直接问陆以尧。

“行，”陆以尧很痛快答应，“我去告诉夏新然和顾杰，等下 1 楼大堂见。”

目送张北辰离开，屋里屋外只剩下冉霖和陆以尧大眼瞪小眼。

“你也要换衣服吗？”陆以尧问。

“哦，我不用，”冉霖说，“拿了手机和钱包就能走。”

陆以尧很欣慰，这样才对嘛，吃个夜宵，又不是赶通告，有什么可收拾的。

回了房间的张北辰，换了一身更清爽的衣服，又对着镜子弄了弄头发，直到觉得满意了，才拿起手机要走。

可走到门口，他又折了回来，从刚换下的衣服里掏出那瓶没送出去的香水，静静看了两秒，嘴角勾出一抹自嘲，随手丢进了垃圾桶。

垃圾桶里空空如也，包装完整的香水砸在里面，发出咚的一声。

迪拜河向内蜿蜒，将迪拜分成两半，东面是 Deira（德拉），西面是 Bur Dubai（布林迪拜），坐着阿拉伯风情的大木船游在河上，看着两岸幻影流彩般的灯光，恍若驶进了《一千零一夜》。

船上的自助餐确实不错，虽然并不能全然符合被五千年中华美食养刁了的口味，但每一样都尝尝，也是乐趣无穷。

船很大，但人并不太多，除了他们，就只有一桌西方人和几个印度人，经过陆以尧的简单交流，发现他们都是在本地为建筑企业工作的，有设计师，也有项目经理，都是刚来到迪拜没多久，所以也趁着下班，体验一下游客的乐趣。

第一天录影做任务，冉霖就听见了陆以尧说英语，纯正的英式口音，很严谨，也很讲究，不过在冉霖听来，只剩下性感。他第一次发现，同一个人，说不同的语言，会有这么大的区别。汉语模式下的陆以尧，只让人觉得正直踏实，英语模式下的陆以尧，就莫名有了一丝禁欲风，性感得不要不要的。

不过后来任务实在太毁灭人的意志，等到一天录影结束，他就只想上床睡觉了，哪怕 10 个陆以尧围着他说英语，也美不过周公。

餐桌在甲板上，但取餐在船舱内，这样一来游客可以一边吃一边看风景，又不会被食物的混合气味包围。

船在河上悠哉漂着，冉霖也很悠哉地吃完了盘子里的东西，起身去船舱里二刷，结果发现夏新然也跟着一起进来了。

“听陆以尧说，他去找你的时候张北辰也在？”

冉霖就知道夏新然想找自己说话，刚才在甲板上，这人的眼神就闪烁得很可疑。果不其然，一进船舱，夏新然就开了口。

船忽然晃了一下，冉霖飞快扶住摆放餐点的长条桌，这才没摔。

夏新然也吓了一跳，眼睛瞪得溜圆。

冉霖看着那双大眼睛，怎么也想不通这么开朗直接的一个人，究竟为什么如此嫌弃张北辰，便也没敢说太多，选了最无害的部分：“他来找我吃宵夜。”

夏新然眯起眼睛，上下扫描。

冉霖有一种被逼良为娼的忧伤，叹一口气，尽最大诚恳道：“真的，信我吧。”

“算了，信你一次。”夏新然松口。

冉霖想放烟花。

“不过我也和你说真的，”夏新然幽幽道，“别和他走太近。”

冉霖想问原因，但一犹豫，就错过了，夏美人已经一头扎进美食，先前那些淡淡忧伤早就随着迪拜河流走了。

冉霖左等右等，见对方还没有收手的意思，索性先端着自己的餐盘回甲板了。

餐桌旁只剩下两个人。

冉霖坐回自己位子，问旁边的陆以尧：“张北辰呢？”

陆以尧嘴唇刚动，对面的顾杰已经帮忙回答：“去船头吹风了。”

“哦。”冉霖应了声，不再多问。

陆以尧却还看着他，片刻后，忽然毫无预警地探头过来往他身上凑，而且边凑边闻，跟大型犬似的。

冉霖一动没敢动。

陆以尧闻得突然，撤得也果断，在得到自己想要的答案之后，便重新坐好，一脸认真道：“果然和导购说的一样，中调比前调好闻，更清爽。”

《国民初恋漂流记》第3期，在众人从迪拜回来那个周末，如约而至。

第十四章

第 1 期第 2 期播放的时候，冉霖都是坐在电视机前严阵以待，态度之庄重虔诚，就差沐浴焚香了。但到了第 3 期，不能说完全平常心，可确实有些放松下来。

从表面上看其实并不明显，冉霖还是那个冉霖，沙发还是那个沙发，甚至连姿势，也是盘起长腿，端正坐着。

可是心里那股劲的微妙变化，作为当事人，冉霖是再清楚不过的。

第 1 期播的时候，他的心里是“极度紧张 + 极度兴奋”的综合体，既期待节目惊喜，又担心表现不尽如人意，于是随便一个字幕旁白，都能让他瞪大眼睛呼吸急促。

第 2 期播的时候，兴奋基本不见了，只剩下忐忑和悲观，每次镜头里出现自己，他都会在心里想，看着吧，又要被抓住槽点了。

如今，终于到了第 3 期。

兴奋和期待回笼几分，忐忑和悲观扫走几分，又多了一丝重游回忆的怀念和温馨。他会像看悬疑电影一样，去猜剪辑，猜后期，猜导演的思路，猜对了窃喜，猜错了就吐槽导演坑；也会像看家庭录像一样，对着那些曾经的欢乐时光，发出后知后觉的感慨。

很奇妙的体验。

冉霖说不清这改变的来源，但乐在其中。

“为什么我们已经流落荒岛连吃饭都成问题了，却会有一瓶防晒霜？”

电视里的陆以尧一脸蒙，仿佛夏新然是外星人。

“对啊，我……我流落荒岛什么都被海水冲没了，就剩下它，不行啊？！”

强词夺理的夏新然，确实让地球人招架不住。

“现在可以把它还给夏新然了吗？”

屏幕上的自己，胸有成竹的模样透着傻气。

“不行。”

“为什么？”

“既然是珍宝……那我也来点试试。”

陆以尧说完，字幕组就用花体字给冉霖配了旁白——【我的队友是个神经病怎么办，急，在线等！】

冉霖乐得合不上嘴，特想给后期发一枚“知心姐姐”的小勋章。

这是陆以尧第一次和大家开玩笑吧，冉霖不太确定地想着，好像从这里开始，整个漂流团之间的气氛就慢慢摆脱了尴尬，往温馨友好上去了，当然偶尔的相爱相杀，属于间歇性跑偏。

电视里的顾杰发现了椰子！

镜头一转，陆以尧还在仙人掌周围打转。

字幕组还给仙人掌君配了台词——【小妖精，你是逃不出我的手心的！】

镜头里的陆以尧，浑身散发着想把这株仙人掌连根拔起的小宇宙。

冉霖对着电视机发出了毫不留情的嘲笑。

反正也没人听见。

可是嘲笑归嘲笑，眼睛却舍不得离开屏幕。电视里那个路痴的家伙简直可爱到爆，尤其后面大家终于聚到一起，这人仿佛什么都没发生的样子，让人恨不能上手去捏他那张装模作样的脸。

后面就是大家一起搭椰子叶棚了。

接着钻木取火。

屏幕上的陆以尧全神贯注，一丝不苟，旁边帮忙打下手的自己，全程一脸崇拜。

录影的时候冉霖完全没感觉，现在看着镜头里自己那张迷弟的脸，简直不敢想陆以尧看见会有什么表情。

更可恨的是后期还贴心地给他配了旁白——【哇，认真的男人最帅了……】

就在冉霖以为节目组故态复萌，又忍不住麦麸的时候，第二句旁白弹了出来——【我也要成为这样顶天立地的男人！】

——这是什么鬼！

冉霖想扶额哭。就算他这张脸在五个人里看着最像弟弟，也不用非得营造出爸爸带儿子野营的既视感吧。

“着了！”

“呼——”

呃，儿子就儿子吧，冉霖看着电视里好不容易冒了火星的椰棕被自己一口气吹走，忽然觉得学龄前这个人设其实也挺好的。

毕竟，小孩子犯错，上帝都会原谅的。

“其实我觉得吧，也不是非要用火。呃，你喜欢吃刺身吗？”

镜头里的冉霖问得天真无邪。

镜头里的陆以尧生无可恋，但字幕给他配的旁白却是别样画风——【哎？这个想法不错哟！】

丧心病狂的反差萌带来了特别可爱的喜剧效果。

冉霖总觉得陆以尧在这个综艺里的人设基本可以确立了——内心戏丰富的闷骚 Boy（男孩）。

节目里可怜的漂流团终于吃上了海鲜宴，从镜头里看得很明显，夏新然酷爱贝壳类，陆以尧则喜欢虾。

屏幕上的冉霖好像发现了什么，镜头顺着他的目光，给了陆以尧满手心一个特写。

破皮的水泡，在高清镜头里，看着更疼。

篝火旁的冉霖定定看了陆以尧很久，后期帮他说了话——【一定很疼吧。】

陆以尧终于看过来一眼，其实在冉霖看来，那个眼神是带着些许疑惑的，显然当时的陆以尧并不知道他在看什么，可是后期不管，还是给这段剧情补完——【没事啦，男人嘛。】

陆以尧看到这里，一定会吐槽加戏太多，冉霖不无好笑地想。

陆以尧：“以前念中学的时候参加童子军，这些都是必备技能，后来念了大学，偶尔也会和朋友出去露营，比旅游省钱嘛！”

冉霖：“哦对，你在国外念的书。”

冉霖：“露营的时候遇见过熊吗？”

陆以尧：“你是认真的吗？”

冉霖：“当然是开玩笑。”

后期旁白——【如果认真也是一种错误，那我改掉好了！】

蒙了的陆以尧简直可爱至极，有种别样的魅力。

日落月升，星光满天，海浪拍岸，夜风清凉。

夏新然被悄悄叫走，剩下四个人也在稍后时分，被分配了新的任务。

接下来的10分钟，冉霖明白了什么叫骄奢淫逸。

夏新然过的简直就是“天堂之夜”！

酒店套房豪华宽敞，宵夜直供应有尽有，中餐西餐日料让夏新然那个吃货尝了个遍，最后舒舒服服来了一场异域风情的SPA，投入king size大床酣眠。

反观他们，同样的10分钟，出脸出力，烟熏火燎，扇风烤串，铁板菠萝饭，十八般武艺样样来一遍，就为给那个呼呼大睡的人赚钱买蛋糕。

连字幕组都看不下去了，难得配了个有良心的旁白字幕——【One night in（这一晚）三亚，你们吃了太多苦……】

画面一转，呼呼大睡的夏新然头顶飘出个特效的台词云朵——【菠萝饭好好吃，口水中……】

显然，夏新然做梦也不忘吃东西的吃货人设，毫无争议地傲然挺立了。

节目组很守约，没有放出陆以尧私宅的任何外貌信息，直接镜头一切，后期特效串场，就进了别墅客厅。

然后就是重头戏，真心话大冒险。

冉霖连忙坐起来，生怕错过每一个镜头，然后看着看着发现，导演把夏新然问张北辰第1期说让出第一名是不是故意的那一段，删掉了。

冉霖有点意外，他以为就算别的都剪掉，这一段也会保留，因为怎么看这都是一个能够引起讨论热度甚至是各方混战的噱头，就算夏新然后面圆回来了，让它看起来像是一个玩笑，但粉丝过度解读的热情永远都不会因为偶像本人的圆场而打消。

何况节目组还可以用魔鬼剪以及后期引导字幕，让这个话题发酵得更厉害，舆论导向更歪。

但是都没有。

就是剪掉了，干净利落。

这种规避槽点突出正面团队感的剪辑和后期，似乎在第2期已经有了趋势，到了如今的第3期，更清晰明确。

冉霖想来想去只有一种可能，那就是第1期的口碑实在给节目组的杀伤力太大，于是上上下下痛定思痛，彻底换了新的思路。

总之，无论真相如何，现在这样的“热血 + 笑点”，感官上确实比“竞争 + 撕 X”好很多。

“你相信一见钟情吗？”

突如其来的问题，拉回了冉霖的思绪。

电视里，张北辰一眨不眨地望着他。

冉霖几乎忘了还有这么一段。

那时的他一直想不通，明明录音的时候挺融洽，可为何到了录节目的时候，对方却没有表现出太多的热情，对他的态度就像在节目里才第一次认识一样。最初他以为是性格使然，毕竟不是谁都能像夏新然那样自来熟，何况录一次主题曲而已，最多也就是认识。

可现在，他倾向于“张北辰在观望”。未必是观望自己，而是观望所有人，观望整个节目，但凡有一点风险，他都不会贸然表现。

现在镜头里那个问出一见钟情的人也是一样，表情那样自然，相比之下他这个被问的人，倒莫名不自在，给了答案之后立刻 cue 陆以尧，生怕问题还有后续。

录歌的时候他以为他已经认识了张北辰，然而现在，无数细节和新的发现又堆出了另外一个张北辰，只是新堆叠出来的这个仍然只是个轮廓，就像隔着一层磨砂玻璃——太过保护自己的人，总是不大容易被看透。

“对不起。”

漫无目的想太多的结果，就是镜头里冉霖已经对着陆以尧道歉了。

伙伴们的插科打诨耽误了几分钟，也让气氛骤然轻松下来。

然后才是陆以尧的：“算了。”

重温一次，冉霖越发觉得这个人温柔。

不需要轻声细语，绅士微笑，这人的温柔是骨子里透出来的，那种周围每一个人都能感觉到的，温暖的善意。

“感觉怎么样？”王希的电话几乎雷打不动，通常在节目播完的 15 分钟内，必然来电。

“还行吧。”对待经纪人，冉霖通常有所保留，以免被抨击得太惨。

“确实一期比一期好了，如果你第 1 期就这种表现，也不会被撕得粉粉碎，真是白瞎了你这张脸。”

明明是夸奖的话，从王希嘴里说出来永远听着都像批评。

“不过那句对不起是什么鬼，”王希语气沉下来，“要不是其他嘉宾和字幕组一起打岔往白天的钻木取火上引，粉丝绝对会联想到之前的炒作上。”

冉霖没说话。

王希：“你这是消极抵抗吗？”

冉霖窘，连忙道：“我这是没法狡辩，只能低头认错。”

王希叹一口气：“就那么觉得对不起陆以尧吗，当着镜头直接道歉？”

冉霖现在回过头来看，也觉得自己有点冲动，但或许是当时的气氛太好了，不自觉就说了心里话。

“幸亏陆以尧没做什么奇怪的反应，还居然真就不计较了，”王希受不了道，“你俩这对傻白甜绝配，机场遇上都是天意。”

冉霖傻笑地咧开嘴，声音里都带着甜：“是吗？”

王希听出了笑意，但听得莫名其妙：“你乐什么呢？”

冉霖醒过来，立刻清了清嗓子，也不接茬，直接转移话题：“希姐，我准备重新安装微博了。”

王希意外：“哟，这么快就康复出院了？不怕再被黑粉轰碎玻璃心？”

冉霖扶额：“姐，看在我好不容易粘好玻璃心的份上，能温柔一点吐槽吗？”

“最开始就不应该卸，多大点事儿。”王希嗤之以鼻。

但冉霖知道她这是开心，也记着当时卸载的时候她的理解。

“这些天麻烦你们了。”冉霖真心道。

“一共也没几条微博。再说，大家都是为了一个目标，你以为是因为爱你啊！”

冉霖莞尔：“用爱发电多可爱。”

王希不想再跟自己这位艺人说话了，智商容易被拉低。

冉霖没骗王希，结束通话，他第一时间就重新下载了微博 App。

久违的大眼睛出现在手机屏幕上，冉霖发现自己竟然有点想它了。

首页上提示的新信息和 @ 并不多，应该是刚才节目播放的时候，王希就帮他刷过评论了。

暂时跳过评论——这部分不可控性太大，风险太高，适宜留到最后观看——冉霖先打开自己的主页。

离开半个月，除了配合节目组固定转发的预告和花絮，竟然还有 4 条真正的互动微博。由远及近按照时间排序——

第 4 期录影前一天：

【我已经做了秘密攻略 # 国民初恋漂流记 #@XX 卫视 @ 顾杰 @ 陆以尧 @ 夏新然 @ 张北辰】

第 2 期节目播完后 5 分钟，配图成都大熊猫基地的熊猫宝宝：

【“滚滚”红尘。[查看图片]# 国民初恋漂流记 #@XX 卫视 @ 顾杰 @ 陆以尧 @ 夏新然 @ 张北辰】

第 5 期录影前一天：

【沙漠里会有什么任务等着我们呢？啊，想想就好酸爽 # 国民初恋漂流记 #@XX 卫视 @ 顾杰 @ 陆以尧 @ 夏新然 @ 张北辰】

第 3 期节目播完后 9 分钟，也就是刚刚王希打电话之前：

【偷着过梦幻之夜的人没有 P 图（修图）待遇 //@ 夏新然：你就不能 P（修）一下再发吗？ //@ 陆以尧：[查看图片]# 国民初恋漂流记 #@XX 卫视 @ 顾杰 @ 冉霖 @ 夏新然 @ 张北辰】

几条微博，应该扫两眼就能看完，但冉霖盯着看了许久。

他以为除了配合节目组发的宣传，他的微博该是一片惨淡，不想，竟有那么点欣欣向荣。

最后一条显然是王希亲自帮他转发的，那个狗头图标是自己经纪人的最爱。而这条微博里，陆以尧发的图片是第 3 期录影结束时，他们在海边别墅里自拍的合影。寿星公夏新然顶着纸王冠，左右簇拥着四大护法，笑得像个熊孩子，全然没有往日的盛世美颜。

冉霖忙点进夏新然微博，想看看究竟是自己的独角戏还是伙伴们一同发声。

果然，每一条微博都能在夏新然这里找到对应的。

【我强烈要求去迪士尼，抓狂中 # 国民初恋漂流记 #@XX 卫视 @ 顾杰 @ 陆以尧 @ 冉霖 @ 张北辰】

【我好爱麻辣火锅 # 国民初恋漂流记 #@XX 卫视 @ 顾杰 @ 陆以尧 @ 冉霖 @ 张北辰】

【土豪，我们做朋友吧！ # 国民初恋漂流记 #@XX 卫视 @ 顾杰 @ 陆以尧 @ 冉霖 @ 张北辰】

【你就不能 P（修）一下再发吗？ //@ 陆以尧：[查看图片]# 国民初恋漂流记 #@XX 卫视 @ 顾杰 @ 冉霖 @ 夏新然 @ 张北辰】

但是除此之外，还有一条最新的，是两分钟之前刚刚发的——

【我也和 @ 冉霖一样心疼你的水泡，不过话说回来，你当时干吗不吭声，以为自己是美国队长吗 @ 陆以尧】

相比前面那些带着节目名称标签和卫视名字的微博，这一条彻底变成了朋友间的互动和吐槽，尤其对比着前几条看，这种变化更加明显——格式越来越随意，语气越来越熟稔。

冉霖暗戳戳点进陆以尧的微博。

【上海，我来了！ # 国民初恋漂流记 #@XX 卫视 @ 顾杰 @ 冉霖 @ 夏新然 @ 张北辰】

【来成都当然要去武侯祠和杜甫草堂 # 国民初恋漂流记 #@XX 卫视 @ 顾杰 @ 冉霖 @ 夏新然 @ 张北辰】

【听闻我要去迪拜，家人已发来购物清单和款式图片，摊手。# 国民初恋漂流记 #@XX 卫视 @ 顾杰 @ 冉霖 @ 夏新然 @ 张北辰】

【[查看图片]# 国民初恋漂流记 #@XX 卫视 @ 顾杰 @ 冉霖 @ 夏新然 @ 张北辰】

冉霖看到第 3 条的时候瞬间就想起来陆以尧折腾行李塞包的生无可恋，乐不可支。

看到第 4 条的时候，笑容渐淡，心里又熨帖起来。

再次点开第 4 条的配图，冉霖有点明白夏新然为什么这么抓狂了。那照片里不光是素颜的问题，还因为拍的时候为了把所有人都取进去，画面有点变形，每个人的英俊程度都打了四折，加上笑得太忘我，夏新然还罕见地出现了双下巴，他没直接向陆以尧撇飞刀，已经是朋友情深了。

这张照片当晚就发了微信群共享，所以每个人都有。

但冉霖没想到陆以尧会发出来，还 @ 了他们四个。

虽然看着格式还是很像宣传，可他总觉得这里面，多少该有点几期相处下来的交情的。

冉霖在陆以尧微博里停留的时间比在自己微博里和夏新然微博里加起来的都长。

长到他终于想起来返回自己首页，再次刷新首页信息的时候，顶着陆以尧头像的微博又多出两条——

【究竟是心疼我还是心疼我的水泡，汗 //@ 夏新然：我也和 @ 冉霖一样心疼你的水泡，不过话说回来，你当时干吗不吭声，以为自己是美国队长吗！怒！

@陆以尧】

【让你一次看个够［图片］@冉霖@夏新然@张北辰@顾杰】

冉霖对着两条热乎乎的微博愣住。尤其最后一条，先@的是他，和以往的@顺序都不一样。如果正常想，那就是陆以尧不再拘束排列顺序，随便@的四个人，无所谓先后。如果非正常脑补，他就觉得陆以尧这条是最想@自己的，所以他原文里也只打了“你”而不是“你们”，只是后来可能还是觉得太突兀，才@了所有人。

冉霖一边自恋地脑补自己的重要性，一边点开陆以尧的图片。

很好，什么想法都没了。

那是一张磨破水泡的手部特写图片，渗着血丝带着纹路的新鲜皮肉，真是闻者伤心，见者……想抽发图人。

再刷一下首页。

果然，已经有伙伴呐喊出了心声——

【神经病啊我刚吃完宵夜！！！//@陆以尧：让你一次看个够［图片］@冉霖@夏新然@张北辰@顾杰】

隔着手机屏，冉霖都能想象顾杰喷火的模样。

再刷一下，夏新然和张北辰一起跳出来了——

【我想揍他，有组团的吗？//@神经病啊我刚吃完宵夜！！！//@陆以尧：让你一次看个够［图片］@冉霖@夏新然@张北辰@顾杰】

【为啥这么想笑呢！//@夏新然：我想揍他，有组团的吗？//@神经病啊我刚吃完宵夜！！！//@陆以尧：让你一次看个够［图片］@冉霖@夏新然@张北辰@顾杰】

冉霖止不住上扬的嘴角，终于想起来给集体贡献一份力量——

【算我一个。//@张北辰：为啥这么想笑呢！//@夏新然：我想揍他，有组团的吗？//@神经病啊我刚吃完宵夜！！！//@陆以尧：让你一次看个够［图片］@冉霖@夏新然@张北辰@顾杰】

首页终于消停了。

新信息的数量已经翻了好几番。

冉霖不再往后拖，深吸口气，点开全部新信息——

木樨氏族社会：3期下来，对你路转粉了。加油！

为君而来：日久见人心，暖男一枚无误！

明天考试我还在刷综艺：从第 1 期就是燃面，爱笑的爱豆人品都不会差！

夏天使的小翅膀：谢谢你帮夏夏选了他最喜欢的黑森林。

陆漫漫心永远：谢谢你陪着陆神钻木取火，太阳底下一晒就是几个小时，虽然最后一口气吹灭了希望的火种，但陆神说算了，那就算了。之前骂过你，但你确实也蹭过陆神热度，扯平，黑转路。

心在燃面里飞：我就想问问之前骂冉霖的，是不是应该过来道个歉？

美人如玉：爬墙头过来问，夏夏的防晒霜到底什么牌子，好想知道啊！

再买就剁手：回复@美人如玉：我就知道不是我一个人好奇防晒霜啊啊啊！节目组的马赛克打得太丧心病狂了，逼死强迫症！

不脱衣的男人：所以绿林好汉 CP（情侣）没戏了吗？为什么这两期都是正直的伙伴气场。

我爱豆才不会 200 斤：绿林好汉 CP（情侣）是啥？

不脱衣的男人：回复 @ 我爱豆才不会 200 斤：绿（lu 陆）林（lin 霖），你懂的。

无陆不欢：回复 @ 不脱衣的男人：CP（情侣）粉死开！刚要黑转路，就看见你们，不转了，炒 CP（情侣）一生黑！

我爱豆才不会 200 斤：回复 @ 无陆不欢：也不用这么大火气吧。

珍爱绿林圈地自萌：回复 @ 无陆不欢：对不住，没管好，我这就把人抱回贴吧，请不要上升偶像，该转路转路哈，么么哒。

祈愿孔明灯：我是冉霖唯粉，也不赞成炒 CP（情侣），但为什么会觉得默默回去圈地自萌的 CP（情侣）粉有点可怜……

风吹云动心不动：明眼人都能看出正主关系越来越好，粉丝继续撕下去只会尴尬。

霖家的小燃面：回复 @ 风吹云动心不动：对啊对啊，其实大家各自萌各自的就好了，只要没有恶意，明星本人之间的关系又不错，只会当个玩笑看的。相反，出口伤人才是最要不得的。好言一句三冬暖，恶语伤人六月寒。

冉霖总觉得“霖家的小燃面”这个 ID（账号）特别亲切，好像之前也见过。

想了一下，冉霖退出微博，打开微信，果然，从陆以尧发的图片里找到了这个 ID（账号）。

还真是一直都支持着他的小粉丝。

“很好，”冉霖对着手机屏，煞有介事宣布，“你成功引起了我的注意。”

话音刚落，没等他自己笑场，陆以尧那边又发来了新的信息。

冉霖正对着陆以尧的聊天界面，信息刷出的时候吓了一跳，总有一种偷窥被抓现行的感觉。

陆以尧发来的还是图片，但这回只有一张，而且没有马赛克，所有信息非常完整，以至于冉霖点开大图的一瞬间，就被尧粉气势磅礴的队形给吓着了——

尧爱一生：陆神，你被冉霖问有没有遇见过熊的时候蒙了的样子好可爱啊啊啊啊啊！！！所以，你露营的时候遇见过熊吗？

梦中的冰岛：陆神，你露营的时候遇见过熊吗？

口吐莲花君：陆神，你露营的时候遇见过熊吗？

冰雹来 lalala：陆神，你露营的时候遇见过熊吗？

黑咖啡：陆神，你露营的时候遇见过熊吗？

作为该问题的始作俑者，冉霖深感愧疚。

但——

粉丝这么魔性得偶像背锅吧！

【我当时真的只是随口一问，谁知道你的粉丝对你爱得这么深……】

冉霖把这条不负责任的评论回过去，仿佛能看见陆以尧的白眼。

陆以尧从来不会真的翻白眼，可能是觉得这种行为对别人不够尊重，但相处久了你就会发现，他的白眼翻在心里，而且笑容越是不失礼貌，心里的白眼指数越高。

出乎意料，陆以尧没有揶揄回来，而是很快回了一段简短语音：“看节目了？”

冉霖怔住，想了下，才明白过来，陆以尧八成以为他在第 1 期被喷之后，玻璃心到连节目和微博一起戒了呢！

【嗯，看了。】

“最近两期都还不错，虽然收视大爆的可能性不太高，但口碑应该会低开高走。”

陆以尧的语气很客观，但冉霖听出来了，其实这话依然是开解他呢！

那人以为自己还沉浸在第 1 期负面口碑的困扰里，所以发截图也好，聊口碑逆袭也好，都是为了让他心情明朗。

做朋友，这人真是百里挑一了。

冉霖压下心底翻腾起来的热度，也认真回复——【你都说口碑会低开高走了，那收视肯定也会跟着逆袭的。】

如果说他在意的是口碑，那陆以尧和他的团队在意的一定就是收视，毕竟这是陆以尧的综艺首秀，爆不起来，后面的综艺路就会比较难走。眼下综艺已经成为圈粉和涨人气的利器，相比好口碑的作品，综艺的难度更低，见效更快，几乎每一个自带流量的小生或者小花，身上都至少要有一个足够热度的综艺压阵。

“收视有收视的规律，目前看，爆的可能性不大。”陆以尧的声音里倒听不出太多遗憾，反而有种客观分析员的态度。

冉霖来了求学精神——【怎么讲？】

“这个节目已经播完 3 期，收视基本恒定，也就是说第 1 期的恶评和第 3 期的好评，都没有对收视带来实质意义上的影响。造成这种情况的原因只有一个，那就是从始至终这个节目的收视主体都是粉丝。第 1 期效果不好，路人离开，但粉丝出于对偶像的喜欢，仍会坚持观望，第 2 期口碑上扬，按理说粉丝更加稳固，之前流失的老路人也应该回来，更别说还应该有新入坑的路人，但第 3 期收视波动仍然不大，那就说明路人的比例在观众主体中低到可以忽略不计。所以真正影响这档节目收视率的，从来都不是效果和口碑，而是粉丝的黏着度。”

【如果未来某一期效果出奇地好，有了爆点，收视率激增也不是不可能吧？】

“这个通告我们都只签了一季，一共 8 期，播出 3 期，录完 5 期，我没发现有能真正大爆的地方，即便有，也是在后 3 期，但对于一个 8 期节目，后 3 期才爆的红利只能留给第二季。”

陆以尧条理清晰，论据充足，冉霖被说服了。

但他还是很纠结——【要不是你发的语音，我真的会以为我在和经纪人对话，汗……】

等了一会儿，微信那头才发来回复，陆以尧的声音已经带上笑意：“好吧我承认，相比艺术追求，我确实对研究行业规律更感兴趣。不过话说回来，你不觉得在一片乱象之中拨开表层看本质，是一件很过瘾的事情吗？”

【众人皆醉你独醒？】

“我喜欢这个比喻。”

自恋患者都喜欢！

冉霖承认，陆以尧大部分时间都很英俊迷人，但有时过于自我感觉良好，真的让人很想打脸！

要命的是他手痒得不行了，一想到此刻聊天气氛这么好，他个没出息的就舍不得破坏，泪目。

心里弹幕都能铺满屏了，最后冉霖打出去的话还是小清新——【如果有第二季，你还参加吗？】

陆以尧毫无察觉，如实相告："应该不会了，相比综艺，我还是觉得演戏更有意义。所以最近在看一个本子，如果这个戏接了，我未来一年的档期就彻底排满了。"

【看了一眼我的日程本，悠哉得就像退休生活。】

"赶好每一个通告，完成好每一个作品就行了。"

【"你一定会红的"，正常不是都应该这样鼓励朋友吗？】

"好，你一定会红的。"

【你平静的语气让我越发感觉前途一片暗淡……】

陆以尧坐在书房的阅读椅中，对着手机忍俊不禁。

他的书房有着深沉的英伦风，装修以深色系为主，除了留出门和窗，剩下墙面都被深棕色实木书柜填满，窗帘也是棕色，为了遮光，选了最厚实的材质。吊灯和地毯算是这间书房里仅有的带装饰性的东西，都是复古却并不过于繁复的款式，而地毯上零星的花纹，则是这里唯一的亮色。

宽大的深灰色阅读椅就摆在书房正中间，闲暇的时候，陆以尧最喜欢窝在这里看书。门一关，窗帘一拉，灯盏亮起，与世隔绝般的清净，可以让人顺利进入书中世界。

不过近一年陆以尧几乎没有假期了，所以只能偶尔夜深人静的时候，进来待上那么一小会儿。

今天也一样，原本觉得看完节目又刷了刷微博，脑子里乱七八糟的信息流太多，想进来看看剧本，静静心，再去睡觉的。

哪知道刚坐下来，冉霖就回了微信，然后这一聊，看剧本的事就被他暂时搁置了。

他发的都是语音，冉霖一直在打字，所以两个人的对话全程存在时间差。

陆以尧闲着也是闲着，便在等待回复的时间里跑到冉霖微博底下又看了看评论。相比第 2 期，冉霖今天晚上的评论区和谐了不是一点半点。虽然留言的“燃面”数量还是远少于“路人 + 别家粉丝”，但后者的评论态度已经从冷嘲热讽转变到了中立客观。

其实这种留言就挺好，实事求是，冷静理性。未必非要对谁爱得要死要活，但也不必口诛笔伐。

挑了几个看起来不错的留言截图，陆以尧欣慰地发现基本不用打马赛克了。

偶尔乱入一条不算太顺耳的，也没有像上一次那么过分，而且夹在一堆正面或者中性的留言里，他相信冉霖没那么脆弱。

一来二去，等冉霖发过来“晚安”的时候，陆以尧已经截了八张图。

数量肯定不能和上回比，但从迪拜录影来看，冉霖的状态也挺好的，所以陆以尧觉得不用下猛药了，后续疗程和风细雨就行。

无意识地哼着英文歌，陆以尧把截图全部选中，发送。

冉霖刚刷上牙，忽然听见手机又响。理智上，他知道对方发的肯定也是“晚安”，但身体不听脑袋的，带着一嘴的牙膏沫就直接奔回客厅，迫不及待拿起手机看。

晚安是有的。

但是晚安前面，还有八张截图。

冉霖定定看着截图，这才想起忘了告诉陆以尧，自己已经安装回了微博。

现在告诉也不晚。

但讲还是不讲，这是个问题。

讲了，以后再没有人熬夜帮你刷评论，发截图了。

不讲，依陆以尧的做事风格，很可能会坚持截图到第 8 期。

想得太投入的结果，就是冉霖把牙膏沫咽下去了。

酸爽的味道里，他终于有了决定。

【截图收到，不过我已经装回微博啦！】

有个人一直惦记着你，这种感觉真的特别好。但是一想到自己已经刷完评论了，那人还傻乎乎地熬夜截图……他真没办法心安理得。

本以为陆以尧会吐槽怎么不早说。

结果对方的语气里全是真诚地替他开心：“这就对了。其实不用太在意别人的评价，你清楚自己是一个什么样的人，才最重要。”

【嗯。】

陆以尧叹一口气，连个“嗯”都要打字，看来冉霖是真的不喜欢语音发微信。

虽然一晚上都在自言自语的感受有点复杂，但对于个人习惯，陆以尧向来尊重。

“晚安。”发完这条语音，陆以尧放下手机，后仰靠进椅子里，彻底放松下来。

“晚安。”冉霖对着手机轻轻道了一声，但最终，发过去的还是文字。

第 3 期引起的讨论一直持续到了第 4 期播出。

也并不是说第 3 期真的精彩绝伦到了什么程度，只是留给观众的未解之谜比较多——

第一，夏新然的防晒霜到底什么牌子？

第二，陆神在火星椰棕被一口气吹跑时，究竟是什么心情？

第三，冉霖说的那句对不起，真的只是针对钻木取火，还是别有深意？

第四，陆以尧的私宅究竟是公寓还是别墅？

第五，Man（男人）到没朋友的顾杰到底有没有女朋友啊？

最终，这些问题也没有官方答案，而兴致勃勃讨论的观众和粉丝，在第 4 期播放之后，就彻底将这些忘到了脑后。

如果说第 2 期的整体风格变化让观众感觉欣喜，但仍需观望；第 3 期更加成熟稳定的嘉宾表现 + 剪辑后期让观众重拾信心，略有期待；那么第 4 期，《国民初恋漂流记》终于迎来了开播之后的第一个爆点。

“陆以尧恐高”以及“我们欠冉霖一个道歉”并肩刷上热搜。

“国民初恋漂流记”“迪士尼”“陆以尧 cos（装扮）蜘蛛侠”“陈胜吴广”“夏新然旋转木马”则纷纷成为热门话题。

这其中不乏节目组和各明星团队带的节奏。

但归根结底，还是节目效果使然。

赏心悦目的游乐场，青春洋溢的初恋团，从最初的紧张做任务，到中间的磕绊与摩擦，再到最后的体谅与团结，起承转合经过剪辑和后期，节奏更流畅，情感更丰沛。

及至最后集体放弃投票，导演公布今天没有童话初恋，只有童话初恋团，这种热血青春感达到顶峰。

观众看节目，要的其实就是这种心理上的圆满。

当过程调动起了他们的情感，结局符合甚至超过他们的预期，观赏快感便会加倍。

陆以尧微博底下被痛斥他“拿这份钱就该受这份罪，怕高就别参加节目”的网友和“站着说话不腰疼，生理性恐高是会死人的”的真爱粉撕成了现场；冉霖微博底下倒是迎来一大批带着“谢谢你体谅陆以尧”和“对不起之前骂过你”的陆神粉。

一片喧嚣之中，有一条普通观众发的观后感微博，字数不多，却异军突起，回复转发均破万，成为热门话题里最靓丽的一道风景线——

悲伤的Eeyore：我一直管这个节目叫《国民男神初恋记》，几次想改口都没改过来，今天在电视里看到他们一起坐旋转木马，我就明白了，这是神的启示。

第4期播出的时候，《国民初恋漂流记》已经完成第6期“法国·浪漫初恋”的录制。

浪漫初恋最终给了冉霖，以至于他看着电视上的迪士尼，想的却还是香榭丽舍大道，和陆以尧递过来的咖啡香。

不过说实话，咖啡闻闻就好，他还是喜欢豆浆。

这个晚上在群里讨论最欢的依然是夏新然，看得出他对迪士尼流连忘返。但顾杰显然被折磨得不轻，于是夏新然回忆什么场景，他就跟着回忆什么场景，奈何同一件事，在两个人口中的景象截然不同，就像一体两面，A面阳光明媚，B面黑云压城。

冉霖和张北辰也见缝插针地加入他们，讨论两句。

一片其乐融融。

这和第6期录制的感觉一样，他和张北辰也都默契地再没提过迪拜的尴尬。

奇怪的是一晚上陆以尧都没发声。

冉霖有点想发私聊问问情况，反正他现在和陆以尧发微信也是很平常的事情，但又觉得对方工作安排那么紧，说不定还在通宵赶工，这时候打扰容易让人反感。

瞻前顾后的结果，就是陆以尧仍旧没动静，张北辰倒发了私聊——

【微博上好多人刷欠你一个道歉。】

冉霖有点意外，但还是调侃着回复——【看见了，老泪纵横。】

最后，冉霖也没给陆以尧发微信。

事实上这个选择是对的，因为那天夜里的陆以尧，已经被亲朋好友的夺命连环 call 搞得焦头烂额，就算收到信息，也未必有心力去回。

“你会死的你知不知道！”

深夜的机场贵宾休息室里静得连根针落地都能听见，陆以萌高八度的尖叫穿透听筒，震醒了在旁边打盹的姚红。

陆以尧示意姚红继续睡，然后捂着手机来到角落，才低声哄自家的小姑奶奶：“我知道，我知道，最后不也没上去嘛！”

“可是你已经认真考虑要上了！别和我说没有，你眼睛一转我就知道你在想什么！”

“我……”

“我给你讲，这回买几个包都没用，妈说了，限你一个月之内必须过来一趟，她要面对面给你进行思想教育！”

陆以尧被亲妹妹吼得头昏脑涨，但陆以萌这个小辣椒才只继承了老妈的三分功力，自己亲妈才是谈笑间樯橹灰飞烟灭的绝世高手。一想到未来 30 天内还要去跟这两位祖宗面对面，陆以尧就感觉自己生活下去的勇气在流失。

“哥，”陆以萌爆发完了，终于缓下语气，“下次别接这种通告了，没人非要你成大腕，我和妈都只希望你好好的。”

陆以尧叹一口气，看着墙上的挂画，道：“如果早知道有这种项目，我也不会接。”

“少来，”陆以萌嗤之以鼻，沉默片刻，才说，“我知道你在跟爸赌一口气，非要做出成绩给他看看。但拼也要有个限度。行，就算你没上过山车，没参加任何危险项目，那你忙到没时间睡觉总是事实吧。你知不知道睡眠不足会猝死的。你要是有个三长两短，我和妈……”

“打住。”眼看着自己就要被亲妹妹咒死了，陆以尧赶紧出声，“我有分寸，你与其在这里劝我，不如劝劝妈，我拍戏还有杀青的时候，妈给自己放过一天假？”

“不要。”陆以萌考虑都不考虑，拒绝得斩钉截铁，“一劝就是‘怕我累就进公司来帮我呀’，我才不给自己挖坑。”

“你确实应该帮妈了。”陆以尧在这件事上倒是给亲娘一个立场，“疯玩了 22 年，该懂事了。”

“为什么明明是我骂你，说到最后总会变成你教育我？”

陆以尧莞尔，眼里带上温柔的笑意：“我一直都是正面角色。”

陆以萌“切”了一声，对亲哥的自信或者说是自恋，致以最真诚的鄙视。

“对了，我不是跟爸赌气，我是真的挺喜欢这一行。”谈话尾声，陆以尧申明态度。

陆以萌的回复就四个字：“鬼才信你。”

刚挂上电话，没等陆以尧动身返回沙发，手机又响了。

陆以尧看着来电显示上的名字，笑意渐渐敛去，待接听时，脸色和声音都只剩认真严肃：“爸。”

“两个星期之内，必须让我看见你。”陆国明和儿子从来不需要开场白，祈使句足矣。

陆以尧垂下眼睛，或许心里有千头万绪，但说出来的话只一句：“知道了。”

陆国明满意地挂上电话，前后没超过一分钟。

陆以尧抬起眼睛，看着挂在这个角落墙壁上的不起眼的挂画，那是一张机场或者说这个贵宾休息室用来宣传的照片，不知哪里找的模特，演绎一家三口，对着镜头笑得幸福洋溢。

他们家似乎也有过这样的全家福。

之所以说似乎，因为陆以尧手里确实没有实物，只能在记忆中，依稀搜寻出一些影像，奈何那时候年纪太小，记忆总是模模糊糊。

行程满满的一个月，还要搞出两天分别去智斗爹妈，陆以尧现在的感觉不是生活勇气在流失，而是直接被抽空了。

这周，冉霖双喜临门。

第一喜当然是第 4 期迪士尼的口碑逆袭，之前跟风黑过他的营销号又全面倒戈，开始赞他，当然团队也买通稿带了一下节奏，于是他就眼见着自己的关注度持续上升。如果说明星关注度的网络排名还不够直观，那出门被认出来要合影要签名，则让他切实尝到了走红的味道。

要知道就算在刚出道最“红”的时候，他走在街上被认出来的次数也寥寥可数。而且认出者也多半很难喊对他的名字，“那个校草”和“令狐小刀”算是频率最高的称呼。而现在认出他的人不仅能准确叫出他的名字，还会告诉他，她们喜欢他在节目中的表现，有些可爱的妹子还会清晰说出哪一期的哪一个片段，让她们念念不忘。

第二喜则是王希终于在谨慎筛选后，帮他接下了演艺生涯中的第一个广告——某洗护品牌新推出的男士洗发水。

该品牌虽然不是行业领头羊，但市场份额比较稳定，在群众中有一定的认知度，并且新产品主打纯天然无刺激配方，定位在年轻消费者群体，所以在代言人上也倾向于青春活力，而且最好是此前没有代言过同类产品的男星，这样明星和品牌形象更容易捆绑在一起。

“青春干净+代言少+近期话题度高+性价比”，品牌找了一圈，选中冉霖。

经纪公司这边也满意品牌本身的口碑度和形象，于是经过几轮商谈之后，合同细节全部敲定，终于在这周签署成功。

合同签订的当天，冉霖请整个团队吃了大餐。

王希笑他钱没到手就先花，况且代言费他也只能拿到三成，剩下七成都是公司的。冉霖的回答是倾尽所能给经纪人夹菜，希望满桌美食能让她暂时忘掉操心。

广告还没开拍，所以冉霖忍了又忍，最终没跟家里透风。毕竟不到广告真正投放那天，什么都有可能发生，他不想父母空欢喜。

藏秘密是一件很辛苦的事情，尤其爹妈还总打电话来关心。

好在没两天，他又开始投入新一轮的工作中——《国民初恋漂流记》第7期，泰国·咖喱初恋，录影开始。

还是老样子，头一天晚上入住节目组订好的宾馆，然后摄像大哥会跟拍一些花絮。

冉霖对常规环节已经驾轻就熟，所以放好行李简单收拾一下，便去各屋跟伙伴打招呼。

另外四个房间号，跟拍摄像会直接给他，但从第2期开始，节目组就不会告诉他房间里都住的是谁了，所以对于屋里屋外的两个嘉宾，开门之前都不清楚自己会看见谁。

冉霖敲开的第一个门是顾杰，开门的时候这人上身赤膊，线条漂亮的肌肉上都是汗珠。

冉霖吓一跳，顾杰也惊着了，赶忙回身去穿T恤，一边穿一边解释道：“我还以为是酒店送餐的。”

冉霖不知道该吐槽时机的不凑巧，还是吐槽这人的大大咧咧，知道伙伴随时会来敲门，你叫个什么餐……不对，叫餐和打赤膊有什么关系？

“进来吧。”顾杰已经把衣服穿好，招呼仍站在玄关的冉霖和摄像。

冉霖进屋第一眼就看见了地上的哑铃和伏地挺身器，大约知道那身亮晶晶的汗水是怎么来的了。

“生命在于运动，”见冉霖盯着地上的器械，顾杰非常热心地给朋友安利，“试试吗？很过瘾的。”

面对盛情邀请，冉霖还能说什么，硬着头皮上吧。

要在以前，冉霖可能真做不了几个，但最近的健身房也不是白去的，支撑几组伏地挺身还是绰绰有余。

顾杰没想到冉霖看起来“弱不禁风”——呃，这是按照顾氏标准评判的——倒还有两把刷子，不光能做起来，动作也标准，没有半点偷工减料。

一兴奋，顾杰又拿起哑铃咔咔举起来。

冉霖和摄像进来的时候并没有把门带上，于是夏新然推门而入，看见的就是热火朝天的全民健身场景。

“这还没到明天呢，就有任务了？”夏新然蒙了，看着两位伙伴，飞快思索着既没有上肢力量又缺乏脚下速度的自己能不能用跳绳蒙混过关。

他可以1分钟跳200个，花式也行！

“没，我们俩玩儿呢！”冉霖总算可以顺理成章从地上爬起来了，看夏新然的眼神就像在看恩人。

顾杰对于被打断不是很开心，他正举得嗨呢！

“玩儿？”夏新然艰难地看看地上的器械，认真地问，“这个娱乐项目会不会有点辛苦？”

冉霖见顾杰一脸准备跟夏新然科普生命在于运动的架势，连忙插话：“这些可以以后慢慢研究哈，我还得去和其他小伙伴打招呼。”

“我和你一起，”夏新然道，“我也刚来，谁都没见到呢！”

冉霖看向顾杰，询问意味明显。

顾杰摊手：“我一个小时前就跟其他伙伴见过了。”

冉霖点点头，不再耽搁，直接跟夏新然去敲第二扇门。

开门的是张北辰，见到冉霖和夏新然，友好让进两位伙伴。

三人没有寒暄太多，冉霖只说刚才见了顾杰，夏新然就撺掇着要去找下一位伙伴，冉霖无奈，张北辰倒不介意，只是在送客的时候，笑容意味深长：“下一扇门有惊喜。”

唯一剩下的只有陆以尧了。

张北辰说的“惊喜”反而让冉霖有点没底。

咚咚——

敲门的还是冉霖，夏新然则直接呼唤起来："尧尧，快开门——"

冉霖差点被这个称呼弄喷饭，正想着门内的陆以尧指不定怎么黑线呢，门扇缓缓开启，出现的却不是陆以尧的脸。

"韩泽？！"冉霖毫无防备，下意识惊讶出声。

韩泽今年二十八岁，生得一张宜古宜今的脸，古装扮相俊朗，现代装潇洒。他很少装嫩卖萌，从出道走的就是轻熟男风。但和同样轻熟男风的陆以尧又不同，韩泽的眉宇间总是带着淡淡的侵略性，对于女性观众，这样的气质既危险又迷人。

此时，他一身休闲穿搭，倚着玄关墙壁，冲到来的朋友微笑致意："我以为我会带来惊喜，怎么看着更像惊吓。"

冉霖一时找不到合适的开场白。虽然和韩泽一同进公司，但实际上他们并不熟。公司在签下他们不久之后就独具慧眼，看出韩泽有红的苗头，直接让刚跳槽过来的王希带他，那之后韩泽和他们基本就没有交集了，再后来韩泽凭借偶像剧蹿红，他们更是越来越远。

"希姐还真是一点口风都没透。"装熟太尴尬，冉霖索性用彼此都熟悉的人打开话题。

"这事你得找节目组，他们让保密的。"韩泽的态度倒自然，"都别在门口杵着了，赶紧进来坐。"

夏新然有点意外冉霖和韩泽的生疏，他虽然和韩泽不熟，但也知道他俩是同一个公司同一个经纪人。唯一的解释只能是，冉霖之前在公司里实在太透明了。

"欢迎新人。"一进屋，夏新然便热情洋溢地伸出手，"现在你可能还觉得生活很美好，明天节目组就会让你后悔来参加这趟泰国之行。"

不同于夏新然的漂亮和冉霖的青春感，韩泽淡淡微笑，眼角眉梢尽是稳重成熟："让你这么一说，我更期待了。"

客客气气无功无过地寒暄半晌，聊到明天畅想的时候，冉霖随口道："既然又是六个人，说不定还会像迪士尼那样分成两组。"

夏新然正点头附和，韩泽却疑惑道："六个人？"

"对啊，"夏新然以为他对阵容不熟悉，立刻热心科普，"我们三个，还有顾杰、陆以尧、张北辰。"

韩泽大概明白误会出在哪里了："陆以尧不参加这次录影，节目组没告诉你们？"

夏新然蒙了，直摇头。

冉霖眨了眨眼睛，说不上是个什么心情，有点茫然。

节目组没告诉他们。

陆以尧也没告诉他。

当然客观想想，陆以尧也没有义务告诉他，就像他接了广告，也没想过要去特意通知陆以尧。

说到底，他们不过是相处了十几天的普通朋友，还是分期相处的那种。

道理冉霖都懂。

可心情不会听道理的，它有自己的小脾气，说低落，就闷起来。

第十五章

花絮录完，嘉宾各回各屋，梦无涯三人组终于可以坐下来进行内部会晤。

助理都被支走，王希房间里只剩下她、冉霖和韩泽。

王希今天穿了一件波西米亚风的海边度假裙，典雅浪漫，这让一贯冷冽干练的她瞬间柔和下来，成了漂亮的小女人。

冉霖蛮喜欢这样的王希，亲切邻家，让人几乎感觉不到往日的压迫感。

然而一开口，还是那个废话不多说直接拣重点的利落经纪人："节目组想拍你们的意外反应，我也只好瞒着你了。"

"也不是非要全说，多少给点暗示嘛，"冉霖回想起来还心有余悸，"一开门我以为穿越回梦无涯了。"

"在梦无涯你一开门就见到我的概率也不高吧？"韩泽坏坏挑眉，故意调侃。

冉霖惊讶，印象中的韩泽永远顶着一副"我比你们都红"的冷脸，偶尔在梦无涯擦肩，对方也看都不看他一眼，没想到真正交流起来，竟然出乎意料的自然风趣。

"我和你开玩笑呢，不会真生气了吧？"见冉霖迟迟不说话，韩泽连忙解释。

王希白他一眼："你和人家熟吗，就乱开玩笑。"

韩泽特别乖地举起手，表示受教："我错了，下次注意。"

见到当红的韩泽都被王希治得服服帖帖，感觉还是很微妙的。那种"原来天底下不只我一个人㞞"的欣慰感，超级治愈。

"我没生气，"冉霖总算找到机会说话，免得经纪人和同事误会，"就是太意外了，还需要消化。”

“没办法，”王希耸耸肩，“事发突然，韩泽也是过来救个场。”

冉霖心里咯噔一下，既迫不及待想知道情况，又怕王希看出破绽，斟酌半天，还是用疑问语气含蓄地重复了一下王希的话：“事发突然？”

王希没多想，很自然接口：“嗯，好像是两天前才紧急和节目组请的假，艺人统筹那边都疯了，满世界找人救场，昨天问到我这里，正好韩泽电视剧刚杀青，直接就飞过来了，但凡早一天，这场都救不上。”

冉霖听到紧急请假的时候心就提起来了，硬着头皮等到王希说完，立刻问：“陆以尧那边是出了什么事吗？”

王希奇怪地看了他一眼：“你不会真成他粉丝了吧，瞧把你担心的。”

“怎么说也一起录了好几期……”冉霖勉强扯出一抹尴尬的笑。

王希耸耸肩，也没多想，只当自家艺人是个人型天使心：“艺人统筹那边没透风，所以我也不清楚。不过这种临时请假的，多半是突发事件导致档期调配不开，少数情况也有艺人本身原因的，闹情绪啊，耍大牌啊，也不是没可能。”

“我倒觉得陆以尧不像个会闹脾气的人，”韩泽悠然插话，随意猜测道，“应该还是临时有事吧。”

王希轻轻挑眉，揶揄：“你和他很熟吗？”

韩泽摊手，语气一本正经：“不一定非要接触，我可以从外围观察。”

王希没好气地白他一眼。

韩泽不痛不痒，倒给带着笑意围观的冉霖一个“你该理解我有多苦”的眼神。

冉霖能明显感觉到王希和韩泽之间的气氛更轻松自在。王希还是那个王希，但韩泽张弛有度，该认㞞认㞞，该玩笑玩笑，将经纪人的情绪脉搏把握得非常精准。这是长期合作形成的默契，冉霖羡慕，但也知道急不来，任何默契的磨合都需要时间。

回给韩泽一个“我懂你”的同病相怜的眼神，冉霖不再继续打听。

三个人的话题慢慢转向冉霖这个前辈传授节目经验。

韩泽听得很认真，冉霖讲得也很细，把所有能想到的坑都提前给韩泽打了预防针，生怕对方明天被折磨得怀疑人生。

但其间还是有几次走神，明明吐槽导演组吐槽得好好的，思绪就飘到了陆以尧那儿，直到韩泽发问或者提醒，他才能回神。

幸而，全身心放在明天录制上的韩泽和王希，都没有察觉。

陆以尧究竟出了什么事？这个问题让冉霖辗转一夜，华丽丽失眠了。

陈胜吴广的兄弟们倒没他这么多顾虑，夏新然直接在群里呼叫陆以尧，后来顾杰也冒头帮着 @，但直到天亮，陆以尧也没回应。

翌日清晨，录影开始，伙伴们总算得到了准信——

“陆以尧因为身体原因，没办法来参加本期节目录制，但他的心是和漂流团的诸位连在一起的，”导演难得没卖关子，上来就直奔重点，“所以他特意录了一段 VCR（视频）给各位伙伴打气……”

随着导演撤开，内景大屏幕上出现了陆以尧的模样。手机拍摄的画面有点摇晃，背景是白色墙壁，看不出环境，画面上的人脸色有点憔悴，但一双桃花眼还是眨啊眨地乱放电。

“各位漂流团的小伙伴，很遗憾这一期不能跟你们并肩战斗，但我的精神与漂流团同在！所以也不要太想我，下一期我一定归队……还有就是欢迎韩泽加入漂流团，相信你一定会爱上这段迷之旅程，我看好你勇夺咖喱初恋！”

VCR（视频）很短，没等冉霖反应过来，已经结束。

小伙伴们用“谁会想你”“自我多情”的吐槽来表达另类关心，导演则已经重新入镜宣布接下来的任务。

冉霖的思绪却还停在 VCR（视频）里。

陆以尧说欢迎韩泽加入，王希说韩泽是昨天才敲定救场的，那就说明这段 VCR（视频）是在昨天敲定韩泽之后才录的。导演说陆以尧因为身体原因不能来，如果昨天他还能录这样一段 VCR（视频），是不是说明情况也不算严重？

冉霖后悔极了昨天没给陆以尧发信息，不，要早知道这种情况，他能直接视频邀请发过去，再突兀都发。

陆以尧觉得自从第 4 期节目播出开始，他就被噩运笼罩了。

先是妹子打电话来传亲妈的懿旨。

接着是亲爹打电话来直接颁圣旨。

在他绞尽脑汁想腾出两天分别去拜见东城和西城的两位太上皇时，他最近比较感兴趣的那个本子的投资人，又点名要见他。

通常情况下，除非是特意花钱捧真爱，否则投资人只关心回报，但偶尔也有极个别有追求的投资人喜欢替导演把关主要演员，而且全无非分之想，就是凭着一腔对艺术的爱。

想上戏，投资人自然不能得罪。

于是尚未到最后通牒日期的爹妈先放两边，又把原本属于两天的通告压缩到一天半完成，陆以尧才终于挤出半天来见投资人。

投资人对他比较满意，一顿饭从中午吃到晚上，陪着的还有导演、制片以及若干不知道在这个项目里担任什么角色的人，当然他们是做过自我介绍的，但陆以尧真的记不住，只记得他们全程对着投资人花式吹捧。

投资人也毫不谦虚，先是把整个娱乐圈都点评了一遍，然后开始在产业发展和大 IP（项目）的宏观命题下滔滔不绝，大有饭桌上就能颠覆华语娱乐圈产业模式的架势。

出钱的是大爷，这道理亘古不变。

比较下来导演还算有节操的，恭维话也讲，但讲得不多，却有水平，投资人听得开心顺意，连带着越发认可导演的专业功底——虽然这二者之间其实并无直接联系。

倒是陆以尧，坐在导演身边，见缝插针地与对方聊了一些关于剧本身的问题，导演明显对此更感兴趣，两个人一拍即合，聊得身心舒畅。

饭局持续到深夜，陆以尧打着晃进了自己的保姆车，然后一晕不起。

姚红差点没吓死，直接让司机拉到最近的医院，由助理小弟一路背着飞奔进了夜间急诊室。

急诊医生是个三十岁出头的青年，比他们镇定了一万倍，任他俩火急火燎，眉毛都没挑一下，一边仔细查看昏迷中的陆以尧，一边向姚红询问来龙去脉以及患者有无病史，后来认出昏迷的是陆以尧，联系姚红刚刚汇报的近来行程，便有了数："初步判断是过度疲劳和睡眠不足引起的晕倒，但在人没醒过来之前，还要密切观察。"

就这样，陆以尧在毫无意识的情况下，入了院。

醒过来，已经是第二天的事情，彼时姚红已经帮他跟节目组请了假。

除了过度疲劳，睡眠不足，陆以尧还有一点发烧，但他总觉得自己休息两天，应该可以应付后面为期三天的录影，哪知道刚提了一嘴，姚红一改往日温柔，严厉拒绝，半点商量余地都没有。

陆以尧不再逞能。

他这段时间也确实太累了。

陆以尧在医院住了三天，第三天晚上出院。正如冉霖所想，VCR（视频）就是在录影前一天，医院里录的，未免看着太惨，他还特意挑了个看起来很普通的白墙，避免一切可能暴露医院的景物入镜。

三天难得彻底放空，除了看书，姚红禁止了他一切的娱乐活动，包括手机，按照姚红的说法，最近他突然成了手机控，也是这次晕倒的原因之一。

陆以尧百口莫辩，只能听话。

再次摸着手机，已经是出院的晚上。姚红帮他把最近的通告做了重新调整，能推的推掉，不能推的也岔开时间，以保证他有充足的休息，同时派李同进驻他家，24 小时全天候待命，以防他身体再出现什么问题。

李同认识不少当助理的同行，多半谈起这个职业，都是怨声载道。明星难伺候，明星脾气大，明星工作忙，所以助理必须伏低做小，殷勤伺候，并且不要妄图有自己的私人时间。

李同助理生涯遇上的第一个明星，就是陆以尧。所以除了“忙”这件事他能和同行感同身受，其余都没有遇上。如果说某些明星和助理的相处方式像雇主和保姆，说得再难听点，像东家和长工，那陆以尧和他的相处方式就有点像公司的上下级——我提出要求，你帮我完成要求，我不会颐指气使，你也不用低三下四。

更重要的是，陆以尧很在意自己的私人空间，不仅是他这个助理，连姚红都很少进他的公寓，经常是和保姆车一起在楼下等，当然陆以尧通常都会很快赶下来。

所以别的助理是对自家明星见怪不怪，李同则对陆以尧几年如一日地抱着“八卦热情”，一听到可以“同居”，都不用姚红说有加班奖金，蹦着高就收拾行李跟来了。

陆以尧知道姚红担心自己出事，犹豫一下，还是松了口，同意助理紧迫盯人，免得经纪人担心。

姚红自己还有家庭，还有老公和儿子要操心，能在家庭和事业两面取得平衡实属不易，陆以尧也不想再给她添麻烦。

就这样，《国民初恋漂流记》第一天录制结束的晚上，陆以尧带着助理小弟，出院回家。

正所谓祸兮福所倚，晕倒入院固然是件坏事，但几乎没有喘息时间的行程因此宽松下来，倒让他不用担心腾不出时间去给两位太上皇请安了。

亲妈和妹妹那边还好说，真去不了，电话里服个软，耍个赖，女人总是心软的。

亲爹那边要是敢不回去……不，陆以尧认㞞，他确实不敢。

所以这次晕倒，陆以尧严重怀疑除了过度疲劳和睡眠不足，还有“心理压力”这口锅。

“陆哥，你家好大啊。”李同找不到太华丽的词藻来形容自己感受，只能质朴地直抒胸臆。

陆以尧莞尔，带着助理简单认门：“那边是盥洗室，这里是衣帽间……这里是书房，旁边是我的卧室，你的客房在这边……”

李同跟着陆以尧走一圈，忽然有种常住不走的冲动。

“我去洗个澡，你可以看看电视。”陆以尧迫不及待想洗掉满身医院的味道。

“嗯，”李同乖乖点头，“陆哥你注意安全，有事叫我。”

陆以尧哭笑不得，又不好拒绝小助理的真诚关心，只得道：“我会注意别摔倒磕着浴缸的。”

3 月中的北京还带着冬末的寒意，但在这间公寓里完全感觉不到，温度适中而恒定，不会过暖或者过凉，让人惬意而舒服。

李同调了半天台，也没什么想看的，索性在网络点播里找到《国民初恋漂流记》，默认播放便是最新一期。

陆以尧洗完澡出来的时候，就看见电视里的冉霖正问他：“你不是喜欢小熊维尼的世界而是喜欢这种体验方式？”

然后电视里的自己轻咳一声，说：“维尼我喜欢，体验方式我也喜欢。”

“这种方式很常见，随便一个儿童公园里都会有这样的轨道小车，你到底爱它什么？”

“沉稳。”电视里的自己，装 X 简直 100 分。

李同窝在沙发里，闷声笑，完全没注意到当事人就站在自己后面。

陆以尧原本想吐槽，可不知怎么，也跟着看进去了。于是他就那样站在沙发后面许久，直到李同想换个姿势，转身余光看见他，吓得差点掉下沙发。

“陆哥，人吓人吓死人啊！”李同捂着胸口，感觉心脏要停了。

“看得太投入了。”陆以尧带着歉意解释，同时绕到沙发前面来，在与李同有一段距离的地方坐下。

李同好笑地问：“你自己录的节目，看重播还这么投入？”

不想陆以尧摇头，眼睛仍盯着屏幕：“自己录和看播出的感觉不一样。”

李同没录过节目，不能对此发表意见，但看着陆以尧挺开心的样子，索性燃起八卦之魂："陆哥，我看你好像和那几个明星相处都挺好的，他们人怎么样啊？"

陆以尧看着自己的小助理，突发奇想地问："这里面你最喜欢谁？"

小助理坚定认为这是来自老板的考验，想都不用想："肯定是陆哥你啊！"

陆以尧哑然失笑，只得加上限定条件："除了我以外。"

李同认真地想了想，给出自己的答案："顾杰。"

陆以尧意外："理由？"

"帅啊，"李同两眼放光，"那身材，那气场，纯爷们儿就该那样！"

陆以尧也不知道被触动了哪根神经，忽然问："那你喜欢钢铁侠吗？"

李同想不通话题怎么就跳跃了，但还是歪头很认真地考虑了一下："我喜欢绿巨人。"

"陆哥，你还没说呢，他们人都怎么样？"李同总算拉回了自己的问题。

陆以尧打开微信，看着群里伙伴们的呼唤，不自觉嘴角上扬："都挺好。"

说了等于没说，李同撇撇嘴，不再打听，继续看电视。

陆以尧则打了删，删了打，最后生生把"有没有想我"改成了"伙伴们，晚上好"。

收到陆以尧微信的时候，夏新然在敷面膜，顾杰在举哑铃，张北辰在刷微博，冉霖在看《北海树》。

微信提示音响起的一瞬间，除了顾杰，所有人都第一时间点进微信查看。

然后，夏新然就喷了——

夏新然：晚上好？你是老干部视察吗？！

结果他刚吐槽完，"猪队友"就拆台——

冉霖：晚上好！

夏新然无语得面膜都皱了。

张北辰：身体怎么样？没事了吧？

得，都是好好先生，就他一个顽劣青年。

夏新然叹一口气，扯下面膜，加入慰问大军。

夏新然：VCR（视频）里脸白得跟鬼似的，你到底什么情况？

陆以尧：睡眠不足。

夏新然：我无话可说。

张北辰：汗……

冉霖：现在补足了？

陆以尧：精神抖擞！

陆以尧：第一天录影怎么样，好玩吗？

顾杰摸到手机的时候，看见的就是这一句，简直欲哭无泪——

顾杰：我可以拒绝回答这个问题么？

夏新然：哈哈哈哈哈哈！

陆以尧：？

张北辰：他今天吃榴莲吃到吐。

陆以尧：任务？

顾杰：游戏，一个丧心病狂到你会谢天谢地自己没来的游戏……

夏新然：哈哈哈哈哈哈！

顾杰：再乐明天我就跟导演组申请，把韩泽换给你！

夏新然：我错了。

陆以尧挑眉，韩泽这么大能耐，能让天不怕地不怕的夏新然秒㞞？

仿佛听见了他的心声——

夏新然：陆以尧你下期一定会回来吧？那个韩泽就是游戏黑洞，他今天是特殊嘉宾，所以抽签决定看哪个常驻嘉宾带着他玩，今天是顾杰，明天还不知道轮到谁。现在谁都害怕跟他抽到一组，简直人人自危啊！

陆以尧乐出了声。

不过打字出去就把拟声词自动消音了——

陆以尧：放心吧，我下期肯定回来。

看起来新嘉宾的化学反应还不错，综艺里不缺全能选手，就爱游戏黑洞，后期剪出来火花效果噼里啪啦的。

聊了半天，陆以尧忽然发现从头到尾冉霖就发了一句话，问他现在是不是补足了睡眠，之后就全程安静，也不知道是去忙了别的还是仍在窥屏。

群里越发聊得热火朝天，已经开始回忆白天的种种惊险了，陆以尧也说不清怎么回事，思绪总忍不住发飘，而且多半是飘到不出声的冉霖身上。

他以为对方怎么也得多问两句他的身体情况。

虽然这个“以为”毫无科学依据。

群里插话喊人太突兀，陆以尧索性切出来找到冉霖的私聊——【在？】

冉霖当然在。

从陆以尧发出第一条微信开始，他捧着手机的姿势都没变过。

缺席的理由陆以尧只用了“睡眠不足”轻描淡写，但冉霖一看就懂了，就是工作强度太大身体超负荷了。

娱乐圈这样的情况有很多，男艺人女艺人都有。

不过从陆以尧发的文字上看，应该缓过来了，没什么大碍。

所以放下心来的他就一路看着伙伴们热聊，脸上的微笑也变成了傻笑。

低落了一整天的情绪因为陆以尧的出现而拨云见日。

他不需要跟陆以尧一对一讲什么话，只是看着他在群里跟伙伴们互动，就足够开心了。

结果这人还非要来敲门——【在？】

冉霖立刻回——【嗯，在。】

【怎么不在群里说话？】

【敷面膜。】

【手上也敷了？】

【嗯，手膜。】

【我无话可说。】

【现在敷完了。嘿嘿，你休息得怎么样？】

【非常悠哉，都有点不想开工了。】

【你的粉丝会哭的。】

【我的经纪人会先揍我。】

【哈哈哈，不过说真的，通告永远都没有赶完的一天，但身体是自己的。】

【嗯，已经开始调整了。】

【那就好。】

【明天什么任务透露了吗？】

【你说呢？】

【为什么感觉我没来录影，捡回一条命。】

【你想太多了，导演说了，精彩的都留在最后一期收官战呢，不能让你失望。】

【最后这半句是导演说的还是你说的？】

【乖巧又不失礼貌的微笑——图片。】

【你就不能找个对应的表情包，非用文字版吗？】

【那我发张动图？】

【对不住，我不应该提出这种无理要求。】

陆以尧看着冉霖发过来的眼中射出诡异光线的乖巧微笑动态小人，无语凝噎。

正凝噎着，冉霖又发过来一条——【你在外面？】

陆以尧愣住，连忙回——【家里，怎么这么问？】

【哦，没有，随便问问。】

陆以尧微微皱眉，略一思索，懂了——【因为我今天没发语音？】

过了会儿，那边才发过来——【你是读心神探吗？汗。】

陆以尧得意地勾起嘴角，看了眼不远处的助理，才回复友人——【助理也在我家，未来几天都要24小时监控我的健康。】

【嗯，这两天还是要多关注身体状况的。】

冉霖点击发送，然后百思不得其解——助理在家和不能发语音之间究竟有什么必然联系？他们也没聊什么见不得人的啊？

同样想破头也想不明白的还有李同——陆以尧不就是在跟一起录节目的明星们群聊嘛，他刚才都听见扬声器播出来的夏新然的语音信息了，怎么聊着聊着，就开始防贼似的隔一段时间瞥他一眼了？

他对于男明星之间的友情没有任何八卦兴趣，陆哥会不会太谨慎了？

终于跟冉霖聊完，回群里正好赶上热聊尾声，有一搭没一搭说上几句，时间不早，大家也就慢慢散了。

陆以尧心满意足，不自觉开始期待起最后一期的录影来。

“各位初恋男神的泰国之行，就要在美丽的芭堤雅海滩落下帷幕。谁会是今天的咖喱男神呢？可能有的伙伴心里还在纠结。那么不用着急，节目组给大家准备了丰盛晚餐，诸位男神可以在享用泰式美食的同时，尽情思考究竟要把那神圣的一票投给哪位伙伴，现在，上菜！”

五位嘉宾坐成一横排，每人面前都是一张小饭桌。随着导演一声令下，长条餐车被推了上来，桌上赫然四份罩着半圆形明亮不锈钢罩的美食。从外面看不到里面食物的真正模样，但节目组贴心地在每一样食物旁边都立了名牌——

冬阴功。

泰式咖喱虾。

椰汁嫩鸡汤。

九层塔炒鸡丁。

五个人，四个菜，扑面而来的深深恶意。

但是饿一天了，他们现在真的是看见菜名就开始吞口水。

导演在画面外笑得慈眉善目："不用我多介绍了，大家都已经看见了菜式的名字，那么还是老规矩，由一人带我们的新伙伴韩泽组成一组，剩下三人一人一组，分好之后各组就可以选择自己想要的菜式了……不过这一次的分组我们不抽签，而是让新伙伴自主选择搭档！"

导演话音刚落，四双眼睛就紧张地盯住了韩泽。

韩泽欲哭无泪："你们也不用嫌弃得这么明显吧。"

何止明显，顾杰已经举起小饭桌上的空盘当盾牌，仿佛这样就能抵御来自韩泽的黑洞波。

韩泽气定神闲，左右环顾伙伴的脸，那真是目光所到之处，一片面如死灰。

韩泽莞尔，最终选了唯一没有躲开他眼神的："冉霖。"

四目相对，冉霖就知道自己跑不掉了。况且三天下来，他是唯一没有抽中跟韩泽搭档的，韩泽选他也公平。

剩下三人纷纷松口气，死里逃生一般。

根据之前的战绩，张北辰优先挑选食物，顾杰、冉霖依次排在后面，三天下来莫名跟韩泽组队次数最多的夏新然成绩垫底，只能等小伙伴们都选完，接受剩下那一盘。

四道菜的名字都很诱人，但录了 7 期，闭眼睛都知道里面肯定有坑。

张北辰思索片刻，谨慎做出选择："椰汁嫩鸡汤。"

顾杰不懂他的思路："选汤你喝得饱吗？"

张北辰冲他缓慢地摇了摇头，仿佛在说"你不懂"："能垫垫肚子就好。这种看名字就容易觉得清汤寡水的，反而让人有安全感。"

顾杰居然觉得，好有道理他竟无法反驳！

不锈钢罩子被取开，露出里面的椰汁嫩鸡汤。只见硕大的透明玻璃盛汤器皿口宽而底深，几乎要溢出来的飘香奶白色汤汁里，满满的全是鸡肉。

"这是椰汁汤还是椰汁鸡啊！"

只能眼巴巴看着张北辰幸福接过汤盆的众伙伴，各种羡慕嫉妒恨。

轮到顾杰了。

思来想去，冬阴功太有名了，危险，咖喱虾太诱人了，警报，就那个炒鸡丁透出一丝质朴气息。

就它了——

“我选九层塔炒鸡丁！”

罩子取走，一盘中规中矩的九层塔炒鸡丁配白米饭。

模样家常，香气诱人。

盘子刚一上桌，顾杰便大快朵颐，风卷残云间，仿佛能听见五脏庙在愉快地唱歌。

轮到冉霖和韩泽了。

冉霖盯着仅剩的两样菜式，艰难地咽了下口水，征求队友意见：“你想吃哪个？”

韩泽手指轻轻摩挲下巴，慎重给出答案：“冬阴功。”

冉霖望着同事深邃的眼眸，软着口气商量：“那我们选咖喱虾好不好？”

韩泽手一滑，下巴差点磕到桌子上，生无可恋地重新坐直身体，深沉点头：“好，我懂的。”

冉霖朗声宣布：“泰式咖喱虾！”

不锈钢罩子顺势被掀开，露出里面宽大洁白的圆形瓷盘和盘中的……一只虾。

张北辰一口汤喷出来。

顾杰乐得险些被米饭噎住。

夏新然更是不给面子，边笑边捶桌的声音响彻半个海滩。

与此同时，夏新然的冬阴功也揭开神秘面纱——容器和张北辰的椰汁鸡汤一样大气，且用料十足，一勺捞起来，满满全是虾、蛤蜊和蘑菇。

冉霖绝望地趴到桌子上。

韩泽安慰地拍拍他肩膀：“其实换个角度想，你应该高兴。”

冉霖艰难地抬起头望向队友：“快乐点在哪里？”

韩泽微笑：“我不是常驻嘉宾。”

不光冉霖，所有伙伴都被一种突如其来的幸福感包围，热泪盈眶。

陆以尧，我们想你——

同一时间，正在公寓的影音厅里观摩学习过往经典古装剧演员表演的陆以尧浑身一震，下意识看向四周，总觉得哪里有声音在呼唤。

但漆黑一片的影音厅里，除了墙壁上的一个个漆面实木相框于屏幕的映照下反射着幽微的光，再无其他。

陆以尧思索片刻，把屏幕上的电视剧暂停，起身开灯。

灯光大亮，屋内陈设跟着一目了然。

这是一间客房改造的影音厅，房间不大，98 英寸的液晶电视几乎占了一面墙的主视觉区，剩下三面墙，一面立着原木色的胶片架和黑胶唱片机，另外两面则挂满了实木相框镶嵌的剧照——陆以尧，剧照中的人都是陆以尧。

古代装，近代装，现代装，或风雅江湖客，或民国贵公子，或青春阳光男，有的禁欲高冷，有的温柔和善。不同的角色，各异的风情，但它们都有一个共同点——帅到没朋友。

陆以尧很满意这样的装饰，并打定主意未来还要把剧照常换常新。

房间是做过隔音处理的，遍布在房内的立体声环绕系统既能让屋内人身临其境，又不会打扰到周围邻里。

房内没有桌椅，只一张双人英式沙发摆在正中，沙发边立一张小几，放置水杯或者手机等小物。

陆以尧开灯去摸的，就是手机。

【录影结束了吧，我猜你们肯定把票都投给了韩泽。】

上一次跟伙伴们聊还是前天，算算今天是录影第三天，这个时间应该已经收工了。

陆以尧不知道自己是闲得发慌，还是有点想念小伙伴们了，以至于刚刚出现了被呼唤的幻听不说，幻听完还静不下心来，开始惦记“不知道他们录得怎么样了”，索性拿手机问两句。

过了一会儿，回应才来——

【必需的，民心所向。】

回复他的是冉霖，陆以尧有点开心，又有点意外。毕竟根据往日经验，最先冒头的通常都是夏……呃，等等。

陆以尧眉头微微蹙起，定睛去看，他那句询问根本没发在陈胜吴广群里，发的是冉霖私聊。

两个聊天上下挨着，也不知道点进去的时候想什么呢，完全没意识到。难怪半天才过来回复——冉霖的回复速度通常比较慢，当然，也可能是有夏新然那种话痨做对比。

人家都回过来了，也不好再说原本是想发群里这种话，况且陆以尧也挺喜欢跟冉霖聊天的，索性将错就错，聊了起来。

夜已深，曼谷素万那普国际机场的贵宾休息室里，也从最初的喧嚣，慢慢归于宁静。

张北辰和夏新然都带着各自经纪人坐在靠窗的沙发里，但两处沙发距离很远，几乎算是从休息室一端到另一端了。张北辰望着窗外刚刚降落仍在滑行的客机，不知想什么，夏新然已经睡得四仰八叉，偶尔手乱抓一下，仿佛梦中还在跟人战斗。

顾杰这次独自录影，没带经纪人，进休息室后在吧台喝了几口小酒，这会儿直接趴在那里眯着。

冉霖、韩泽和王希一起，坐在另一边的角落。

王希窝在单人沙发里，戴着耳塞听轻音乐，这会儿已经睡着了。她比来的时候晒黑了一些，尤其有脸颊侧的白色耳机线做衬托，肤色变化更明显，也不知道是不是趁着他们录影偷偷跑去海边玩了。

身旁的韩泽靠在沙发里，头微微后仰，闭目养神。

冉霖判断不出他是眯着还是睡着，正漫无目的地想，陆以尧就发来了微信。

之后他便再顾不上韩泽，噼里啪啦打起字来。

跟陆以尧的微信没有聊太久，对方只是问问录影情况和趣闻，他这边言简意赅地讲一讲，那边也就有一搭没一搭地听一听。

眼看话题要冷场，冉霖索性先道了晚安。

那边还是一如既往地打字，很快也回了相同的话。

退出微信，冉霖忽然有点怀念陆以尧的声音。

“你和陆以尧关系很好？”

耳边突然响起的声音吓了冉霖一跳，手一滑，手机就掉到了腿上。

韩泽把手机捡起来，递还给他，露出歉意微笑：“不好意思，无意中看到了你们的聊天。”

韩泽的眼神很深邃，里面似乎包罗万象，唯独，感觉不到歉意。

冉霖敷衍笑笑，收回手机：“没事。”

韩泽仍看着他，状似随意，目光却牢牢锁定在他的脸上，然后冉霖听见他低声道：“你还没回答我的问题。”

冉霖微微皱眉，眼前的韩泽仍然带着浅淡的温和的笑，却莫名让人有一种压迫感。和这三天录影里那个韩泽完全割裂，倒与冉霖记忆中那个永远冷着脸的公司一哥有了某种重叠。

“嗯？”韩泽笑容绽开，近乎呢喃的声音轻扬。

冉霖鬼使神差地想到了毒蛇吐信子的嘶嘶声。

他被自己的想象吓出一身冷汗，对面的韩泽不知什么时候敛起了那种让人不舒服的笑容，正疑惑地望着他。

“也没有多好，”冉霖甩掉乱七八糟的思绪，斟酌着给出答案，“就是一起录了这么多期节目，相处得比较融洽。”

他和陆以尧本来也没聊什么奇怪的事情，所以无论韩泽看过去多少，都是安全的。他也不想为这么一个仿佛随意聊天的问题，搞得同事关系尴尬，毕竟还有王希的关系在。

“难得。”或许是这说法与他看见的聊天内容基本吻合，韩泽对于答案没有太多疑，只是在道了难得两个字后，歪头打量一下冉霖，又意味深长地眯起眼睛，轻笑道，“当初王希那样帮你炒，我以为陆以尧会把你拉进黑名单呢！”

冉霖避开韩泽的目光，下意识拿起放在面前的矿泉水喝了一口。

韩泽气定神闲，只淡淡看着他，笑而不语。

冉霖放下矿泉水，眼睛却还盯着瓶身的商标上，含糊道：“这事儿说来话长……”

“那就不用说了，看你想得也辛苦。”韩泽也拧开自己的矿泉水，装模作样地喝了一小口。

冉霖有一丝狼狈，但更多的是解脱。

韩泽和张北辰的情况还不一样。面对反常的张北辰，他虽然有摸不透的地方，但对方没有恶意这一点，他还是感觉得到的，也愿意和对方做朋友；可面对反常的韩泽，他真的会紧张，因为根本不知道对方的想法，不清楚究竟只是单纯聊天，还是对方话里有话。

更重要的是，此时此刻的韩泽，对他带着一种几乎不怎么用心掩饰的俯视感。

那感觉冉霖太熟悉了，无数次龙套，剧组里的主角们对他这种小咖都是这样的眼神。区别只在于那些人连笑容都吝啬伪装。

“这个圈子挺奇怪的，”韩泽跷起二郎腿，后背舒舒服服地靠进沙发，“有时候拼死力气也红不起来，有时候一个意外，就红了。”

“是啊。”冉霖还能说什么，他就是那个意外。

“让我红起来的那个剧也是。原本男一号不是我，是另外一个人，他最后推掉了，才轮到我。一部剧，我就起来了。”韩泽说着看向冉霖，嘴角似有若无地勾了一下，“不过还是没你幸运，机场出口一站，机会就来了。”

冉霖终于知道那个让他一直介意的不适感是什么了。

嘲讽。

而且是居高临下的嘲讽。

“王希说她很看好你，说你一步步来，红只是时间问题。”韩泽耸耸肩，脸上又浮出淡淡笑意，然而那笑意并没有达到眼底，“我听着，心情有点复杂呢！”

除了嘲讽，还有敌意。

“希姐就那么一说，我如果真能红，也不会等到现在了。”冉霖没有王希那样乐观，更不觉得自己能威胁到韩泽。

“她可比你乐观，这段时间我都是自己赶通告，一问，她就跟着你这边呢！”

韩泽说得云淡风轻，冉霖却听得头疼欲裂。

“我很多事情都不懂，希姐可能怕不跟着，我会捅娄子。”

韩泽露出好笑的表情，定定看他：“你才不会，你拎得清着呢！”

说罢他忽然伸出一只手，递到冉霖面前，是个友好相交的姿态：“以后我们恐怕就要抬头不见低头见了，请多指教。”

冉霖愣了下，才连忙伸手握了上去。

韩泽的手指修长白净，像弹钢琴的手，特别漂亮。

只是手心，很凉。

冉霖忽然明白过来，反常的是录影中的“游戏黑洞”，是与所有人都相处得其乐融融的新人嘉宾。

眼前这个，才是真正的韩泽，梦无涯的一哥。

第 5 期的迪拜之行，为《国民初恋漂流记》掀起了第二波收视和口碑的小高潮。

日益默契的五位嘉宾在迪拜这座建立在沙漠上的梦幻之城里，领略神秘的异域风情，体验古老与现代交织的独特感受，而观众也跟着他们，来了一场精彩纷呈的异国之旅。

冉霖的微博粉丝持续快速地增长，留言也一天比一天刷得多。

王希看在眼里，很是满意，虽然日常态度还是打压为主，防止他膨胀，但偶尔也会松口，替他展望一下美好未来。

韩泽在机场说的那些话，他没同王希讲。一来是不好说，毕竟同用一个经纪人，即便他和韩泽的咖位不同，在资源上也难免有共享和竞争；二来他不觉得王希需要自己来点，如果他像韩泽说的，属于拎得清，那王希就是人精了，又怎么可能注意不到韩泽的微妙态度。

一旦触及利益，除非一方撤出，否则矛盾无法调和。

他能做的只有努力完成工作，对人无恶意，对己不亏心。

《国民初恋漂流记》的最后一期录制地点，选在冰岛。在机场看见陆以尧的时候，冉霖没有想象中的激动，但却比想象中更加控制不住表情，嘴角总是往上走。

“安然无恙，膘肥体壮。”夏新然围着陆以尧走一圈，给了八字评语。

陆以尧觉得没一个好词儿。

冉霖和张北辰、顾杰站在一起，陆以尧以为他会给自己一个拥抱，再不济，也该拍打两下，像夏新然那样，亲切地验货。但对方只是站在两步之遥的地方，对着自己笑。

冉霖的牙齿整齐白净，笑起来明媚晴朗。

陆以尧决定看在这个笑容的份上，山不来，他便向山走去。哪知道脚下还没动，姚红又打电话来叮嘱这叮嘱那——姚红这次没跟着他，而是留在国内处理事情——等姚红终于唠叨完，也该登机了。

整个航程里，冉霖和夏新然比着睡，仿佛在争夺名为“睡得最香”的牌匾。顾杰和张北辰颇为期待地讨论着冰岛的风景，陆以尧听了全程，一个字也没听进去。

直到飞机降落，一行人走出机场，满眼冰天雪地。

夏天是冰岛的旅游旺季，风景优美，颜色亮丽；相比之下，冬天的冰岛单调许多，但却让人更有一种“名副其实”的感觉。

或许是最后一期，导演组终于良心发现，设置的任务和项目玩乐的多，吃苦的少。大家也撒了欢地玩，就像毕业班的最后一次旅行。

但是传说中的极光，一直没有出现。

直到第三天下午，最后一个项目冰洞探险。

冰洞，即冰川内部形成的洞穴。它随着冰川的消失生长，而不断生成，又消失。只有冬季，冰川足够稳定，才可以进入其中，领略那个梦幻般的世界。

节目组找来了当地导游领路，入洞的一瞬间，所有人都惊呆了。

不可思议的，巨大冰川底下的，冰蓝色的国度。

仿佛还不够似的，当天色渐暗，他们终于从洞口出来，脑袋里仍挥之不去那醉人的蓝色，天幕上，就洒下了极光。

摄影组最先反应过来，立刻架机器拍素材。

五个人仍然站在洞口，出神凝望。

不知过了多久，导演组才垫好一块空地，让他们坐下来欣赏。

一架摄影机绕到五人身后，既拍极光，也拍背影，偶像剧似的。

五个人并不是坐成一横排，而是位置有前有后，围得像是一个圈。冉霖坐在靠后的位置，陆以尧坐在他的斜前方，侧着半个身子，极目远眺，从冉霖的角度，只能看见侧脸。

他的鼻梁很挺，从侧面看，便少了一丝温和，多了一些棱角。

忽然，陆以尧转过头来。

冉霖闪避不及，视线撞个正着。

“漂亮吧。”陆以尧以为他在看极光，笑着问。

冉霖用力点头：“嗯，特别帅。”

五彩斑斓的光带映亮了天际，也映亮了周围的冰雪。冉霖伸出手在垫子外面抓了一把，雪在手心里慢慢融化，起先是冷，然后变成淡淡的凉。

【最后一期了，有点舍不得。】——这是集合来冰岛之前，冉霖和陆以尧微信闲聊，状似无意发的一句话。

当时陆以尧回的是——【节目结束了，交情又没结束，等有时间，我肯定找你们出来聚。】

冉霖抬头深吸口气，浩渺夜空，恍若仙境。

第一次看见这么美的极光。

第一次遇上这么好的朋友。

临时搭起的小屋里，只有陆以尧、导演和一个工作人员，摄像机被固定在架上，近距离拍摄着嘉宾最细微的表情。

陆以尧从导演面前的桌上拿起问题纸，上面只有两个问题：一、请说说你这一整季节目下来的最真实的感受；二、请给所有伙伴，每人一句话的评语。

陆以尧坐在椅子上，很认真地回忆了每一期，从最初的生疏，到后面的融洽，原本严肃的表情随着回忆慢慢变成微笑。

他说："一整季下来，最大的感受就是人与人的相处是件很奇妙的事情。平时可能因为工作比较忙，很难有这么长时间，和同样一群人相处。所以很多时候，与人交往都停留在第一印象。但其实第一印象的准确率是非常低的，你会随着交往的深入发现，咦，原来他和你想的不一样，就像我们这个漂流团，从最初的尴尬冷场，到如今的兄弟齐心，这种感觉非常棒。我也很感谢节目组能让我认识这些伙伴。"

"一人一句话的评语……夏新然，像个小太阳，永远熊熊燃烧，痛快自己，也温暖别人；张北辰嘛，青春活力，朝气蓬勃，我觉得他应该是我们所有人里最符合校园初恋想象的；顾杰，铁血纯爷们儿，很可惜这季节目没有真人 CS 那种实战闯关环节，不然他应该能大杀四方；冉霖……"

陆以尧认真地思索良久，才抬起眼，对着镜头道："他是一个相处起来会让你觉得很舒服的人。他对朋友的照顾和体谅完全是下意识的，不需要多想的直觉反应，这是一种很难得也很珍贵的品质……"

陆以尧对着摄影机夸了 3 分钟。

然后问导演："行了吗？"

导演满意点头，并让坐在旁边的工作人员叫下一个嘉宾进来。

第二个进来的是顾杰，导演耐心地等他看完问题纸，只说了一个提醒："每人一句话评语那个，一句话就够哈。"

顾杰一脸蒙。

他能组织出一句评语就不错了，谁会给你多说！

一行人在首都机场抵达出口出来的时候，得到消息的粉丝已经把那里堵得水泄不通。陆以尧和夏新然的粉丝最多，张北辰次之，然后是顾杰和冉霖。顾杰是红了之后越来越低调，也不经营什么粉圈和流量，已经开始慢慢往电影咖转型，冉霖则是实实在在没有太多真爱粉。

五个人出来就被冲散了，陆以尧和夏新然怎么看着都是持久战，张北辰则是本人也不急着走，站在人群中给粉丝签名，护着他的机场保安急得恨不能把人打包扛走。

冉霖和顾杰肩并肩，终于挤到了人群外围，那些得到他俩签名的粉丝，大部分转身继续去围陆以尧和夏新然。

"人气不高的优势这时候就体现了。"顾杰气喘吁吁，但话里洋溢着真实的幸福感。

冉霖看一眼远处焦头烂额的陆以尧，忽然觉得这场面似曾相识：“我被陆以尧误认为粉丝那次，就是在这里。”

顾杰也跟着看过去一眼，打趣地说：“当时就你一个人举着灯牌，不能怪陆老师误会。换成现在试试，他在人群里都未必看得见你。”

冉霖静静收回目光，微微一笑：“是啊！”

两个团队往远处走，三个团队还留在背后。中间的距离越拉越远，一面越发拥挤，一面越发清净，就像两个世界。

《国民初恋漂流记》，杀青。

第十六章

距离从冰岛回来已经过去了一个多星期，陈胜吴广群安静的时间越来越长。大家都要马不停蹄投入新的工作，甚至冉霖这种通告排得最不满的，也收到了洗发水那边的广告剧本，开始潜心研究，等到回过神，再想起录漂流记时的种种，心里是久违的平静。

这里或许也有陆以尧的功劳——那人自打真人秀杀青，就再没发过来私聊，甚至群里聊天，也甚少冒头，看起来像是又开启了没时间喘息的工作狂模式。

有次他难得出现，冉霖刚想提醒别忙得身体透支，晕倒这种事来一回就够吓人的了。结果字没打完，那人又销声匿迹了。冉霖犹豫了一下，把打好的字又一个一个删了。

陆以尧有经纪人，有家人，有朋友，有助理，轮不到他操心。

《国民初恋漂流记》从第 4 期开始，口碑就一路逆袭，收视行情也看涨，虽然和陆以尧预测的一样，最终也没有井喷式大爆发，但当第 7 期开播的时候，收视和口碑在同期综艺里已属佼佼者，观众对于节目的期待值和关注度也到了一个比较高的点上。

韩泽就遇上了这样的天时地利。

最终凭借自己游戏黑洞的迷之特质，让第 7 期成为节目开播以来，单期收视率最高的一期，而且收视高峰就发生在韩泽接连两个游戏都以让人喷饭的方式坑队友之后。

韩泽的这种“坑”，不是蠢，也不是笨，而是一种天然呆萌，从镜头里看，他很努力在做好任务，可偏偏天不遂人愿，什么奇葩情况都会被他赶上。

观众在捧腹大笑的同时，并不会对这个人产生嫌弃，反而觉得他很可爱。

甚至连陆以尧的粉丝，也对这位代班嘉宾抱以最大善意，面对“韩泽才应该做常驻嘉宾”这种最容易挑起战火的话题，保持了极大的克制，并没有发生撕到昏天黑地的情况。当然也可能是真爱粉的精力都放在心疼陆以尧身上了——第 7 期播出当晚，陆以尧团队放出陆神在医院挂吊瓶的虚弱照，成功让缺席第 7 期的陆以尧怒刷了存在感。

冉霖对这些都不是特别清楚，他这一个礼拜已经不大刷微博了，从拿到广告剧本开始，就在为拍摄做准备。

品牌想让广告搭上真人秀的余温，从拟订由冉霖代言开始，策划案就已经在同步进行了。

终于赶在 4 月 1 日，漂流记最后一期尚未播出之际，开机拍摄。

“幸亏是提前接到的剧本和拍摄时间，如果今天通知我，我肯定不信。”去往拍摄棚的路上，冉霖在车里和王希打趣。

王希没好气地看着他，说：“还有心思过愚人节，你的工作果然很不饱和。”

冉霖拿过放在车门置物格里的温豆浆喝一口，放下杯子，几不可闻地叹息。

王希皱眉，忽然抬手揉了两下他的头发，动作和温柔丝毫不沾边，揉完看着自己的杰作，总算舒坦开来，油然而生一种欺负妹妹家那个还在念小学的外甥的巫婆式快感。

冉霖窘，转头看车窗，玻璃上果然映出个鸟巢脑袋。

“希姐，你是还嫌我头发不够乱？”

艺人不再苦瓜脸，眼神也生机勃勃了，王希非常满意。

无所谓地耸耸肩，妆容精致的脸上露出淡淡微笑：“有什么关系，反正等下也要洗剪吹。”

抵达摄影棚的时候，品牌的宣传总监还没来。并不是所有品牌拍广告的时候，总监都要到现场，有时也会派下面的经理过来盯着，但这是品牌与冉霖合作的第一支广告，显然甲方也很重视。

洗发水广告，最重要的当然是头发，所以冉霖一头扎进化妆间之后，脑袋就不属于自己了。

洗剪吹到一半，总监抵达，且直奔化妆间。

造型师手上没敢停，冉霖也就没敢动，只能看着镜子里，王希迎上去和总监打招呼。

“何总，没想到您会亲自来。”对待甲方，王希向来客气。

宣传总监是一位四十岁左右的男士，个子不高，圆脸，一身剪裁得体的西装，内搭洋气又不失品位的衬衫，整个人看起来比实际年龄要年轻，面带微笑，这让他本就没什么杀伤力的五官显得更加亲切，但仔细看他的眼睛就会发现，无论脸上是什么表情，眼神永远透着精明和锐利。

一进门，冉霖就在镜子里和他对上了目光，并捕捉到了他一闪而过的皱眉。

“场面话就不必了，大家都是来工作的，”他笑着和王希握手，话说得柔和，但直接，注意力则从始至终都在冉霖这边，“进度怎么样？”

没点名字，造型师已经知道这话是在问自己，连忙回答：“再有 20 分钟就可以了。”

冉霖对这话表示怀疑，因为造型师已经在他脑袋上鼓捣了 40 分钟，却才卷了一半的头发。

冉霖头发茂密，发质软硬适中，录真人秀的时候一直保持在一指左右的长度，用摩丝抓起来潇洒利落，又不会太凶，什么都不抹，自然放下来，清秀阳光，又不会太娘。

但是今天的造型师两样都没选，而是拿起卷发棒，开始烫。

造型师没用药水，只是单纯的一次性造型。而且也不是真的烫卷，是用卷发棒将发型打造出一些纹理和层次感。

冉霖很少尝试这样的造型，这让他看起来少了一些学生气，多了几分潮人嘻哈感。

“不用 20 分钟，”何总走到冉霖背后，看着镜子中的冉霖，也看着镜子中的造型师，笑容渐淡，“现在就把这些都洗了，然后忘掉你所有的创意，直接吹，吹得越毛糙越乱越好，OK？”

造型师是个二十七八岁的男士，细腰窄胯，身材妖娆，说话细声细语，眉目风情万种。整个造型的过程里，冉霖几乎要把他归到温柔人妻类了，结果一听一切推倒重来，造型师脸直接黑了，胸膛起伏半天，才咬牙憋出一句：“O、K。”

粗犷声线纯爷们儿到冉霖以为他换了配音。

何总显然对自己遭人恨的处境习以为常，抱着双臂站在旁边，气定神闲。

造型师恨恨放下卷发棒，轻拍冉霖肩膀。

冉霖会意，立刻起身去旁边再次洗头，让一切纹理和卷卷随风消散。

金主是大爷，王希不好插嘴，干脆坐到偏僻角落，当个人形空气。

重新洗完头发的冉霖，回到了学生时代，造型师帮他把头发吹到半干，别起刘海重新补了淡妆，妆容差不多，再放下头发，继续吹，就按何总监要求，风力调到最大，怎么乱怎么毛糙怎么来，让闭着眼睛的冉霖有一种脑袋被滚筒洗衣机支配的恐惧。

待到何总监满意点头，刚好 20 分钟。

发型一波三折，拍摄亦然。

广告剧本其实很简单，大学死宅冉霖向喜欢的姑娘表白，被秒拒，然后发愤图强，改头换面——当然重点是洗头，最终以坚持不懈的恒心和焕然一新的造型——其实主要是造型，打动了女神的芳心。

拍摄环境难度也不大，一个影棚，一个浴室，场景很好调度。

搭戏的女演员是个模特，人非常漂亮，但演技不过关，尽管镜头多数都给在冉霖身上，可还是每隔两分钟就听见导演喊——

“卡！校花你要看着你的追求者，你是拒绝他，不是害怕他，眼神不要总往旁边躲！”

“卡！校花你不喜欢他你脸红什么！”

“卡！校花你走位不对，半个镜头都被你挡住了！”

“卡！”

“卡！”

“卡！”

无数次的NG（暂停），导演筋疲力尽，坐在他旁边一起盯着监视器的何总监，黑云压顶。

冉霖也累，但看着一旁泫然欲泣的女模特，还是不免同情。这姑娘未来几年估计都不想听见“校花”两个字。

好不容易磕磕绊绊拍完前半部分，校花可以暂时休息，如获大赦的女模特一头钻进化妆间，久久没出来。

冉霖则继续拍发愤图强的部分——洗头。

所有大特写都给到他泡沫满满的头顶，最后他闭着眼睛迎着花洒，陶醉地沉浸在新生的喜悦中。

“卡！”导演喊出声的同时，迫不及待看向旁边的甲方。

对于冉霖和王希，品牌方是金主，对于导演，亦然。

何总监神情严肃，沉吟良久，久到导演差点喊“再来一次”，终于轻轻点了头。

导演长舒口气，从监视器里抬起头：“过！下一场准备。”

重新吹好头发的冉霖一改之前的邋遢，头发顺滑、自然，还带着空气的轻盈感，妆也从之前的刻意扮丑变得唇红齿白，皮肤在超强的打光里，晶莹剔透，吹弹可破。

“你拍洗发水广告太浪费了，就该拍护肤品的。”造型师最初的火气已经在缓慢的拍摄进度里散了个干净，这会儿估计都忘了还有何总监那号人，亲昵地跟冉霖聊天。

冉霖总觉得对方那双眼波流转的眸子已经看透了他的“同道中人”身份，但对方不说破，他也乐得装傻：“我回去一定继续努力保养。”

“唉，头发也好，”造型师毫不掩饰自己的羡慕，看着镜子里的冉霖，哀怨扁嘴，“不像我，一洗头掉一把。”

冉霖也从镜子里看着对方的圆寸头，被这话逗得好气又好笑：“求问你这长度怎么一掉掉一把。”

“我说的是以前啦，”造型师叹一口气，眼里流露了怀念，“我以前头发特别长，美翻了，就是掉得太凶，只能忍痛割爱。”

冉霖有点信他了，便认真地宽慰道：“都说头发在剪过特别短之后，新长出来的就会比之前的更健康，所以放心吧。”

造型师瞪大眼睛，惊喜地问：“真的？”

冉霖点头，想了想，又说：“但是不能吃太多太油的食物，清淡健康的，对头皮也好。”

造型师斩钉截铁：“我明天开始就吃素！”

冉霖扑哧乐了：“加油。”

造型师安静下来，看了镜子中的冉霖一会儿，忽然说：“你这人真好，脾气好，心也好。”

冉霖被夸得有点尴尬，不知道怎么就收获了这么高的评价，连忙找补：“也不一定吃素就不掉头发了。”

“我说的不是这个！”造型师没好气地瞪他一眼，四下看看，确保隔墙无耳，或者有耳也听不见，这才压低声音道，“那个何胖子是出了名的要求多，我跟他们公司合作多少回了，就没见过几个能在他那些变态要求底下还不黑脸的明星。你听导演喊那么多卡，一多半都是替他喊的，上个月直接把薛……一个女明星气得罢拍了。”

造型师估计是说完姓氏觉得不妥，生生把后面的名字吞了回去。

但其实圈子就这么大，一个姓，足以联想得八九不离十了。

“那后来呢，继续拍了吗？”

“当然，何胖子亲自把人哄回来的。”

其实何总监不胖，就是圆脸吃亏，不过冉霖现在更惊讶的是：“他是品牌方，他直接去哄人？”

造型师的表情变得暧昧起来，声音压得更低：“那个女明星和品牌老总的关系非同一般，上面钦点的，不然你以为谁都敢随便罢工，大部分黑着脸咬着牙，也得硬着头皮坚持完。”

冉霖恍然大悟。

造型师拍拍他肩膀，后退一步：“好啦，帅哥该登场了！”

重新出现在镜头里的冉霖，青春洋溢，目光温暖，抱着吉他站在花园洋房一样的布景板下，对着阳台上的姑娘诉衷肠。

鼓风机不断送来轻风，将他的头发吹得潇洒飘逸。

这段会后期配音配乐，所以原则上冉霖只需要乱弹几下乱号几句就行。

冉霖把吉他抱在手里，拨一下吉他弦，忽然感觉到久违的怀念。

随着工作人员打板，拍摄开始。

冉霖抬起头，看着心爱姑娘的脸，指尖轻轻拨动，温柔的吉他音符便倾泻而出，汇成暖心旋律。

拍摄现场鸦雀无声，所有等待着被魔音摧残或者再不济也是乱音扰民的工作人员都没料到，冉霖居然会弹吉他！

前奏渐歇，冉霖冲着女模特浅浅微笑，嘴唇轻启，半哼半唱起来——

“最近你变得很冷漠，让我有些不知所措。其实我没期待太多，你能像从前般爱我。”

“我在人民广场吃着炸鸡，而此时此刻你在哪里？虽然或许你在声东击西，但疲倦已让我懒得怀疑。”

冉霖唱歌时候的声音比平时说话带上一点点沙哑，让顽皮的旋律里透出一丝慵懒撩人。

整个摄影现场都好像静止下来，只剩他在自弹自唱。

“卡——”

冉霖正唱得嗨，身体已经开始不自觉随着旋律左右轻摆，甚至难得觉得自己挺帅的时候，被一嗓子划破自信。

没等他反应过来，导演那边已经要崩溃了：“校花，你好歹给个反应啊！！！”

已经听得入迷的模特回过神，被吼了一天的难堪终于爆发：“他一直不唱完我怎么给反应啊！”

谁都不敢得罪甲方，但乙方之间总还是可以叫板一下的。

导演深吸口气，看看明显比预计晚了许多的时间，暗暗念了几遍好男不跟女斗，早拍完早收工，这才好声好气地和女模特说：“你不用等他唱完，在歌声里给个反应和表情就行，行吗？”

最后两个字温柔拖长，配上导演硬撑的笑脸。

女模特委屈地扁扁嘴，最终还是很给面子地点了头。

冉霖被折腾一天，其实现在抱着木吉他都有点吃力，但一想到这是最后一组镜头，丹田就汇聚起一股气，支撑着他再战个把小时。

鼓风机继续吹，灯光继续打，冉霖一脸爱恋地望着上方的女模特，指尖拨弄，二次弹唱。

这一回女模特很给力，惊喜、羞涩，各种反应给足，最后连同跑下楼跟求爱者面对面的镜头，都一次性通过。

随着冉霖举起洗发水对着镜头念出广告词，人仰马翻了一整天的广告拍摄，终于落幕。

冉霖进化妆间换衣服，装了一天空气的王希刚要跟过去，就见何总监朝自己所在的角落过来。

王希立刻掉转方向，热情迎接：“何总，对我们今天的表现还满意吧？”

何总监点点头，认真评价道：“脾气挺好。”

王希无语，半玩笑半调侃：“你在意的点永远和别人不一样。”

如果这时候冉霖过来，就会发现王希和何总监的关系比他想象的还要熟。

但工作归工作，交情归交情，最开始王希没刻意套近乎，对方也公事公办的样子。

如今拍完了，倒可以叙叙旧。

“你带人一直有一套，挑人的眼光也准。”何总监看看关着的化妆间门，

“我觉得他会红。”

王希戳破老熟人的恭维：“那是，他红了，你们可就赚大了。”

何总监挑眉，看着王希说：“我怎么感觉你在暗示我们给的价格不厚道。”

王希摇头：“不是暗示，是明说。”

何总监再绷不住高冷，受不了地翻个白眼：“你也就是乙方。哪天要是让你当了甲方，能把人生吞了。”

“行啦，我得去看看我们孩子被你折磨得怎么样了，回头电话联系。”王希说完，便风风火火进了化妆间。

何总监看着女人的背影，无可奈何地摇摇头。

两个人相识多年，认识的时候他还只是个宣传策划，王希也不过是经纪人助理，如今一晃，都四十岁了。

他俩没有什么不可告人的关系，但确实有老友的情分，这次广告代言人，其实有几个选择，最终定冉霖，除了王希本身的争取和斡旋，他这一票，也占了些分量。

能力、财力、关系、人情，这个圈子里不拘形式，能派上用场的，都叫资源。

“希姐，你觉得我今天表现得怎么样？”回去路上，冉霖等半天没等来王希说话，只得开口询问。

王希回头看着他眼里的期待，浅笑挑眉：“怎么，开始讨夸奖了？”

冉霖求饶似的看着自己的经纪人：“希姐，我今天被导演卡了无数次，你就不能来点安慰和鼓励吗？”

“又不是卡你，”王希难得松口夸一句，“你今天表现不错。”

冉霖嘿嘿一笑。

“不过，”王希淡淡瞥他，“要是让我知道你还有什么瞒着我的才艺……”

冉霖咽了下口水，可怜巴巴：“希姐，话说一半剩下让人自己想，真的很恐怖。”

王希被逗乐了，又想伸手揉他脑袋，不过只是想想，还是忍住了。

冉霖现在还在上升期，对他太宽松，未来不容易掌控。

王希不喜欢无法掌控的感觉，有一个，就够她受的了。

叮——

微信传来提示音。

冉霖摸出手机打开看，下一秒哭笑不得地看向坐在前排正回头笑得灿烂的刘弯弯。

小姑娘给冉霖发的是一张偷拍照，当时的冉霖刚化好妆，吹顺头发，不知是想着剧情还是别的什么，眼神有点飘，看起来软萌软萌，乖得不得了。

“拍得不错吧。”刘弯弯学着冉霖之前讨奖励的表情，也开口邀功。

冉霖比王希温柔多了，不吝表扬：“嗯，专业水平。”

有夸的成分，但也不全是虚的。刘弯弯这张照片角度找得特别好，并不是正对着冉霖，而是侧开一点，刚好是冉霖拍照片最漂亮的角度，而且化妆台的灯在拍的时候出现了一些光晕，让整张照片看起来更迷离，与冉霖的表情浑然一体。

“挺好看的，”王希凑过来看了看，直接说，“发微博上。”

冉霖心领神会，毕竟发自拍这种事在他漫长的小透明生涯里是主要工作内容。

上传图片，不用说什么话，就配个表情，冉霖点击发送。

微博几乎被秒赞，最先赶过来的是女友粉，留言清一色“我燃最帅”，后面便陆陆续续，什么样的留言都有了。舔屏的，喊老公的，吐槽美颜严重的，各种各样。

冉霖现在看微博只觉得热闹，倒没有最开始那样在意了。刷了一会儿，便退了出来。

8点的北京仍然堵着车，回家遥遥无期。

冉霖眯了一会儿，睡不着，忽然突发奇想，掏出手机打开微信，把刚才的照片又发了朋友圈。

冉霖朋友圈里并没有太多真正能称得上朋友的人，他发朋友圈，多半就是为了让老妈安心，知道儿子一天都在干啥。

照片刚发出，就收到一条新信息。

冉霖纳闷儿地点进去，心说老妈什么时候动作这么快了，结果一看，是夏新然。

而且就在他点进去的瞬间，赞完的夏同学又飞快留了一条评论：这个妆好看！造型师是谁？

幸亏白天问了化妆师怎么称呼。

冉霖回复评论：Leo。

夏新然再度回复：汗。

冉霖眯起眼睛，直觉告诉他夏新然认识这位 Leo，而且很可能有一些不得不说的故事。

脑补了一些很不厚道的剧情，但夏新然一直再没回复，显然不想聊这位化妆师，冉霖莞尔，便也没再问。

北京东城区，某独栋别墅门前，磨砂银色的轿车在月光下反射出迷人的光芒。

这是陆以尧的爱车，平日里难得有机会自己开，今天好不容易开出来了，心情却怎么都飞扬不起来。

和父亲的这顿饭，不用吃，也知道会消化不良。

但还是要吃。

就像父亲知道训了他也没用，还是要每次见面老生常谈。

结果就是他借故明天有通告，放下筷子草草离开，父亲明知道这是个借口，也不戳破，因为自己这位工作狂人的爹，每天的行程怕是比他还要满。

悲剧电影不会因为你事先知道了剧透，看起来就不难过。

同理，事先知道会不欢而散的饭局，散时，仍是“不欢”。

他已经坐在车里吹了 10 分钟的风。

4 月初的夜风仍扎人地凉，吹着吹着，就把心里那股憋闷慢慢抵消了。

刚要关窗发动汽车，电话就响了，陆以尧拿过一看是自己妹妹，心里就有了数。

“哥——”陆以萌甜腻的拖长音通常只存在于电话刚接通的一刹那。

陆以尧的神情不自觉柔和，应了声：“嗯，吃完了，正准备回家。”

陆以萌有点惊讶：“才吃完？我还以为你已经到家了呢！”

陆以尧耸耸肩，有点无奈地说：“爸今天发挥得好，旁征博引，所以比往次超时了。”

“是你脾气越来越好了吧。”陆以萌不用想就知道什么情况，“你要是跟爸顶一嘴，他直接就可以掀桌子放你走了。”

“那样周姨又得打扫半天，犯不上。”陆以尧轻叹一口气，揉揉太阳穴，“还有事吗，没事挂电话，我要开车了。”

“哥你不爱我——”

“我爱你爱到地老天荒，但是开车还是尽量不要讲电话，你也一样，时刻记得安全驾驶。”

“你就不能把对我的表白和后面的交警叮嘱分开说吗？！”

陆以尧乐出声，完全能够脑补陆以萌那个掐腰生气的嘴脸，炸毛的红心女王似的。

“算啦，原谅你，”陆以萌言归正传，“明天回来，别忘了。”

陆以尧叹一口气：“不敢忘，我对付爸还有一两招，对付你和妈，只有束手就擒的份儿。”

“你知道就好，行了行了开车吧，爱你。”陆以萌终于满意，隔空给了一个爱的么么哒。

陆以尧下意识摸摸脸，总觉得那里还残留着儿时被妹妹啃的口水。

他比他妹大两岁，从有记忆起，父母就很忙，全是家里的保姆周阿姨带他们，陆以萌从小就爱跟在他屁股后面——不，应该说是恨不得挂在他身上，一天8遍地亲，弄得他在很长一段时间内落下了心理阴影，总觉得脸上湿乎乎的。

不过后来父母离婚，才十二岁的他被直接打包送到英国念寄宿男校，再想让妹妹亲，也亲不到了。

忽然起了一阵疾风。

带着寒意的气流从窗口窜进来，打了陆以尧一个措手不及。

接连几个喷嚏，陆以尧赶紧关窗，开车回公寓。

进屋的时候已经晚上9点多，客厅的灯都关着，李同正坐在沙发里看电影，看得无比投入，连他开门进来都没发现。

陆以尧只得伸手开灯，瞬间，客厅大亮。

李同吓一跳，回过头来看见他，立刻起身：“陆哥回来啦！”

见李同要迎他，陆以尧连忙说：“不用管我，你看你的。”

李同嘴上应着，手却还是接过他的钥匙和包，放在该放的地方，转身又拿过来一杯水，但没递给陆以尧，而是放到桌子上。

陆以尧奇怪。

李同见状解释道：“红姐说的，天冷的时候，刚从外面回来不能马上喝水，肚子里都是冷气，得缓缓。”

陆以尧第一次发现，李同在细心这个点上竟然和姚红有神奇的相似。

“看电影怎么不去影音厅，”陆以尧看着定格的客厅电视，以为李同还是太拘谨，便直截了当道，“以后想看什么，直接去影音厅里看，那里效果好。”

李同微微抬眼望天花板，以那片洁白区域为幕布，把记忆中的“影音厅恐怖剧照群”走马灯似的一张张在上面过，最终看向陆以尧，坚定摇头：“不用，客厅就挺好。”

陆以尧点点头，只当个人习惯不同，也不强求。

简单洗个澡，换上居家服，陆以尧进入影音厅，这回没看电影，而是放了一张黑胶唱片。

灯光半开，蓝调音乐从唱片机里倾泻而出，将整个影音厅拖进怀旧的浪漫时光。

陆以尧躺在沙发里，看着自己的剧照，慢慢放空，疼了一晚上的脑袋，终于松弛下来……

叮！

微信急促的提示音，在静谧的蓝调音符里，显得十分突兀。

陆以尧皱眉，从沙发旁的小几上拿过手机，想着谁这么破坏气氛，结果点进去，竟然是霍云滔。

“干吗呢？”

按照时差算，英国那边现在该是中午 12 点多。

陆以尧想不出来什么事会让一贯迷恋午睡的好友挑这个时间段来骚扰。

“放空。”

陆以尧如实相告。

“回家了？”

霍云滔知道他的家庭情况，也知道他每见一回亲爹，就得用放空来平复一下情绪。

“嗯。别兜圈子了，到底什么事儿？”

跟自己老友，陆以尧就不讲究什么客客气气温文尔雅了，都是见过对方最狼狈模样的交情，装 X 会被喷的。

那头安静了一会儿，才回过来一条语音：“我要回国了。”

陆以尧腾地坐起来，声音不自觉提高，混合着惊讶与狂喜：“真的，哪天回？”

霍云滔：“明年 5 月！”

陆以尧：“今年 5 月还没到呢！！！”

人生得一知己，足矣。

再多，真的会被气死。

霍云滔回国对于陆以尧来讲绝对是件大事，尽管它要明年才发生，陆以尧还是第一时间甩了视频过去——面谈。

视频里的霍云滔在自己英伦乡间度假小屋的客厅里，背后的壁炉陆以尧一眼就认得出来。霍云滔生就一个浪荡公子哥的模样，挺鼻，薄唇，眉目风流，这会儿应该是刚洗完澡，裹着华丽而厚实的深蓝色浴袍，头发半干不湿地垂着，标准纨绔子弟的范本。

陆以尧对好友这种一年度假365天的状态见怪不怪，好友倒是皱起了眉："你墙上的剧照是不是又多了？"

陆以尧回头看看背后墙壁，没什么感觉："还行吧。"

霍云滔黑线："绝对多了，你个自恋狂。"

陆以尧不跟他纠结这个老生常谈，言归正传："到底为什么突然决定回来？"

霍云滔一脸云淡风轻："哦，要结婚嘛！"

陆以尧怔住，花了半天时间才消化这个红色炸弹："你、要、结、婚？！"

"你那是什么表情，"霍云滔无语地看着好友眼中的震惊，就好像他说的不是要结婚而是要出家似的，"我跟盼兮谈多少年了你又不是不知道，结婚有什么奇怪的。"

"你跟盼兮结婚不奇怪，但我以为你这种爱玩的性格起码要到三十岁才……"陆以尧怀疑地眯起眼睛，打量视频里那张薄情风流的脸，忽然灵光一闪，"你不是吧？"

霍云滔愣了下，继而明白过来好友的话里有话，简直生无可恋："收起你黄暴的臆想，我们纯洁得感天动地！"

陆以尧疑惑歪头："当爹是喜事，你不用遮遮掩掩。"

霍云滔投降，正色起来，实话实说："她家见我一直没有回国的意思，已经张罗着给她安排相亲了，那我能同意吗？！我再不回国，老婆就没了！"

"等等，"陆以尧忽然想起今天是4月1日，不自觉多了一层警惕，"你没骗我吧？"

霍云滔黑线，沉下声音，难得正经道："我能拿这种事情骗你吗？"

陆以尧凝视对方半晌，点点头，表示很好，我信了。

霍云滔被审视得颇为不爽，加上等了三天没等来好友回应还得自己找上门发喜帖，更郁闷："你是我最好的朋友，结果倒是最后一个知道我要结婚的，哎，让人伤心。"

"我已经提前一年知道了，还是最后一个？！"陆以尧觉得好友对于"提前量"这个词有误解，不过话一说完又反应过来不对，"这种事你不通知我要怎么知道？合着你告诉一圈最后一个才轮到我？"

"当然不是，"霍云滔说得义薄云天，"你是我唯一点对点通知的！"

"那我就应该是第一个知道的啊？"

"我三天前发了朋友圈。"

"你……"

"Any questions（有问题）？"

"You win.（算你厉害）"

霍云滔一手持手机，一手还要无辜摊手："三天前还没到愚人节呢，总不会是恶作剧了吧。"

陆以尧点点头，怀疑恶作剧只是这事儿确实比较突然，但仔细想想，好友玩得再疯，确实从来没拿感情开过玩笑："不过话说回来，盼兮之前不是讲要考虑一下是不是去英国吗？"

霍云滔悲伤地叹了一口气："现在考虑好了，她还是喜欢国内的环境。"

陆以尧笑得有点幸灾乐祸："所以你这个痴情种也要回国发展了？"

"还能怎么办，老婆重要啊！"霍云滔无力地抓抓头发，忽然深情而不舍地大喊，"啊，我的冲浪，我的游艇，我的赛车——"

陆以尧笑岔了气，好半天才找着声音："不至于，国内这些也都有。"

"不是硬件的事儿。"呐喊完的霍云滔，蔫头耷脑下来。

陆以尧懂了："你爸让你接公司？"

霍云滔说："以前是山高皇帝远，现在回到眼皮子底下了，当然得操练起来。"

陆以尧不说话，只凝望好友，表达无限同情。

"所以啊，"霍云滔忽然说，"相比之下你爸算不错的，虽然回回训你，最终还是由着你了。如果你爸真想阻止，我就是再帮你，你的明星梦也得夭折。"

陆以尧沉默，霍云滔说的都是大实话，没什么可反驳的。就像当年他爸明明希望他念曼大商学院，他偷偷改了戏剧学院，最后除了财政封锁，他爸也没再做别的什么。事实上亲爹有100种方法让他念不下去，不过最后自己还是没念完，也不知道算他俩谁赢。

“想什么呢？”霍云滔一看陆以尧那表情，就知道对方又琢磨什么呢！自己这位好友除了自恋，就是内心戏超多，心里住着个大剧院。

“很奇怪。你说我现在大小也算个明星了，怎么就没有那种美梦成真的感觉呢？”陆以尧最近一直在考虑这个问题，但只能自己想，无人可倾诉，正好今天霍云滔冒出来，总算能聊聊了，“前段时间我忙到晕倒，完全失去意识的那种。我这辈子第一次晕倒，真的会后怕。在病床上醒来的时候我就想，我这是为谁拼命呢？我想要的我所图的到底是什么？”

霍云滔眉头紧锁地想了半天，终于得出结论：“你就是活得太较真了。谁规定人就非得有个梦想，我就每天快乐过日子，不想过去，不看未来，不行吗？犯法啊？”

“你还真小瞧自己了，”陆以尧难得用欣赏的眼神看自己老友，“你是我所有认识的人里，目标最清晰坚定的那一个。”

“什么目标？我怎么不知道？”

“娶林盼兮。”

“好吧这确实是我的理想。”

“而且是小学就立下的。”

“这不能怪我，她就坐在我前桌，天天扎个马尾辫在我眼前晃，你看六年，你也得被催眠。”

陆以尧乐，故意揶揄：“那你都去英国十多年了，人家早就不晃了，你怎么还不放手？”

霍云滔露出欺男霸女的无赖表情，一扬下巴：“晚了，晃我心里去了。”

陆以尧看着表面吊儿郎当实则眼底一往情深的好友，真心感慨：“你这样的才应该来演戏，情感丰沛。”

“别，我可不想谈个恋爱还搞地下情。”霍云滔半点犹豫没有，直接拒绝，末了把手机拿近，瞪大眼睛叮嘱，“行了，通知完你了，记得准备贺礼。一年时间，你要不给我想个像样的，朋友没的做！”

“知道啦——”陆以尧满口答应，再没给好友提出更多非分要求的机会，直接断了视频。

都是让损友搅和的，静下来陆以尧才后知后觉，他忘了说恭喜。

霍云滔看似无所谓，实则喜悦都要冲破屏幕了，陆以尧感受得到。他那个好友爱玩，爱闹，好像没什么正经，但对林盼兮绝对一片痴心。

陆以尧还没见过能把恋爱从小学谈到成年，历经十余年异地恋，最后还修成正果的。

霍云滔和林盼兮做到了。

他们两家是世交，门当户对，所以这段感情其实没有太大阻碍，霍云滔说林家安排相亲，估计也就是想逼他回国。

青梅竹马，金童玉女，心心相印，修成正果。

偶像剧都没有这么甜的。

陆以尧不常刷朋友圈，错过霍云滔的消息再正常不过。如果今天老友不来点对点通知，他八成真的会到明年婚礼时才知道。

退出私聊，点进朋友圈，没看见霍云滔，倒先看见了冉霖。

照片中的人比印象中更白更秀气，而且不知是不是发型的缘故，显得特别文静乖巧。

陆以尧克制住留言的想法，先拉到下面找霍云滔。

陆以尧微信好友不少，但大部分都是圈子里的同行，人家要加，他也不好拒绝，可是加完，关系特别生疏的他通常会设置屏蔽，对方可以看到他的朋友圈，但他不会看到对方的朋友圈。

这样做的结果就是他朋友圈里的好友更新其实很有限，拉了两下，就看见了霍云滔发的那条小视频。

视频很短，但记录了林盼兮答应他求婚的最精彩瞬间。

从视频里看不出究竟是他抽空回国，还是姑娘去英国看他，但视频里的男人笑得痴汉，姑娘幸福得梨花带雨。

陆以尧在视频底下打字留言：恭喜。等着我的大礼吧！

总算把祝福补完，陆以尧这才重新回到朋友圈最上面，点开冉霖的照片大图。

全屏显示下，照片的色彩更饱满漂亮，冉霖的五官也更清晰立体。青春俊秀，唇红齿白，头发自然，就是眼神有点飘远，不知道在想着什么，让整个人有一种招人喜欢的呆萌。

点开留言，都是夏新然，等看到 Leo 的名字，陆以尧会心一笑。

Leo 是圈内挺出名的造型师，人蛮好，就是比较开放，偶尔遇见中意的明星，喜欢调戏两句。

显然夏新然对此敬谢不敏。

陆以尧倒不太介意，他尊重所有生活方式。

夏新然只关心妆容，陆以尧却好奇内容。照片上很明显是化妆间，但没听冉霖说最近接了新工作。

不对，最近他光补之前落下的通告和烦恼回家的事情了，好像都没怎么跟这几个伙伴聊天。

思及此，陆以尧干脆直接在评论里留言询问——通告？

朋友圈评论不像微信私聊，可以马上发现，陆以尧也没指望对方秒回，反而重新打开照片，以客观角度纯欣赏。

Leo 确实有两把刷子。

一起录真人秀的时候，可能大家都被折腾得灰头土脸，陆以尧从来没觉得冉霖能和“漂亮”搭上边。这个词是属于夏新然的，说到冉霖，应该是清新和俊朗，但如果真比俊朗，他又比不过张北辰，所以只能独独占个清新。

诚然，男艺人里真能担住“小清新”的凤毛麟角，冉霖这种气质算得上独特。可毕竟“清新”的魅力是有限的，属性就淡，便不太可能大杀四方。

但在 Leo 的手底下，冉霖漂亮起来。

清新干净的那种漂亮，更难得的是不娘，反而睿智、文气，放在古代就应该是才子俊杰，或者玉面军师，放在现代，校草学霸没跑。

不知道 Leo 有没有调戏冉霖。

陆以尧也不知道自己怎么突然想到这个，但想了，就一发不可收拾，生生给冉霖脑补出个“一笑而过”的结局。

也就是一笑而过了。

陆以尧对自己的脑补很有信心，毕竟在他的印象里，冉霖几乎就没发过脾气。

话说回来，冉霖发脾气是什么样，他还真挺好奇的……

乱七八糟想一通，发过去的留言还是没收到回复。

陆以尧有点后悔，觉得该直接发私聊的，可转念一想，这么多天没联系，突然发个私聊问“你朋友圈里那个是什么通告”，怎么想都非常奇怪。

陆以尧起身把唱片机的唱针重新放到胶片上，影音厅重新被慵懒音符包围。

再度回到沙发里，他决定耐心地等一等。

冉霖到家的时候正好 9 点，比陆以尧回家的时间还要早一些。那时候的陆以尧尚未跟霍云滔视频，更没看见朋友圈。

冉霖对那些一无所知。

他唯一知道的就是王希没回自己家，而是跟车到了他的小公寓，一起的还有刘弯弯。

冉霖不问，刘弯弯好奇死了也只能忍住，跟着。

终于，三人进到冉霖的小客厅里，王希让刘弯弯倒点水来，自己则慢条斯理坐到沙发里，然后拍拍旁边，示意冉霖坐。

冉霖说："我还是站着吧，比较有安全感。"

王希白他一眼："好事儿！"

冉霖半信半疑，还是心里没底地坐到了王希旁边。

刚坐下，王希就从包里掏出一叠装订好的 A4 纸。

冉霖眼睛唰地一亮，情不自禁脱口而出："剧本？！"

王希把东西递到他手里，纠正道："确切地说，是试戏剧本。'

一见剧本就头脑发热是冉霖的毛病，这会儿被提醒，才发现手中的本子确实没几页，和真正的剧本厚度上还有很大差距。

但封面上的剧名十分醒目——《落花一剑》。

冉霖迫不及待翻开剧本，上来就是剧情梗概，连忙再往后翻，各角色人物简介、人物小传罗列清晰，翻到最后，终于出现真正的剧本，但并不是常见的分集剧本，而是只截取了其中三场戏打印出来，显然这就是他需要试戏的内容。

"武侠？"虽没仔细阅读故事梗概，冉霖也扫得八九不离十。他疑惑地看向王希，不是质疑经纪人选剧本的眼光，只是有点意外，因为最近两年武侠剧基本没有太红的，越来越多的投资人都开始青睐宫斗权谋和奇幻仙侠。

"有问题？"王希看出他的疑虑，偏不正面回答，只挑眉反问。

冉霖连忙摇头："完全没有。"

这也是实话。戏红不红那是投资方要操心的事情，他能有戏拍已经很开心了，哪里还会挑三拣四。

"这是近两年少见的双男主戏，机会难得。"王希定定看着他。

冉霖越发兴奋，也顾不上看剧本了，直接问经纪人："我试哪个？"

王希："男三。"

那你提双男主干吗？！

冉霖白热血沸腾一场，以为天降红运能捞着主角演了呢！

"男主你就别想了，"王希毫不留情戳破艺人幻想，犹豫片刻，又补充说道，"包括这个男三，也是尽力把戏试好就成，结果如何不是你该操心的。"

冉霖抿紧嘴唇，直觉话里有话。

联系以往的血泪史，他试探性地问："这回还是陪跑？"

王希沉默了一会儿，才谨慎道："片方还没最后定，目前有几个意向，但不是绝对的。9月份就要开拍了，现在已经4月份，他们也急，目前就卡在导演一直没松口，还要试，所以——"王希说着盯住冉霖，目光犀利，"你只有三天时间。这个机会非常难得，哪怕只有1%的希望，你也要有200%的表现。"

王希一旦郑重地强调某件事，那就说明这件事非常重要。

前几次试戏失败的时候，王希曾经说过，再有那种已经内定的陪跑，就不浪费时间了。如今这部戏虽然没有内定，可像她说的，希望也不大，她却仍如此重视，那就只有一种可能——这部戏前景光明灿烂，属于那种大家争破头的资源。

合上剧本，冉霖重新看封面，这才注意到剧名下面的小字——

总导演：陈其正

总编剧：宋芒

冉霖心头一震。

陈其正和宋芒是电影圈的黄金搭档，他俩合作的武侠电影在这几年的电影市场里愣是杀出一条血路，部部都是票房和口碑双丰收，说是让原本低迷的武侠电影起死回生都不夸张。

他俩合作的电影，继承了传统武侠的古风古意，但又不拘泥于传统武侠，而是巧妙地进行了创新，让新一代观众看起来既有韵味，又有趣味，仗剑江湖，快意热血。

"真的是陈导？"冉霖还是觉得不可置信。金牌电影导演回来拍电视剧，不是没有，但确实很少。

"投资人大手笔，神仙也可以请下凡。"王希说着，接过刘弯弯的水，咕咚就是一大口，显然路上渴了。

刘弯弯又把另一杯递给冉霖，冉霖接过来，但没喝，仍沉浸在不可思议里。

喝完水的王希觉得嗓子舒服多了，继续说道：“所以，这回试戏选不上也没关系，你就尽量表现，在陈导面前多刷点存在感也是好的。”

冉霖受教地点点头，忽然好奇地问经纪人：“双男主定了吗？”

王希皱眉，不太高兴地说：“你的男三还八字没一撇呢，男一男二是你该操心的事？”

冉霖闭嘴，再不多话。

“这三天你就专心揣摩剧本，有任何问题随时联系我，听见了吗？”

“嗯。”

王希满意地点点头，又看向刘弯弯。

小姑娘立刻机灵抢答：“24 小时开机，随时待命。”

王希看了她半晌，叹一口气：“当初找个男助理就好了，直接住一起，还方便照顾。”

刘弯弯窘，差点脱口而出“我也可以住这里”，好在最后关头，矜持住了。

冉霖也窘，心说幸亏是姑娘，这要真换个小鲜肉助理，他才要脑袋疼了。

好说歹说，送走王希和刘弯弯，冉霖立刻返回客厅，马不停蹄地开始阅读剧本。

《落花一剑》的故事梗概并不复杂。

两位男主人公分别叫唐璟玉和方闲，前者从小父母双亡，被武林世家方家收养，后者是方家小少爷，与唐璟玉年纪相仿，二人自小一起习武长大，情同兄弟，更是损友。

“落花剑”乃传说中的天下第一剑，剑谱二十年前失传，如今重现江湖。武林各方势力蠢蠢欲动，均派出人手前往传言中剑谱出落的流马镇打探消息，方家派出的就是养子唐璟玉，而方闲则是自告奋勇要陪同。

一路上他们结识了伙伴，也结下了仇家，待到流马镇，一个颠覆武林的惊天阴谋缓缓拉开序幕……

梗概永远都是用最简单直接的语言勾勒出故事风貌。

即便是金牌组合，也不可能在梗概里写出花来。

但看到人物简介，故事的情感维度便更清楚了——

唐璟玉：幼时父母双亡，被方家收养，与方闲情同兄弟，后发现养父方焕之竟是当年灭门的仇人，为复仇，兄弟反目，爱人相伤，最终幡然醒悟。

方闲：方家小公子，与唐璟玉情同手足，在得知唐璟玉也喜欢赵步摇后，主动退出。后得知亲父乃唐家灭门凶手，陷入亲情与道义的两难之中。

赵步摇：流花宫主之女，喜欢唐璟玉，把方闲当兄弟，为爱飞蛾扑火。

徐崇飞：江南隐剑楼少主，到流马镇寻访落花剑谱过程中，与唐、方、赵等人不打不相识，成为朋友。后唐、方反目，徐崇飞夹在中间，左右斡旋，终以自身性命，换得兄弟顿悟。

冉霖要试戏的，就是这个徐崇飞。

光看人物简介，悲情之气已扑面而来，再看详细的人物小传，和后面那三场戏，冉霖直接湿了眼眶。

几页纸，冉霖反反复复看了两个多小时，最后终于受不了了，仰躺进沙发里，对着天花板一声长叹："要不要这么可怜啊——"

三场戏，一场兄弟反目，一场被情所伤，一场临终遗言，简直是把这角色往死里虐。

起身去卫生间洗了把脸，冉霖看看镜子中的自己，忽然觉得镜子里头那个清秀少年担不起徐崇飞这么古道热肠的厚重人设。

他看着太弱了，不像舍生取义的徐崇飞，倒像锦衣玉食的纨绔子。

啪啪——

冉霖用力拍了两下脸，微微眯起眼睛，试图让目光更锐利些。

不对。

冉霖甩甩头，让目光重新清明。

徐崇飞这个人，重在情义，他的侠不在外表多彪悍，不在眼神多犀利，在他对朋友重情。

深吸口气，冉霖酝酿片刻，重新看向镜子，幻想镜子中的人不是自己，而是那个隐剑楼少主……

15 分钟后，冉霖扶着墙从卫生间里出来，眼皮酸疼，跳得像里面藏了两个青蛙。

果然长时间瞪眼非常不健康。

无意中看了眼墙上的钟，竟然已经晚上 11 点多了。

今天是冉霖有史以来最充实的一个愚人节——拍了一天广告，又揣摩了一晚上剧本。

冉霖揉了揉仍跳个不停的眼皮，决定先休息，饭要一口一口吃，事要一步一步做，欲速则不达。

重新回到卫生间，冉霖草草洗了个澡，然后拿着手机，钻进还带着寒气的被窝。

手机上的呼吸灯不知道亮了多久，冉霖点开，果然，微信图标右上角挂着红色小“1”。

点进去，是两个小时前刘弯弯发来的私聊——【冉哥，加油！】

应该是刚离开就发了。

冉霖嘴角上扬，回过去一个抽着烟的酷酷表情。

退出私聊，右下角朋友圈也挂着几条新信息。

冉霖直觉是有人给照片点了赞，结果进去发现，果不其然，6 条新信息，5 条是赞，就陆以尧一个人，没点赞，光回复——通告？

看看时间，已经是两个小时前的事了。和刘弯弯的时间倒是前后脚，也不知道这两人是不是商量好的。

刘弯弯那边再没回信，应该是休息了，同理，陆以尧八成也在会周公。

冉霖带着点小失落，回复——嗯，洗发水广告。

那头秒回。

几乎是冉霖刚退出朋友圈，提示信息就出现了。

冉霖吓了一跳。

赶忙点开新信息，回复就一个字——哦。

哦你个头！

再不回复，冉霖果断关掉手机，气呼呼关灯闭眼，把某陆姓友人踢出脑海，踢到三界之外！

冉霖不知道的是，就在他关机的同一时间，朋友圈已经刷出新的回复——什么牌子，我也买来试试，看看能不能洗成你这样飘逸。

陆以尧盯着自己那两条回复，已经等了 5 分钟。

再没刷出新动静。

冉霖睡着了？

不能吧。以那人的性格，就算困死，也会先打个“晚安”再下线的。

不过这是朋友圈评论，又不是私聊，好像也不用“晚安”。

再等等吧。

陆以尧安慰自己，说不定冉霖正在打一句很长的话呢，所以速度比较慢。

其实应该学习一下自己嘛，先打个“哦”“嗯”什么的，让对方知道你还在，然后再说具体的内容。

陆以尧躺在影音厅的沙发里等了一个小时。

没等来冉霖回复，最后抱着手机睡着了。

第十七章

冉霖是第二天才看见那条回复的，想着已经过一晚上了，这就像话说到一半去做别的事，回头再聊，就略显刻意，反而尴尬。而且陆以尧那句与其说是询问，更像是调侃和玩笑，估计他回不回的，对方也不在意。

这么一想，冉霖顿时神清气爽，重新拿过剧本，继续进入苦逼的徐崇飞的内心世界。

冉霖闭关了三天。

王希来接他的时候，被他的黑眼圈吓着了，恨得想抽他。

"幸亏我早来了两个小时，不然让你顶着这模样去，还演什么大侠，直接演尸体得了！"

保姆车里，冉霖一边一动不动让化妆师拾掇，一边乖乖聆听经纪人教诲。

王希让化妆师上的淡妆，主要盖盖黑眼圈，其余以自然为主。

等到化妆师忙得差不多，她这边吐槽也接近尾声，总算平静下来问正事："角色揣摩得怎么样？"

"放心吧，希姐。"冉霖一脸胸有成竹。

王希很少见到这么自信的冉霖，有点意外，猜测地问："你有撒手锏？"

冉霖天真无邪地看着她："啥？"

王希黑线："那你哪来的自信！"

"你不是说让我有 1% 的机会也要发挥到 200% 嘛，机会的概率我动不了，但 200%……"冉霖微微眨了一下眼，"我觉得我行。"

王希眯起眼睛，忽然觉得今天的冉霖有些陌生，尤其眼神，透着前所未有的帅气。

甩甩头，抛掉不切实际的幻觉，王希想，一定是太期望冉霖能在今天有好的表现，结果就不自觉戴上了经纪人滤镜。

试戏的地点在北三环附近的一家星级酒店会议室，据王希讲，横店那边的主拍摄基地已经开始布景，陈导要求严格，全程盯着，这是特意抽出一个星期回京，看最后一拨演员试戏，这一拨试完，行不行也要定了，这是投资人给导演下的硬规定。

王希有王希的消息渠道，冉霖只管认真听，认真记，就行了。

“哦对了，等下你可能会遇见张北辰。”快到酒店的时候，王希忽然说。

冉霖没有一点心理准备，傻乎乎地问：“他也来试男三？”

王希受不了地白他一眼：“想什么呢，当然是男主了，你见过演完几部大男主的再回头演男三吗？”

冉霖一颗心总算落了地。

良性竞争，各凭本事，他不打怵，但如果可能，他总还是不想和朋友竞争。

不过……

“这部戏连男主都要试戏吗？”冉霖有点意外，通常这种大制作，男主都是多方考量后的结果，试戏，反而不太重要了，哪怕是导演，也要考虑投资人和市场意愿。

王希说：“唐璟玉不用试，片方要亲自来定，方闲还有商量余地，所以很多人都想争一下。”

果然。

冉霖踏实下来，重新把已经烂熟于心的试戏剧本在脑子里过一下，忽然意识到第三场戏是徐崇飞和方闲的对手戏，遂再度发问：“张北辰会跟我对戏吗？”

王希见他总算反应过来，也不隐瞒：“有可能。”

冉霖有点埋怨地说：“你怎么不早告诉我。”

“要不是怕你等会儿太惊讶出纰漏，我现在也不会告诉你，”王希沉下声音，定定望进冉霖的眼底，一字一句，“记住，你要做的就是全神贯注表演好自己，和谁对戏不重要。”

冉霖奇异地静下心来，最终，用力点头。

王希重新坐回去，问司机：“大概还要多久？”

司机回答：“10 分钟左右吧。”

王希点点头，想了下，又回过身来，和冉霖说：“反正还有时间，你给我讲讲你对角色的理解吧，等下导演应该也会问到。”

冉霖咽了下口水，良久，缓慢而坚定地摇头。

王希大感意外：“不行？”

冉霖如实相告：“嗯，不行，说完肯定哭，妆就白补了。”

王希也看过剧本，也知道徐崇飞确实比较悲情，但：“你会不会入戏太快了？”

冉霖垂下眼睛，片刻后，重新抬起，目光灼灼，仿佛顶着冉霖躯壳的不再是那个半红不紫的小咖，而是义薄云天的隐剑楼少主：“我这三天就没走出来过。”

冉霖疯了。

王希不知道这样好还是不好，毕竟她没有带过戏痴型的艺人。

刘弯弯却看得如痴如醉，入戏的冉霖，帅气值噌噌往上飙。

车在酒店门口停下，冉霖第一个从车里出来，然后才是王希和刘弯弯。

冉霖今天穿着一袭浅驼色呢子大衣，看起来干净清爽又不失成熟稳重。

王希打扮得也比平时素气，最爱的红色全部放弃，黑配白，干练，又不惹眼。

刘弯弯还是一如既往的朴素，跟在两个人后面，帮着拿东西。

酒店走廊里铺着地毯，很安静，直到接近会议室，才隐隐听见里面传来的念台词的声音。

王希在距离会议室大门两米处站定，示意冉霖和刘弯弯也别再动，然后拿出手机打电话。

很快，门内闪出一个二十七八岁的姑娘，短发，戴眼镜，卫衣，牛仔裤，手里拿着一张不太平整的A4纸，上面似乎打印了名单。

姑娘见到王希先是微笑，然后才压低声音道：“试戏是吗？”

王希点点头，也小声地说：“冉霖，约了10点半。”

姑娘看了看清单，很快找到冉霖名字，然后和王希说：“你们先在门口等一会儿，里面结束了，我就叫你们。”

王希点点头，客客气气目送姑娘返回会议室。

厚重的实木门重新合上，王希冲冉霖撇撇嘴。

王希不经常做这种顽皮的表情，通常这意味着她很无可奈何，又生不起气来。

冉霖笑笑，不以为意。

为什么圈里人人都想要红，因为红就意味着你可能不需要试戏，或者即便试戏，也不需要等待。名气就是圈子里的绿灯，以这部戏为例，有像他这种拼了命争取一个试戏机会的，也有坐在家里就有投资方中意点名当男主的。

冉霖羡慕，但坦然。

两个月前的他，连试戏的机会都没有呢！

大约等了二十几分钟，会议室门重新打开，一个和冉霖差不多年纪的男演员与经纪人一起出来。那演员冉霖不认识，但在电视剧里见过，不过本人没有电视上好看，加上这会儿表情沮丧，更少了许多风采。

王希与对方的经纪人也不熟，彼此只简单点了个头，那人便领着自家男星离开。

他们还没走远，之前的女孩已经从门内探出头，小声地说："可以进了。"

王希让刘弯弯在门口等，拍拍冉霖肩膀，带他进了会议室。

会议室很大，这会儿桌子已经被挪到一边，空出的中间场地上只架着一台摄影机，看起来是要把所有演员试戏的过程全部收录。

陈其正、宋芒还有几个冉霖不认识的人，在桌子后面坐成一排，从冉霖进来，目光就紧紧锁定在他身上。

导演陈其正四十岁左右，方脸，寸头，其貌不扬，穿着一件灰突突的外套，坐在一排人中间，不显山不露水，但你要是看他的眼睛，就会感到一阵压力。

相比之下，编剧宋芒要平易近人许多。可能是年纪轻的缘故，三十岁左右，戴着黑框眼镜，一群人里属他穿得颜色亮，但却搭配得恰到好处，既洋气又有活力。

宋芒笔下的江湖有着年轻人的朝气，但也有着传统江湖的厚重，朝气冉霖看得出，却很难去把厚重和这样一个人联系到一起。

可能这就是编剧的神奇之处吧。

王希看着不知道在想什么的冉霖，咬牙切齿，无奈只得伸手从后面掐他一下。

冉霖在疼痛中反应过来，立刻上前毕恭毕敬地打招呼："陈导演好，宋编剧好，我是冉霖，试戏的角色是徐崇飞。"

王希扶额，你就不能说两句恭维话吗？！

陈其正没什么表情，好像冉霖热情与否，都不会对他的冷峻面容造成波澜。

宋芒还是客气地笑了下，然后说：“咱们时间有限，直接开始吧。”

王希心里开始敲鼓，她也不是第一天带艺人试戏了，再怎么导演也会给点面子寒暄两句，还真没遇见陈其正这么端着的。总之，预感不太好。

冉霖见王希退到一边，空出中间场地，也不废话，直接脱了呢子大衣，只着里面的白色针织衫。

那个白色很奇怪，不是纯白，而是透着一点蓝。

单论颜色，还是挺清爽的，但款式真的不出彩，不丑，可也没有多好看。

退到角落椅子坐下的王希后悔没让冉霖换件衣服。

站在正中间空地上的冉霖，正对着导演和编剧，但眼睛又没有看他们，而是看着自己面前的虚空，仿佛那里正站着一个真心相交的兄弟。

时间一分一秒地过去。

会议室鸦雀无声，只有脚架上的摄影机在运转着。

冉霖没做任何动作，只定定看着面前的“兄弟”，眼圈一点点泛红。

“唐璟玉，”冉霖终于开口，压抑着的声音里，是几乎要冲破胸膛的痛苦，“方闲是我们的兄弟，交过心换过命的兄弟，你利用他的时候难道连一点点犹豫都不曾有过吗？”

偌大的会议室里，无人应答，只是空气，似乎对着“徐崇飞”的质问，也跟着苦涩起来。

但冉霖看得见，听得着。他能看见对面那个“唐璟玉”眼中的动摇，却也能听见他冷冽的话——没有。灭门之仇，不共戴天。

那话音刚落，冉霖便提高声音：“这些和方闲有什么关系，他一直拿你当兄弟！”

唐璟玉——他是方焕之的儿子，他就有关系。

“唐璟玉，你疯了，你现在走火入魔了你知道吗？行，你要杀方闲，那你先杀了我！”

“停——”从进门就没说过一句话的陈其正忽然喊了卡。

冉霖胸膛剧烈起伏，还没从炽烈的情绪中走出来，呼吸不稳地看向导演，一脸疑惑。

宋芒眼底也闪过不解，但脸上没表现出来。

陈其正也不解释，只用笔在不知道什么纸上写了几个字，然后直接和冉霖说：“下一场。”

下一场是被情所伤。

和愤怒质问唐璟玉完全是两种情绪。

冉霖背过身，不住地深呼吸，一边努力调整，一边在心里摸摸徐崇飞的脑袋，给这个不能更惨的娃一点安慰。

重新转过身来面对导演，不，面对自己的搭档，冉霖眼睁睁看着“唐璟玉”慢慢消失，然后恍惚里，一个巧笑倩兮的古灵精怪丫头慢慢清晰，那是他心仪的姑娘，“狸儿”，一个可爱的小飞贼。

现在，那个姑娘摆出一副绝情面孔，她想让自己死心，所以把话怎么绝怎么说。

她说——徐崇飞，我不喜欢你，我已经有心上人了。

冉霖一脸茫然，嘴唇微微翕动，像是有话要说，又不知怎样说起，良久，才缓声道：“你把他的名字告诉我，你告诉我，我就死心。”

没有不甘，没有愤懑，只有大气的坦然，和尽力克制的一丝伤感。

狸儿——我不能告诉你，也不会让你去找他。

“徐崇飞”苦笑一下，茫然变成了无可奈何，悲伤的气氛骤然汹涌：“你把我想成什么人了。如果你真的喜欢他，你觉得和他在一起更快乐，我愿意成全。”

狸儿——你说谎。

“徐崇飞”仍在笑，只是笑容里，眼神里，是化不开的爱意和哀伤：“我不骗你，狸儿。我从小到大都不知道什么叫喜欢，是你让我明白了喜欢一个人的感觉。那我现在也告诉你，我徐崇飞的喜欢，就是你开心，我就开心，一切能让你快乐的事情，我都会去做，包括放你走。”

狸儿——所以你真的让我走？

“徐崇飞”深吸口气，看看天上的星辰，仿佛最爱的姑娘，也要变成繁星，闪亮，而遥远。

狸儿不再言语，转身欲走。

“徐崇飞”忽然叫住她：“我能问最后一个问题吗？”

狸儿停住脚步，不知过了多久，缓缓转过半个身子。

“徐崇飞”远远看着她，声音在星空下，清澈、明朗：“你总说让我放了你，可我从来都没有束缚过你，你有没有想过，真正不愿意放开你的，不是我，是你的心。”

"停——"

陈其正再次出声，不过这回，是等到冉霖把这场戏的台词全部说完了。

冉霖站在中间，也不看导演，只低着头，重新整理情绪。

下一场是临终遗言，不带第一场的愤怒，不带第二场的深情，只带着无惧死亡的坦然，和对兄弟的美好祝愿。

唉，这人就是圣人。

"让他进来吧。"陈其正忽然风马牛不相及地说了一句。

冉霖疑惑抬头，见陈其正是在和之前通知他们进来的小姑娘说话。

小姑娘得令，飞快出门，没一会儿，就把应该是等在半小时之后试戏的人带进来了。

先进来的经纪人武雪峰，冉霖总觉得他又胖了。

然后才是张北辰。

四目相对，冉霖有点尴尬，张北辰倒很自然冲他一笑，明显是知道他在试戏的。

张北辰这样一笑，冉霖的尴尬就没了，仿佛回到了录制真人秀的时候，也很自然给伙伴回个微笑。

张北辰和武雪峰同样与导演和编剧礼貌地打招呼。

编剧一如既往亲切，导演一如既往冷脸。

原来无关名气，冉霖想，不苟言笑应该是陈导的个人风格。

"冉霖是吧。"陈其正忽然道。

冉霖连忙点头："嗯，陈导，您说。"

陈其正简单看了他一眼，便重新低头看剧本，道："第三场戏你和张北辰一起试一遍，正好他是方闲。"

冉霖愣愣地眨了下眼，总算反应过来，轻轻应了："嗯。"

张北辰二话不说，外套一脱，果断上阵。

张北辰外套里面穿的是一件剪裁合体的衬衫，这会儿袖子挽起，干净利落，帅气里少了些青春稚嫩，倒透出点精英范。

冉霖看了他一眼。

张北辰会意，直接单膝跪地，伸出手臂。

冉霖不再犹豫，啪地躺下，倒进"友人"臂弯。

两个已经熟悉的人对戏，其实容易笑场，尤其这种生死离别。冉霖仰望着张北辰的眼睛，总觉得那里面有笑意。

其实可能张北辰并没有，全然是自己多想。

但冉霖控制不住。

深吸口气，冉霖把目光从张北辰的眼睛移到鼻尖的位置，从外人角度，甚至在镜头里看，他盯着的都是对方的眼睛，所以只要他情感足够到位，便应该没有问题。

“崇飞——”张北辰抱着他，忽然呐喊，声音里饱含着友人即将消逝的悲恸。

临死之人，冉霖将声音控制得有气无力：“我没事……”

“停！”

张北辰身体一震，擎着冉霖的胳膊跟着一抖。

冉霖连忙单手撑地起身。

两个人一齐站起来，忐忑地看向导演，仿佛两位小学生正面对着班主任。

陈其正定定看着冉霖，说：“徐崇飞，我再给你最后一次机会，如果你不能直视方闲的眼睛，那这段戏就不用演了，听清楚了吗？”

陈其正的声音不大，压迫力却是铺天盖地的。

冉霖咬牙挺住，没躲避他的视线，缓慢而坚定地，点头。

陈其正把笔丢到桌子上，啪的一声：“再来。”

重新躺到张北辰臂弯里，冉霖闭上眼，迅速摒弃一切杂念，再睁开，头顶上的那张脸五官仍是张北辰，可影像传到脑海，就是方闲。

这一次导演没再中断，冷眼看到结束，才说：“好了。”

说完再不看他们，拿起笔，又开始在纸上乱写。

冉霖好奇死了他究竟在写什么，但从那潇洒霸气的笔法上，感觉看了也未必看得懂。

冉霖试了三场戏，但张北辰只试了一场，现在两个人都站在中间，气氛随着表演的结束慢慢冷下来，奋笔疾书的导演没有半点抬头的意思，空气就有点尴尬。

编剧宋芒冲他俩笑了笑，忽然问：“能说说你们对人物的理解吗？”

冉霖和张北辰面面相觑，后者低声道：“你先吧。”

先说后说都要说，冉霖也就不谦让了，深吸口气，抬起头说：“徐崇飞就是个圣母。”

宋芒怔住。

王希傻了。

陈其正都抬起头，一直深沉的眼里终于透出些许玩味。

冉霖继续说："但在江湖里，需要这样的圣母。他对父母孝顺，对朋友义气，对爱人深情，他这个人，就是江湖的魅力所在。隐剑楼少主的出身造就了他心灵的纯净，他没有唐璟玉那样的血海深仇，没有方闲活在哥哥们阴影里的那种自卑，他活得自在，轻松，也活得真诚，纯粹。甚至面对欺骗和伤害，他都可以用最大的宽容去谅解，但他又不是滥好人，在关键时刻，他立场分明，并且会用命去保护自己最珍视的东西。"

"你觉得什么是他最珍视的东西？"宋芒眯起眼睛，紧紧盯着他。

"情义。"冉霖回答宋芒，"唐璟玉和方闲也重情义，但他们重的都是兄弟朋友之间的情义，只有徐崇飞，重的是人间的大义，他是这个江湖里唯一甘愿为情义殉道的人。所以他的死，才能换来唐璟玉和方闲的和解。"

宋芒安静地看着他，不言语，似笑非笑，像在想事情，又好像单纯地觉得有趣。

"呃……"张北辰欲言又止。

宋芒闻声把目光转向他，点点头："嗯，你说。"

张北辰清了清嗓子："方闲在我看来是这个剧里最矛盾也是最痛苦的一个人。"

张北辰陈述完，宋芒还没追问，导演就让冉霖和王希先走了。

冉霖不知道张北辰接下来是不是也要和自己一样，对着空气演戏，就像他看不透导演脸上的冷峻，究竟是一如平常，还是透露着拒绝信息。

"希姐，你觉得我有戏吗？"回去的车上，冉霖越想越觉得心里没底，干脆开口询问王希。

不料王希也摸不出深浅："这个导演是出了名的有性格，谁知道他心里怎么想的。不过——"王希拍拍冉霖的脑袋，难得表扬，"你今天表现得很好，把我震着了。"

冉霖总觉得王希拍他脑袋那个姿势像摸小狗，但一听见表扬，那拍就拍吧，别说小狗，皮球都行："真的？你真觉得我演得好？"

王希又纳闷儿又好笑地看着他，有点不确定自己有没有看走眼了："你怎么戏里戏外完全不一样。演起戏来你真的挺有魅力的，一下戏，就又㞞回来了。"

冉霖乐，调皮地问："那你是喜欢我在戏里那样气宇轩昂，还是喜欢我现在这么屄？”

王希眯起眼睛打量他，很不客气地纠正：“你在戏里也并没有气宇轩昂！”

冉霖乐出了声。

王希静下心来，想，以后或许应该更认真地规划一下冉霖在演戏方面的路。

刘弯弯听着他们你一句我一句，悲从中来——在外面偷听了全程，那破门死活扒不开门缝，她才是最想看冉霖演戏的死忠粉啊！

王希接到“内线”电话是在一个月之后，正好五一，劳动节。

“徐崇飞初步就定冉霖了，这周名单会报给投资人还有男一号，如果两边都没问题，这事就定了。”

该“内线”是试戏过后，王希透过层层关系发展的，没有拍板决定的力量，但可以打探个情报。

“真的？那么多人里，就把冉霖给挑中了？”虽然有所期待，可真听见，王希还是觉得不可思议。

“对，那么多人，导演挑了两个给编剧二选一，编剧挑了冉霖。”

“说理由了吗？神演技一类的？”

“姐，你想太多了，哪有那么多神演技，”电话那头笑着吐槽，末了道，“不过我好像听见他和导演说什么徐崇飞最喜欢月白色的衣服，剧本里有写。”

月白色？

王希一时想不出所以然，见对面想挂电话，连忙问另外一个关心的问题：“男一号确定还是陆以尧？”

“是的，已经谈定很久了，除非他这两天抽风变卦，不然合同马上就签了。”

“既然决定了为什么拖到现在才签合同？”

“估计也想看看搭档都是谁吧，毕竟再好的本子，看不见阵容，也没有太多说服力。”

“好的，谢谢你！”

“姐，你就别跟我客气了，都是自己人，回头再聊。”

“嗯，改天请你吃饭。”

挂上电话，王希想了一会儿，还是不确定要不要先跟姚红通个气。

这事儿本来成不成都行，但现在就差临门一脚了，如果投资人导演编剧都通过，结果被男一号卡下来，她会吐血。

陆以尧……

从王希的观察上看，他和冉霖的关系在真人秀后期应该处得还不错，但也不排除他和姚红在知道冉霖是男三号备选后会多想。毕竟有蹭热度的前科在，如果他们认定冉霖这次也是冲着陆以尧来的，那冉霖就铁定没戏了。

王希很少对自己做过的事情后悔。

捆绑陆以尧炒作，算一件。

要不让冉霖去和陆以尧说？打打人情牌？

不行，万一那孩子脑袋一热，为了撇清直接不演了，她真的会疯。

以前的冉霖，王希还有信心控制，自从宾馆飙戏以来，她就开始重新审视这位艺人，总觉得哪天，冉霖就能不声不响干出什么惊天动地的事儿来。

瞻前顾后也没个结果，倒是让王希在烦扰中重新想起月白色的梗来。

不光不明白编剧的意思，她连这个颜色都认不准。

手机搜索“月白色”，出来的答案是——介于蓝色和白色之间的一种颜色，不是淡蓝色，而是白色里带着一点淡淡的蓝。

那天冉霖穿的针织衫！

王希在回忆里，恍然大悟。

那件衣服真的不算好看，但按照编剧宋芒所言，那是冉霖扮演的角色——徐崇飞最爱的衣裳颜色。

打开手机相册，重新翻出一月前拍的那一张张试戏剧本，仔细检查到眼睛发疼，王希终于在人物小传里看到那一行不起眼的字——

最爱月白色衣衫，一如他的人，淡然而舒朗。

《国民初恋漂流记》第 8 期延迟一周，4 月 11 日才播出。

彼时陆以尧的工作强度已回到正常水平，虽然再没有连轴转的情况了，通告依然基本满档，等到想起来看这期大结局，已经是五一过后的事情了。

那天刚刚下完一场春雨，给持续回升的气温重新注入一丝凉意。北京难得出现了蓝天，街道两旁树上的叶子被洗得翠绿明亮，在懒洋洋的日光里，随风轻摆。

陆以尧把公寓的窗户都打开，穿堂风一起，吹散了整个冬季的尘霾，吹得心情都清爽透亮起来。

如果去掉沙尘暴，去掉乍暖还寒，只把和风细雨清新怡人当作春天的标准，那北京的春天永远晚来早走，短得让人心碎。

好在，陆以尧还能在这稍纵即逝的光景里，偷得半日闲。

“一整季下来，最大的感受就是人与人的相处是件很奇妙的事情。”

客厅电视的屏幕里，陆以尧正端坐着侃侃而谈，他的对面应该是导演，但镜头只给到陆以尧，和他后面的节目 logo（商标）背景板。

电视里是一个半月前的陆以尧，电视外的沙发里是现在的陆以尧。

许是最近总闷在影音厅里了，偶尔在下午的阳光中看看节目，感觉也蛮好。

“一人一句话的评语……夏新然，像个小太阳，永远熊熊燃烧，痛快自己，也温暖别人；张北辰嘛，青春活力，朝气蓬勃，我觉得他应该是我们所有人里最符合校园初恋想象的；顾杰，铁血纯爷们儿，很可惜这季节目没有真人 CS 那种实战闯关环节，不然他应该能大杀四方；冉霖……他是一个相处起来会让你觉得很舒服的人。”

镜头戛然而止，画面无缝切换到夏新然——

“最大的感受啊，应该是想要多来几次这样的节目吧，会去到很多自己平时去不到的地方，还交下了好朋友，其实像我们平日里工作比较忙，很难有这样的机会。”

等等。

陆以尧眯起眼睛，如果他没记错，好像不止夸了冉霖一句吧，就算不能都用，好歹剪一句精华的啊！保留第一句也太简单粗暴了，明明他后面越说越有感觉，金句层出不穷……

“一人一句话，呃，我得好好想想……”

镜头里不知何时换上了冉霖，认真的模样就像在面试的毕业生。

陆以尧不自觉坐正身体，竖起耳朵。

“顾杰永远能量爆棚，让人一看他，就觉得充满干劲；张北辰很温柔，很包容，相处起来特别轻松；夏新然有一颗赤子之心……陆以尧，呃，认真敬业，有责任心，有担当，对待朋友更是真诚坦荡。对，有点一身正气的感觉……”

估计也意识到自己的评语有点怪怪的，镜头里的冉霖忍俊不禁。

电视前，陆以尧心情复杂。

冉霖确实是在夸他，不管从语气还是神态上都看得出来，那人夸得还很认真。

但一身正气……到底是哪里来的错觉，他又不是包青天！

节目接近尾声，开始闪回之前所有旅程中的合影纪念。

桂林骑自行车，四川看大熊猫，三亚搭椰叶棚，上海玩游乐场，迪拜冲沙，法国走秀，泰国大象，冰岛极光……

不住往上滚的字幕，是后期灌的鸡汤，却也有一两句戳中陆以尧的心情——

他们在磨合

他们在成长

他们在互相了解

他们在彼此包容

他们没有碰到世界上的另一个自己

但性格迥异的有趣伙伴们

于欢笑和泪水中

碰撞出了个斑斓世界……

“要不在微博里问一句？”任由节目结束电视跳回点播界面，陆以尧把微信和微博来回切换，犹豫不决。

一个月前自己问的那个广告品牌的留言，石沉大海，至今未收到冉霖回复。

原本忙起来的他已经把这件事忘了，结果刚刚看最后一期，又勾起了这件事的回忆。

这不是什么大事，但在陆以尧这里，总好像悬而未决，没个说法，于是不想则已，一想就得琢磨个几分钟。

“李同。”陆以尧喊正在客房里收拾行李的助理。

今天是姚红下达的24小时监控令执行期的最后一天，鉴于陆以尧一个月以来表现良好，看不出有二次晕倒的危险，李同这个监督员，也就可以光荣下岗了。

听见呼唤的小助理嗒嗒嗒跑出来：“陆哥，什么事？”

陆以尧想了想，问他：“假如你是一个粉丝百万的明星，有另外一个明星在你微博下面留言，你会看到吗？”

李助理已经不是第一次充当百万粉丝的大V了，如今对于这种情景假设性问题，手到擒来：“应该能看到，因为通常粉丝会把这个明星的留言顶到最上面，顶成最热留言，所以他只要进入自己微博主页，点开那条微博下面的评论，第一眼就能看到。”

“如果不进自己微博，就在App（软件）首页直接点击查看最新留言呢？”

“那所有留言都是按更新时间无差别排列的了，你那条肯定淹没在成千上万的留言里。”

“有道理。行，你继续去收拾吧。”

“嗯，陆哥你有事再叫我。”

目送李同身影消失在客房门后，陆以尧才后知后觉。

【你那条肯定淹没在成千上万的留言里。】

你那条？

助理怎么知道他是想留言那个，他就不能是被留言的那个吗？

铃铃铃——

玄关的门禁可视电话骤然响起。

这意味着有客来访，正站在楼下等着业主给开单元楼的门。

陆以尧家里几乎没有访客，除了姚红。

但因为陆以尧的个人习惯，除非有事，姚红也很少直接找过来。

正疑惑起身，李同已经麻利跑出来，一口气奔到可视电话前，没等接听，先转头向陆以尧汇报：“是红姐。”

一如所料。

陆以尧踏实下来，那边李同已经接听电话，给姚红开了门禁。

不一会儿，敲门声响起，守在玄关的李同立刻开门，姚红冲他点点头，换了拖鞋进客厅，未等坐下，便道明来意：“《落花一剑》的演员名单拟出来了，我拿过来给你看看。”

陆以尧看着风风火火的经纪人，有点奇怪：“你发我手机上就行了，哪还用特意跑一趟。”

姚红没接话，只从包里将A4纸匆匆打印的拟订演员名单掏出来递给陆以尧：“先看看吧。”

陆以尧不明所以地接过名单，第一眼就看见了自己的名字，而在自己下面的方闲……

“俞冬？他演方闲？”陆以尧这回是真意外了，颇有点不可思议地看姚红，仿佛想确认这条信息的真伪。

俞冬比他大几岁，出道成名都很早，现在已经是妥妥的电影咖，很少再拍电视剧，更别说这种双男主的。

双男主，说得好听，两个都是主角，但只要是故事，就会有主线，只要有主线，就难免有侧重。以《落花一剑》为例，所谓双男主，就是唐璟玉和方闲两个角色的地位基本相同，戏份重量大致相当，但归根结底，这个故事的主线是围绕唐璟玉来的，起，是唐家灭门，收，是唐璟玉放弃复仇，退隐江湖。由始至终，唐璟玉都是推动这个故事往前走的灵魂人物，方闲的戏份再重，这种故事本身带来的“主角感”仍是不可磨灭的。

俞冬愿意与他共享“男主”头衔，还是双男主中稍微次之的那个，不可思议。

“不用大惊小怪。陈其正和宋芒能从大银幕上下来，俞冬更能。拍电影哪有拍电视剧赚钱，既想要格调，又想要真金白银，这种电影级别配置的电视剧真心是可遇不可求。”

“但俞冬比我名气大。”

“可是他人气没你高。”

陆以尧无言以对。

收视率为王的时代，谁能带流量，谁就是老大，很现实，也很残酷。

他不是不懂这个道理，只是有点头疼未来的相处。

俞冬这个人他打过几次交道，有才，但心气很高，怎么看都不像会甘心和他分享双男主的样子。

陆以尧对艺术没有太执着的追求，但对工作伙伴，还是希望能其乐融融的。

眼见着陆以尧的思绪越飘越散，姚红无可奈何叹一口气。

俞冬根本不是重点好吗？！

“忘掉俞冬，往后看。”忍无可忍，姚红终于出声拉回陆以尧的神游。

方闲下面就是徐崇飞。

徐崇飞后面的饰演者……冉霖？！

陆以尧猛地抬头，瞪大眼睛看姚红，比之前看见俞冬的眼睛大了好几圈。

姚红很满意他的反应，淡淡微笑：“是不是很意外？”

当然意外。

但好像震惊里，还有点高兴？

姚红等着艺人发表意见呢，左等右等，还是一张蠢萌震惊脸，无语：“怎么不说话？”

陆以尧眨巴下眼睛，回过神，感慨万分：“这还真是……”

姚红屏息等待。

“……人生何处不相逢。”

姚红差点被一口气噎着。

高兴也好，厌恶也罢，总该有个明确态度，这种千帆过尽一样的感慨是什么玩意儿。

“你到底怎么想的，”姚红也不猜了，直截了当地说，“这还不是最终名单，也就是说除了俞冬，剩下的人你觉得不合适的，都可以提出来，片方那边有商量的余地。”

陆以尧闻言愣住。

姚红问他怎么想的，他还想问这句呢：“红姐，你这话什么意思？”

姚红静静打量陆以尧的神情，良久，终于无奈地接受现实——自家艺人是真心询问，并且对于这份拟订名单也没有半点不高兴的意思。

不，在跟俞冬合作的未来上，他还纠结了一下，结果对着冉霖名字，如春天般温暖。

好脾气如姚红，也想挖开自家艺人脑袋看看，里面都装了些什么。

“咱俩之间从来都不拐着弯说话，今天也一样，”姚红叹一口气，尽量让语气和缓，是个商量的态度，“我认为，最好不要和冉霖搭戏。”

陆以尧正色起来，嘴唇抿成一字，不言语，但微微皱起的眉头代表他在认真听。

姚红继续说：“冉霖之前捆绑你炒作，蹭热度，这个没有任何疑问。包括后来上真人秀，你敢说节目组找他没有继续炒话题的意思？是，后来节目换风格改兄弟情了，他的团队也不炒了，但不管你和冉霖是卖腐，还是好兄弟，你们两个同框的次数都已经太多了。如果再合作电视剧，就算他的团队没有捆绑你的意思，但戏里戏外你俩都肯定分不开了，片方、观众、舆论都会把你们捆在一起。圈内好友，甚至是荧幕 CP（情侣），冉霖当然乐见其成，但这种观众印象对你的前途是没有太多助力的。”

陆以尧思索半晌，微微眯起眼睛：“你的意思是冉霖之所以想上这部戏，和当初的综艺一样，也是因为我在？”

姚红摇摇头，客观分析道：“这种资源就算没有你在，他肯定也是想上的，但你在，那更锦上添花。谁会嫌好处多？”

陆以尧沉默，垂下眼睛，陷入思考。

姚红耐心等待，她相信陆以尧会想清楚其中的利害。男男 CP（情侣）是一把双刃剑，圈粉快，但风险也高，万一其中一个人出了什么幺蛾子，另外一个人哭都没地方去。以陆以尧现在的资源和发展前景，没必要蹚这种浑水。

客厅陷入微妙的寂静。

幸而下午 3 点的阳光足够明媚，幸而穿堂风依然吹动着窗帘，才不至于让气氛太过尴尬。

李同原本想倒水的，在敏锐捕捉到谈话气氛的郑重之后，乖巧躲进客房，继续跟自己的行李奋战。

不知过了多久，陆以尧终于抬眼，开口：“红姐，我记得你说过陈导是一个对演戏要求很严格的人，既然他能选中冉霖演男三，就应该是认可了冉霖的演技，而不是和我这个男一号能炒出话题。”

姚红没想到陆以尧想了这么久，想出来的竟然是替冉霖说话，有点着急：“如果演技可以，又能出话题，没有导演会拒绝。现在客观情况摆在这里，你和冉霖就是两桶高度不一样的水，你高，他低，只要中间连了管子，不管是综艺还是电视剧或者别的什么，永远都是你的水往他那边跑，懂吗？”

“那换成别人就不蹭我热度了？”陆以尧觉得自家经纪人陷入了一个逻辑误区，“红姐你仔细想想，以前我不认识冉霖，我合作过的女演员少炒作了吗？如果按照你的水桶理论，是不是以后所有人气比我低的我都不能合作了？”

姚红语塞。

陆以尧轻叹一口气，尽量让语气和缓，他知道姚红为他好，所以不希望让姚红感觉他在争论，只是想表达自己最真实的想法：“红姐，这个角色是冉霖自己争取来的，以他的咖位能争取来这个角色，肯定不容易，我一句话就给否了，朋友没有这么做的。”

姚红定定看着自家艺人，语重心长：“如果他拿你当朋友，你就不会在拟订名单上才知道他有份参演。”

“也许他也没想到自己试戏会过。”陆以尧试图找个合理解释。

姚红摇摇头，一副“你太天真”的无奈：“以王希的本事，她只会比我们更早拿到拟订名单，如果按照你说的，冉霖怕试戏不过，那现在已经过了，为什么不来和你通气。”

“他没有义务和我通气。”陆以尧还在替冉霖说话。

“你不说你们是朋友吗？”姚红简直想去找冉霖要迷魂药配方。

陆以尧沉默下来。

就在姚红以为他终于想通的时候，他忽然摇了一下头。

很轻，很缓，但不容拒绝。

“红姐，要是片方和导演出于其他考量，否掉冉霖，我不管，但在我这里，我不会害他。如果你执意要去和片方说我不想让冉霖演这个角色，”陆以尧一字一句，低缓却有力，“我真的会生气。”

生平第一次，姚红被自己的艺人威胁了。

还是用“我会生气”这种幼儿园熊孩子才会用的筹码。

偏偏，姚红还吃这一套。

所以说，溺爱孩子是病，而且无药可治。

“随你吧。反正该说的不该说的我都说了，到时候你要再被蹭了，不许跳脚。”

“行，”陆以尧微笑，“到时候我抖手。”

姚红没好气地白他一眼，也不知道陆以尧从说服自己这件事中获得了多大乐趣，现在眼角眉梢都带着喜气。

事已至此，姚红还能说什么，只得往前看：“最多半个月吧，剧本终稿和合同会一起给我们。”

陆以尧说：“9 月开拍，时间也挺紧了。”

“没办法，听说投资人那边各种修改意见，宋芒都要疯了，”姚红道，“不过场地和开机日都定好了，所有演员档期也是按照拍摄时间协调的，投资方心里应该也有数，不会太过分。”

越过冉霖的问题，姚红和自家艺人接下来的聊天就其乐融融了，不过也着实没什么好聊的了，各种琐碎事情都念叨一下之后，姚红便起身告辞。

送走姚红，陆以尧却不平静。

别看他跟姚红说得头头是道，立场坚定，但真去思考“冉霖为什么不跟他通气”这件事，还是挺折磨人的。

而且越想越没底，越想越心虚，越想越乱，越想越满脑袋都是姚红那句“如果他真拿你当朋友”的假设。

这个世界上最惹人厌烦的就是如果。

它给了你很多答案，却从不把对的标注出来。

那就直接去问吧。

陆以尧坐在客厅的沙发里想了 10 分钟，决定采取简单粗暴法。

第一次给冉霖打电话，陆以尧莫名有点紧张。

一段音乐过后，那边接听。

"喂，你好！"

冉霖的声音客气礼貌，而且不知是不是错觉，听起来还有点软糯？

"咳，"陆以尧清了下嗓子，才说，"你好！"

电话那头顿了下，问："哪位？"

陆以尧黑线，刚酝酿起的兄弟情冷掉大半："你没看来显？"

电话那头又是几秒的安静，忽然音调升高："陆以尧？！"

陆以尧扶额，为什么对方的声音听起来没有喜悦倒好像有一丝惊恐？

"你怎么会给我打电话？"似已确认来电者身份的冉霖，声音终于明朗起来，"我刚叫了餐，还以为外卖到了。"

惊恐没了，陆以尧很欣慰。

软糯也没了，陆以尧有点失落。

外卖到了……陆以尧忍。

"我是来恭喜你的，"陆以尧也不绕弯子了，开门见山，"《落花一剑》。"

"你怎么知道我去试这个戏了？"电话那头的声音无比惊讶，怎么听都不像装出来的，"不过现在八字没一撇呢，你不知道，这个戏竞争特别激烈，希姐说希望不大，能跟导演混个脸熟，刷刷存在感就不错。"

陆以尧皱眉，总觉得哪里不对，而且还不止一个地方。

冉霖："喂？"

陆以尧："你不知道你试戏通过了？"

冉霖："真的？！"

陆以尧："你还不知道？"

冉霖："希姐没和我说啊，会不会是她还没得到消息。"

陆以尧："不可能，拟订名单已经出来了，没有意外的话，你就是徐崇飞。"

冉霖："不行，我得消化一下，幸福来得太突然……哎？我试戏通过你是怎么知道的？"

陆以尧："拟订名单当然也会送到我手里。"

冉霖："为什么要送到你手里？"

陆以尧："我也需要知道我的搭档都是谁啊？"

电话那头陷入了长久的寂静。

然后——

"你是这部戏的男主角？！"

陆以尧几不可闻地叹一口气，他就说哪里怪怪的。

第一，冉霖根本还不知道自己试戏通过了。

第二，冉霖也不知道这部戏的男主角是他陆以尧。

第三，现在场面尴尬，他该怎么办？

“太好了，我们可以一起演戏了！”

“是啊，我就是来告诉你这个好消息的！”

冉霖绝对是小天使！

“那张北辰呢？他成功没？”电话那头兴奋地追问。

陆以尧茫然：“张北辰？”

冉霖：“对啊，我俩同一天试戏的，他的角色是方闲，过了吗？”

陆以尧懂了，有点遗憾道：“拟订名单上，方闲是俞冬。”

冉霖那边没了声音。

两人心照不宣，方闲定俞冬，那就与试戏效果无关了，可能俞冬都没有试戏，直接用咖位碾压一众竞争者。

不管怎么讲，能拿下徐崇飞，对冉霖来说都是绝对的大喜事，他也就顾不得和陆以尧多说了：“我得马上给我经纪人打电话，她也一直等着信呢，咱们回头再聊？”

陆以尧想说你经纪人应该早知道了，但转念，这个推论其实都是姚红那么一说，没有实锤，如果冉霖的经纪人真的已经知道了，那没道理冉霖还傻乎乎的一问三不知。

“喂？”冉霖悲伤地发现陆以尧的神游不以通讯方式为转移，面对面会游，打电话也会游。

“啊，好，你赶紧和你经纪人联系吧，回头见。”

挂上电话之后的很长一段时间里，陆以尧都在思考，他刚才到底为什么要打这个电话，以及，他都在电话里说了一些什么。

大脑从通话结束那一刻开始，就陷入空白。

只剩下一个念头，在白茫茫一片里漂浮着——冉霖这个人有毒，剧毒。

豪华公寓里的陆以尧思考人生，小公寓里的冉霖已经乐得合不拢嘴。

天上掉下来一张馅饼，还就啪叽，砸他脑袋上了，一个高兴都不足以形容他现在的心情。

“希姐，我的徐崇飞过了！”电话一接通，冉霖就迫不及待相告。

王希一愣，下意识问：“你怎么知道的？”

冉霖没多想，只当王希也刚收到信，多方佐证，真实性高到飞起：“所以这件事是真的，我真的通过了？！”

“嗯，”王希顺着往下应，免得还要解释为什么她得到消息也不说，但冉霖这边的消息渠道她必须问个清楚，“究竟是谁告诉你的？”

冉霖光顾着分享喜悦，直到这会儿，热腾腾的脑袋才有点温度往下走的意思，但都到这个份儿上了，只能实话实说：“那个，陆以尧。”

王希被答案惊着了：“陆以尧告诉你的？！”

冉霖说：“嗯，刚打的电话。”

“那他什么态度？”

“恭喜我啊！”

“姐也恭喜你！”

王希坐进自己的办公椅，忽然觉得这个世界特别科幻。

陆以尧是真心来恭喜的吗？

应该是。不然他完全可以背地里做手脚，神不知鬼不觉把冉霖弄掉，干吗还要特意打电话来说这些有的没的。

但如果是真心恭喜……

那她这几天究竟在纠结个什么劲儿！

合着她这边绞尽脑汁想着怎么敲开门，怎么跟姚红旁敲侧击探虚实，人家冉霖直接手里拿着门卡大摇大摆刷进去了，还是业主亲自送的！

“你和陆以尧关系什么时候变这么好了？”

“也没多好，就录综艺录得比较熟悉，”冉霖含糊应了一句，直接换了话题，“希姐，你既然也收着名单了，那你知道俞冬是怎么回事吗？最开始就定了他来演方闲？”

这件事王希还真听内线提了两句，她对此不大关心，但冉霖问了，她也就把知道的都说一说：“听说方闲是最难定的，因为角色心理冲突极大，所以从一开始，投资人和导演就没有统一意向。后来试了挺多，虽然没有让导演完全满意的，但综合各方因素，都倾向张北辰。”

“那俞冬……”

“最后关头杀出来的，没试戏，直接把张北辰顶了。俞冬的演技有目共睹，咖位也在那里摆着，演唐璟玉都绰绰有余，演个方闲，投资人乐不得的。”

王希说完，又有些感慨："幸亏他相中的是方闲不是徐崇飞，不然你也没戏。"

冉霖还在替张北辰惋惜，没听清王希的话。

王希以为冉霖被自己吓着了，连忙补充："当然啦，他也不会跟你争男三，双男主已经是底线了。"

预想中的坎坷全都没有发生，甚至还更加顺利，这让王希惊喜之余，忽然不知道该说什么了，只剩下嘱咐珍惜机会，好好揣摩角色。

但在这两件事上，不用她叮嘱，冉霖已经做到一百零一分。

后面王希说了什么，冉霖其实没太往心里去，因为冷静下来的他，开始后知后觉地反省，刚刚在电话里对待陆以尧会不会太热情了。

如果没记错，他好像说的是"太好了，我们可以一起演戏了"，而且语气是毫不掩饰的兴奋，你的矜持呢！！！

怎么办？

陆以尧会不会多想？

会不会觉得自己又要蹭他热度？

冉霖越想越觉得自己要疯，简直有冲动再打个电话过去解释，我刚刚真的只是因为试戏通过而兴奋，和能跟你搭戏这件事没有半点关系……嗯，陆以尧绝对会把他当成病人。

不过话说回来，他是真挺高兴的。

一想到试戏通过，就会有种心里豁然敞亮起来的开心。

一想到搭戏陆以尧，那就彻底漫山遍野开花了。

突发奇想，冉霖打开朋友圈，找到那条被他刻意忽略的评论，恶作剧似的，在时隔一月之后，悄然回复——迷雅男士洗发水，纯天然无硅油，清爽去屑，还你靓丽青春。

"陆哥，那我走了啊！"李同拉着行李箱，站在玄关，一步三回头，"你照顾好自己，别总捂在影音厅里熬夜。"

"知道了。"陆以尧好笑地回应，总觉得看见了男版红姐。

李同摆摆手，拖箱离开。

回出租房的路上，李同忆起这一个多月与陆以尧同居的感受，八卦之心澎湃，但又无人倾诉，索性掏出手机在微博里给某树洞大V编辑了一条吐槽私信。但是写完又觉得透露太多老板隐私不大好，而且不知道是不是一个字一个字敲打得太认真，写完了，倾诉欲好像也没那么澎湃了，他便把那满篇字又一个一个删掉了——

“XX树洞你好，我是一个明星助理，就是拎包买饭跑腿那种。我老板是一个很有名气的男明星，人很好，从来不摆架子，对待我们这些工作人员也很尊重。但，我真觉得他有点不正常。第一，他会在屋子里挂满他的剧照，古装现代近景远景半身全身正面侧面背光逆光应有尽有，一进那个房间我就感觉一屋子老板在盯着我。第二，他喜欢听黑胶唱片，对，就是电影里才会出现的那种，特别穿越。第三，他以前不怎么玩手机的，最近突然变成了手机控，没事就拿出来手机刷一刷，刷完还对着手机自言自语，别提多诡异了。说实话，我真的很喜欢这份工作，我也很喜欢我的老板，这年头有个和蔼可亲的上司真的很不容易了，但是相处越久，我越慌啊。”

同一时间，陆以尧公寓。

刚洗完澡的陆大明星拿过手机每日一刷，竟然真让他刷出了朋友圈的新信息！

【迷雅男士洗发水，纯天然无硅油，清爽去屑，还你靓丽青春。】

陆以尧怎么看都觉得最后半句广告词很别扭，也不知道是厂家的还是冉霖自己编的。

总有一种“你不用这款洗发水就等着容颜老去吧”的诅咒感。

不过收到冉霖回复，还是很欣慰的。

举起手机，陆大明星一如既往对着友人头像自言自语：“你以后勤看着点朋友圈，一个月才刷一次，频率也太低了……”

第十八章

冉霖得到《落花一剑》剧本终稿那天，是5月中旬的一个傍晚。

据说迷雅洗发水的广告也会在这一天投放，冉霖午饭过后便一直守着电视机。

带着夕阳余温的风从纱窗吹进来，吹得人困倦。

昏昏欲睡中，王希打来电话，告诉他收到片方的剧本终稿了，他还没来得及高兴，电视里终于出现了自己飘逸的秀发。

谁说福无双至？

冉霖现在幸福得像一朵向阳花。

广告没有使用冉霖的原音，从头到尾都是配音，及至弹吉他那里，直接只保留了影像，没有放出真正的吉他旋律和唱歌。毕竟时间有限，弹吉他的镜头只能保持几秒，而且冉霖唱的是别人歌曲，也涉及版权，所以广告给那里直接配上了其他的BGM，待镜头转瞬即逝，屏幕上出现洗发水瓶身的特写，旁白则是铿锵有力的广告词。

但冉霖的唇红齿白还是透过镜头原原本本映出来了，以至于看的时候，总会忽略秀发，专注于脸。

冉霖后悔没给摄影师发个微信红包。

“喂？人呢？”话说一半，手机里没了音，王希莫名其妙。

电视里开始播其他广告了，冉霖收回目光，嘿嘿傻笑：“希姐，我看见我自己的广告了。”

王希被他的喜悦感染，也乐呵起来：“感觉怎么样？”

冉霖回忆那些镜头，颇为感慨："把我拍得也太好看了。"

王希窘，有点分不出来这究竟是骄傲还是谦虚。

"这才只是个开始，以后你的广告代言会越来越多，格调也会越来越高的。"王希言归正传，"明天一早我让刘弯弯把终稿给你送过去，至于合同，我估计再过几天也该下来了，到时候公司这边会把关条款，你只要负责最终签字就行。"

"好的，希姐。"

其实冉霖现在就迫不及待想看剧本了，但王希都说让人一早送了，况且还有三个多月时间呢，也不差这一个晚上。

挂了经纪人的电话，冉霖终于不用装淡定了，嗷一嗓子兴奋叫出声，扑进沙发里哪吒闹海。

感觉把龙宫搅和得差不多了，身体里乱窜的那股子激动才慢慢平稳下来，不过心还是扑通扑通狂跳，有点当年接到大学录取通知书的意思。

冉霖不是第一回拍电视剧，但这么大的投资这么好的配置这么吃重的角色，于他而言，真的美得不像真的，放在以前简直是想都不敢想。

前些天虽然从陆以尧和王希那里多方证实了自己在拟订名单上，但毕竟只是"拟订"，谁也不敢打包票万无一失，而今剧本下来了，合同也马上要跟过来，怎么看都应该板上钉钉了，连带着飞扬的心情都是前所未有踏实。

不消多想，冉霖直接拨通了老妈的电话。

这个时间店里没什么人了，老妈该是在打扫收拾。

冉霖这样想着，那头电话已经接通，亲妈的声音一如既往爽朗："儿子，啥事儿？"

冉霖就喜欢他妈这样的，开门见山，直奔主题，不，应该说他们一家三口之间沟通都是这个风格："妈，我上电视了！"

冉妈一头雾水："你不早就上电视了，8期，我和你爸一期没落都看了啊！"

"不是那个，是广告，"担心生变，冉霖一直忍着，如今终于尘埃落定，必然第一时间跟爹妈显摆，"XX台，你晚上去看，有我的洗发水广告！"

"真的？！"冉妈也兴奋起来，"你刚才说哪个台？"

"XX台。"

"行，晚上我和你爸就守着了！"

冉霖皱眉："爸又不在？又和赵叔喝酒去了？"

冉妈：“没。”

冉霖：“那还好。”

冉妈：“跟你张叔钓鱼去了。”

冉霖：“哦。”

包子店是父母一起经营的，但这些年运营早已经按部就班，上了年纪的父母又聘请了几个服务员，所以也就没那么忙了，自家亲爹便要找回逝去的青春似的，三天两头和老哥们儿出去耍。

叹一口气，冉霖不能拱火，只能宽慰自家亲妈：“爸的朋友多，体谅一下吧。”

不劝还好，一劝冉妈就来气了，声音直接高一个八度：“他朋友多？我就没有朋友？你何姨周姨孙姨李姨约我多少回出去旅游，我要跟你爸似的没心没肺，也放下店里不顾，早跑没影了！”

冉霖莞尔，知道亲妈就是痛快痛快嘴，而且如果他预料得不错，下面他妈就要提那句老生常谈了。

“儿子啊，也就是妈有你，不然谁能跟你爸过一辈子。”

一字不差。

这话冉霖从初中听到高中，从高中听到大学，小时候还真担心爹妈之间感情出问题，现在看透了，怎么听都觉着是秀恩爱。

“行了，儿子，妈不跟你说了，这么大的喜事，我得赶紧告诉你何姨周姨孙姨李姨，她们天天打听你呢。”

冉霖扶额，这些姨都是亲妈的好姐妹，看着他长大的。俗话说，三个女人一台戏，结果加他妈，这就是五个女人，冉霖现在光听这些姨的名字，都能回忆起儿时被她们轮流亲捏支配的恐惧。

不等冉霖这边反应，兴奋中的冉妈已经飞快挂掉亲儿子电话。

估计这会儿要么是翻电话本找姐妹电话呢，要么是直接在微信群里发个通告。

冉霖弯着眉眼，想了想，又给亲爹打了电话。

亲爹几乎是秒接，但声音压得有些低：“儿子，啥事儿，打电话也不挑个时候，鱼都被你吓走了。”

冉霖翻个白眼：“你儿子重要还是鱼重要？”

冉义民：“我先思考一下。”

冉霖："这种问题还需要思考吗？！"

冉义民："当然是你重要。"

思考完还认真给出了答案……

冉霖无力地叹一口气，先把广告放一边，化身夫妻感情润滑剂："我刚才给我妈打电话，她还在店里忙活呢，你也多体谅体谅她，别三天两头往外跑。"

"我三天两头往外跑？你妈跟你说的？"冉爹义愤填膺，顾及身旁还有垂钓的小伙伴，只能努力压抑音量，但冤屈不减，"我这礼拜就出来这么一天，不信你问小蔡。"

小蔡是店里多年的帮工，亲爹敢提小蔡，证明所言不虚。

冉霖微微皱眉，心说以后亲妈的话也得打了折再听。

"儿子啊，也就是爸有你，不然谁能跟你妈过一辈子。"

冉霖窘，这个台词怎么如此熟悉。

电话那头还在陈述血泪史："你是不知道，你妈那个唠叨啊，铁人都扛不住，那就是老虎凳辣椒水，也就你爸我能忍。"

冉霖望天，遇见一对比着卖惨的爹妈怎么办？

拿喜讯砸晕他们。

"爸，"冉霖打断亲爹，直截了当地说，"我拍广告了，洗发水的，你今天晚上回家电视里就能看见。"

"真的？！"电话里的声音直接炸开，听筒愣是轰出了扬声器的效果。

冉霖赶紧把电话挪开一点，提醒："爸，你不怕吓跑鱼了？"

"鱼啥啊鱼！老张，别钓了，我儿子拍广告啦哈哈哈哈——"

又是似曾相识的嘚瑟显摆。

冉霖看向窗外，树梢上正好两只麻雀在叽叽喳喳。

就您二位这样的还没法过下去？

金玉良缘都没你们这么绝配！

终于应对完不省心的爹妈，冉霖拿起手机给陆以尧发微信，想告诉他自己广告上了，可话打到一半，他忽然顿住，发现自己这种举动和奔走相告的亲妈以及召唤张叔的亲爹也没有什么区别。

心里一寒。

冉霖把打好的半句话又删了。

遗传啊，真是无法抗拒的宿命。

陆以尧也是在同一天的同一个傍晚得到剧本的，但和冉霖不同，一是姚红直接把剧本送到了他家，二是跟着剧本来的，还有最终合同。

显然相比各种配角，片方对男主角的敲定还是最为紧迫的。

姚红这边其实也想赶紧定，毕竟只有白纸黑字，才算是对双方都有了保障。但再急，也要先看剧本终稿，近年来行业乱象丛生，一个不慎，就容易掉坑，口头承诺的男一号，更是只有真正落到戏份里，才是实打实的。

"你先看看剧本，如果没有问题，咱们再签合同，合同里也会约定剧本以你现在手上这一稿为准，将来如果要改，必须经过你的同意。"

"明白。"陆以尧说，不自觉进入严肃认真的工作状态。

姚红也不多留，直接起身离开："剧本我手里也留了一份，我回去也会看，有任何问题我们随时沟通，最晚后天，能不能签这个合同必须定下来。"

陆以尧点头，表示收到。

送走姚红，陆以尧第一时间进入书房，全神贯注阅读起剧本。

厚厚的剧本，陆以尧整整看了一夜。

虽然姚红叮嘱让他不要熬夜，但事有例外。从姚红的口气上看，后天已经是最晚期限，陆以尧做事不喜欢压着最晚的时间点走，总愿意赶在前面。

而且整个剧本看下来，还真是越看越不对。

走出书房的时候，黎明的旭日在客厅里洒下第一缕光辉，陆以尧却在这光辉里，感觉到丝丝寒意。

剧本改了。

虽然对于他将要饰演的唐璟玉基本没动，但其他角色的戏份，有了根本性的调整。

如果相关演员看剧本不认真，或者压根不看剧本就签了合同，怕是后面肠子都要悔青。

娱乐圈的水太深，一个不留神，就要呛几口。

时间还早，陆以尧担心姚红还没起来，索性坐在客厅里看了一个多小时电视。

原本只为打发时间，不想竟然看见了冉霖的广告。

屏幕里冉霖蓬头垢面，向女神求爱未果，后清洗秀发，焕然变身，一把吉他弹起来不能更帅。

陆以尧好奇地轻蹙眉头，试图从短短几秒的镜头里分析出冉霖究竟是装模作样，还是真会弹吉他。

可惜镜头闪得太快，配的BGM（背景音乐）又太吵，干扰了陆以尧的判断。

歪头想了想，陆以尧在手机里搜索迷雅最新款男士洗发水，然后把瓶身截图发给李同——帮我买一瓶这个洗发水，后天一起去上海的时候带给我就行。

那头没回复，休假中的小助理估计还在睡得昏天黑地。

陆以尧也不急，放下手机，继续看早间新闻。

终于等到8点，陆以尧把电视静音，拨通了姚红的电话，待到那边接起，陆以尧直截了当地说："红姐，剧本有问题。"

姚红昨天晚上回家之后先安顿老公孩子，完后只看了几页剧本，就累得不行了，本想着今早起来继续看，不料就收到了艺人的电话，立刻紧张起来："什么问题？"

陆以尧说："方闲的戏份不对。"

姚红愣了下，以为自己听错了："方闲？"

"对，"陆以尧说，"方闲和唐璟玉都是男一，按理说戏份应该相当，但在你昨天给我的终稿剧本里，方闲的戏份和唐璟玉根本不是一个体量的，如果单从这个剧本上看，方闲就是男二，连男一的边都够不上。"

姚红问："剧本主线动了吗？剧情改了吗？"

陆以尧："主线没动，剧情也没改，但唐璟玉和赵步摇的感情戏比重很大，整体看唐璟玉是男一，赵步摇是女一，方闲只能算是第三番位。"

姚红："你确定？"

陆以尧："我看了一晚上剧本，绝对不会错。"

电话那头沉默下来，良久，姚红才缓缓道："俞冬不会给你做配的，三番更是不可能。"

"这就是我担心的，"陆以尧叹一口气，"俞冬看见这个本子肯定炸，要么直接不演，合同也不签，片方愿意找谁再找谁，要么就是逼着片方改回原本的双男主。"

表面上看，这些对于饰演唐璟玉的陆以尧都没有太大影响，被减少的不是他的戏份，被生生从一番拉到三番的也不是他。

但俞冬的不确定，会带来剧本的不确定，剧本的不确定，又会影响到全剧的统筹安排，陆以尧不得不多留个心眼。

而在这一点上，姚红比陆以尧更谨慎，考虑得更多。

“这样吧，”沉吟片刻，姚红告诉陆以尧，“我会抓紧时间弄清楚到底什么情况，最迟下午，你等我消息。”

陆以尧相信姚红的人脉和关系网：“行。”

心里悬着事，陆以尧也没心思想其他，索性抱着剧本又钻进了书房。

姚红说下午来消息，实际上却是在中午就把电话打过来了。

“剧本是投资人让改的？”陆以尧对这个消息不算太意外，毕竟他是见过那位对艺术颇有追求的投资人的，这样的人花了钱，总想在艺术创作上插一脚，也很好理解。只是没想到，改动会这么大。

“对，投资人觉得应该突出爱情线，所以就是你现在看见的，双男主变成男主和女主了。”姚红对这种事情已经见怪不怪了。

陆以尧还是觉得改动得太随意了，毕竟一个本子凝聚了很多人的心血：“导演和编剧没意见？以陈导和宋芒的资历，也该有些话语权吧？”

“陈导是老江湖了，看得透着呢，宋芒确实闹了一阵，说是已经和投资人拍桌子了，不过没用，艺术总是要向资本低头的，所以最后只能带着编剧团队乖乖改剧本了。”

“所以我们现在拿到的确定是终稿了？”陆以尧最关心的还是这个。

“终稿无误，”姚红给予肯定答复，然后语气微妙地补充，“所以俞冬已经确定不演了。”

“那肯定啊，”陆以尧轻叹一口气，“我要是俞冬，看见这样的剧本也得吐血。”

话没说完，脑海里忽然闪过冉霖说的试戏遇见张北辰，陆以尧便问姚红：“既然俞冬不演了，方闲给谁，张北辰？”

“你怎么知道张北辰想要这个角色……哦对，你们几个有微信群。”姚红自问自答，也没多想，只道，“张北辰是肯定没戏了，他刚签了另外一个剧，没档期了。”

“刚签？”

“对，就差这么几天，再晚签一点都有机会。只能说运气不好吧。”

姚红和陆以尧都明白这个道理，那就是不管张北辰新签的剧各方面比《落花一剑》差多少，他都不可能毁约来签这一个，圈子里，没有片方愿意跟有毁约前科的艺人合作。

毁约，就是砸自己的前途。

张北辰再后悔，也只能认了，说好听点，还是和角色无缘吧。

“算了，还是告诉你吧，”姚红原本不想说，但左思右想，就算自己不说，人家两个估计私底下也有沟通，她何必非和自家艺人拧着来，“导演和编剧都倾向于让冉霖顶方闲，投资人那边还没松口，就看冉霖团队能不能做好工作了。”

完全没想到的神发展让陆以尧措手不及：“冉霖演方闲？那徐崇飞谁来演？”

“这就是片方操心的事情了，反正男三肯定比男二好找，距离开拍就剩3个多月了，有点名气人气的档期早满了，”姚红说着说着，忽然觉得陆以尧的语气有点奇怪，“冉霖演方闲，你不乐意？”

陆以尧怔住，连忙解释：“没有，就是太意外了。”

姚红了然：“看来人家又没跟你通气。”

陆以尧无言以对。

姚红都不知道该怎么说了，一直觉得陆以尧是难得的脑子转得快事情看得透的艺人，偏偏只要沾上冉霖，自家艺人这IQ、EQ都断崖式往下掉，当初机场那个灯牌肯定是泡过迷幻药水的。

“反正事情就是这样，剧本不会改了，唐璟玉妥妥的男一，对你是好事，如果你觉得没问题，我就约他们明天签合同，那边一直等信呢！”

“我没问题了。”

陆以尧说的是剧本和合同，但对冉霖……

电话一挂，陆以尧直接拨通冉霖号码。

同一时间冉霖也在看剧本，不过他主要看的是徐崇飞，对于唐璟玉和赵步摇的感情线骤然加深以及方闲的戏份悄然减少，有感，但感触不深。

然后，电话就响了。

这儿正是中午，冉霖依然叫的外卖，但冥冥之中有种感觉，让他学乖了，先看一眼来电显示。

果然，上面跳动着“陆老师”三个字。

“喂？”冉霖没觉得自己和平时有什么不同，但其实在外人听来，他那个声音已经飞扬入蓝天了。

“我，陆以尧。”陆老师也学聪明了，先自报家门。

冉霖莞尔：“嗯，我知道，虽然你这回还是挑我叫外卖时候来的，但我看来电显示了。”

陆以尧窘，对自己的“会挑时候”绝望了，不过他现在确实没有太多开玩笑的心情，很快正色起来，带着只有他自己知道的一点点小抱怨，道：“我又是来恭喜你的，方闲。”

冉霖满头雾水：“啊，什么方闲？”

陆以尧皱眉，觉得在对方的装傻里受到了二次伤害：“你不是要从徐崇飞变成方闲了吗？”

冉霖莫名其妙：“谁告诉你的？我怎么不知道？再说方闲不是俞冬吗，我就是再奋斗五年也挤不掉他吧。”

好像哪里又不对了。

陆以尧咽了下口水，底气已经有点不足了：“你不知道剧本从双男主改成男女主，俞冬已经不演了吗？”

冉霖：“我昨天刚收到剧本，还在看，方闲戏份确实有变化，但和我关系不大，我也没太关注。”

陆以尧：“所以导演和编剧有意让你演方闲的事，你还不知道？”

冉霖：“真、的、让、我、演、方、闲？！”

很好，电话那头是真的不知道。

陆以尧无声叹息，总觉得这种情景似曾相识。

第一，冉霖根本不知道俞冬拒绝这件事。

第二，冉霖更不知道导演和编剧倾向于让他演方闲这件事。

第三，他作为本剧男一号，第二次鲁莽打电话过来，致使场面再度陷入尴尬，他该怎么办？

“怎么你这两天总给我带来好消息呢，你是报喜鸟吗？”

“是啊，朋友嘛，有消息我必须第一时间通知你！”

冉霖，爱与和平的小白鸽！

“难怪希姐说剧方一直拖着不把合同发过来，她还担心有变故，原来是这样。”综合陆以尧提供的信息，冉霖总算能把前因后果串起来了，不过，“你确定导演和编剧倾向我吗？张北辰呢，他试的就是方闲。”

“他已经签了别的剧。”陆以尧如实相告。

冉霖和当初的陆以尧一样意外："这么快？"

陆以尧："我们赚钱都是按天算的，档期空出来一天，都是损失。"

冉霖："我……们？"

陆以尧："咳，口误，咱们，对，是咱们。"

冉霖乐出声："行了，我一个小透明，就不跟陆老师面前充大咖了。"说完他又想到了什么，轻叹一口气。

陆以尧听得真真的，奇怪地问："怎么了？"

冉霖沉吟片刻，实话实说："消息确实是好消息，但我从争取这个角色开始，就一直揣摩的徐崇飞，现在忽然说有可能换成方闲……"

陆以尧莞尔："我头一次见到为男三变成男二发愁的。"

"我不是这个意思，"冉霖努力和陆以尧解释自己的想法和顾虑，"怎么说呢，方闲虽然在心底里有一份活在哥哥们阴影里的自卑，但对外一直是飞扬跋扈的方家小少爷，相比徐崇飞，他更不羁，更有性格，整个人身上的矛盾冲突也更激烈，我担心我驾驭不来。"

陆以尧听得懂，但并不能特别理解："都是演，有什么驾驭不来，让你演徐崇飞，你就义薄云天，让你演方闲，你就恣意潇洒，角色怎么演都是演，镜头多才是实打实的。我知道男三的人设比较讨喜，但再讨喜，镜头少，戏份少，存在感就永远都是被压制的。不然为什么大家都争破头想做主角。"

冉霖："可是我现在已经入戏了，有时候对着镜子，我就觉得自己是徐崇飞，那种对角色投入的情感很难再抽离出来。"

陆以尧："有没有这么魔幻……"

"你没有过这种感觉吗？"冉霖很认真地描述，"就是当你对一个角色特别投入的时候，你会觉得你就是他，他就是你，很难把二者完全剥离。"

这个操作难度太高了，他真的没有，但说没有，好像又显得他特别不专业。

为什么最近在跟冉霖的通话中总是会出现这种骑虎难下的局面？

陆大明星很困惑。

好在电话那头的冉霖被各种烦恼纠缠，没过多苛求友人专业性的回应，继续说："而且如果最后是我演了方闲，张北辰……"

这个问题陆以尧倒拎得清："我觉得这个你不用多想。如果张北辰没签新剧，那这个角色很大可能就是他的，但他签了，所以你才有机会。公平竞争，没有谁对不起谁的。"

冉霖安静一会儿，真心说：“嗯，我知道了，谢谢你！”

陆以尧油然而生一种罪恶感，就好像你拎着大刀找上门，人家笑脸相迎，热水清茶，还给你的刀做了个刀鞘，妥妥帖帖地套好。

“别客气，都是朋友。”陆以尧也想不出新词儿了，只能硬着头皮再用一回。

冉霖却听得心里满满温暖：“嗯，朋友。”

心情各异的两个人挂了电话。

陆以尧后仰进椅子，翻开厚厚的剧本盖住脸，发誓下回再给冉霖飙电话前，必须三思……不，三十思而行！

冉霖则是拿着还热乎的电话，直接联系了王希。

接到冉霖电话的时候，王希正在吃西瓜，用刀去皮切块装碗，拿叉子叉着吃。结果听到冉霖有可能出演方闲的消息，叉子直接掉回碗里，在碗沿上磕出当啷一声。

“真的假的？消息可靠吗？”

“陆以尧说的，应该可靠吧。”冉霖其实也没底，所以才来找王希。

王希一想就明白了，应该是姚红得来的消息。

那就八九不离十了，毕竟圈内二十年，姚红的关系网比她更深，更硬，而且陆以尧又是这部剧的男一号，姚红肯定更关注这种重要角色的变化。

不过让艺人反过来告诉自己消息这件事，还是令王希有点郁闷。

以及陆以尧这嘴也太快了吧，赶上小喇叭广播站了，姚红要是知道，肯定也得犯愁。

“你先别想这些了，专心看剧本，徐崇飞也好，方闲也好，反正有时间就都看看吧，如果真换角，这两天肯定有消息。”

“好的。”

事实证明，姚红的消息是可靠的，没出两天，王希就通过各方关系证实了这件事。但片方之所以还没给他们这边透风，是因为投资人一直没松口。

方闲虽然不是男主了，也是仅次于男女主的重要角色，投资人不放心让冉霖来演。

掏钱的，再有艺术追求，排在第一位的永远是利益回报。

坐以待毙从来都不是王希的风格，在确认编剧和导演都有意向，而节点卡在投资人那里之后，她立刻动用一切能动用的关系，最终从投资人那里约来了一个饭局。

第十九章

冉霖最近一次参加饭局，还是去年年底，跟公司的老总。当时公司的几个重点艺人都在，对老总极尽恭维之能事，冉霖当然也说了几句，但一桌子人，估计老总也没把他当回事。

对于这种应酬性的饭局，冉霖谈不上喜欢，但也不排斥。毕竟不是每个投资人都想着潜规则演员，而在那一小撮想潜规则的投资人里，多半相中的也是女演员，所以在冉霖有限的饭局经验里，他最主要的工作内容就是“恭维”，把人恭维开心了，再谈什么都好聊。

《落花一剑》的投资人，某知名上市文化娱乐公司老总，雷白石，就是这么一个坦荡的，从不潜规则只需要被吹捧的，对艺术有追求的文化人。

饭局的牵头者是王希辗转几层关系搭上线的另外一个公司的老总，姓马，那人和雷白石合作过，而且愉快开始，满意结束，所以有几分交情，没费太多力气，就把人约着了。

饭局的时间定在5月23日晚上7点，地点是北京一家有名的高档会所——全部配合着雷白石喜好来的。

当天一早，王希就把冉霖带到公司，先是来了一番临阵培训，把雷白石的背景、性格、喜好通通科普，末了让造型师给冉霖收拾得漂漂亮亮。

“感觉怎么样？”王希看着冉霖，溜光水滑，肤白貌帅，很是满意。

冉霖看着镜子中的自己，也很感慨：“应该再来个包装礼盒和缎带。”

王希没好气地笑：“你以为谁都能被打包送出去的，要真能我还省心了呢，一觉搞定，干脆利落。”

冉霖故意调侃地问：“现在还有能一觉搞定的吗？”

王希没料到这玩笑还开起来了，难得认真想想，遗憾摇头：“真没有。最次也得包几个月，还得看投资人愿意不愿意。唉，世道变了，以前是演员被迫接受潜规则，现在是你不愿意赶紧靠边，有的是人往上生扑。”

“行了，别跟我这贫了，”王希迅速言归正传，“告诉你那些都记住没？”

冉霖用力点头：“一靠吹捧二靠喝，喝出气氛话好说。”

王希窘：“哪来这么多乱七八糟的。”不过转念一想，还不就是这么回事嘛！

晚上7点的饭局，差5分6点，王希就带着冉霖到了。

会所很私密，两个人随着高挑的穿着旗袍的年轻姑娘进入其中，七拐八拐，才进入雅间。

王希订的这个雅间不算太大，中间的圆桌是十人台，实际上今晚最多六七个人。

之所以没选更大的房间，是为了方便近距离沟通感情，不然隔着那么远，说话都费劲。

菜式王希已经提前定好了，现在要做的就是等。

冉霖见经纪人严阵以待，便也不敢掉以轻心。

安静的一个小时，漫长得像是一年。

及至王希电话响起，牵头人在那边提醒他们马上到了，冉霖才如释重负，深吸口气，随着王希一起起身，等待炮火轰响。

“马总——”

门口刚出现人影，冉霖还没看清，王希已经热情地迎过去了。

冉霖连忙跟上，也一同灿烂微笑。

最先进来的就是这场饭局的牵头人马总，四十多岁，身材适中，一身笔挺西装，戴着金丝边眼镜，笑容温文尔雅，对着过分热情的王希，一边进屋一边与之握手：“王总来这么早。”

“您可别这么叫我，那后面的饭还怎么吃，天还怎么聊啊！”王希的语调不像抱怨，倒带了点娇嗔。

冉霖看傻了，他从没见过这样的王希，简直是万年冰山瞬间化成涓涓细流，沁人心脾，柔情似水。

马总显然蛮受用，前脚进来，后脚便给王希引荐：“这位就是雷总。我可告诉你，雷总轻易不跟人吃饭，今天能来，那真是给了你天大的面子。”

重要人物的入场总是需要铺垫，就像校园运动会上经典的“迎面向我们走来的是 × 年 × 班代表队”，此时此刻，马总就是播音员，雷总就是代表方阵。

雷白石先生也确实撑得起场子。

五十岁出头，但看着就像四十多岁，人高马大，方脸宽肩，一进来，整个雅间都显得没那么宽敞了。

他和马总一样，穿了一身西装，头发梳得一丝不苟，皮鞋擦得油光锃亮，五官生得深邃，神情刚毅，与其说是老总，倒有点硬汉的意思。

“雷总，实在太感谢您今天赏光，快，请上座——”王希在某个酒会上远远见过雷白石一次，但这么近距离面对面还是头回，心里也挺讶异，不过脸上没表现出来，嘴越发的甜。

雷白石也不客气，随着王希的引领就坐到了主位上，脸上的笑意似有若无，是疏离的客气。

跟随雷白石一同进来的还有他的助理，是个戴眼镜的年轻人，雷白石落座之后，耳语交代他几句，助理便点点头，说：“好的雷总，那我在外面车里等您。”

语毕，助理和马总、王希、冉霖依次客气点头，随后离开。

带助理很正常，但“车里等您”这句话还是让人挺在意，因为这通常意味着“被等的人”不会在这个地方停留太久。

冉霖听出端倪，王希自然更能，不过没等他俩反应过来，雅间又进来一个人。

陈其正！

相比两位老总的西装革履，陈其正要朴素低调得多。

王希从牵头人那里已经知道了陈导会来的消息，但刚才寒暄的时候迟迟不见人，还以为临时有变，哪知道导演压轴登场。

“陈导——”王希再度起身热情迎接。

冉霖也连忙站起来，恭恭敬敬地打了招呼：“陈导。”

陈其正不像雷白石那样刻意端架子，而是一贯就高冷，除了对投资人还能应酬二三，对待其他人基本不见笑脸。

所以这会儿他就是很正常地和王希点点头，又瞥了冉霖一眼，没说话，直接落座。

人终于到齐了。

雷白石坐主位，左手边依次是陈导、马总，右手边则挨着王希，王希旁边才是冉霖。

冉霖忽然想收回出发前开玩笑说的那句“礼盒和缎带”的话。

因为相比自己，两位老总才是真正的从头发丝儿收拾到脚底心儿，西装笔挺，脱下来之后的衬衫也没有一丝褶皱，转个身就能去参加颁奖礼的那种。

服务员很有眼力见地开始上菜，没多时，便摆了转桌的大半圈。

王希柔声细语地和投资人客气：“雷总，也不知道您爱吃什么，就随便点了几样菜，有不周到的地方，您多包涵。”

“没关系，反正也吃不了太久，我等下还有事，”雷白石冷淡笑笑，说着转向牵头人，语气倒真挚许多，“马老弟，你可要多担待啊！”

“雷总您说的这是什么话，您能来，就是给小弟面子了。”马总说着站起来，拿过刚刚服务员打开的五粮液，给自己口杯里倒了不算浅的一层，是个准备一口闷的架势，“来来，把酒都倒上，我先提一杯。”

作为牵头人，马总绝对是很到位了。

王希感激地递过去一眼。

马总余光看见了，也不多表示，倒完自己的酒杯，便要殷勤地给雷总酒杯也来点。

雷总不着痕迹地把杯子拿开了，笑着冲友人摇头：“马老弟，我真的等下还有事，白的是不行了，咱就喝点啤的吧。”

马总与雷白石对视两秒，心中了然，立刻顺水推舟道：“行，咱们今天就喝啤的。”

说完放下白酒，拿过啤酒，先给雷白石倒了满满一杯，又给旁边的陈导倒了一杯，最后才拿过新的空杯给自己倒满，还不忘招呼对面的朋友：“王总，冉大明星，你们别不动啊，难不成也得我亲自过去斟啊！”

马总这话说得七分玩笑，三分逗趣，气氛一下子活络起来。

王希赶忙拿过啤酒，给自己倒上一杯，转头想给冉霖倒的时候，自家艺人已经备好了满满一杯。

王希很欣慰。

那边厢马总已经提着酒杯站起来，虽然这顿饭是王希出钱，但面上，马总这个牵头人更像是东道主，自然也要为这顿饭局开个场，定个基调：“今天这顿饭呢，雷总陈导能来，我真的特别感谢，王希王总呢，也是我多年朋友，大家既然坐到这里了，那就是缘分，咱们今天不谈公事，就聊感情，谁要是违规，等会儿得罚酒啊！来——”

随着马总一声来，两边都很给面子地站起来，五个酒杯碰到一起，算是为今晚开了局。

王希一仰脖干杯，想提醒冉霖也别剩，回头一看，自家艺人比她干得还快。

那头陈其正也一口干杯，喝得最慢的就是雷白石，但最后也是空了酒杯，给足马总面子。

“雷总，您尝尝这个菜。”王希殷勤地帮着转圆盘，尽可能让雷白石宾至如归，同时给了冉霖一个眼色。

冉霖刚夹了一个虾球，虽恋恋不舍，还是果断放下，麻利给自己酒杯重新倒满，然后提着酒杯站起来，朗声道：“雷总，我敬您一杯。”

雷白石就等着这一刻呢，闻言放下筷子，饶有兴味地抬眼：“敬酒得有个由头，没由头的酒我不喝。”

冉霖心里一咯噔，马上意识到这问题就是个坑。

但又不能不答。

只得硬着头皮无比真诚道：“当然有由头，这第一杯酒，必须是感谢您和陈导看得起我。如果不是您二位提携，以我的资历，哪能有参演《落花一剑》的机会。”

雷白石很满意他的回答，微微一笑，一拍脑门：“哎，刚才谁说今天不谈工作的了？”

坑来了。

冉霖在心底把雷白石捆柱子上抽得哭爹喊娘，嘴上却立刻接话，“我的错，我先自罚一杯！”

说完仰头，一干而尽。

雷白石有点意外他这么利落，倒真来了点兴趣。

干完杯的冉霖立刻重新给自己倒满，二话不说，再次提杯：“雷总，这杯敬您。就算罚我也认了，就算您不爱听我也要说，真心感谢！”

语毕，又是干杯。

雷白石有点蒙。

王希也看傻了。

马总倒在围观得乐呵呵，难得见着不按套路出牌的，这顿饭，值。

话到这个份上，雷白石也不是矫情的，他确实不太想用冉霖，甚至不太想来赴这顿饭局，但敬酒敬得这么有诚意，他再端着，就难看了，也不符合他做人的原则。

“行，这杯酒我接。”语毕一口闷光，豪气干云。

冉霖喝酒是喝，这位雷总是直接往嗓子里倒，一看就是久经沙场。

敬完投资人，冉霖坐都不坐，直接重新满上敬导演：“陈导，这杯酒敬您。”

陈其正微微眯了下眼睛，似在打量。

冉霖有一种被 X 光扫的感觉。

好在陈其正很快举起杯，倒没雷白石那么多废话，只淡淡地说：“我不太能喝酒，这样，咱俩都半杯吧。”

冉霖不言语，只点点头。

陈其正不紧不慢喝掉半杯，冉霖一口气又见了底。

陈其正喝完才发现冉霖干了，有点哭笑不得，他是真不太能喝，也是真不太爱喝，更没有雷白石那种把人灌趴下的乐趣。冉霖这么豪爽，他倒有点过意不去了。

不料冉霖说：“您喝一口都是给我面子，但是我敬您，我就必须干杯，这是礼貌。”

话说得好听，酒也喝得豪爽，既打了圆场，又表了真心，陈其正忽然觉得自己以前对冉霖的认识可能有偏差，起码是不全面的。

眼前的年轻人呈现了与那天试戏截然不同的风貌，这让他感觉既新奇又有趣。

同样在心里啧啧称奇的还有王希。

她怀疑自己今天带来了一个假冉霖，本以为这场饭局要靠自己才不至于冷场，结果端起酒杯的冉霖华丽丽就变身了，完全不夸张，一秒变豪爽。

这厢王希还没理出头绪，那厢冉霖已经敬到马总了，还是客气话不要钱地说，还总能说到人心坎里，马总特给面子，直接干杯。

幸亏人少，敬完三个也就算打了一圈。

王希本以为冉霖该坐下了，结果这孩子重新倒满，奔着她来了：“希姐，我也要谢谢你，如果没有你的指导和点拨，我现在还在三十八线呢，谁知道我冉霖是谁。希姐，这杯我干了，你随意。”

王希被说得心里一热，下意识就端起了杯。

冉霖笑着与她一碰，杯子发出清脆声响，而后果断干杯。

开场一杯，罚一杯，敬四杯，相当于一口气闷了六杯，就是啤酒，也不容易。但冉霖像是没感觉似的，而且越喝，那豪爽劲越像雷白石，也是径直往嗓子里灌。

待到重新把空杯放回桌上。

雷白石直接鼓了两下掌，脸上疏离的客气变淡，倒是多了一丝感慨：“有多少人，发了，红了，就忘本，就不知道自己是怎么摸爬滚打起来的了。”雷白石加重语气，一字一句，“冉霖，你知道感恩，这很难得。”

冉霖不失时机弯腰过去，隔着王希给雷白石酒杯斟满。

雷白石露出了进屋后第一个笑，虽然有点无奈：“我夸你，你就这么报答我？”

冉霖乐，笑得随意自然，有那么点哥俩好的意思：“这样雷总，接下来不管我敬您多少回，我喝两杯，您喝一杯，这样您总不会说我灌您了吧。”

“你是不灌我，你这是骂我呢！”

雷白石什么都能忍，被看不起，不行！

一拍桌子：“你喝两杯，我就喝两杯，你喝八杯，我陪你十六杯！”

雷白石热血沸腾，一旁围观的马总在心里笑岔了气。

到底谁陪谁啊！

所以说人不能有弱点，像雷白石这种喜欢喝酒吹牛的，就喜欢被捧着唠，就不能忍被挑衅，冉霖是看准了他的气门芯往里充气呢！

不着痕迹递给王希一个“你厉害”的眼神。

王希冲着马总微微摇头，干笑。

她也想知道自家艺人到底出发之前吃了啥，就超级英雄变身了。

万事开头难。

喝酒也一样。

其实没什么难度，谁敢拼，谁豁得出去，谁轰响了第一炮，就能震住场。

这是冉霖跟自己那位喝了一辈子酒的亲爹学的。

拜亲爹所赐，他也跟着参加了不少这个叔叔那个大爷弄的饭局。

说是饭局，其实就是酒局。

如今他惊喜地发现，原来不管什么身份，只要酒局上嗨起来，都一样。

“我给你讲，《落花一剑》这个戏，绝对大爆。现在总有人说什么武侠已死，我就不信这个邪！我总这么说，没有死掉的题材，只有不会做项目的人，不信你问陈导，我当初请他出山的时候，是不是也这么说的。”

酒过三巡，菜过五味。

“等会还有事”的说辞早不知道被丢到了哪里，那个等在车里的助理，也很识相没有再进雅间来催。至于不能谈工作，更是早让雷白石给破了，开口闭口就是创造大 IP（项目），拯救国产电视剧，重新掀起武侠热潮，反正怎么玄乎怎么天地变色怎么吹。

冉霖能听出这位投资人的理想，但也看得见陪在旁边的导演眼底的无奈。

外行领导内行，是一件挺让人无奈的事情。

好在雷白石这个外行，还不是太独裁，对待导演仍有一份基本的尊重。故而虽然改了剧本，也不是一意孤行地改，还是听取了导演的不少意见，算是双方都有妥协吧。

选角上更是了，如果不尊重导演和编剧，怕是自己这个方闲的提名，都提不上去。

“小冉，你有没有看最新一版剧本啊？”雷白石吃了口鱼，忽然想到什么似的，问。

称呼的变化足以表明这场饭局关系的突飞猛进。

冉霖连忙回答：“看了，就是爱情线特别动人的那一版，是吗？”

王希微微挑眉，给了冉霖一个“好样的”的眼神。

冉霖莞尔，忍着没让笑容太明显。

那头的雷白石眼睛一亮，还没听过这么评价这版剧本的呢，霎时心花开：“你也觉得这一版好？”

“当然，”冉霖毫不犹豫接口，然后在心里祈祷上帝原谅他善意的谎言，“我一看剧本就觉得完全不一样了，突出了男女主的感情线之后，从前那种全是武林纷争阴谋的硬朗感里，就多了一缕柔情似水，观众虽然喜欢快意恩仇，但也要有婉转动人的风景，刚柔并济，才是最完美的。”

“今天就应该让宋芒来，让他听听你这番话。”雷白石有一种终于找到知音的老泪纵横，一拍桌子，“不喝啤的了，换白酒！”

冉霖已经可以脑补这位老总被编剧宋芒的拍桌叫板弄得多郁闷了，心说难怪只有陈导来了，却不见编剧，估计他俩现在是冤家见面，分外眼红。

黄的换成白的，最兴奋的是雷白石，最郁闷的是陈其正，如果可能，他一滴都不想沾。

马总一晚上净看热闹了，全程见证雷白石从一脸不屑，到现在快跟冉霖哥俩好了，真心觉得这顿饭就算自己出钱，都能值回票价。

中间太过好奇了，他还在桌子底下给王希发了几条微信。

所谓“多年好友”只是信口胡诌的说辞，事实上王希是透过朋友搭桥，才加上他的微信，两个人一共也没认识几天。但加上了，也就是朋友了，如今一个桌上吃饭，聊两句并不突兀。

马魁斗：你家小朋友太会聊天了，厉害。

王希：一般，一般。

马魁斗：幸亏是男的，这要是女的，老雷估计就得犯错误。

王希：哈哈。

马魁斗：酒量也好，千杯不醉啊！

王希：我也有点被吓着，他平时从来没这么喝过。

马魁斗：？？

王希：真心的，我和您还能说假话吗，我也是第一次见他这么喝酒。

马魁斗：那就是深藏不露，有前途。

马魁斗：把心放肚子里吧，你惦记那件事，我看有门儿。

陈其正冷眼旁观，这边雷白石和冉霖喝得慷慨激昂，那边王希和马魁斗私聊正欢，自己怎么看都是屋子里最多余的一个人。

唯一值得欣慰的是，估计看出了他的不爱喝酒，除了最开始，冉霖再没敬他。

这是一个比想象中聪明得多的年轻人。

而且是真能喝啊！

雷白石已经有点五迷三道了，开始讲自己名字的来历——取自齐白石，爷爷起的，承载了家族对他的殷切期望。

不过他在画画上是没啥天赋了，好在还可以在艺术的其他领域，比如影视领域里，一展抱负。

相比之下，冉霖只是脸颊有点微微泛红，但目光清明，显然神志还在基准线。

雷白石越讲越动情，已经开始回忆自己的奋斗史了，冉霖终于等到他把注意力转移到别处——比如马总，这才在后者生无可恋的眼神里，找到空隙去卫生间。

雅间里其实有卫生间，但冉霖还是选择了走廊里的。

一进卫生间，他便找了个隔间进去，锁好门，打开马桶，对着里面吐了个昏天黑地。

冉霖不爱喝酒，但确实有酒量，这点应该也是家族遗传，而且主要还是遗传自老妈。

别看亲爹嗜酒如命，亲妈才是隐藏的高手，据说当年谈恋爱的时候，矜持，假装不会喝，结果亲爹不怀好意非劝，最后自己溜到了桌子底下。

不过不会醉，不代表不会撑，尤其啤酒，不要命灌的后果，就是胃里胀得难受。

按下马桶冲水，冉霖直起腰，觉得胃里舒服多了。

转身出来用凉水漱了口，又掬了一把凉水轻轻撩到脸上，冉霖长舒一口气，从里到外，清清爽爽。

其实雷白石是个挺直肠子的人，作为商人，他关注利益，但作为艺术家，当真抱着一腔热情，至于作为酒友，那怕是最实诚的了，见不得别人比自己喝得多。

最后这点无关身份地位，天下酒友是一家。

不想拖延太久，冉霖转身离开卫生间，哪知还没回到雅间，就在走廊里和陈其正迎面遇了个正着。

“陈导？”冉霖是想背着人，所以才到外面卫生间，但想不明白陈导有什么理由出来。

陈其正没说话，而是定定看了冉霖两秒，忽然问：“吐了？”

冉霖怔住，下意识想否认，但又觉得人家能这么说，肯定是看出来了，犹豫再三，还是硬着头皮承认了：“陈导您眼睛真毒。”

“恭维话留给雷总就行了。”陈其正淡淡揶揄。

冉霖窘，不好意思地笑了下。

“你觉得方闲怎么样？”陈其正问得随意，却直接。

冉霖毫无防备，愣了半晌，才谨慎回答道：“剧情的矛盾冲突基本都在他和唐璟玉的身上，是一个驾驭难度比较高的角色。”

陈其正定定看住冉霖，眼底是犀利精光：“你能驾驭吗？”

冉霖倍感压力，对着不屑的雷白石他都没觉得压力，反而是陈其正，让他无所遁形。

王希今天攒这个局，就是为了让他争取男二，他也是配合着这么做的，因为这不是能以他的想法为转移的事情，无论是公司意愿，还是客观判断，都不可能放着明显戏份吃重的男二不要，退而求男三。

但陈其正问了。

显然，已经看透了他的犹豫和迟疑。

面对仿佛能洞察人心的这双眼睛，冉霖只能实话实说：“我不知道。方闲这个人的前后期变化很大，前期飞扬跋扈吊儿郎当，后期矛盾痛苦隐忍挣扎，他和唐璟玉从情同兄弟到割袍断义，整个人几乎是被毁灭了又重生，总觉得距离我的性格有点远。”

陈其正打断他，毫不留情道：“如果我早知道你是这么想的，徐崇飞这个角色都不会让你来演。”

冉霖语塞，站在那里有点无措。

陈其正目不转睛地盯着他，一字一句，声音低沉：“记住，真正的演员，不是像谁才演谁，而是演谁要像谁。”

第二十章

凌晨 1 点的长安街，空旷得不像北京。汽车以限速允许的最大迈速奔驰，飞快而过的路灯在车窗上留下连成线的光晕。

车内，刘弯弯半睡半醒。冉霖眼皮发沉，脑袋却不困，只倦倦看着窗外，不知在想什么。

王希憋了一晚上，总算等到局散，不用再忍，伸手轻敲了一下冉霖的脑袋："你小子究竟还有多少事情瞒着我。"

冉霖被这冷不丁一下敲回神，傻乎乎愣半天，才意识到王希所指，笑一下，憨厚又无辜："能喝又不是什么光彩事，我总不能无缘无故跳到你面前说，希姐，我是酒桶。"

王希没好气地白他，眼底却带着一丝笑意："光不光彩不是你操心的，你只要如实汇报就行。谁知道哪片云彩有雨，万一能派上用场呢？"

冉霖举手："我能用口香糖吹出好几层泡泡。"

王希黑线："这么冷门的技能除外。"

冉霖乐不可支，及至笑意渐淡，伸出胳膊搭在前排椅子上，头轻轻抵过去。

他精神不困，但身体很累，仿佛每个细胞都在叫着疲惫，嚷着罢工："希姐，我眯会儿。"

王希本还想讲什么，迟疑片刻，放弃，轻声说："嗯，到家我叫你。"

那天怎么回的家，冉霖记忆模糊，醒来已是第二天中午，没有宿醉的头疼欲裂，只有睡足的神清气爽。

醒来之后他便迫不及待给王希打电话，询问昨天的战果。

雷白石喝得很高兴，冉霖看得出来，最后被助理扶走的时候，《国际歌》洒满走廊，也不知道飘着酒香的幻境里雷白石同志在跟什么黑恶势力作斗争。

但喝得再高兴，清醒过来该谈生意了，那就是另外一码事。

雷白石的娱乐公司能做到这么大，绝对不是喝酒喝出来的。

“我们能做的都做了，尽人事，听天命吧。”这是王希的回答。

冉霖有点意外，原来王希也有没底的时候。

其实男二号选他与不选他，均有利弊。选他，他的咖位不够，容易对收视率带来风险，但他便宜，相比其他大咖位的男星，他能为剧组节省一大笔片酬，这笔钱完全可以用到提升制作品质中去；不选他，选更有人气的男星，余地太小，毕竟这样的男星还能留着近几个月档期的少之又少，这里面还要剔除一部分不适合这个角色的，那么剩下的基本物以稀为贵，经纪人必然狮子大开口。

这也是投资人和导演编剧僵持不下的原因——没有一方完全占理，稳操胜券。

原本导演和编剧是挺他的，但那天晚上陈导说的那番话，让冉霖也有点发虚了。

这番对话他没敢跟王希讲，怕被数落到地缝里。

一晃十几天过去，冉霖再没跟王希打听过角色的事，也没通告，就天天闷在家里看剧本。以前是专注男三，现在是男二男三一锅端。

陆以尧那边估计也在忙，自对方给他透信导演有意让他顶方闲后，二人再没联络。

6 月 1 日，合同到了。

王希打电话给他，一接通就迫不及待公布答案：“方闲，你的！”

冉霖能听出经纪人的兴奋，事实上他也很开心，抛开别的不谈，这起码是投资人和导演编剧对他的认可。但开心之余，压力也随之而来。

“怎么不说话，高兴傻了？”王希在电话那头，看不见自家艺人的表情，只能按照常理推断。

“嗯，偷着乐呢！”冉霖顽皮应答。

王希说：“好好准备吧。这三个月我不会帮你安排任何通告了，你就给我在家看剧本，另外时不时要拿问题请教一下导演和编剧，他们的联系方式你不是都有吗，保持沟通绝对不会错的。”

冉霖知道王希是为他好，也不多表态，只应着：“行。”

王希总觉得冉霖的反应没有她预想中的激动，思索片刻，还是决定多说两句：“综艺圈粉，但综艺带来的人气都是来得快去得快，没有作品，你的身价永远抬不起来。打个比方，你现在就是海里的一条小鱼，正好赶上一条龙从你身边过，你只有抓住龙尾巴，才能跟着上天。”

冉霖听懂了，《落花一剑》就是那条龙。

“娱乐圈有多少人一辈子都在海里扑腾，也出不了水面。”王希说到这里，语速放缓，字字有力，“冉霖，抓住这个机会，一旦上天，你就是龙。”

挂了电话，冉霖陷入沉思。想方闲那个角色，想陈导说的话，想王希的叮嘱。

想到最后，他还是决定先跟小伙伴分享喜悦。

陆以尧工作室位于北京朝阳区，但并非高档办公楼扎堆的CBD（商务区），而是一处闹中取静的居民区。交通便利，周围配套生活设施齐全，员工上下班方便。

虽说是挂在奔腾时代传媒集团下面，可毕竟是陆以尧自己的工作室，所以从建立之初，一切便都是按照陆以尧的想法来的。

最突出的就是工作室的选址和装修。

很多明星对于工作室的办公地点没有太多要求，只要能给员工一个相对舒适的工作环境，保证工作顺畅高效就行，所以写字楼通常是首选。但陆以尧偏不，而是选了一幢独栋的Loft。从外面看，斑驳的墙壁，两米多高的大铁门，怎么瞧都是仓库，但开门进去，别有洞天。

高大而宽敞的二层空间，无遮挡楼梯旋转而上，一层没有任何隔断和墙壁，只用绿植与沙发、茶几等，在视觉上隔出区域，二层办公区，几间办公室，一水的透亮落地玻璃，二层拐角还有个阳光房，里面花花草草，欣欣向荣，阳光透过这一角照进来，为一层大厅补足了光。

墙壁乍看灰突突，凑近了就会发现，都是刻意弄出的灰色自然纹理，简约而不失艺术。

房子是陆以尧亲自去看的，业主一直和他介绍说上一任租户是一家创意策划公司，近些年公司发展壮大，觉得这栋Loft（公寓）有点盛不下公司规模了，才忍痛转移。

陆以尧十分明白地点点头：“懂，你这里风水好，四海通达。”

业主就喜欢这么上道的租客，还是大明星，立刻又豪气地给了些优惠条件。

陆以尧也很满意这里，有格调，有品位，遂没怎么讨价还价，就顺利签了租约。

事实证明，陆以尧还是很有眼光的，所有工作室的员工，不论对工作强度怎么吐槽，对工作环境，那都是无一例外的正面评价。

陆以尧也喜欢在这里待着，除了环境舒服，也希望能让员工们时刻感受到，他与大家同在。说白了，就是吉祥物，外带定定军心。

奈何工作忙起来，几个月也抽不出时间过来一次，这阵子总算能喘口气了，便隔三岔五过来坐坐。

作为工作室老板，陆以尧在这里却是没有办公室的，按照姚红的说法，场地有限，你又是幽灵老板，不必浪费资源，所以陆以尧来了，就在姚红办公室里待着。

这会儿午后时分，阳光正好，窗口的风吹到脸上不冷不热，难得的惬意悠哉。

可惜两分钟之前姚红接到的电话，让陆以尧的惬意心情有了微妙变化。

“方闲确定给冉霖了？”

“确定，”姚红把手机放回桌面，说，“片方已经把合同发过去了。”

陆以尧第一反应是替冉霖高兴，那种发自心底的惊喜就好像得到角色的是自己：“不错啊，他的团队还真挺有办法的，那个雷总可不是能轻易改主意的人。”

姚红不语，只一眨不眨地看着陆以尧。

陆以尧不明所以，与经纪人回望。

良久的安静。

陆以尧终于忍不住，开腔：“红姐，这么有恐吓性的目光不适合你的气质。”

姚红被气笑了：“你哪只眼睛看到我恐吓你了。”

“两只眼睛都看到了，”陆以尧说到这里顿了下，继而叹一口气，补充，“耳朵也听着了。”

姚红好奇起来：“听着什么了？”

陆以尧摊手，学着姚红的口吻，威胁里还带着语重心长：“你要是这回又给冉霖传话，别怪我不客气。”

姚红怔住，随后哑然失笑。

陆以尧没等她笑完，便又说：“放心吧，这一次我肯定不主动打电话了。”

姚红已经知道了前两次的报喜鸟乌龙，怎么想都觉得自家艺人应该很乐于报第三喜，不料却听见了这话，一时有点奇怪，眼神将信将疑。

陆以尧无奈地扯扯嘴角：“这种事本来也该由他的经纪人告诉他，要是次次都从我这里传出去，他经纪人该多想了。”

姚红听到前半句的时候还很欣慰，听到后面就感受复杂了：“你还真是为他操碎了心。”

陆以尧窘，也不接茬，往椅子后面一靠，一副以逸待劳的架势：“反正每次都是我找他，这回我要等他告诉我。”

姚红实在不想戳破自家艺人的信心满满，但又怕他期望越大失望越大，思来想去，委婉叹息：“傻小子，你把人家当朋友，人家未必……”

手机铃就是这个时候响起来的。

陆以尧看到来显，不可置信地瞪大眼睛，立刻春风满面地举给经纪人看。

姚红看着上面那四个字，没来由就脑袋疼——铁粉冉霖。

“喂，嗯，方便，你说。”陆以尧拿着手机起身，冲姚红一乐，然后神采飞扬地出了办公室，找僻静地方去也。

姚红窘，不就人家电话过来了吗，又不是赢房子赢地，要不要得意成那样！

喝口茶水，姚红向后坐进椅子里。

阳光晒得椅子暖洋洋的，让人浑身放松。

其实对于冉霖，她没有什么个人好恶。她唯一关心的只有陆以尧的前途，唯一希望的则是把一切可能伤害到陆以尧或者阻碍陆以尧发展的因素挡在门外。如果陆以尧真的就想跟冉霖做朋友，她又不是吃饱了撑的，非从中作梗当个吃力不讨好的恶人。

除非冉霖真的损害到了陆以尧。

但从目前来看，撇开最初的炒作不谈，近段时间，或者说真人秀开始录影之后，王希那边确实也没再动过什么手脚。

而且冉霖演方闲，也是个机会，演好了，说不定真能一爆而红。

届时两个人名气接近，再来段惺惺相惜的友情，对艺人形象也是有助益的。

算了，姚红甩甩头，重新拿起刚才看到一半的通告资料——要操心的事情还有很多，这种艺人的私交，且行且看吧。

“所以你也不纠结什么更喜欢徐崇飞了？”

电话里的友人不先说恭喜，倒先来揶揄。

冉霖没好气道：“不纠结了，男二就是彪形大汉，我也演定了。”

电话里乐出声，半晌，才正经起来，但声音里还带着笑意：“那我俩会有很多对手戏了。”

冉霖也跟着乐：“是啊，相爱相杀。”

陆以尧一本正经地纠正：“忘掉旧本子吧，未来我俩没有相爱，只有相杀，谁让你爹是我灭门仇人，你还非得跟我争同一个姑娘呢！”

冉霖全力为方闲正名：“谁跟你争同一个姑娘，明明是我含泪退出，成全你俩！”

陆以尧：“少来，赵步摇本来就喜欢唐璟玉，你不退出也没戏。”

冉霖：“那你后来利用我怎么说？”

陆以尧：“我那也是为了报灭门之仇，父债子偿，天经地义！”

冉霖：“你这话就太没良心了，小时候在方家，除了我，还有谁和你玩？”

陆以尧：“我没良心还是你没良心？你那些哥哥以大欺小，要不是我护着你，你早被欺负死了。”

冉霖：“你护着我？明明是你让他们更生气，然后欺负我俩欺负得更凶，而且你还没轻功，我想跑都不忍心一个人飞！”

陆以尧：“武力值低是另外一码事，重点在心，心懂不懂？！”

冉霖：“你那意思就是心里有我呗？”

陆以尧：“当然，要不后面我利用你能心里痛苦得要死要活的吗？”

冉霖没回话。

陆以尧：“喂？”

冉霖：“啊，在。”

陆以尧：“怎么忽然不说话了？”

冉霖把开着免提的手机放到床头柜上，人则扑到床上抱着被子一顿蹂躏！

无声，激烈。

让他怎么说话？他现在除了傻笑什么都说不出来啊！他在和陆以尧对戏哎！

电话那头的陆大明星不明所以，半晌没等来回应，索性抛出新话题：“话说回来，你怎么拿下这个角色的？”

说者无心，听者有意。

冉霖瞬间灵魂归位，一颗小演员之心不光不荡漾了，还有微微往下沉的趋势。

虽然王希把他在饭局上的表现夸上了天，但冉霖总觉得这并不是一件多值得吹的事情，尤其对着陆以尧，就更不想讲。

“喂？”陆以尧怀疑电话已经断了，不然怎么抛出新话题也没反应。

“那个，在呢！”冉霖赶忙应声。

陆以尧哭笑不得：“光说在不说别的，这天怎么聊。”

“我不是正认真思考你的问题吗？”冉霖随口道。

陆以尧却多了心，忽然意识到这个问题可能并不像自己想的那么无关痛痒，保不齐就涉及商业秘密，连忙说：“算了，当我没问。”

这话不说还好，说了冉霖也多心了，以为陆以尧不高兴了，觉得自己有所隐瞒，不够朋友，情急之下脱口而出：“饭局！”

冉霖说得太快太突然，陆以尧没听清：“啊？”

“希姐托关系弄了一场饭局，”冉霖索性原原本本，实话实说，“把雷总请过来了，当面聊的。”

陆以尧莞尔：“是当面喝的吧。”

冉霖惊讶电话里面只有了然和打趣，没有反感和厌恶，不太确定道：“听这口气，你也……”

“喝过。”陆以尧言简意赅。

冉霖分明从这两个字中听见了血泪。

陆以尧几不可闻地叹一口气，低声道：“最早我那个男一号，就是在饭局上定的，那个雷总，简直是酒缸……呃，你电话没录音也没放免提吧？”

“都没有！”冉霖心说不愧是大明星，这叫一个小心谨慎，“我以为你这样的一线明星就不用喝酒拉关系了呢！”

陆以尧道：“现在是资本时代了，管你什么明星什么大腕，资本面前，人人平等。”

“听起来有点心酸。”

“不，任何行业都不容易，横向比较，我们已经算是回报率很高的行业了。”陆以尧认真说，“外面多少人喝到胃出血，也赚不来我们的片酬，所以我不喜欢艺人动不动就叫苦卖惨，真的不至于。”

冉霖只是随口调侃，没想到陆以尧会这么认真。

而且，从他的话里听不出任何得意，有的只是对其他行业的尊重，对这一行的认可，还有对自身工作认知的清晰。

越了解，越欣赏。

冉霖觉得自己真要变成迷弟了。

最后，陆以尧说：“预祝我们合作愉快。”

冉霖的回答是：“9 月见。”

挂上电话，回到手机桌面，冉霖才发现今天是 6 月 1 日。

心念微动。

最终他手欠地给陆以尧发了两条微信。

第一条是跳跳虎的动图，第二条是文字——【跳跳虎小朋友，儿童节快乐。】

过了几分钟，那边回复，也是两条，一条是维尼熊抱着蜂蜜罐的图片，一条是文字——【请你吃蜂蜜，维尼熊同学。】

和陆以尧打完电话的当天晚上，冉霖左思右想，还是给张北辰发了一条微信私聊——【我争取到方闲了。】

其实这话怎么说都很微妙。

口气软，有一种得了便宜还卖乖的绿茶感，仿佛在说，不是我和你抢，是这个运气就落我身上了；口气硬，则像在炫耀。

但是不说，让张北辰从经纪人或者其他官方渠道知道，冉霖总觉得不够朋友，也不够坦荡。

起码换位思考，如果他是张北辰，那他更希望从朋友这里听到。

所以冉霖没做太多解释和修辞，方闲是他争取来的，这是事实，他便也实话实说。

那边回得很快，是一个撒花的表情和两个字——【恭喜！】

冉霖会心一笑，悬着的心慢慢落下。

那头很快又回过来一条——【我的剧也是 9 月开机，也在横店。】

【这么巧？】

【也是古装，不过是宫廷剧，和你们的场地肯定是错开的，到时候我去你们剧组探班。】

【热烈欢迎！】

【酷。】

冉霖看着那个抽烟的小笑脸，心终于彻底落下，慢慢地泛起丝丝暖意。

微信另一端，刚刚上完通告正坐着保姆车赶往下一地点的张北辰，把重新锁屏的手机扔给助理，面无表情地点了根烟。

经纪人武雪峰见状不对，直接问：“谁的微信？”

张北辰冷淡道："一个朋友。"

自出道，就一直是武雪峰带着张北辰，两个人不能说彼此多欣赏多投缘，但绝对足够了解。

武雪峰一见他那表情就知道有问题，干脆刨根问底："什么朋友？"

张北辰似乎想起了什么，笑了下："一个挺可爱的朋友。"

武雪峰瞬间警惕起来："我可告诉你，你现在前途一片光明，可别乱来。"

"放心，"张北辰给了经纪人一个不用小题大做的表情，"我心里有数。"

"那就好。"艺人死活不说，武雪峰也没辙，好在张北辰确实是个知道轻重利弊的，在这点上，他俩无比合拍。

"武哥。"张北辰忽然看向经纪人。

武雪峰心头敲鼓，虽然大家都叫他武哥，但张北辰关起门来对他可没那么尊敬，两个人就是平等合作互惠互利的关系，所以但凡张北辰对他尊敬了，那必然有事。

"说吧，"武雪峰严阵以待，"我受得住。"

"我又不是要拿机关枪扫射你，"张北辰好笑地调侃，末了正色起来，低声道，"你之前说的那件事，我重新考虑了一下。"

武雪峰一时没反应过来："哪件事？"

张北辰轻轻挑眉："你说呢？"

武雪峰怔住，而后镜片后的小眼睛惊讶地睁大："你同意了？！"

张北辰一脸无语："别装了，弄得像你没积极牵线似的。"

武雪峰当然是乐见其成的，但："你之前不是不同意吗？"

张北辰把香烟放到嘴里深吸一口，然后仰头朝上，慢悠悠吐出烟圈。

良久，久到烟雾散尽，他才回过头来冲武雪峰一笑："你说得对，只有爬到足够高的地方，才不会被人踩下来。"

武雪峰似笑非笑："果然还是因为俞冬。"

"不，"张北辰摇头，幽幽看向窗外，"是所有挡了我路的人。"

6月、7月、8月这三个月，冉霖上过的通告一只手就数得过来，其余时间基本都是闭关状态。看剧本，熟悉台词，揣摩人物，几近走火入魔。

整个夏季，风平浪静，如果非要说有什么波澜，那就是迷雅洗发水广告的拍摄花絮被人传到了网上，原音，无修。

于是冉霖凭借那几句自弹自唱，再次上了热搜。

王希正愁他闭关这几个月没热度，乐开了花，顺势又进行了一把宣传。整个7月，冉霖靠一把好嗓子，刷足了存在感，待到8月，这个新闻热度下去，《落花一剑》片方的开机宣传稿又铺天盖地。

陆以尧的粉丝自然心情复杂，一方面从互动上看，偶像和对方是朋友，他们不便说太多，但另一方面，又真的很不甘心。

但更多没看过《国民初恋漂流记》的观众都在问，冉霖是谁，怎么一上来就有这么好的资源。

至于圈内人，则消息最全看得最清，纷纷预测——冉霖，要红了。

冉霖对此毫无所觉。

陆以尧对此也不甚关心。

两个人都不约而同地选在这个夏天，对演技上心。

区别在于冉霖是看剧本揣摩，对着镜子表演，自我磨炼，自我修正。

陆以尧则是更多地看别人的表演，观摩学习。

后者待在工作室里的时间越来越长，姚红索性把办公室让给他，李同也正式早八晚五，成了个男秘书。

“冉哥，拿铁。”李同把泡好的咖啡端到2楼办公室，自己老板正对着笔记本看得聚精会神。

“嗯。”陆以尧头都没抬。

李同小心翼翼放下咖啡，偷瞄了眼笔记本屏幕，那上面正播着一部他没看过的古装片。片子虽没看过，但屏幕上那个演员，他总觉得面熟。

“李同。”一直低着头的老板忽然抬眼出声。

李同吓一跳，以为自己偷看被发现了，正紧张，就听见老板问：“你知道演员演戏都靠什么吗？”

李同已经习惯了被问百万大V的问题，忽然变成专业性这么强的领域，有点蒙。

陆以尧也没指望他给答案，自顾自道：“告诉你吧，有人靠毅力，有人靠灵气，有人靠经验，有人靠脸。”

李同受教地点点头：“所以？”

陆以尧把笔记本转向他，指着里面正在说话的演员问：“你觉得他靠什么？”

李同凑近笔记本，聚精会神地看，眉头深锁地想。

没等他想出所以然，屏幕里的镜头忽然切换了，刚刚被老板指的那个演员消失，换成正在和他对话的另外一个演员——

“令狐小刀，今天就是你的死期！”

台词太凶残了，李同不喜欢这么暴力的，但又不敢表现出来，只能弱弱看向老板：“那个，镜头变了……”

老板似乎仍沉浸在自己的思绪里：“我觉得是 30% 的灵气 +30% 的毅力 +40% 的脸，你怎么看？”

李同咽了下口水，对上老板求学问道的探索眼神，挣扎良久，难得说句心里话：“陆哥，你高兴就好。”

9 月 6 日，横店影视城，《落花一剑》开机。

【未完待续】